Von Heather Graham sind als Heyne Taschenbücher erschienen:

*Die Geliebte des Freibeuters* · Band 04/37
*Die Wildkatze* · Band 04/61
*Die Gefangene des Wikingers* · Band 04/71
*Die Liebe der Rebellen* · Band 04/77
*Geliebter Rebell* · Band 04/97
*Tochter des Feuers* · Band 04/106

HEATHER GRAHAM

# SPIEGEL DER LIEBE

*Roman*

Deutsche Erstausgabe

WILHELM HEYNE VERLAG
MÜNCHEN

HEYNE ROMANE FÜR ›SIE‹
04/118

Titel der Originalausgabe
AND ONE WORE GRAY
Aus dem Amerikanischen
von Eva Malsch


Printed in France 1993
Umschlagillustration: Pino Daeni/Agentur Schlück
Umschlaggestaltung: Atelier Ingrid Schütz, München
Satz: Compusatz GmbH, München
Druck und Bindung: Brodard & Taupin
ISBN: 3-453-07305-3

# PROLOG

## *CALLIE*

*4. Juli 1863*
*Bei Sharpsburg, Maryland*
Im Licht der sinkenden Sonne wirkte die Frau am Brunnen neben dem weißgetünchten Farmhaus wie ein schönes Gemälde. Dichtes kastanienrotes Haar fiel ihr auf die Schultern und umrahmte ein ebenmäßiges Gesicht mit hohen Backenknochen, vollen Lippen und weit auseinander stehenden grauen Augen, die einen sorgenvollen Ausdruck zeigten. Trotz ihrer schlichten Kleidung strahlte sie eine gewisse unangebrachte Eleganz aus, während sie auf die Soldaten wartete.

Und sie kamen, in einer scheinbar endlosen Reihe. Wie eine langsame Schlange wand sich der Zug vorbei. Tausende von Männern in zerrissenen grauen Uniformen. Manche ritten, andere schleppten sich zu Fuß dahin, gebeugt von der schrecklichen Niederlage. Ein langer Wagenzug folgte ihnen, der sich über siebzehn Meilen dahinstreckte, wie Callie von einem müden Offizier erfahren hatte.

Dies waren Feinde. Doch das spielte keine Rolle, denn sie wußte, daß ihr keine Gefahr von ihnen drohte. Nur ein einziger Rebell kann mir Angst einjagen, dachte sie. Er vermochte, sie zu erregen, ihr das Herz zu zerreißen. Aber dieser Rebell würde hier nicht vorbeikommen, denn er hatte nicht in der Schlacht gekämpft. Für ihn war der Krieg vorbei, und er wartete das Ende hinter den Mauern und Gittern des Old-Capital-Gefängnisses ab.

Wäre er frei, überlegte sie, würde ich nicht hier am Brunnen stehen und diesen grauenvollen Rückzug beobachten. Bestünde die Möglichkeit, daß er zu diesen Elenden zählte, wäre ich längst davongelaufen. Ich würde es nicht wagen, hier zu bleiben und seinen besiegten Landsleuten frisches Wasser anzubieten.

Er würde nicht länger der Feind sein, nur weil er eine Uniform in anderer Farbe trug, sondern weil er sie in kalter Wut aufsuchen würde, die während langer Nächte in den Tiefen seiner Seele gewachsen war. Durch ihre Schuld lebte er nun in diesen Mauern hinter Gittern und Zäunen, und unterdessen mußten seine geliebten Südstaaten der endgültigen Niederlage ins Auge blicken.

Wäre er frei, könnte sie sich nirgendwo verstecken. Er hatte erklärt, er würde zu ihr kommen, wohin immer sie auch fliehen mochte.

Sie erschauerte, als sie den Schöpflöffel in den großen Eimer tauchte, um den armen Männern kühles, frisches Brunnenwasser anzubieten. Und dabei glaubte sie immer noch, seine Stimme zu hören, die sie gnadenlos angeherrscht hatte, voller Zorn über ihren vermeintlichen Verrat.

Obwohl diese Männer, die jetzt vorbeizogen, ihre Feinde waren, empfand sie nur noch Mitleid. Die Gesichter, jung und alt, hübsch und unscheinbar, verschmiert von Schweiß und Schlamm und Blut, zeigten Anzeichen einer Erschöpfung, die weit über körperliches Leid hinausging. Die schmerzerfüllten Augen waren Spiegel ihrer Seelen. Nach den sommerlichen Regenfällen in den letzten Wochen hatte die Hitze an diesem Nachmittag nachgelassen, eine sanfte Brise regte sich. Und es wirkte absurd, daß diese zerlumpten, zerschundenen, bandagierten Männer – teilweise blutüberströmt, aneinandergeklammert, innerlich zerbrochen – über die schöne, einst so friedliche grüne Erde von Maryland hinkten. Der lange schlangengleich gewundene Wagenzug war nicht in die unmittelbare Nähe von Callies Farmhaus gekommen. Nur vereinzelte Soldaten machten den Umweg zu ihr, hauptsächlich Infanteristen.

An diesem 4. Juli konnten die Bürger der Nordstaaten endlich jubeln. Während der letzten Tage hatten die Unionsstreitkräfte nahe einer verschlafenen Kleinstadt in Pennsylvania namens Gettysburg den Konföderierten eine vernichtende Niederlage zugefügt. Der große, scheinbar unbesiegbare Robert E. Lee – der legendäre Südstaatenkommandant, der die Unionstruppen in Chancellorsville und Fredericksburg ganz klar besiegt hatte – war in den Norden eingedrungen und zurückgeschlagen worden.

»Nur wegen der Schuhe«, hatte ein junger Bursche aus Tennessee erzählt und dankbar einen Schluck kühles Wasser aus dem Schöpflöffel genommen. »Wir wollten Harrisburg angreifen, aber wir brauchten Schuhe. Jemand sagte uns, davon gäbe es in Gettysburg jede Menge. Und am 1. Juli kam es zu einem Scharmützel. Merkwürdig... Dann rückten alle Streitkräfte der Südstaaten von Norden heran, und alle Nordstaaten aus dem Süden. Und am 3. Juli gegen Abend...« Er schluckte krampfhaft. »Noch nie habe ich so viele Tote auf einmal gesehen.« Er schaute Callie nicht an, starrte mit hoffnungslosen Augen in den Schöpflöffel.

»Das bedeutet vielleicht, daß der Krieg bald vorüber sein wird«, erwiderte sie leise.

»Das bezweifle ich, denn Ihr General Meade hätte uns folgen können, als wir schwer getroffen und am Boden zerstört waren. Sogar ein alter Wolf läuft hinter einem lahmen Hirsch her. Aber Meade kam uns nicht nach. Der gibt unserem General Bobby Lee eine neue Chance. Nein, der Krieg ist noch lange nicht vorbei. Passen Sie gut auf sich auf, Ma'am.«

»Sie auch!« rief sie ihm nach, als er davonhumpelte.

Der nächste Mann, der sich kurz bei ihr ausruhte, wußte noch schlimmere Dinge zu berichten. »Ma'am, ich kann von Glück reden, weil ich noch lebe. Ich blieb wegen meines lahmen Fußes zurück. Am ersten Tag hatte ich mir eine Kugel eingefangen. Am 3. Juli brachte uns General George Pickett die Order von General Lee, wir sollten die Unionslinie am Steinwall durchbrechen. Madam, in meiner Kompanie, verdammt, in der ganzen Brigade ist keiner mehr am Leben. Tausende Soldaten starben innerhalb weniger Minuten.« Er trank aus dem Schöpflöffel, und seine Hände in den zerlumpten Überresten seiner Handschuhe zitterten. »Danke, Madam, Sie sind sehr freundlich.« Auch er setzte langsam seinen Rückzug fort.

Viele andere kamen vorbei, um sich mit kühlem Brunnenwasser zu erfrischen. Am späten Nachmittag begann Jared zu weinen, und sie ging ins Haus, um nach ihm zu sehen. Als er wieder eingeschlafen war, kehrte sie zum Brunnen zurück. Die Dämmerung brach herein, und immer wieder blieben die Soldaten bei ihr stehen. Plötzlich hörte sie Hufschläge und hob erstaunt die Brauen, denn bis jetzt hatten nur Fußsoldaten den Weg zu ihr gefunden. Ein junger blonder Reiter stieg vom Rücken eines mageren Rotschimmels. Noch ehe sie ihm den Schöpflöffel reichte, dankte er ihr. »Es muß doch noch einen Gott im Himmel geben! Nach allem, was ich gesehen und erlebt habe, begrüßt mich hier eine engelsgleiche Schönheit. Vielen Dank, Madam.«

»Ich kann Ihnen nichts anderes anbieten als Wasser. Beide Armeen haben fast alles konfisziert, was nach Lebensmitteln aussah.«

»Ich nehme gern Ihr Wasser an.« Er trank einen Schluck und schob seinen Kavalleriehut aus grauem Filz hoch, der sich an den Krempen seitlich nach oben rollte. »Sympathisieren Sie mit den Südstaaten, Madam?«

Callie schüttelte den Kopf und hielt dem Blick seiner grauen Augen stand. »Nein, Sir. Ich glaube an die Unantastbarkeit der Union. Aber mehr als alles andere wünsche ich mir das Ende dieses Krieges.«

»Amen!« murmelte der Kavallerist und lehnte sich an

den Brunnenrand. »Wenn noch mehr solche Schlachten stattfinden... Madam, es war grauenhaft. Master Lee kämpfte zum ersten Mal ohne Stonewall Jackson an seiner Seite. Und Jeb Stuart hatte uns Kavalleristen zu weit vorangeführt, so daß wir Lee nicht mehr die nötige Unterstützung gewähren konnten.« Seufzend staubte er seinen Hut ab. »Schließlich mußten wir uns mit einem Unionsgeneral namens George Custer herumschlagen. Natürlich konnte er uns nicht aufhalten. Nicht meine Kompanie. Seit Anfang an diene ich unter Colonel Cameron, und dem kann niemand Steine in den Weg legen. Nicht einmal der Tod, denn Cameron weigert sich ganz einfach zu sterben, trotzdem...«

»Cameron?« unterbrach sie ihn atemlos.

»Sie kennen den Colonel, Madam?«

»Wir... sind uns einmal begegnet.«

»Niemals habe ich einen tollkühneren Reiter gesehen als Colonel Daniel Derue Cameron. Angeblich hat er viel von den Indianern gelernt. Der gehört nicht zu den Offizieren, die im Hintergrund bleiben, während ihre Leute an der Front kämpfen. Er ist immer da, wo es am schlimmsten zugeht.«

»Aber... aber er sitzt doch im Gefängnis!« protestierte Callie.

Der Kavallerist grinste. »O nein, Madam. In Washington sperrten sie ihn ein, konnten ihn aber nicht einmal zwei Wochen festhalten. Bei der Schlacht von Sharpsburg wurde er verwundet, aber schnell wieder gesund, und dann floh er direkt vor den Nasen dieser Yankee-Wachposten. Verdammt, nein, Madam... Oh, verzeihen Sie bitte meine Ausdrucksweise. Ich habe mich schon lange nicht mehr in so vornehmer Gesellschaft befunden. Seit dem letzten Herbst hat Colonel Cameron uns bei jeder größeren Schlacht befehligt. In Brandy Station, in Chancellorsville, in Fredericksburg. Bald wird er hier sein.«

Callie hatte das Gefühl, die milde Nachtluft wäre plötzlich von beißender Kälte durchdrungen. Ihr Herz schlug wie rasend, und sie rang mühsam nach Luft. Doch das schien der Kavallerist nicht zu bemerken. »Ich muß jetzt weiter, Madam, vielen Dank. Sie sind ein Engel der Barmherzigkeit in einer Welt voller Leiden.« Er legte den Schöpflöffel auf den Brunnenrand, verbeugte sich und kehrte mit müden Schritten zu seinem Pferd zurück. Bald verklangen die Hufschläge.

Und dann hörte sie die tiefe Stimme. »Ein Engel der Barmherzigkeit! Daß ich nicht lache! Wieviel Arsen hast du denn in diesen Brunnen geschüttet?«

Wie erstarrt stand sie da. Daniel war am Leben – und frei. Er mußte schon eine ganze Weile hinter dem Zaun gewartet haben, außerhalb ihres Blickfelds. Nun führte er sein graues Vollblutpferd zu ihr, den edlen Hengst, der nun wie die meisten Pferde der Konföderierten ausgemergelt und geschwächt aussah.

Aber warum schaute sie das Tier an? Daniel war hier. Und er hatte sich nicht verändert. Hoch aufgerichtet stand er vor ihr in seinem grauen Waffenrock, eine gelbe Schärpe um die Taille, ein Schwert an der Seite, in seiner grauen Hose und schlammbespritzten Kavalleriestiefeln. Arrogant wippte die Feder am Hut mit dem schmalen Goldband.

Wie magnetisch angezogen, schaute sie in seine blauen Augen, die sie nie hatte vergessen können. Ein intensives Blau umgeben von rabenschwarzen Wimpern und hochgeschwungenen Brauen. Ein Blau, das leidenschaftliches Feuer ebenso ausdrücken konnte wie eisige Verachtung und hellen Zorn. Das Gesicht mit der geraden Nase und den markanten Wangenknochen – bronzebraun gefärbt, nachdem er so viele Tage im Sattel verbracht hatte – war im Laufe des Krieges schmaler geworden. Die sinnlichen Lippen verzogen sich zu einem spöttischen Lächeln. »Hallo, mein Engel«, sagte er leise und gedehnt.

Sie mußte Haltung bewahren, nicht wanken, denn sie

trug keine Schuld, auch wenn er das niemals glauben würde. Trotz ihres Entschlusses bebten ihre Finger, die den Griff des Schöpflöffels umklammerten. Wachsende Angst drohte, sie zu lähmen. Niemals würde es ihr gelingen, ihn von der Wahrheit zu überzeugen. Dieser Krieg hatte ihr so viel genommen, aber sie besaß immer noch ihren Stolz, und an dem mußte sie festhalten.

Niemals würde sie ihn anflehen – oder vielleicht doch, wenn es ihr nützen könnte. Aber es wäre sinnlos, also wollte sie ihren Stolz nicht opfern. Anscheinend hatte ihn der Krieg aller wärmeren menschlichen Gefühle beraubt. Sie wünschte, ihr Herz wäre genauso kalt wie seines, sie hätte ihn tatsächlich verraten und könnte ihn genauso hassen wie er sie.

»Hat es dir die Sprache verschlagen?« fragte er mit seinem weichen, kultivierten Virginia-Akzent. »Wie ungewöhnlich! Hast du mich denn nicht erwartet?«

Er trat noch näher, und alle ihre Instinkte drängten sie zu fliehen. Aber wohin? Er ist ein Gentleman, sagte sie sich. Ein Offizier, einer der letzten Kavaliere, wie die Südstaatler ihre Kavalleristen nannten. Und er war dazu erzogen worden, Frauen zu verehren und ritterlich zu behandeln. Seine Ehre hatte er stets über alles andere gestellt. Stolz, Gerechtigkeitssinn und Pflichtbewußtsein zählten zu den wichtigsten Grundsätzen seines Lebens. Man hatte ihm auch beigebracht, allen Menschen Mitgefühl entgegenzubringen. Aber jetzt zeigten seine Augen keine Gnade.

Sie schrie beinahe auf, als er nach ihr griff. Doch er berührte sie nicht, nahm ihr nur den Schöpflöffel aus der Hand und tauchte ihn in den Eimer. Durstig trank er das frische Wasser. »Kein Gift? Vielleicht ein paar Glassplitter?«

Für einen flüchtigen Moment freute sie sich, daß er dem Gefängnis entronnen war. Denn in all den Monaten des Krieges hatte sie ihn immer geliebt, auch später, trotz seiner festen Überzeugung von ihrem Verrat. Sie hatte ihn geliebt und gefürchtet, und jetzt stand er wieder vor ihr, so nahe, daß sie beinahe den Wollstoff seines Waffenrockes spürte, die Wärme seines Körpers.

Er ließ sie nicht aus den Augen. »Du schaust mich an, als würdest du einen Geist begrüßen, Callie Michaelson. Aber vielleicht hast du gehofft, ich wäre längst ein Geist, Staub auf dem Feld. Nein, mein Engel, ich bin hier.« Eine Zeitlang schwieg er, und eine leichte Abendbrise streifte ihre Gesichter. Dann lächelte er wieder. »Und du bist schön wie eh und je. Bei Gott, ich sollte meine Finger um deinen wundervollen Hals legen und ganz fest zudrücken. Aber das würde mich vielleicht noch mehr quälen als dich.«

Endlich gehorchte ihr die Stimme. »Wenn Sie genug getrunken haben, reiten Sie bitte weiter, Colonel. Sie befinden sich auf Unionsgebiet und sind hier nicht willkommen.« Sie straffte ihre Schultern und ging an ihm vorbei zum Haus, den Kopf hoch erhoben.

»Callie!« Der Klang seiner Stimme schien ihr ins Herz und in die Seele zu dringen und verstärkte die Angst und die Sehnsucht. In diesem Augenblick begann sie zu laufen. Sie wagte es nicht, zurückzublicken, sie mußte so schnell wie möglich die Tür erreichen. Die Röcke gerafft, rannte sie über den Hof zur Hinterveranda, sprang die Stufen hinauf, durch den Eingang, warf die Tür hinter sich zu und lehnte sich dagegen.

»Callie!«

Entsetzt floh sie vor der Tür, die er wütend aufstieß. Er hatte sie gewarnt. Nirgends würde sie sich vor ihm verstecken können. »Geh weg, Daniel! Reite nach Hause zu deinen Männern, zu deiner Armee – in deinen Süden!«

Er stand auf der Schwelle und starrte sie an. »Was? Sind eure Soldaten zu weit entfernt, um dich zu retten, nachdem du mich wieder einmal in dein Bett gelockt und verführt hast?«

Niemals hatte sie ihn verführt! Auf dem Küchentisch

stand eine Kaffeetasse. Callie griff danach und schleuderte sie auf Daniel. Aber sie traf ihn nicht, weil er blitzschnell zur Seite wich.

»Ich soll weggehen? Wie unhöflich, Mrs. Michaelson! Wo ich doch all die Monate auf dieses Wiedersehen gewartet habe! In so vielen schlaflosen Nächten träumte ich davon. Was für ein Narr ich war, Callie! Und ich weiß es offenbar noch immer nicht besser.« Er trat in die Küche, riß sich den Hut vom Kopf und warf ihn auf den Tisch. »Nun, ich bin zurückgekommen, mein Engel. Und ich möchte da weitermachen, wo wir letztes Mal aufgehört haben. Wo war denn das? In deinem Schlafzimmer, nicht wahr? Ja, natürlich. In deinem Bett.«

»Verschwinde!« fauchte sie ihn an.

»O nein.« Mit einem bitteren Lächeln ging er auf sie zu.

Er wird mir nicht weh tun, redete sie sich ein. Er wird mich bedrohen und verhöhnen, aber niemals verletzen... Aber sie durfte sich nicht von ihm berühren lassen, ihn nicht wieder begehren, nie mehr schwach werden.

»Diese Invasion in den Norden wird erfolgreich verlaufen«, warnte er sie und ignorierte den Stuhl, den sie ihm in den Weg warf.

»Nicht, verdammt! Du mußt mir zuhören...« begann sie.

»Dir zuhören?« fiel er ihr ins Wort. »Callie, die Zeit ist kostbar. Heute abend bin ich nicht hier, um mit dir zu sprechen. Ich habe dir schon einmal zugehört.«

»Daniel, komm nicht näher. Du mußt...«

»Ich muß vollenden, was du angefangen hast, Callie. Dann kann ich nachts vielleicht wieder schlafen.«

Er umfaßte ihren Arm, und sie glaubte, die Glut in seinen Augen würde sie versengen. »Daniel, hör auf!« zischte sie, riß sich los und rannte davon.

Er folgte ihr auf den Fersen – ohne Eile, aber gnadenlos. Hastig packte sie eine Vase und schleuderte sie in seine Richtung. Er duckte sich, und das Gefäß prallte gegen eine

Wand. Während sie durch den Salon stürmte, schaute sie sich nach weiteren Wurfgeschossen um. Ein Schuh flog Daniel entgegen, ein Buch, eine Zeitung. Nichts konnte ihn aufhalten. Sie erreichte die Treppe, raste hinauf, und er blieb dicht hinter ihr. Auf dem Absatz mußte sie innehalten, um Atem zu schöpfen, und da schlang er seine Finger in ihr Haar, zerrte sie nach hinten in seine Arme. Verzweifelt trommelte sie mit beiden Fäusten gegen seine Brust. »Laß mich los!« Tränen brannten in ihren Augen.

Er lebte, war frei, hielt sie wieder umfangen. So viele Tage und Nächte voller Träume und Erinnerungen lagen hinter ihr. Könnte sie ihn doch veranlassen, sie zu verstehen, ihr zu glauben, sein warmherziges Lachen hören, sein zärtliches Lächeln sehen...

Aber er würde sie niemals verstehen, und in seinen Augen las sie nur kalten Zorn.

»Ich soll dich loslassen?« Seine Stimme war so eisig wie sein Blick. »Einmal versuchte ich davonzugehen, zur Ehre des Nordens und des Südens und aller Dinge, die uns beiden so viel bedeuteten. Aber du kamst mir nach, mein Engel. Du wolltest, daß ich hierbleibe. Erinnerst du dich, Callie Michaelson?«

Trotz ihrer heftigen Gegenwehr nahm er sie auf die Arme, trug sie in ihr Zimmer und ließ sie unsanft aufs Bett fallen.

»Nein!« protestierte sie erbost. »Bilde dir bloß nicht ein...«

Doch da kniete er bereits über ihr, streifte seine senfgelben Handschuhe ab und umklammerte ihre Fäuste, die sie gegen seine Brust stemmte. »Was bilde ich mir denn ein, Callie?«

»Was glaubst du denn?« stieß sie zwischen zusammengebissenen Zähnen hervor.

»Vielleicht erinnerst du dich an unsere letzte Begegnung – in diesem Zimmer. Die werde ich nie vergessen, denn der Raum gefiel mir vom ersten Augenblick an. Das dunkle Holz der Möbel, die weißen Vorhänge, das Bett... Und es gefiel mir, wie du darin aussahst. Wie ein Sonnenuntergang breitete sich dein Haar auf dem Kissen aus, süß duftend, frisch gewaschen, wie Seide. Auch deine Augen, die sich in geschmolzenes Silber verwandeln können, werde ich nie vergessen. Während ich in der Gefangenschaft meine Flucht plante, dachte ich unentwegt an dich, Callie – an deinen süßen Mund, an deine heißen Küsse, an deinen zarten Hals, deine schönen Brüste. Ich glaubte, deine Haut zu spüren, die verführerischen Bewegungen deiner Hüften. Und ich entsann mich, daß ich dich begehrt hatte wie nichts anderes in meinem Leben. Wenn du mich berührtest, dachte ich beinahe, ich wäre gestorben und dem Himmel näher als jemals auf einem Schlachtfeld. Verdammt, ich liebte dich. Mitten in einem wilden Chaos verspürte ich inneren Frieden. Ich glaubte an dich, und während ich an deiner Seite lag, glaubte ich sogar wieder an das Leben selbst. Was für ein Idiot ich war!«

»Daniel...« begann sie, verzweifelt bestrebt, ihm alles zu erklären.

»Sei still!« befahl er kühl und umklammerte ihre Fäuste noch fester. »Erzähl mir nichts. Du brauchst deine Unschuld nicht zu beteuern, denn ich weiß, daß du spioniert hast und das Schicksal einer Spionin verdienst. Wie oft malte ich mir aus, wie es wäre, dich zu erdrosseln! Aber ich könnte es nicht. Niemals könnte ich meine Hände um diesen schlanken weißen Hals legen, niemals diese Schönheit zerstören. Und ich sagte mir in meinen langen dunklen Nächten, du müßtest gehängt oder erschossen werden. Aber weißt du, woran ich am häufigsten dachte?«

Sein Gesicht neigte sich zu ihrem herab, hart und verbittert. Ihr Widerstand war erlahmt. Hilflos schaute sie in seine Augen, die ihren Blick wütend und leidenschaftlich festhielten. »Woran?« wisperte sie.

»Ich dachte an dieses Bett, deinen nackten Körper, dein Lächeln, das in die Tiefen meiner Seele gedrungen war.

Und ich erkannte, daß ich mir nichts sehnlicher wünschte, als wieder hier zu sein – bei dir.« In seltsamer Faszination beobachtete sie ihn, wie erstarrt. Nach einer kleinen Pause sprach er weiter. »Ich fragte mich, wie es wohl wäre, dich zu besitzen, wenn ich dich hasse – genauso verzehrend, wie ich dich einmal geliebt habe.«

Endlich, viel zu spät, kam wieder Leben in sie. Vergeblich versuchte sie, ihm ihre Hände zu entziehen. »Dann hasse mich, du Narr!« schrie sie ihn an. »Du brauchst mir keine Chance zu geben, keine Gnade zu zeigen…«

»Würde ich barmherzig mit dir umgehen, könnte ich mich genausogut erschießen.«

»Du selbstgerechter Bastard!« klagte sie ihn an. »Wenn du mich haßt, dann verabscheue ich dich. Du warst mein Feind! Du bist mein Feind! Dies ist der Boden der Union. Zum Teufel mit dir!« Der Zorn gab ihr genug Kraft, um ihn zur Seite zu stoßen und aufzuspringen.

Doch er bewegte sich schnell wie der Blitz, warf sie sofort wieder auf das Bett, und diesmal befand sie sich in einer noch schlimmeren Situation, denn er lag der Länge nach auf ihr, und die ganze Hitze seiner Wut schien sie zu verbrennen. »Heute nacht wirst du mich nicht verlassen. Und du wirst mich nicht verraten«, flüsterte er atemlos.

»Aber ich werde dir nicht gehören!«

»Doch.«

»Es wäre eine – Vergewaltigung!«

»Das bezweifle ich.«

»Oh, du schmeichelst dir selber!«

»Ich habe lange genug in kalten, endlosen Nächten gewartet, Callie. Und nun werde ich dich besitzen.«

»Nein! Du wirst mir nicht weh tun, du wirst mich nicht zwingen – ganz einfach, weil du der Mann bist, der du bist. Das weiß ich…«

»Verdammt, Callie, du kennst mich nicht. Du hast mich nie gekannt.«

Da irrte er sich. Sie kannte den Klang seiner Stimme, die

Art wie er dachte, das glühende blaue Licht in seinen Augen, die wilde Leidenschaft und sanfte Zärtlichkeit, die ihn erfüllen konnten.

Seine Lippen preßten sich auf ihre. Sie vermochte dem Kuß nicht auszuweichen, denn seine Finger, in ihr Haar geschlungen, hielten ihren Kopf fest. Mit aller Kraft bäumte sie sich unter ihm auf, aber er achtete nicht auf ihre Gegenwehr, die immer schwächer wurde und schließlich vollends verebbte.

Der Kuß nahm ihr den Atem, ließ ihren Zorn schmelzen, umnebelte ihren Verstand. Der Feind in Grau konnte ihre schwachen Verteidigungspositionen mühelos stürmen. Und ein noch mächtigerer Feind war die lange Zeit der Einsamkeit, der unglücklichen Liebe und Sehnsucht.

Hilflos öffnete sie die Lippen, als seine Zunge ihren Mund schmeckte und sengend heiß und verführerisch mit ihren Sinnen spielte. Die fordernden Liebkosungen verlangten die gleiche Glut von ihr, sie war unfähig, ihm zu widerstehen.

»Callie!«

Der Klang seiner flüsternden Stimme – drängend, schmerzlich und zornig zugleich – brachte sie wieder zur Besinnung. »Verdammt, ich lasse mich nicht mehr von dir umgarnen!« rief sie wütend.

Seine Augen tauchten wie wildes Feuer in ihre, seine Finger bohrten sich brutal in ihre Arme. In diesem Augenblick kannte sie ihn nicht mehr. Sie wußte nicht, ob er sie in leidenschaftlichem Haß nehmen, oder ob er mit einem heftigen Fluch aufspringen und aus dem Zimmer stürmen würde. Und dann spielte es auch gar keine Rolle mehr, was er tun würde, denn in diesem Moment drang ein schriller Schrei ins Zimmer, kein Rebellen- oder Yankee-Schrei, sondern hoch und zitternd und erbost und gebieterisch.

Dieser Schrei ließ Daniel seine Absichten vergessen – so schnell, wie Callie es niemals vermocht hätte. Er richtete sich auf und starrte sie mit schmalen Augen an. »Was um Gottes willen...«

Sie zwang sich zur Ruhe, und als sie unter ihm zur Seite rutschte, hielt er sie nicht fest. »Das – das ist Jared«, erklärte sie.

Verständnislos schaute er sie an. »Ein Baby?«

»Ja, ein Baby«, bestätigte sie, stand auf, rannte in den Flur und öffnete die Tür des Kinderzimmers.

Jared hatte seine Decke abgeworfen, die Fäustchen erhoben, strampelte heftig und forderte brüllend sein Recht. Callie hob ihn aus dem Bettchen und drückte ihn an sich. Inzwischen war Daniel ihr gefolgt. Sie preßte das Kind instinktiv noch fester an ihre Brust, wich protestierend zurück, aber das ignorierte er. Entschlossen griff er nach Jared. »Gib mir das Baby!«

Um zu verhindern, daß der Kleine verletzt wurde, mußte sie ihn loslassen. Daniel achtete nicht auf das gellende Geschrei und die geballten winzigen Fäuste. Er trat ins flackernde Lampenlicht, das vom Flur hereinfiel, und betrachtete das Baby, das ein weißes Baumwollhemdchen und eine Windel trug. Sein Blick wanderte von dem roten wutverzerrten Gesicht zu den perfekt geformten Füßchen. Während er Jared mit einem Arm festhielt, berührte er mit der anderen Hand das dichte ebenholzschwarze Haar. Dann riß er den Blick von den tiefblauen Augen los, die seine eigenen widerspiegelten, und schaute Callie an. »Das ist mein Baby!« stieß er heiser hervor.

Sie wollte sprechen, aber ihr Mund war völlig trocken geworden, und ihre Stimme versagte. Doch Daniel wartete ohnehin keine Antwort ab. Er verließ das Zimmer mit ihrem Baby. Mit seinem Baby.

Das durfte er nicht. Jared war noch so klein. Und Daniel konnte unmöglich für ihn sorgen. Nicht einmal er würde so grausam sein.

Seine Schritte entfernten sich auf den Stufen.

»Daniel!« Endlich fand sie ihre Stimme wieder. Sie

rannte ihm nach und holte ihn am Fuß der Treppe ein. »Was machst du? Gib ihn mir. Er schreit, weil er hungrig ist. Du kannst ihn mir nicht wegnehmen! Daniel, bitte!«

Er blieb stehen und starrte sie an. »Das ist mein Sohn!«

»Wie willst du das wissen...?«

»Bist du wirklich dumm genug, das abzustreiten?«

»Gib ihn mir zurück, Daniel!«

»Er gehört nicht hierher, sondern nach Cameron Hall.«

Callie biß sich auf die Lippen. »Du darfst ihn nicht mitnehmen. Er ist erst zwei Monate alt. Wie willst du ihn denn betreuen? Daniel, bitte!« Tränen glänzten in ihren Augen. Sie packte ihn am Ellbogen. »Er braucht mich, und jetzt weint er vor Hunger. Du mußt ihn mir geben.«

Langsam verzogen sich seine Lippen zu einem Lächeln. »Du hattest die Absicht, mir nie von ihm zu erzählen, nicht wahr?«

»Doch, das wollte ich.«

»Und wann zum Teufel sollte das geschehen?«

»Du hast mir ja gar keine Gelegenheit gegeben. Statt dessen bist du einfach hier hereingeplatzt, um mich zu verurteilen, um mich zu verdammen...«

Bitter fiel er ihr ins Wort. »Vielleicht hofftest du, ich würde nie wiederkommen, in meiner Gefangenschaft sterben und verrotten!«

»Um Himmels willen, Daniel, du kannst meinen Sohn nicht entführen.«

»Er ist auch mein Sohn, und er wird meinen Namen tragen.« Er wandte sich ab und ging zur Haustür.

»Aber du kannst doch gar nicht für ihn sorgen!« schrie sie.

Da blieb er stehen und drehte sich lächelnd um. »Natürlich kann ich das, Callie. Ich werde eine Mammy finden, die ihn betreut. Innerhalb einer Stunde.«

»Nein!« flüsterte sie atemlos.

»Er ist ein Cameron, und ich werde ihn noch heute nacht in den Süden mitnehmen.«

»Aber er gehört mir!«

»Und mir. Wenn er auch unter sehr bitteren Umständen gezeugt wurde – er kommt mit mir nach Hause.«

»Das hier ist sein Heim.«

»O nein, er ist im Süden zu Hause, am James River.«

»Ich werde das Gesetz zu Hilfe rufen!« warnte sie.

»Es gibt kein Gesetz mehr, Callie«, erwiderte er müde. »Nur noch Krieg.« Als er die Veranda betrat, folgte sie ihm. Jared brüllte schriller denn je, voller Zorn, weil ihm die gewohnte Mahlzeit verwehrt wurde. Die Tränen, die Callie bisher so mühsam zurückgehalten hatte, strömten jetzt über ihr Gesicht. »Nein, du kannst mir das Kind nicht wegnehmen!« schluchzte sie, rannte Daniel nach und schlug mit beiden Fäusten auf seinen Rücken.

Er wandte sich zu ihr und musterte sie mit kalten, gnadenlosen blauen Augen. »Dann solltest du mich in den Süden begleiten, Callie.«

Verblüfft trat sie zurück. »Was?«

»Mein Sohn kommt mit mir nach Cameron Hall. Wenn du ihn nicht verlieren möchtest, kannst du mit uns reiten. Du hast zehn Minuten Zeit, dich zu entscheiden, dann brechen wir auf. Wer weiß, vielleicht beschließt Meade diesmal, Lees Heer zu jagen, obwohl es so aussieht, als würde der arme Onkel Abraham keinen General mehr finden, der unseren Bobby verfolgt. Jedenfalls werde ich nicht warten. Also beeil dich, wenn du mitkommen willst.«

In den Süden!

Sie konnte unmöglich nach Virginia reisen. Wohin ihr Herz gehörte, hatte schon zu Beginn des Krieges festgestanden. Niemals würde sie ihren Fuß auf südlichen Boden setzen, denn sie verabscheute die Sklaverei, und sie hatte Präsident Lincolns Kampf von Anfang an verstanden. Die ersten Schüsse waren abgefeuert worden, weil die Südstaaten geglaubt hatten, sie könnten von der Union abfallen und ihre eigenen staatlichen Rechte über alles andere stellen. Jetzt ging es um noch viel mehr.

Auch Daniel Camerons wegen konnte sie nicht nach Virginia umsiedeln, denn er war überzeugt, daß sie ihn verraten hatte. Und die Feindschaft, die er ihr entgegenbrachte, übertraf alles, was ein Nordstaatengeneral jemals für Bobby Lee empfunden hatte. Sie streckte die Arme nach ihm aus. »Gib mir das Baby. Ich muß es stillen.« Als er sie in eisigem Schweigen anschaute, fügte sie in leisem Ton hinzu: »Bitte«

Da legte er das schreiende Kind endlich in ihre Arme. Sie zitterte am ganzen Körper und atmete erleichtert auf. Das Baby bedeutete ihr mehr als alles andere auf der Welt. Mehr als der Krieg, viel mehr als Stolz oder Ruhm.

»Zehn Minuten, Callie«, sagte Daniel tonlos. »Ich warte hier draußen auf Jared und dich, falls du uns begleiten möchtest. Meinen Sohn nehme ich auf jeden Fall mit.«

»Aber wir sind Feinde!«

»Erbitterte Feinde«, stimmte er höflich zu.

»Ich könnte dich wieder verraten, wenn wir durch dieses Gebiet reiten.«

»Diese Chance wirst du nicht mehr erhalten«, versicherte er leise.

Nach einem letzten Blick in seine harten blauen Augen wandte sie sich ab und floh mit dem Baby die Treppe hinauf, in ihr Zimmer. Ihr Herz schlug wie rasend. Sie küßte die Stirn ihres Kindes, löste geistesabwesend die Verschnürung am Oberteil ihres Kleides und entblößte ihre Brust, um Jared zu stillen. Behutsam strich sie über sein winziges Gesicht, während er gierig saugte. Übermächtige Liebe durchströmte sie wie eine heiße Welle.

Sie legte ihre Wange auf das weiche schwarze Haar. Niemals würde sie Daniel gestatten, ihr das Kind wegzunehmen. Was immer sie im Süden als Yankee auch erdulden mochte... Sie schloß die Augen. Daniel irrte sich. Sie hatte seinen Sohn in Liebe empfangen.

Nicht einmal ein Jahr war seit der ersten Begegnung vergangen. Was für eine Zeit. Eine stürmische Zeit...

# FEINDESLAND

## 1

*September 1862*
*Sharpsburg, Maryland*
Als Daniel stürzte, begannen Wirklichkeit und Träume zu verschmelzen.

Glanzvoll war die Kavallerieeinheit hier angekommen, lauter erstklassige Reiter auf prächtigen Pferden, die Schwerter in der Spätsommersonne funkelnd, die letzten Kavaliere, die für Ehre, Ruhm und Liebe kämpften, für die unberührbare Seele, die das Wesen eines Volkes ausmachte...

Doch das gehörte der Vergangenheit an. Die Liebe und die Träume von der Ehre existierten immer noch. Aber Daniel hatte zu lange gekämpft, um weiterhin an den Ruhm des Krieges zu glauben. Und aus der Nähe betrachtet, sah er keineswegs glanzvoll aus, ebenso wenig wie seine Soldaten. Zerrissene Uniformen, durchlöcherte Stiefel, die Gesichter müde und hager... Trotzdem ritten sie weiter, der Stahl der Schwerter blitzte immer noch im Sonnenschein, und der Rebellenschrei erklang im Brustton der Überzeugung leidenschaftlich wie eh und je. Reiter des Schicksals, Reiter des Todes.

In der Schlacht hatte er sein Pferd verloren, unerschrokken seine Klinge mit Soldaten in blauen Uniformen gekreuzt – und nicht gewagt, genauer hinzuschauen. Es war die Explosion der Kanonenkugel dicht vor den Füßen seines Hengstes, die ihn aus dem Sattel warf. Für einen seltsam schmerzlosen Moment glaubte er zu schweben.

Um so heftiger durchzuckte ihn die Qual, als er auf dem duftenden Grasboden von Maryland aufprallte. Und dann versank er im schwarzen Nichts.

Träume suchten ihn heim. Wieder hörte er den gräßlichen Krach der Kanonen, sah die Flammen vor dem blauen Sommerhimmel explodieren. Trommelnde Hufschläge, stählernes Klingen, gellendes Geschrei. Und plötzlich verschwand alles, wie von einem reinen, frischen Wind davongeweht.

Der James River. Diese Brise drang vom Fluß heran, berührte kühl und süß seine Wangen. Summende Bienen schwirrten um ihn herum. Er lag auf dem Rasen vor Cameron Hall, seinem Zuhause, und beobachtete die weißen Schäfchenwolken, die träge am Himmel dahinzogen. Beim Räucherhaus sang jemand ein Spiritual, von leisen, tiefen Männer- und wohltönenden Frauenstimmen begleitet.

Er brauchte die Augen nicht zu öffnen, um das Räucher- oder das Herrschaftshaus zu sehen oder den grünen Hang, der zum Flußufer hin abfiel, die Schiffe, mit der Ernte beladen, die zum Markt gebracht wurde, den Garten, wo die roten Rosen blühten. Das alles kannte er so gut wie sein eigenes Spiegelbild. Es war sein Heim, und er liebte es.

Aber nun mußte er aufstehen. Er hörte Christas Gelächter. Bald würde sie mit Jesse zu ihm kommen. Papa hatte die beiden losgeschickt, damit sie ihn zum Dinner ins Haus holten. Und beide würden über seine Tagträume spotten. Obwohl Christa noch ein kleines Mädchen war, führte sie umsichtig und tüchtig den Haushalt. Und Jesse hatte schon immer gewußt, was er wollte – eine Ausbildung an der Heeresakademie Westpoint, ein mehrjähriges Medizinstudium an einer guten Universität. Und er selbst...

»Träumst du schon wieder in den Tag hinein, Daniel?« fragte sein älterer Bruder Jesse und setzte sich zu ihm, während die jüngere Schwester an seiner anderen Seite Platz nahm.

»Tagträume sind doch nicht verwerflich, Jess.«

»Natürlich nicht.« Schon immer war Jesse das ernsthafteste Familienmitglied gewesen, ein Friedensstifter, ruhig und entschlossen und hartnäckig.

Allzu viele Jahre trennten die zwei Cameron-Söhne nicht, und sie fühlten sich in enger Freundschaft miteinander verbunden. Natürlich stritten sie manchmal, aber keiner duldete, daß sein Bruder von anderen kritisiert wurde. Wenn das geschah, flogen sofort die Fäuste. Und falls man nicht von allen beiden verprügelt werden wollte, mußte man sich hüten, ein böses Wort über Miß Christa zu sagen, obwohl sie das Mädchen daheim ständig ärgerten.

»Wovon träumst du denn?« fragte sie. Ihr Gelächter mischte sich mit den anderen Lauten, die zu Daniel drangen, mit dem Plätschern des Flusses, dem Flüstern des Windes – all den Geräuschen, die zu den trägen Sommertagen gehörten, zur Kindheit.

An seiner Stelle antwortete Jesse, seit eh und je mit einem schnelleren Mundwerk ausgestattet. »Wahrscheinlich von Pferden.«

Daniel grinste. »Vielleicht. Christa wird die schönste, eleganteste junge Dame im ganzen Land sein, du der größte Arzt seit Hippokrates – und ich werde reiten wie kein anderer...« Plötzlich sprang er auf und schwang ein imaginäres Schwert. »...und kämpfen wie einer von König Arthurs Rittern!«

Kichernd klatschte Christa in die Hände. »Und du wirst zahllose edle Damen aus höchster Not befreien. Das tun alle Ritter.«

»Ich dachte, sie bezwingen hauptsächlich böse Drachen.«

»Oder Indianer«, ergänzte Jesse trocken.

»Jeder weiß doch, daß man schöne Damen vor Indianern und Drachen retten muß«, beharrte Christa.

»Laß ihm etwas Zeit, Mädchen«, riet Jesse. »Die Damen neigen dazu, sich früher für Ritter zu interessieren, als die Ritter für Damen. Eines Tages wird's auch bei Daniel soweit sein. Aber jetzt steht erst einmal das Essen auf dem Tisch. Schinken, in Honig geräuchert, Süßkartoffeln, junge Erbsen und frisch ausgepreßte Limonade.«

Eine Granate zerbarst am Himmel. Daniels Erinnerungen verblaßten, Christas Gelächter ging im Kreischen einer Kanonenkugel unter, die emporflog. Er lag nicht mehr im kühlen grünen heimischen Gras, sondern im Farmgebiet von Maryland. Und die Wiese war nicht mehr grün, sondern von Pferdehufen zu Schlamm aufgewühlt und mit Soldatenblut getränkt.

Inzwischen hatte er gelernt, Damen zu retten. Einem Drachen war er nie begegnet, aber den Indianern im Westen – und Feinden, mit denen er nie gerechnet hatte, seinen eigenen Landsleuten. Yankees. Männer, mit denen er zur Schule gegangen war, an deren Seite er im Westen gekämpft hatte.

Sein eigener Bruder... Drachen wären ihm lieber gewesen.

Er wußte, daß er blutete. Keine neue Wunde, eine alte war wieder aufgerissen, als er durch die Luft geflogen war. Schmerzen plagten ihn nicht, aber plötzlich spürte er, wie Schlamm in sein Gesicht spritzte. Würde er sterben? Er versuchte, sich umzudrehen. Wären seine Männer imstande gewesen, ihn mitzunehmen, hätten sie ihn niemals hier liegenlassen. Oder sie hielten ihn für tot. Wie auch immer, er mußte sich aufrappeln. Er war verletzt, und er blutete. Sicher würden Soldaten in diese Gegend kommen. Es mochten Rebellen sein, aber auch Yankees. Neue Gefechte drohten. Aber er konnte auch an seiner Wunde sterben, wenn ihm nicht bald geholfen würde.

Vorsichtig hob er den Kopf, schaute sich um und entdeckte ein Haus in der Nähe – nicht Cameron Hall, sondern ein weißgetünchtes Farmhaus mit Sommerblumen auf der Vorderveranda. An den Ästen einer hohen Eiche hing eine Schaukel.

Ein Kugelregen hatte die Blumen niedergemäht und Narben in die weiße Mauer geschlagen. Jetzt drang neuer Schlachtenlärm aus der Ferne herüber, Stahl klirrte gegen Stahl. Daniels Kompanie war weitergezogen, der Kampfschauplatz hatte sich verlagert. Ringsum lagen Tote, in blauen und grauen Uniformen.

Er versuchte, sich aufzurichten, um zum Haus zu kriechen, doch seine schwachen Kräfte waren der Anstrengung nicht gewachsen. Das weiße Gebäude verschwamm, schwarze Nacht sank wieder herab. Er hieß sie willkommen und hoffte, sie würde ihn zurückführen ins süß duftende Gras am James River...

Als er die Augen öffnete, glaubte er zu träumen. Er mußte gestorben und irgendwie in den Himmel gelangt sein, denn das Geschöpf, das sich über ihn neigte, konnte nicht aus der Hölle stammen. Klare graue Augen sahen ihn an, dichtes kastanienrotes Haar umrahmte ein feingezeichnetes, herzförmiges Gesicht mit vollen, schön geschwungenen Lippen. Und er atmete einen bezaubernden Duft, der ihn an Rosen erinnerte.

Träumte er wieder, so wie bei der ersten Ohnmacht vom grünen Rasen daheim, vom plätschernden Fluß und der milden Brise? Nein, diese Frau war Wirklichkeit – vielleicht ein Engel, aber aus Fleisch und Blut, denn nun spürte er, wie ihre Finger sanft über seine Wange strichen, wie ein kühler Frühlingswind. Sie kniete neben ihm nieder, und er wollte sie immerzu anschauen, doch das konnte er nicht. Kraftlos senkten sich seine Lider.

Ihre Hände umschlossen seinen Kopf, den sie behutsam in ihren Schoß bettete. »Oh, Sie atmen – Sie leben!«

Vergeblich versuchten seine trockenen Lippen, ein »Ja« zu formen.

»Ma'am! Ma'am!« Jemand rief nach ihr. »Es kracht

schon wieder! Die Schlacht ist noch lange nicht vorbei! Kommen Sie ins Haus!«

»Aber – Sir! Dieser Mann...«

»Ein toter Rebellenoffizier, Lady, und sicher verantwortlich für die meisten toten Yankees, die hier liegen! Praktisch ein Mörder! Kommen Sie!«

Ein Yankee, dachte Daniel. Der soll nur glauben, ich wäre tot. Vielleicht sterbe ich ohnehin bald...

»Ma'am... Oh, du bist es, Callie Michaelson! Um Himmels willen, lauf ins Haus!«

»Eric! O Gott, ich hätte nicht erwartet, hier einen Soldaten zu treffen, den ich kenne. Dieser Mann...«

»Ein toter Rebell!«

Mühsam öffnete Daniel die Augen – unmerklich, nur ganz wenig. Durch einen schmalen Spalt und den Schleier seiner Wimpern sah er einen Yankee-Kavalleristen vor sich stehen, der ihm auf die Füße zu spucken versuchte, aber nur den Boden traf.

Arschloch, dachte Daniel. Das ist der Grund, warum ihr Yanks den Krieg niemals gewinnen werdet. Nicht einmal mit eurer Spucke könnt ihr zielen. Und du spuckst auf einen Toten, Soldat! Bete zu Gott, daß ich niemals aufstehen und dir im Nahkampf gegenübertreten werde.

»Mein Gott, Callie, ich würde mir nie verzeihen, wenn dir etwas zustieße. Und Gregory würde sich im Grab umdrehen. Bitte, geh ins Haus und verschwende deine kostbare Zeit nicht an einen elenden Reb! Ich begreife nicht, daß du ihn überhaupt anrührst.«

Daniel hob die Lider etwas höher. Jetzt sah er wieder diese hinreißenden grauen Augen, von silbrigem Glanz erfüllt, umrahmt von dunklen Wimpern, rötlich schimmernd wie ein Sonnenuntergang. Ihr Haar glich einer Gloriole aus nächtlichem Feuer...

Plötzlich sprang sie auf, und sein Kopf fiel unsanft auf den Boden zurück. Seine Welt verfinsterte sich wieder, und er kämpfte dagegen an, um bei Bewußtsein zu bleiben. Verzweifelt griff er nach ihr, und ihr zierlicher, schwarz beschuhter Fuß streifte seine Finger, ehe sie davonlief. Sein barmherziger Engel war verschwunden. Sie wäre bei mir geblieben, hätte man sie nicht daran erinnert, daß ich ein Reb bin, dachte er bitter.

Aber vielleicht war es besser so. Eine Yankee-Kompanie rückte jetzt über die Wiese heran, und er stellte sich tot. Auf keinen Fall wollte er in Kriegsgefangenschaft geraten.

Die Feinde näherten sich, und er verlor die Besinnung, ehe neue Schüsse krachten.

Als er das nächste Mal zu sich kam, schwieg die Welt. Dann hörte er Vögel zwitschern und merkte, daß er noch lebte. Er konnte sich bewegen, die Hände ballen, die Fäuste wieder öffnen, die Beine ausstrecken.

Jetzt fühlte er sich etwas kräftiger. Er öffnete die Augen, und sie fielen ihm nicht mehr zu. Langsam und vorsichtig setzte er sich auf. Die Zahl der grau- und blauuniformierten Gestalten, die ringsum am Boden lagen, war erheblich gestiegen. Er schaute zum Haus hinüber, das er unbedingt erreichen mußte.

Die Schlacht war beendet, und er wußte nicht, wer sie gewonnen hatte. Vielleicht konnte sich keine der beiden Seiten eines klaren Sieges rühmen. Seine Männer waren jedenfalls verschwunden. Hätten sie es vermocht, wären sie zurückgekehrt, um seine Leiche zu holen. Das konnte nur eins bedeuten – sie befanden sich auf dem Rückzug. Und um zu ihnen zu stoßen, mußte er die Yankee-Linien durchqueren. Er holte tief Atem und kam mühsam auf die Beine. Schwankend stand er da und hatte das Gefühl, der einzige Mensch auf Erden zu sein, von lauter Toten umgeben.

Nein, er war nicht allein. Als er wieder zu dem weißen Farmhaus blickte, erinnerte er sich an seinen Yankee-Engel, die schöne junge Frau, in deren Schoß sein Kopf gelegen hatte, bis sie darauf hingewiesen worden war, daß er zu den Feinden zählte.

Bald würden Unionspatrouillen diese Gegend nach ihren Verwundeten absuchen, ihre Toten einsammeln und alle Rebellen, die ihnen über den Weg liefen, in ihre berüchtigten Gefangenenlager bringen. Diesem Schicksal mußte er entrinnen. Seine Lippen verzogen sich zu einem schmerzlichen Lächeln, während er die Richtung zum Farmhaus einschlug und langsam einen Fuß vor den anderen setzte. »Wir werden uns wiedersehen, schöner Engel«, flüsterte er.

Als er auf die Veranda zuging, duckte er sich vorsichtig. Womöglich saß die Frau dort drinnen, eine geladene Schrotflinte in den Händen. Nach dem kurzen Gespräch zu urteilen, das er mit angehört hatte, stand sie eindeutig auf der Seite des blauuniformierten Feindes.

Am besten betrat er das Haus durch den Hintereingang. Er mußte sie überrumpeln und ihr unmißverständlich klarmachen, daß er am Leben zu bleiben gedachte. Stöhnend berührte er seine Schläfe. Waren die Schmerzen schon so schlimm gewesen, ehe sie seinen Kopf zu Boden hatte fallen lassen? Und hatte sie danach womöglich noch nach ihm getreten? Er grinste schief. So oder so – sein Engel würde ihn vor der Hölle bewahren.

## 2

Der letzte Trommelschlag war verhallt, der schrille Klang des Signalhorns verstummt, die Kämpfe hatten ein Ende gefunden. Immer noch hingen beißender Pulvergeruch und Rauch in der Luft. Auf dem einst so grünen, friedlichen, fruchtbaren Acker- und Weideland lagen die Opfer des Krieges verstreut.

Zwei Tage lang hatte Callie Michaelson in ihrem Keller

gesessen und dem schrecklichen Schlachtenlärm gelauscht. Einmal war sie von seltsamer Stille hinausgelockt worden und erstaunlicherweise Eric Dabney begegnet, der sie voller Sorge ins Haus zurückgeschickt hatte. Er stammte aus einer Kleinstadt, zwanzig Meilen nordöstlich von der Farm, und war der Trauzeuge seines Freundes Gregory gewesen. Während des Krieges hatte sie ihn aus den Augen verloren. Er war auf die Militärakademie gegangen und Lincolns Ruf zu den Waffen gefolgt. Nun diente er als Offizier bei der Kavallerie.

Callie konnte nichts für die Männer tun, die vor ihrer Tür lagen – weder für die blau- noch für die grauuniformierten. Und jetzt wurde das Haus wieder von dieser unheimlichen Stille umgeben. Sie stieg die Kellertreppe hinauf, durchquerte den Salon und trat auf die Veranda. Das Herz wurde ihr schwer. So viele Tote... Der Pulverrauch brannte in ihren Augen, als sie sich im Hof umsah. Sie erschauerte, weil sie sich plötzlich fehl am Platz fühlte in ihrem eleganten blauen Kleid mit dem feinen Spitzenbesatz am Oberteil und dem hohen Kragen. Unter dem Saum blitzten schneeweiße Unterröcke hervor. Welch ein Kontrast zum Schlamm und Blut im Hof... Sogar ihr kastanienrotes Haar leuchtete an diesem Spätnachmittag viel zu auffällig.

Seltsam – die alte Schaukel, die an den Eichenästen hing, war unversehrt geblieben. Im grauen Nebel schwang sie langsam hin und her. Zahlreiche Kugellöcher klafften im Baumstamm. Callie stieg die Verandastufen hinab. Als sie die vielen Leichen sah, stiegen ihr Tränen in die Augen. Die weit geöffneten Augen eines Konföderierten-Soldaten starrten blicklos in den Himmel, über ihm lag – wie in einer letzten Umarmung – ein Mann in blauer Uniform. Wie jung die beiden gewesen waren...

»O Gott«, flüsterte sie, kniete nieder und schloß beiden die Augen.

Wo mochte der attraktive Kavallerieoffizier sein, dessen

Kopf in ihrem Schoß gelegen hatte? Sie stand auf, betrachtete im Pulverrauch, den die Abenddämmerung noch verdichtete, die Wiesen und Felder. Ein Kugelhagel hatte das Getreide niedergemäht.

Hufschläge erklangen, und sie wandte sich erschrocken in die Richtung, aus der das Geräusch kam. Ein Reiter tauchte aus dem Nebel auf, in blauer Uniform, gefolgt von anderen. Er salutierte. »Captain Trent Johnston, von der Potomac-Armee, Miß. Geht es Ihnen gut?«

Wie konnte es einem gutgehen, wenn man inmitten des Grauens stand, das von diesem zweitägigen Gemetzel hinterlassen worden war? Trotzdem nickte sie. »Ja, Captain.«

»Ist noch jemand im Haus?«

»Ich lebe allein. Meine drei Brüder sind im Westen.«

»Bei der Unionsarmee?« fragte Johnston mit scharfer Stimme, und Callie lächelte wehmütig.

Viele blauuniformierte Soldaten fanden die Loyalität der Marylander fragwürdig. Hier brachte man den Südstaaten große Sympathien entgegen. Lincolns Amtsantritt hatte in Baltimore zu Unruhen geführt. Aber sie ärgerte sich über seine Zweifel an ihrer loyalen Gesinnung. Immerhin lagen ihr Vater und ihr Mann nach dem Kriegsdienst für die Union im Familiengrab unten am Bach. »Ja, Captain. Sie ließen sich in den Westen versetzen, weil sie nicht gegen unsere Nachbarn kämpfen wollten.«

Seine Augen verengten sich. »Jenkins, Seward! Seht mal nach, ob hier irgendein Billy Blue überlebt hat!«

Callie musterte Trent Johnston, während zwei Soldaten abstiegen und die Gefallenen inspizierten. Er war noch nicht alt, aber die Zeit – oder der Krieg – hatte tiefe Furchen der Bitterkeit in sein Gesicht gegraben und seinen blauen Augen allen Glanz genommen. »Hat die Union diese Schlacht gewonnen?« fragte sie.

»Ja, Miß. Allerdings wurde der Sieg von beiden Seiten beansprucht. Aber General Lee trat mit seinen Leuten den

Rückzug an. Also glaube ich, die Union darf den Erfolg für sich verbuchen, doch ich weiß nicht, um welchen Preis. Großer Gott, ich habe noch nie so viele Tote auf einmal gesehen.«

Er beobachtete seine beiden Soldaten, die sich über die reglosen Gestalten beugten, und Callie ballte die Hände. Sie hätte es nicht ertragen, die Säbel- und Schußwunden aus der Nähe zu betrachten. Der eine Mann suchte ihren Hof ab, wo keine Überlebenden lagen, der andere die Wiese.

Als sie zurückkehrten, fragte Callie: »Und wenn Sie einen Konföderierten gefunden hätten, der noch am Leben gewesen wäre?«

»Keine Angst, den hätten wir natürlich betreut«, antwortete einer der Soldaten leise. Offenbar wollte er nicht, daß sein hartgesottener Kommandant zuhörte. »Einige meiner Verwandten kämpfen auf der anderen Seite.«

Sie nickte ihm zu und wandte sich wieder an Johnston. »Sir, einer meiner Bekannten war während der Schlacht hier – Captain Eric Dabney. Wissen Sie, ob er überlebt hat? Haben Sie ihn gesehen?«

»Noch nicht, Miß. Aber falls ich ihn am Abend treffe, werde ich ihm ausrichten, Sie hätten sich nach seinem Befinden erkundigt.«

»Danke.«

Er tippte an seinen Hut. »Bald werden wir zurückkommen und die Toten holen, Miß. Seward, Jenkins, steigen Sie auf!«

Die Kompanie verschwand in der Abenddämmerung. Sekundenlang schloß Callie die Augen. Johnstons Worte erinnerten sie an den Grabstein neben der letzten Ruhestätte ihrer Muter. Gregory war in einem Sarg hierher zurückgeschickt worden. Fröstelnd, wie betäubt, in schwarzer Tracht, hatte sie ihn auf dem Bahnhof erwartet. Ihr Vater war in weiter Ferne gefallen, in Shilo. Sie hatte nur einen Brief von seinem Kommandanten erhalten.

»Liebe Mrs. Michaelson, zu meinem tiefsten Bedauern muß ich Ihnen mitteilen...«

Sie ertrug den Anblick der Leichen nicht mehr, die das Schlachtfeld übersäten, und floh zum Haus. Erst jetzt sah sie die Kugeleinschläge in den weißen Mauern. Die Fensterscheiben an der Vorderfront waren zertrümmert, im steinernen Stützpfeiler an der linken Verandaecke steckte sogar eine kleine Kanonenkugel. Niemals würde Callie diese Schlacht vergessen können. Langsam ging sie in den Salon. Unter ihren Sohlen knirschten Glasscherben.

Unheimliche Schatten erfüllten den Raum. Sie wollte die Gaslampen anzünden, doch dann preßte sie plötzlich eine Hand auf ihren Mund und bekämpfte eine wachsende Panik. Sie war nicht allein.

Irgend jemand hatte das Haus durch den Hintereingang betreten. Von der Schwelle des Salons aus sah sie ihn auf der anderen Seite des Flurs stehen, in der Küchentür, hochgewachsen und breitschultrig. Durch die geschwungene Feder auf seinem Hut wirkte er noch größer. Seine Gesichtszüge konnte sie in der Dunkelheit nicht erkennen – aber die Uniform. Und die war grau, mit goldgelbem Besatz. Ein Mitglied der Südstaatenkavallerie. Was wollte er hier? Sie hatte gehört, was mit manchen alleinstehenden Frauen geschah, in deren Häuser Invasionssoldaten eindrangen.

»Seien Sie still!« fauchte er, noch ehe sie Atem holen konnte, um zu schreien.

Aber sie mußte um Hilfe rufen. Sicher war Captain Johnston noch in der Nähe. Blitzschnell rannte sie zur vorderen Haustür, aber als sie die Klinke umfaßte, packte der Kavallerist ihren Arm und riß sie nach hinten. Sie stieß einen gellenden Schrei aus, und der Mann herrschte sie an: »Verdammt, Ma'am, halten Sie den Mund! Ich habe nicht die Absicht, in einem Kriegsgefangenenlager zu landen.«

Jetzt sah sie sein Gesicht im schwachen Dämmerlicht.

Der Soldat, in dessen Körper sie draußen auf dem Schlachtfeld schwaches Leben wahrgenommen hatte... Seine kobaltblauen Augen funkelten wie kalter Stahl, enthielten eine gefährliche, wild entschlossene Warnung. Sie zerrte an den Fingern, die ihren Arm umklammerten, spürte etwas Warmes, Klebriges. Blut.

»Lassen Sie mich los!« forderte sie und bezwang ihre Angst. Nein, so leicht konnte man sie nicht einschüchtern. Immerhin lebte sie schon seit Beginn des Krieges allein auf der Farm. Mit aller Kraft befreite sie sich und sprang wieder zur Tür. »Captain Johnston!«

»Hören Sie auf, zum Teufel! Ich will Ihnen nicht weh tun.« Er drehte sie herum, stemmte seine Arme zu beiden Seiten ihres Kopfes gegen die Tür. Als sie den Mund öffnete, preßte er eine Hand darauf. »Ma'am, ich möchte nicht...« Er verstummte und rang nach Luft. Offensichtlich konnte er sich nur mühsam auf den Beinen halten. Nun blinzelte er. Seine schwarzen Wimpern berührten die Wangen.

Plötzlich sank er auf die Knie, dann fiel er seitwärts zu Boden. Vorsichtig stieß sie ihn mit einer Fußspitze an. Er bewegte sich nicht. War er tot? Sollte sie die Tür öffnen und nach Captain Johnston rufen? Sicher war er inzwischen außer Hörweite, und vorerst konnte ihr der Rebell nichts anhaben.

Sie beugte sich hinab, um festzustellen, ob er noch lebte. Der Hut war ihm vom Kopf geglitten, und sie sah sein dichtes, ebenholzschwarzes Haar, im Nacken leicht gewellt. Ein attraktiver Mann, dachte sie, ein ausdrucksstarkes, charaktervolles Gesicht. Wie hilflos er jetzt daliegt... Mitleid stieg in ihr auf. Vorübergehend vergaß sie, daß er ihr Feind war, und strich ihm eine feuchte Strähne aus der Stirn. Da entdeckte sie die Spur eines Streifschusses. Auch an der Seite blutete er. Die Uniform wies kein Loch auf, aber auf dem grauen Wollstoff hatte sich ein roter Fleck ausgebreitet.

Callie eilte in die Küche, tauchte ein Geschirrtuch in kühles Brunnenwasser, kehrte zu dem Verwundeten zurück und kniete neben ihm nieder. Als sie eine Hand auf seine Brust legte, spürte sie seinen Herzschlag. Behutsam wusch sie seine Stirn. Diese Verletzung würde er gewiß überleben. Die Blutung an der Seite bereitete ihr größere Sorgen. Sie öffnete den Waffenrock, zog vorsichtig das Hemd aus der Hose. Die Haut seiner muskulösen, bronzebraunen Brust fühlte sich ziemlich heiß an.

Während sie das Blut an der Seite wegwischte, erkannte sie, daß es aus einer älteren Schnittwunde quoll, die sich wieder geöffnet hatte. Sie drückte das zusammengeknüllte Tuch darauf, und bald kam die Blutung zum Stillstand. »Vielleicht wirst du am Leben bleiben, Reb«, murmelte Callie. »Captain Johnston wäre es allerdings lieber, du würdest sterben.«

Sie erkannte die Dienstabzeichen eines Colonels von der Konföderierten-Kavallerie. Wie sie gehört hatte, trugen viele Südstaatengeneräle immer noch ihre alten US-Uniformen. Der elegant geschnittene graue Waffenrock dieses Rebellen wies darauf hin, daß er aus einem reichen Haus stammte. An der Säbelscheide war eine kleine lederne Brieftasche befestigt. Da er noch nicht zu sich gekommen war, blätterte Callie hastig in seinen Papieren. Einige Briefe, ein Dienstausweis, ausgestellt von General J. E. B. Stuart auf Colonel Daniel Cameron, Nord-Virginia-Armee.

Daniel Cameron... Sie erschauerte und wünschte plötzlich, sie wüßte nicht, wie er hieß. Ein Feind sollte namenlos bleiben. Dann wäre es einfacher, ihn zu hassen. Doch dann müßte er auch gesichtslos sein. Und sie hatte all diese Gesichter gesehen, junge Gesichter, die mit leeren Augen zum Himmel aufschauten... Hör auf, daran zu denken, ermahnte sie sich. Ein Krieg ist nun mal ein Krieg.

Wieder glaubte sie, Hufschläge zu hören und atmete

erleichtert auf. Hastig stopfte sie die Papiere in die Brieftasche zurück. Sie brauchte nur nach Captain Johnston zu rufen, um diesen Feind loszuwerden. Als sie aufstand und zur Tür gehen wollte, merkte sie, daß sie es nicht konnte. Blutbefleckte Finger krallten sich um den Saum ihres Rocks. Tiefblaue Augen starrten sie drohend an.

»Lassen Sie mich los!« befahl sie, von neuer Angst erfüllt.

Ein schiefes Grinsen verzog Daniel Camerons Lippen. »Ganz sicher nicht, mein Engel.«

## 3

Die Reiter kamen nicht zum Haus. Bald verhallten die Hufschläge. Callie mußte sich beeilen, wenn sie die Aufmerksamkeit der Yankees erregen wollte, und dem Reb entkommen, der das Bewußtsein zum falschen Zeitpunkt wiedererlangt hatte. Mit aller Kraft zerrte sie an ihrem Rock, riß sich los und rannte zur Tür. Beinahe wäre es ihr gelungen, sie zu öffnen, aber im letzten Moment schlang sich von hinten ein Arm um ihre Taille und drehte sie herum. Sie stieß einen schrillen Schrei aus.

»Schweigen Sie!« zischte Colonel Cameron. Verzweifelt trommelte sie mit beiden Fäusten gegen seine Brust. Da umfing er sie auch noch mit dem anderen Arm. Sie stürzten beide, rollten über den Boden, und als Callie dann liegenblieb, saß der Reb zu ihrem Entsetzen rittlings auf ihr. In wachsender Panik bäumte sie sich auf und schlug nach ihm. Grimmig packte er ihre Handgelenke. »Ma'am, ich tue wirklich mein Bestes, um Sie nicht zu verletzen. Geht das nicht in Ihren sturen Yankee-Schädel? Und was haben Sie eigentlich vorhin mit meiner Brieftasche getrieben? Wollten Sie mich noch vor meinem letzten Atemzug bestehlen?«

Ihre Augen verengten sich. »Ich habe versucht, Ihnen zu helfen.«

»So wie bei unserer ersten Begegnung, als Sie meinen Kopf einfach fallen ließen?«

»Ich dachte, Sie wären tot.«

»Und Sie hatten erkannt, daß ich ein Rebell bin.«

»Ein Feind! Einer dieser edlen, galanten Südstaatenkavaliere! Ist Ihr jetziges Verhalten eine Kostprobe Ihrer vielgepriesenen Ritterlichkeit?«

»Ich benehme mich viel ritterlicher, als ich's möchte. Nach einer höllischen Schlacht lag ich verwundet am Boden, und Sie ließen nicht nur meinen Kopf fallen, meine teure, überaus höfliche und menschenfreundliche Yankee-Lady, Sie gaben ihm auch noch einen Tritt.«

»Das ist nicht wahr!« protestierte Callie.

»Doch! Gleich, nachdem mein Kopf so unsanft am Boden gelandet war. Und ich Idiot hielt Sie für einen barmherzigen Engel!«

»Ich habe Sie nicht getreten. Und wenn Sie mich noch länger festhalten, schreie ich.«

Blitzschnell preßte er ihr eine Hand auf die Lippen, und im selben Moment hörte sie ein Klopfen an der Tür.

»Miß! Hier ist Captain Johnston! Wir bringen jetzt unsere Toten weg! Gibt es irgendwelche Schwierigkeiten?«

Verzweifelt wand sich Callie zwischen den Schenkeln des Rebs und versuchte, ihn in die Finger zu beißen, die ihr den Mund verschlossen. Zu ihrer Verblüffung zog er plötzlich ein Messer aus einer Stiefelscheide, und die scharfe Klinge berührte ihre Kehle. »Schreien Sie nicht!« flüsterte er.

Nein, niemals würde er ihr den Hals durchschneiden. Trotzdem schrie sie nicht, als er die Hand von ihren Lippen nahm. Plötzlich sprang er auf und zog sie auf die Beine, drehte sie herum und schob sie zur Tür. Nun spürte sie die Messerspitze im Rücken. »Sagen Sie ihm, alles sei in Ordnung!« wisperte er.

»Erstechen Sie mich doch!« fauchte sie.

»Führen Sie mich nicht in Versuchung!« Er öffnete die Tür und verbarg sich hinter Callie im Schatten.

Captain Johnston stand auf der Veranda, und sie wollte ihm sagen, ein Feind sei im Haus. Das Messer ist mir egal, redete sie sich ein, ich fürchte mich nicht vor dem Reb.

Später sollte sie sich noch oft fragen, warum sie ihn nicht den Yankees ausgeliefert hatte. Vielleicht, weil sie der Überzeugung war, daß für Johnston nur ein toter Rebell ein guter Rebell war. »Alles in Ordnung, Captain«, erwiderte sie in ruhigem Ton. »Danke.«

»Bald werden wir abziehen, Ma'am. Können meine Leute noch irgendwas für Sie tun?«

Die Messerspitze grub sich etwas tiefer in ihren Rücken. »Nein, Captain, ich will nur meine Ruhe.«

Er nickte. »Wenn Sie irgendwelche Soldaten sehen, rufen Sie nach mir. Einige meiner Leute werden immer in der Nähe bleiben. Ich kampiere weiter unten im Tal, beim kleinen Nebenfluß des Antietam.«

»Vielen Dank.«

Johnston wandte sich ab, und die Tür fiel ins Schloß. Von zwei starken Armen umfangen, glitt Callie mit dem Rebellen zu Boden. »Das war nicht schlecht«, meinte er.

»Das war sogar verdammt gut, Colonel«, erwiderte sie eisig. »Wenn Sie mich noch einmal mit Ihrem Messer bedrohen, schreie ich, bis die Sonne aufgeht.«

»Lady, Sie fordern das Schicksal heraus.«

»Was bleibt mir denn anderes übrig in der Gesellschaft eines so vornehmen, ritterlichen Kavaliers?«

Er biß die Zähne zusammen. »Ich muß zu Stuart zurückkehren.«

»Sie werden noch vorher verbluten, Colonel«, erwiderte sie honigsüß.

»Tatsächlich?«

Schritte polterten auf der Veranda, und er hielt ihr so fest den Mund zu, daß sie kaum Luft bekam. Eine halbe

Ewigkeit schien zu verstreichen – eine sonderbare Ewigkeit. Nie zuvor hatte sie sich so lange in der unmittelbaren Nähe eines Mannes befunden, nicht einmal in ihrer Ehe mit Gregory. Der Rebell stand auf und zog sie mit sich hoch. Ganz langsam nahm er die Hand von ihren Lippen, schob sie zur Tür und öffnete sie. Johnston stand wieder vor ihr. »Wir sind jetzt fertig, Madam.«

Sie schaute hinaus. Alle Leichen waren verschwunden, und sie glaubte, die Beine würden unter ihr nachgeben. Diese armen jungen Männer...

»Miß? Geht's Ihnen gut?«

Sie nickte. Ihr Mund war staubtrocken, und sie schluckte krampfhaft. »Ja. Ich – eh – danke, Captain.«

»Passen Sie gut auf sich auf. Und wenn Sie Hilfe brauchen...«

»Nein, nein, vielen Dank.«

»Oh, ich vergaß Ihnen zu sagen, daß Captain Dabney die Schlacht überlebt und nur eine Schnittwunde am Arm davongetragen hat. Der Arzt meint, es sei nur eine leichte Verletzung. Ich versicherte dem Captain, mit Ihnen sei alles in Ordnung, und er läßt Sie herzlich grüßen.«

»Oh, danke! Ich bin so froh, daß ihm nichts Schlimmes zugestoßen ist.«

Johnston salutierte, dann ging er zu seinem Pferd und stieg auf. Er erteilte einen Befehl, und seine Kompanie – die Reiter und die Leichenwagen – setzte sich in Bewegung. Callie starrte den Yankees nach, ein schwaches Lächeln umspielte die Lippen. Während ihres kurzen Gesprächs mit dem Captain hatte sie keine Messerspitze im Rücken gespürt.

Abrupt wurde die Tür geschlossen. Callie drehte sich um und zeigte dem Rebellen ihr Lächeln, das eine gewisse Selbstverhöhnung ausdrückte.

»Das haben Sie sehr gut gemacht«, murmelte er.

»Nur weil Sie so gut mit Frauen umgehen können, Colonel.«

»Und Sie, Madam, sind ein Ausbund an Liebenswürdigkeit und Güte«, spottete er. »Übrigens, wer ist Captain Dabney?«

»Ein Freund.«

»Ein Freund oder Liebhaber?«

Ohne zu überlegen, hob sie ihre Hand. Aber ehe sie ihn ohrfeigen konnte, hielt er ihren Unterarm fest. »Ob wir nun Krieg haben oder nicht, Sir – wie können Sie es wagen, mir eine solche Frage zu stellen!«

»Weil ich wissen muß, ob dieser Captain Dabney jederzeit in dieses Haus kommen könnte.«

»Mit dieser Angst müssen Sie eben leben.«

Er grinste. »Zu Ihrer Courage muß ich Ihnen tatsächlich gratulieren.«

»Oh, ich kann in der Tat so gefährlich sein wie jeder Mann, der Ihnen auf dem Schlachtfeld begegnet. Und nun wäre ich Ihnen sehr verbunden, wenn Sie mein Haus verlassen würden, Colonel.«

»Unmöglich.« Er bückte sich, hob seinen Hut auf und stülpte ihn auf seinen Kopf.

»Warum?«

»Ich blute.«

»Und das soll mich beeindrucken?« stieß sie wütend hervor. »Zwei Tage lang sind unzählige Männer auf meiner Farm verblutet...«

»Sie müssen den Soldaten verzeihen, daß sie hier sterben«, unterbrach er sie trocken. »Das tun sie nicht mit Absicht.«

Callie ignorierte seinen Sarkasmus. »Sie beleidigen mich, dringen in mein Haus ein...«

»Wenn Sie das so schlimm finden, sollten Sie sich mal in Virginia umsehen. Dieser Staat wurde von den Yankee-Truppen völlig verwüstet. Auf vielen Quadratmeilen wächst nichts mehr. Es gibt kaum noch Rinder und Pferde, die Kinder sind halb verhungert. Und Sie regen sich auf, weil ich Ihr Haus unbefugterweise betreten habe!«

Zerknirscht wich sie vor dem leidenschaftlichen Schmerz in seinen Augen zurück. »Bedenken Sie, daß ich für Sie gelogen und Sie vor dem Kriegsgefangenenlager bewahrt habe! Nun können Sie wieder in den Kampf ziehen und noch mehr Unionssoldaten töten, vielleicht sogar meine Brüder.«

Er lehnte sich müde an die Tür. »Ich könnte sogar meinen eigenen Bruder töten«, erwiderte er leise und schloß sekundenlang die Augen. »Tut mir leid, aber Sie müssen mir helfen. Ich habe nicht vor, auf Ihrem Grund und Boden zu verbluten.« Er packte ihre Hand und zerrte sie in die Küche. An der Spüle begann er, Wasser hochzupumpen.

Callie biß die Zähne zusammen, griff aber nach einem sauberen Geschirrtuch, befeuchtete es und preßte es auf die Wunde an seiner Seite. »Halten Sie das fest!« fauchte sie. Er gehorchte, und sie rückte einen Stuhl zur Spüle. Dann stieg sie darauf, wühlte in einem Wandschrank, fand saubere Leinenbandagen und sprang wieder hinunter. »Heben Sie Ihr Hemd hoch!« befahl sie, und er befolgte die Aufforderung. »Wer immer Sie damals zusammengeflickt hat – das war eine mangelhafte Leistung«, murmelte sie. »Und da schimpft man über unsere Yankee-Ärzte!«

Seine Finger gruben sich so schmerzhaft in ihren Arm, daß sie nach Luft schnappte. »Ich wurde von einem Yankee zusammengeflickt, Miß, und zwar von einem verdammt guten Arzt. Aber ich stieg viel zu früh wieder in den Sattel. Damit konnte der Mann natürlich nicht rechnen.«

Verwirrt schaute Callie ihn an. »Warum nehmen Sie einen Yankee in Schutz?«

»Weil er mein Bruder ist«, erklärte er ungeduldig. »Sind Sie jetzt fertig?«

»Ihr Bruder?« flüsterte sie verwundert.

»Ja«, bestätigte er tonlos.

Das hätte sie eigentlich nicht überraschen dürfen. Ihre eigenen Brüder kämpften an der Westfront, um nicht auf ihre Freunde und Nachbarn aus Virginia schießen zu müssen. Und in ganz Maryland sympathisierten viele Leute mit den Südstaaten.

»Sind Sie fertig?« wiederholte Cameron mit scharfer Stimme.

Callie trat zurück. »Ich habe Sie verbunden, so gut ich's kann. Würden Sie jetzt bitte gehen?«

Er stopfte sein Hemd in die Hose und zuckte ein wenig zusammen. Dann ging er in den Flur, öffnete die Tür und starrte über die dunklen Felder hinweg. Lange blieb er auf der Schwelle stehen, und Callie fragte sich, an welche grausigen Kriegserlebnisse er jetzt denken mochte.

Nach einer Weile schloß er die Tür, kehrte in die Küche zurück und setzte sich an den großen Eichentisch. »Haben Sie etwas zu essen?«

Sie wußte nicht, warum seine Gegenwart plötzlich an ihren Nerven zerrte. Ihre Angst war verflogen. Trotz seiner Drohungen glaubte sie nicht, daß er sie ernsthaft verletzt hätte – unabhängig von ihrer Bereitschaft, seine Wünsche zu erfüllen. Jetzt fürchtete sie nicht den Rebellen, den Feind, sondern den Mann. Viel zu intensiv wurde ihr seine Nähe bewußt. »Hören Sie, Colonel, ich habe für Sie getan, was ich kann...«

»Klar. Es geht ja auch nichts über einen kräftigen Tritt gegen den Kopf. Dafür sind Sie mir einiges schuldig.«

»Ich habe Sie nicht getreten!«

»Verzeihen Sie, wenn ich Ihnen widerspreche, Ma'am. Bedauerlicherweise konnte ich Ihren zarten Fuß ganz deutlich spüren.«

»Dann geschah es nicht mit Absicht.«

»Sie hatten also nicht vor, einen Feind grausam zu behandeln?«

»Verdammt, ich habe das Gegenteil zur Genüge bewiesen!«

»Aber ich bin doch Ihr Feind?«

Erbost klammerte sie sich an die Lehne eines Küchenstuhls. Wie konnte er es wagen, in seiner grauen Uniform dazusitzen und solche Fragen zu stellen? »Natürlich sind Sie mein Feind! Und ich bin Ihnen überhaupt nichts schuldig. Ich habe schon mehr für Sie getan, als ich guten Gewissens verantworten kann.«

»Und warum haben Sie für mich gelogen?« Seine leise, tiefe Stimme jagte einen eigenartigen Schauer durch Callies Körper.

»Ich habe keine Ahnung, wovon Sie reden. Da Sie mich mit einem Messer bedrohten...«

»Oh, Sie wußten ganz genau, daß ich es nicht benutzt hätte. Und bei Ihrem zweiten Gespräch mit dem Yankee haben Sie die Klinge nicht mehr an Ihrem Rücken gespürt.«

»Was macht das schon für einen Unterschied?« fauchte sie ungeduldig. »Können Sie sich nicht einfach bedanken und verschwinden?«

Cameron zog die Hutkrempe tief in die Stirn. »Ich bin dem Hungertod nahe. Seit Tagen habe ich nichts gegessen. Und die Yankee-Patrouillen werden sich die ganze Nacht auf Ihrer Farm herumtreiben.«

Sie zündete eine Lampe an, stellte sie auf den Tisch und wandte sich zur Kellertür.

»Wohin gehen Sie, Ma'am?« wurde sie angeherrscht.

»Ich hole was zu essen.« Callie eilte in den Keller hinab, nahm ein großes Stück Käse und einen Räucherschinken aus dem Regal. Als sie die Stufen hinaufstieg, stand der Rebell auf dem Treppenabsatz. »Hatten Sie Angst, ich würde durch einen anderen Ausgang davonschleichen, um Sie den Yankees auszuliefern?« Mit einem spöttischen Lächeln ging sie an ihm vorbei. »Wenn ich das wollte, hätte ich Sie vorhin dem Captain übergeben, Colonel Cameron.«

»Sie kennen meinen Namen? Natürlich, Sie haben ja meine Brieftasche durchsucht.«

Obwohl es ihr gutes Recht war, diesem unverschämten Eindringling zu grollen, wurde sie rot. Sie legte den Käse und den Schinken auf den Tisch und erwiderte kühl: »Ich wollte nur feststellen, wie Sie heißen, denn ich hielt es für angebracht, das zu wissen – falls Sie gestorben wären...«

»Oh!« murmelte er und setzte sich. Ehe sie ihm einen Teller und Besteck bringen konnte, brach er ein Stück vom Käse ab und verschlang es heißhungrig.

»In Virginia lernt man wirklich erstklassige Tischmanieren«, bemerkte sie ironisch und ignorierte seinen vernichtenden Blick. Sie stellte einen Teller vor ihn hin und begann, den Schinken aufzuschneiden. »Ich habe sogar Brot, wenn Sie darauf warten können, Colonel Cameron.«

»Nein, kann ich nicht, aber holen Sie's trotzdem.«

Der Laib war über einen Tag alt, aber das schien der Reb nicht zu bemerken. Wieder wurde Callie von Mitleid erfaßt. Wahrscheinlich kam es ihm sogar erstaunlich frisch vor. Ebenso wie seine Soldaten würde er sich schon sehr lange nicht mehr satt gegessen haben. Zahlreiche Kämpfe hatten im Shenandoah Valley und im Farmland von Virginia stattgefunden. Dadurch war ein Großteil der Ernte vernichtet worden, und die Konföderierten-Truppen litten unter akuter Lebensmittelknappheit. Aus diesem Grund hatte Lee vermutlich beschlossen, die Front für eine Weile nach Norden zu verlegen.

Aber wenn die Südstaatensoldaten auch von geringen Rationen leben mußten, sie brachten immer noch genug Kraft auf, um viel zu viele Gegner zu töten. Nein, dieser Mann verdient mein Mitgefühl nicht, dachte Callie. »Was darf ich Ihnen zu trinken anbieten, Colonel?« fragte sie sarkastisch.

»Whiskey und Kaffee – das wäre wundervoll.«

»Selbstverständlich, sofort.« Sie nahm eine Whiskeyflasche aus dem Schrank und stellte sie auf den Tisch. »Ein Glas brauchen Sie sicher nicht«, fügte sie hinzu, zündete den Herd an und stellte den Wasserkessel darauf.

Sie schüttete Kaffee in die Kanne, und nachdem sie kochendes Wasser darüber gegossen hatte, wandte sie sich wieder zu Cameron und sah erstaunt, daß er den Teller mit Essen gefüllt hatte und ihn zu ihr herüberschob.

»Setzen Sie sich, Ma'am.«

Sie nahm Platz, rührte aber nichts von dem Käse und dem Schinken an.

»Was ist los, Ma'am? Widerstrebt es Ihnen so sehr, in Gesellschaft eines Rebs zu essen?«

»Daran liegt es nicht. Nach dieser gräßlichen Schlacht bringe ich keinen Bissen hinunter.«

»Trinken Sie einen Schluck Whiskey, das wird Ihnen helfen, die vielen Toten zu vergessen. Ich spreche da aus Erfahrung.«

Zu ihrer eigenen Überraschung befolgte sie seinen Rat. Der Alkohol brannte in ihrer Kehle, wärmte aber ihren Magen, und sie fühlte sich tatsächlich besser. Camerons blaue Augen beobachteten sie unverwandt, und sein Blick beunruhigte sie. »Ich glaube, der Kaffee ist jetzt fertig«, murmelte sie, stand auf und füllte zwei Tassen, die sie auf den Tisch stellte. Dann setzte sie sich wieder und schlang nervös die Finger ineinander.

Er griff nach der Flasche, und in jede Tasse floß ein guter Schuß Whiskey. »Beruhigen Sie sich doch endlich, Miß...?«

»Was spielt mein Name schon für eine Rolle?«

»Und was für einen Unterschied macht es, ob Sie ihn verraten oder nicht?«

»Callie Michaelson.«

»Also – beruhigen Sie sich, Miß Michaelson.«

»Mrs. Michaelson«, verbesserte sie ihn. »Und es ist ziemlich schwer, sich zu beruhigen, wenn man einem Feind gegenübersitzt.«

»Keine Angst, ich werde das Haus verlassen, ehe der Tag anbricht. Aber der ganze Abend liegt noch vor uns. Und danach brauche ich ein bißchen Schlaf. Wo ist denn Mr. Michaelson?«

»Unten am Bach.« Sie hatte erwartet, diese Antwort würde ihn erschrecken, erlebte aber eine Enttäuschung.

»Tot und begraben?«

»Ja.«

»Wo ist er gefallen?«

»In Tennessee.«

»Wann?«

»Vor über einem Jahr.«

»Nun, ich war nie in Tennessee, also kann ich ihn nicht getötet haben, Mrs. Michaelson.«

»Das hatte ich auch nicht vermutet.«

»Ah! Sie hassen ganz einfach alle Rebellen.«

Callie trank einen Schluck Kaffee und sprang auf. »Ich hasse niemanden. Aber Sie gehören nun einmal zu den Feinden der Union, und deshalb müssen Sie von hier verschwinden.«

»Das ist unmöglich.«

Als sie in den Flur eilte, folgte er ihr sofort. »Sie wollen doch nicht davonlaufen, Mrs. Michaelson.«

»Doch. Da Sie darauf bestehen, hier zu bleiben.«

»Sie können nicht gehen.«

»Und warum nicht?«

»Weil ich es verhindern werde.«

»Ich hatte bereits zweimal die Chance, Sie den Yankees zu überantworten, und...«

»Ja, ich weiß«, unterbrach er sie, »aber Sie könnten sich anders besinnen. Tut mir leid, ich kann Sie nicht gehen lassen.«

Als sie einen wütenden Fluch ausstieß, hob er lachend die Brauen. Jetzt sah sein Gesicht fast liebenswert aus. Der Feind besaß zweifellos einen gewissen Charme. Er schlenderte in den Salon, lehnte sich neben einer zerbrochenen Fensterscheibe an die Wand, und Callie folgte ihm zögernd.

»Welch eine Ausdrucksweise für eine gebildete, kultivierte Nordstaaten-Lady!« meinte er gedehnt. »Noch dazu für eine so schöne... Übrigens, wenn Sie so damenhaft fluchen, sehen Sie noch zauberhafter aus.«

Auf dem Tisch stand eine Pan-Statuette. Callie griff danach und schleuderte sie in Camerons Richtung. Darauf kam es auch schon nicht mehr an. In diesem Haus war ohnehin alles ruiniert. Der Rebell duckte sich blitzschnell und lachte wieder.

»Hoffentlich haben Sie wirklich vor, morgen früh das Weite zu suchen, Reb, sonst erschieße ich Sie«, warnte sie ihn.

»Nur keine Angst, ich werde gehen. Und Sie kommen mit.«

»Was?«

»Sie werden mich durch die Unionslinien nach Virginia bringen.«

»Sind Sie verrückt? Niemals werde ich das tun. Sie haben sich satt gegessen, und Sie dürfen hier schlafen. Verdammt will ich sein, wenn ich noch da bin, wenn Sie aufwachen...«

»Und ich will verdammt sein, wenn Sie dann weg sind.« Plötzlich umfaßte er die goldene Vorhangschnur, riß sie herunter und schlang sie Callie um die Taille, ehe sie wußte, wie ihr geschah.

»Was zum Teufel bilden Sie sich eigentlich ein, Colonel?« Erbittert setzte sie sich zur Wehr.

Das nützte ihr nichts. Er nahm sie auf die Arme, trug sie in den Flur und die Treppe hinauf. »Wir gehen jetzt ins Bett. Und ob's Ihnen nun paßt oder nicht, Mrs. Michaelson – Sie werden an meiner Seite schlafen.«

»Nein! Zum Teufel mit Ihnen, Sie Rebellenbastard!« Als sie ihn zu schlagen versuchte, preßte er sie so fest an seine Brust, daß sie sich nicht mehr rühren konnte.

»Eine unvergeßliche Nacht liegt vor uns – das verspreche ich Ihnen, Mrs. Michaelson..«

# 4

Ihr Widerstand war erlahmt, schlaff und atemlos lag sie auf seinen Armen, als er im dunklen Oberstock eine Tür öffnete. »Ist das Ihr Schlafzimmer?« fragte er.

»Was für eine Rolle spielt das schon?«

»Eigentlich keine. Ich will nur, daß Sie sich wohlfühlen.«

»Wie kann ich mich wohlfühlen, wenn Sie mich gegen meinen Willen hier heraufschleppen und wenn mir zweifellos noch schlimmere Torturen bevorstehen?«

Daniel Cameron brach in lautes Gelächter aus, und Callie überlegte, ob sie sich vielleicht etwas zu dramatisch ausgedrückt hatte. Er trug sie durch das dunkle Zimmer und legte sie aufs Bett. Offenbar hatte er Streichhölzer bei sich, denn ein Flämmchen leuchtete, und er zündete die Lampe an, die auf dem Nachttisch stand.

Sein Blick wanderte durch das gemütliche Zimmer mit den feinmaschigen weißen Vorhängen, die im sanften Nachtwind flatterten, dem geflochtenen Teppich auf dem Bretterboden, dem Schrank, dem Toiletten- und Waschtisch aus poliertem Mahagoni. Eine gestrickte weiße Decke lag auf dem schön geschnitzten Bett. Vor dem Kamin, mit Fliesen eingefaßt, hingen Wolldecken über zwei Schaukelstühle. Seltsamerweise war dieser Raum vom Kugelhagel verschont worden, und Callie fragte sich, ob der Rebell das mit Bedauern registrierte.

Unbehaglich beobachtete sie, wie er die Schnalle seines Waffengurts öffnete. Was hatte er vor? Sie schluckte mühsam und gelobte sich, bis zum letzten Atemzug für ihre Ehre zu kämpfen. Er legte den Gurt mit dem Schwert auf einen der Schaukelstühle, dann wandte er sich zu ihr. Im Lampenschein sah sie, wie bleich sein Gesicht geworden war. Wie lange würde er sich, vom Blutverlust geschwächt, noch auf den Beinen halten können? Nun schien er ein wenig zu schwanken, und Callie beschloß, den günstigen Augenblick zu nutzen. Sollte er doch in diesem Zimmer übernachten – aber nicht mit ihr!

Sie sprang auf und hoffte, sein Kräfteschwund würde es ihm verwehren, sie einzuholen. Aber noch ehe sie die Tür erreichte, trat er ihr mit zwei langen Schritten in den Weg, und sie landete in seinen Armen. Erbost warf sie den Kopf in den Nacken und sah ein belustigtes Funkeln in seinen Augen. »Lassen Sie mich los! Sie haben kein Recht, mich hier festzuhalten!«

»Tut mir leid, Yankee-Lady, Sie dürfen nicht weggehen.«

»Statt sich an wehrlosen Frauen zu vergreifen, wäre es Ihre Pflicht, auf ehrenhafte Weise für den Ruhm der Südstaaten zu kämpfen.«

»Ich betrachte es auch als meine Pflicht, zu überleben, Mrs. Michaelson.«

»Aber Sie können nicht hier in meinem Zimmer bleiben mit mir...«

Cameron hob die Brauen. Seine Lippen verzogen sich zu einem trägen, fast unwiderstehlichen Lächeln, das vor langer, ferner Zeit – auf Sommerfesten in Virginia, im Mondlicht zwischen moosbehangenen alten Bäumen – so manches Frauenherz geschmolzen haben mußte. Jetzt lag leichte Bitterkeit darin, der Krieg forderte seinen Tribut. »Wovor fürchten Sie sich eigentlich, Mrs. Michaelson? Vor mir?«

»Warum sollte ich? Sie sind doch nichts weiter als ein ungehobelter und – wie ich wohl hinzufügen darf – ziemlich schmutziger Rebell. Nein, ich habe keine Angst vor Ihnen.«

»Warum nicht? Steht vielleicht ein Yankee im Schrank, der nur darauf wartet, Sie zu beschützen?«

Wollte er sie nur hänseln, oder hegte er wirklich einen solchen Verdacht? »Nun, vielleicht versteckt sich jemand in meinem Schrank. Jedenfalls sollten Sie fliehen, so schnell wie möglich.«

»Könnte es Captain Eric Dabney sein?«

»Warum nicht?«

Lachend schüttelte er den Kopf. »Captain Dabney harrt also schon seit Stunden in diesem Schrank aus. Es stört ihn nicht, daß Sie mit einem Rebellen diniert haben. Aber jetzt, wo ein Feind Ihre Ehre bedroht, wird er jeden Moment aus dem Schrank springen...«

»Vermutlich.«

Ganz leicht strich er mit einem Finger über ihre Wange. »Eine Dame in höchster Not«, flüsterte er.

»Wie bitte?«

»Nichts. Hätte ich mich in Ihrem Schrank versteckt, wäre ich schon längst herausgekommen, Mrs. Michaelson. Und mein Schwert würde die Kehle jedes Mannes berühren, der Ihnen zu nahe tritt. Ich bezweifle, daß Captain Dabney hier ist. Und ich glaube, Sie fürchten sich vor mir.«

»Da irren Sie sich«, log sie. O ja, sie hatte Angst – aber nicht vor Gewaltakten, sondern vor seiner verwirrenden Nähe, der zärtlichen Fingerspitze, die immer noch ihr Gesicht streichelte.

»Sie fürchten sich nicht einmal ein kleines bißchen?« Er zog sie fester an sich, und sie spürte seinen ruhigen, gleichmäßigen Herzschlag – und ihren eigenen, der sich erschreckend beschleunigte.

»Niemals werde ich mich vor Ihresgleichen fürchten, Sie niederträchtiger mausgrauer Rüpel!«

Cameron lachte wieder. »Dazu haben Sie auch gar keinen Grund, Mrs. Michaelson. Ich beabsichtige gewiß nicht, die Situation auf unschickliche Weise auszunutzen.«

»Daran dachte ich nicht...«

»Oh, doch. Und jetzt ärgern Sie sich, weil ich nichts in dieser Richtung plane.«

»Nein!«

»Ja. Aber beruhigen Sie sich. Ihre Schönheit läßt keineswegs zu wünschen übrig, und ich könnte sehr leicht in Versuchung geraten...« Er drängte sie zum Bett, und sie sank darauf.

Entsetzt starrte sie ihn an, als er über ihr kniete, dann schnappte sie nach Luft, um zu schreien. Aber ehe sie einen Laut hervorbrachte, hielt er ihr den Mund zu. »Ich begehre Sie, Mrs. Michaelson, o ja – aber ich brauche meinen Schlaf. Und da Sie auf der Seite der Yankees stehen, mißtraue ich Ihnen. Deshalb müssen Sie bei mir bleiben. Keine Angst, es wird Ihnen nichts geschehen. Ob Sie's glauben oder nicht, auch in dieser elenden Rebellenbrust steckt noch ein gewisses Ehrgefühl. Auf keinen Fall möchte ich Ihnen weh tun. Aber ich muß Kräfte sammeln, und währenddessen kann ich Ihnen nicht gestatten, irgendwo herumzulaufen. Verstehen Sie das?«

Sie nickte stumm, weil sie nicht wagte, die Frage zu verneinen. Sonst würde er sicher Mittel und Wege finden, ihr seinen Standpunkt klarzumachen.

»Gut.« Zu ihrer Bestürzung nahm er seinen Hosengürtel ab, den er um ihren Arm und dann um seinen eigenen schlang. Nachdem er ihn fest verknotet hatte, streckte er sich neben ihr auf dem Bett aus.

Reglos lag Callie da, und auch er rührte sich nicht. Nach wenigen Minuten schlief er wie ein Stein. Welche Willenskraft mußte er aufgeboten haben, um sie zu necken und herauszufordern, wenn er so kurz vor dem Zusammenbruch gestanden hatte... Für einige grauenvolle Sekunden fürchtete sie, er wäre tot. Aber dann spürte sie an ihrem gefesselten Arm, wie sich seine Brust hob und senkte.

Eigentlich sollte ich um seinen Tod beten, dachte sie. Nur wenn er stirbt, kann ich ihm entrinnen. Außerdem ist er mein Feind... Nein, trotzdem will ich seine Leiche nicht in meinem Haus haben.

Aber während er so tief und fest schlief, mußte sie die Gelegenheit nutzen und sich befreien. In der Nachbarschaft würde sie immer noch Unionssoldaten antreffen. Sicher würden sie mehrere Tage brauchen, um die zahlreichen Leichen vom Schlachtfeld auf der Farm zu entfernen.

Bei diesem Gedanken fühlte sie sich ganz krank, und sie schloß gequält die Augen. Aber die Bilder von dem Grauen, das sie beobachtet hatte und das jetzt ihre Fantasie heimsuchte, ließen sich nicht verscheuchen.

Sie hob wieder die Lider und wandte sich zu dem Rebellen an ihrer Seite. Schweißperlen glänzten auf seinem bleichen Gesicht. Wahrscheinlich war er schwerer verletzt, als er zugeben wollte, und als sie es beurteilen konnte. Wenn man ihn in ein Kriegsgefangenenlager brachte, würde er sicher sterben.

Doch das ist nicht mein Problem, sagte sich Callie energisch. Dieser Konföderierte geht mich nichts an, denn nach meiner felsenfesten Überzeugung steht das Recht auf seiten der Union... Darin war sie weder von ihrem Vater noch ihren Brüdern oder ihrem Ehemann beeinflußt worden.

In ganz Maryland herrschte eine geteilte Meinung. Zu Beginn des Krieges war es um eigenstaatliche Rechte gegangen, die vor allem die Sklaverei betrafen. Der Staat hatte sich nicht von der Union getrennt, aber viele Marylander kämpften für den Süden, ebenso viele für den Norden. Nirgendwo anders bestand eine so große Gefahr, daß ein Vater den Sohn vor der Gewehrmündung sah, ein Bruder den eigenen Bruder.

Callie hatte sich die Argumente mehrerer Leute angehört und war schließlich zu der Ansicht gelangt, die Union müßte erhalten bleiben. Obwohl einige Nachbarn Sklaven besaßen, hatte sie Gregory gebeten, seine fünf Schwarzen freizulassen, und er war einverstanden gewesen. Auch er hatte es für falsch erachtet, einen Menschen als Eigentum zu betrachten, ihn nach Belieben zu schlagen, ihm alle Würde zu nehmen. Wenn manche Sklaven auch gut behandelt wurden – so wie die Lieblingshunde und Rassepferde ihrer Herren –, es gab kaum einen, der seinen Stolz zu bewahren vermochte.

In ihrer Ansicht über den Krieg stimmte Callie glücklicherweise mit allen, die ihr nahestanden, überein. Und der Mann, der jetzt neben ihr lag, war zweifellos ihr Feind, und der Krieg war noch längst nicht vorbei.

Schon viel zu oft hatten die Rebellen den Unionsstreitkräften Niederlagen beigebracht – und nicht zuletzt Callies Vater und ihren Ehemann getötet.

Irgendwie mußte sie ihren Arm aus der Gürtelschlinge lösen. Sie begann, an dem Knoten zu zerren, erst vorsichtig, dann immer heftiger, ohne Erfolg. Lauthals fluchte sie, dann preßte sie erschrocken eine Hand auf den Mund. Doch ihre Sorge war überflüssig, Colonel Cameron bewegte sich nicht.

Den Tränen nahe, bearbeitete sie wieder das Leder, aber mit ihren Bemühungen erreichte sie nur, daß der Riemen ihren Arm noch fester umschloß. »Du Hurensohn!« fauchte sie und hätte schwören können, daß der Reb trotz seines Tiefschlafs über ihre mißliche Lage lächelte.

Sie setzte sich auf. Der Gürtel verband ihren Unterarm mit seinem, der Abstand betrug etwa dreißig Zentimeter. Wieder versuchte sie, den Knoten zu lösen, erzielte aber nur ein einziges Ergebnis – ein paar ihrer Fingernägel brachen ab.

Verzweifelt ließ sie sich aufs Bett zurückfallen. Die Lampe war herabgebrannt, die Nacht kühl geworden. Kein wärmendes Feuer knisterte im Kamin. Die Zähne zusammengebissen, lag Callie neben ihrem Feind und dachte angestrengt nach. Und dann fiel ihr sein Schwert ein, und sie richtete sich auf.

Der Waffengurt hing über einem Schaukelstuhl. Wenn sie ihn zu fassen bekäme, könnte sie mit der scharfen Klinge die Fessel durchschneiden.

Sie rückte an die Bettkante, zog den Arm des Rebellen mit sich, streckte ihre freie Hand nach dem Schaukelstuhl aus. Nur noch ein kleines Stück.. Sie spürte, wie sie Cameron zu sich herüberzerrte, und blickte erschrocken über ihre Schulter, aber er wachte nicht auf. Endlich umfaßten ihre Finger den Schwertgriff. Die Waffe war erstaunlich schwer und drohte, ihr den Arm zu lähmen.

Aber sie ließ nicht locker, und plötzlich glitt die Klinge aus der Scheide, mit solcher Wucht, daß Callie die Kontrolle darüber verlor. Das Schwert flog durch die Luft, dann landete es krachend am Boden. Sie hob es auf, und im selben Moment stockte ihr Atem.

Der Krach hatte den Reb geweckt. Erstaunlich schnell und behende griff er über sie hinweg, entriß ihr das Schwert und schleuderte es in eine Ecke. »Sie wollten mich töten!« stieß er hervor.

»Nein!«

»Ah! Sie wollten auch nicht nach mir treten, Ihr Fuß traf meinen Kopf nur rein zufällig. Und Sie hatten auch nicht vor, mich zu erstechen. Mein Schwert sprang ganz von selbst in Ihre Hand.«

»Ich habe nur versucht, mich von Ihnen zu befreien.«

»Auf die eine oder andere Art. Aber das wird Ihnen nicht gelingen, Mrs. Michaelson.« Er seufzte tief auf – vermutlich, um seinen Zorn zu bezähmen. »Schlafen Sie jetzt. Morgen wird alles anders aussehen, für uns beide.«

Verwirrt blinzelte sie, als er sie näher zu sich heranzog und herumdrehte, so daß sie ihm den Rücken kehrte. Ein graubekleideter Arm legte sich über ihre Taille, und sie spürte seine Hand dicht unter ihren Brüsten. Dann schlang er auch noch ein Bein um ihre Hüfte.

Sie bewegte sich nicht mehr und wagte kaum zu atmen. Schließlich schlief sie vor Erschöpfung ein.

Kanonen schienen in der Ferne zu explodieren. Er stand mit Jesse auf dem Familienfriedhof von Cameron Hall. Es gab nichts zu sagen. Die Kluft, die das Land spaltete, trennte auch die beiden Brüder.

Jesse kämpfte für den Norden, er selbst für den Süden. Und er ritt wie der Teufel, denn er gehörte General James Ewell Brown ›Jeb‹ Stuarts fantastischer Kavallerie an, die um fast jedes Heer herumgaloppieren und endlose Meilen in unglaublich kurzer Zeit zurücklegen konnte.

Kanonen explodierten, Granaten krachten... Und plötzlich sah er Jesse wieder. Bei General McClellans gescheitertem Angriff auf die Halbinsel war er verwundet worden, und er landete nur deshalb nicht in einem Kriegsgefangenenlager, weil sein Bruder ihn fand. Jesse, der ihn verarztete und zusammenflickte – Jesse, der ihn nach Cameron Hall brachte...

Rastlos bewegte er sich im Schlaf. Diese Hitze, die ihn gnadenlos einhüllte... Vergeblich wartete er auf eine kühle Brise vom James River her. Er war wieder auf Cameron Hall, hörte ein Baby schreien und lächelte. Der Krieg säte den Tod, aber auch neues Leben. Kiernan hatte Jesse einen wunderbaren Sohn geboren. So winzig – und doch so stark.

Jesse fand kaum Zeit für sein Kind. Er mußte das von Rebellen besetzte heimatliche Gebiet verlassen, nachdem McClellans Truppen sich zurückgezogen hatten. Wieder einmal nahmen die Brüder Abschied voneinander. Auch Daniel war zu seiner Einheit zurückbeordert worden.

Mit Thomas ›Stonewall‹ Jackson war er in der Armee geritten, die General Lee für seine wagemutige Invasion in den Norden geteilt hatte. Sie eroberten die Stadt Harpers Ferry – die in ›West Virginia‹ umgetauft wurde. Während schlafloser Nächte, von Unterernährung geplagt, ritten sie in die kleine Stadt Sharpsburg in Maryland, um mit Lee zusammenzutreffen. Ein tiefer Schützengraben zog sich durch das Farmgebiet, wo sich die Rebellen verschanzten. Verbissen hielten sie ihre Stellung, bis sie vom Kugelhagel der Konföderationstruppen vernichtet wurden, bis sich Leichen über Leichen häuften...

Daniel warf sich hin und her und blickte auf. Da stand

sie, sein Engel mit den himmlischen silbergrauen Augen und dem langen Haar, das dunklen Flammen glich. Sie beugte sich über ihn und duftete so süß wie eine Sommerrose. Eigentlich dürfte sie gar nicht hier sein. Sie gehörte der Vergangenheit an, den schönen langen Tagen am Fluß, wo man auf der großen Veranda von Cameron Hall gesessen und die angenehme Brise genossen hatte. Sie müßte Mousselinkleider mit Reifröcken tragen und sanft auf einer Schaukel schwingen. Er sah sie vor sich, ein großer Strohhut beschattete ihre Augen, ihr Gelächter klang wie Musik.

Ja, sie war da, auf Cameron Hall, wo grüne Wiesen, blauer Himmel und türkisfarbenes Wasser verschmolzen, wo lange Moosflechten an den Eichen hingen. Sie rannte zwischen den Bäumen hindurch, dann drehte sie sich zu ihm um. Ihr Lachen wirkte ansteckend, und er lief hinter ihr her, den Hang über dem Flußufer hinauf, wo wunderbare Träume warteten. Dort holte er sie endlich ein, und sie sanken ins frische, vom Sommerregen gereinigte Gras. Zärtlich berührte er die zarte Wange und hielt seinen Engel gefangen.

Ein Engel! Ja, ein Racheengel, der ein Schwert schwang...

Visionen begannen ineinanderzufließen. Der Fluß plätscherte nicht mehr, das kühle, frische Gras verschwand, und er spürte nur noch diese grauenhafte Hitze. Aber sie war immer noch da, und sie sprach mit ihm. Mühsam versuchte er, sie zu verstehen.

»...Sie müssen mir helfen, den Gürtel zu lösen. Colonel, wenn ich Ihr Fieber nicht senke, werden Sie sterben. Verstehen Sie mich?«

Cameron Hall verblaßte. Zitternd und schwitzend lag er in einem hübsch eingerichteten, von flackerndem Lampenlicht erfüllten Raum. Und es war kein Engel, der sich über ihn neigte, sondern dieses grauäugige Yankee-Biest.

»Colonel, hören Sie mich an!« flehte sie.

»Ich kann nicht«, wisperte er.

»Bitte! Ich will nicht, daß Sie mir unter den Händen sterben.«

Beinahe lächelte er. Ihre Stimme. So sanft. So melodisch. Es könnte eine Engelsstimme sein. »Sie werden mich den Yankees ausliefern.« Er mußte diese Worte sehr leise gesagt haben, denn sie beugte sich noch tiefer herab, um ihn zu verstehen.

»Colonel, Sie müssen mir vertrauen. Helfen Sie mir! Sie brauchen dringend eine Abkühlung. Und ich schwöre Ihnen, ich lasse Sie nicht allein in diesem Zustand...«

Er nahm all seine restlichen Kräfte zusammen und umklammerte ihren Arm. »Schwören Sie bei Ihrer Ehre?« Seine Lider flatterten, und er drohte erneut das Bewußtsein zu verlieren.

»Bei meiner Ehre, Colonel! Ich lasse Sie nicht im Stich. Aber Sie müssen meine Fessel lösen. Glauben Sie mir, ich verlasse Sie nicht.«

»Es sei denn, ich sterbe«, befahl er.

»Aber...«

»Es sei denn, ich sterbe!« wiederholte er.

»Also gut. Bei meiner Ehre, ich bleibe bei Ihnen, es sei denn, Sie sterben.«

Seine Finger zitterten. Er konnte kaum die Hand heben, geschweige denn, ihre Bewegungen kontrollieren. Aber er fand den Lederknoten an seinem Handgelenk und zerrte daran. Sofort schwand seine Kraft, und er nahm den Gürtel zwischen die Zähne. So fest er konnte, biß er ins Leder, und Callie war frei.

Blitzschnell sprang sie auf. Sie hat gelogen, war sein letzter Gedanke, sie läuft davon... Aber das spielte keine Rolle mehr. Das Zimmer drehte sich und stürzte in ein schwarzes Nichts. Kanonen krachten. Und er galoppierte mitten hinein in den Kugelregen. Von allen Seiten drang das Gewehrfeuer auf ihn ein und verzehrte ihn...

Eine Ewigkeit schien zu verstreichen, ehe er den feuchten, kühlen Lappen auf seiner Stirn spürte. Das Tuch glitt über seine Wange und Schultern. Er zitterte nicht mehr, aber er lag völlig geschwächt da und wußte nicht, wo er sich befand. War er endlich doch gestorben und in den Himmel gelangt? Wie oft konnte man den Tod herausfordern und ihm immer wieder entrinnen?

Hatte man ihn in ein Yankee-Gefängnis geschleppt? Versuchte man, ihn jetzt gesund zu pflegen, nur damit er geradestehen konnte, wenn man ihn hinrichtete?

Aber diese sanfte, zarte Berührung.. Langsam öffnete er die Augen. Da saß sie. Mrs. Callie Michaelson. Er trug kein Hemd mehr, lag auf dem Rücken, und sie strich mit einem kalten, feuchten Tuch über seine nackte Brust, immer und immer wieder. Es dauerte eine Weile, bis sie seinem Blick begegnete, und da zuckte sie verwirrt zusammen.

»Sie sind immer noch da«, versuchte er zu sagen, brachte aber nur ein kaum verständliches Krächzen zustande.

»Ich habe doch geschworen, daß ich bei Ihnen bleiben würde.« Ihre Hand bewegte sich nicht mehr, hielt nur das Tuch fest, das auf seiner Brust lag.

Er nahm alle seine Kräfte zusammen. Seine Finger umfaßten ihr Handgelenk. »Und Sie halten Ihr Wort, obwohl Sie es einem Rebellen gegeben haben?« fragte er leise.

»Mein Wort gilt immer, Sir, ganz egal, wem ich es gebe.«

Daniel Cameron lächelte schwach. »Dann muß ich Ihnen danken, Mrs. Michaelson. Wahrscheinlich haben Sie mir das Leben gerettet.«

Sie stand auf und befreite ihr Handgelenk behutsam von seinen Fingern. »Nicht nur wahrscheinlich, sondern mit absoluter Sicherheit. Sie hatten sehr hohes Fieber, aber jetzt ist es wohl gesunken. Ich bringe Ihnen ein Glas Wasser. Bisher konnte ich Ihnen nicht allzuviel einflößen. Danach müssen Sie noch etwas essen, und wenn die Dunkelheit wieder hereinbricht, können Sie gehen.«

Callie ergriff einen Krug, der auf dem Waschtisch stand und füllte ein großes Glas mit Wasser. Daniel nippte vorsichtig daran, dann kam es ihm plötzlich so vor, als hätte er noch nie etwas Köstlicheres getrunken. In einem Zug leerte er das Glas, und Callie nahm es ihm aus der Hand. »Ruhen Sie sich jetzt aus, Colonel. Inzwischen werde ich eine Suppe kochen. Aber ich warne Sie. Ich glaube, damit habe ich mein Versprechen voll und ganz erfüllt. Sie sind mein Feind, und wenn Sie wieder einigermaßen zu Kräften gekommen sind, müssen Sie verschwinden.«

Er runzelte die Stirn. »Sie sagten, wenn die Dunkelheit wieder hereinbricht.«

»Allerdings, Colonel. Sie waren fast achtundvierzig Stunden bewußtlos.«

Zwei Tage! Er hatte zwei ganze Tage verloren. Und sie war bei ihm geblieben. Sie hatte keine Yankee-Soldaten ins Haus geholt, obwohl sich sehr viele auf der Farm herumtreiben mußten. Nur weil sie ihr Wort halten wollte?

»Ich muß aufstehen«, erklärte er und versuchte, das Laken zurückzuschlagen.

»Nein!« rief sie erschrocken. »Warten Sie, Colonel, das dürfen Sie nicht!«

»Warum nicht?«

»Weil Sie unter der Decke splitterfasernackt sind.« Verständnislos starrte er sie an, und sie seufzte ungeduldig. »Ich mußte Sie von Kopf bis Fuß mit kaltem Brunnenwasser abwaschen, um das Fieber zu bekämpfen.«

»Und deshalb haben Sie mich ausgezogen?«

Lässig hob sie die Brauen. »Regen Sie sich nicht so auf, Colonel. Ich sagte doch, mir blieb nichts anderes übrig.«

»Was haben Sie mit meiner Uniform gemacht?«

»Die war voller Schlamm und Blut.« Lächelnd zuckte sie die Achseln. »Ich habe sie verbrannt. Verzeihen Sie, aber es hätte sich wirklich nicht gelohnt, sie aufzubewahren. Sie war rettungslos verloren – so wie die Sache der Südstaaten, Colonel Cameron.«

»Glauben Sie das wirklich, Madam? So, wie es aussieht, reiten wir Rebs immer noch im Kreis um euch Yanks herum.«

»Sie werden niemals siegen!«

»Doch, Madam – ich schon«, versicherte er.

»Welch ein Glück, daß der Krieg nicht von einem einzigen Mann abhängt, Colonel Cameron...«

Mrs. Michaelson ist eine sehr spröde, selbstbewußte Frau, dachte er und wußte nicht recht, ob er sich darüber ärgern – oder ob er sie einfach zu sich aufs Bett zerren und ihr zeigen sollte, wie gefährlich es war, einen Mann auszuziehen, der so lange an der Front gekämpft hatte. Nein, niemals würde er das tun. Sein Ehrgefühl war nicht halb so fragwürdig, wie sie zu glauben schien. Aber er gestand sich die Wahrheit ein. Sicher würde ihm die nötige Kraft für einen Angriff auf Callies Tugend fehlen.

»Fühlen Sie sich wohl, Colonel?« Natürlich wußte sie, daß sie nun die Oberhand gewonnen hatte und daß er das gezwungenermaßen anerkennen mußte. Wie selbstgefällig diese schönen grauen Augen dreinschauen konnten!

»O ja, Mrs. Michaelson. Allerdings gibt es etwas, das mir einiges Kopfzerbrechen bereitet. Nie hätte ich es einer feinen Yankee-Dame zugetraut, soviel Nächstenliebe zu zeigen und einen todkranken Rebellen zu entkleiden. Ich bin wirklich überrascht. Wie fürchterlich muß es für Sie gewesen sein, sich in eine solche Gefahr zu begeben!«

Sie senkte zwar die Augenlider, aber er schaffte es nicht, ihr das Blut in die Wangen zu treiben. »Colonel, ob die Männer nun blaue oder graue Uniformen tragen, darunter sehen sie alle gleich aus. Die Aufgabe, die ich übernommen hatte, erschien mir keineswegs fürchterlich – und ich fand Sie auch nicht besonders gefährlich.« Mit diesen Worten wandte sie sich ab und verließ das Zimmer.

Grinsend schloß er die Augen. Zwei Tage hatte er

verloren. Er wußte nicht, was da draußen geschah, und wo er seine Männer oder Jeb Stuart suchen sollte. Doch er entschied zum erstenmal seit Kriegsbeginn, daß er eine Erholungspause brauchte. Und während dieser Zeit würde er Mrs. Michaelson klarmachen, wie gefährlich er sein konnte, wenn er wollte.

## 5

Callie wußte nicht, ob es ihr gelungen war, angesichts ihres ungebetenen Gastes kühl und gelassen zu erscheinen. Als sie die Küche erreichte, schlug ihr Herz wie rasend. Geistesabwesend begann sie, in dem großen Kessel zu rühren, in dem ein Eintopf köchelte. Sie verbrannte sich beinahe die Finger.

Wenn der Colonel im Tiefschlaf lag, kam sie viel besser mit ihm zurecht. Es hatte ihr sogar Freude gemacht, ihn zu betreuen. Anfangs war sie machtlos gewesen – mit dem unnachgiebigen Ledergürtel an ihn gefesselt, während er sich unentwegt umhergewälzt, nach allen Seiten getreten und geschlagen hatte. Trotz des glühenden Fiebers bewies er dabei verblüffende Kräfte. Beim besten Willen konnte sie den verknoteten Riemen nicht lösen, und Daniel Cameron hörte ihre flehende Stimme nicht. Allein im nächtlichen Dunkel, stellte sie sich schaudernd vor, wie er sterben und wie sie an seinen verwesenden Leichnam gebunden sein würde.

Doch diese Angst war nicht die schlimmste Qual. Sie wünschte sich, daß er am Leben blieb. So unverschämt und arrogant der Rebell auch sein mochte, er hatte eine neue Herausforderung und Farbe in ihr Leben gebracht.

Und er sah einfach großartig aus. Zunächst war ihr das nicht bewußt geworden. Nachdem sie ihn endlich dazu überredet hatte, die Fessel zu öffnen, war sie viel zu beschäftigt gewesen, um in seinen Anblick zu versinken. Sie schnitt seine blutige, verschmutzte Kleidung auf, lief die Treppe hinauf und hinunter, um immer wieder kaltes Brunnenwasser zu holen und seinen fiebrigen Körper zu waschen. Kühle Luft strömte durch die weitgeöffneten Fenster herein.

Am Nachmittag wußte sie, daß ihre Mühe nicht vergeblich gewesen war, daß er genesen würde. Er schlug zwar die Augen nicht auf, sagte kein Wort, gab kaum ein Lebenszeichen von sich, aber das Fieber ließ nach, er atmete nicht mehr so angestrengt, und schließlich fiel er in einen ruhigen, erholsamen Schlaf.

Nun wagte sie, den Mann zu betrachten, den sie so viele Stunden lang gepflegt hatte. Ihr Blick wanderte von dem markanten Gesicht, das sie seit der ersten Begegnung faszinierte, zu den breiten Schultern, der kraftvollen Brust, den wohlgeformten, muskulösen Armen, dem flachen Bauch, den schmalen Hüften. Über sich selbst schokkiert, musterte sie viel zu lange das schwarze Kraushaar zwischen seinen Schenkeln, die Merkmale seiner Männlichkeit, die ihr sogar im ruhenden Zustand beängstigend und verlockend zugleich erschienen – so unwiderstehlich, daß sie sogar einmal mit einer Fingerspitze darüber strich. Zum Glück erwachte er nicht, sonst wäre sie tausend Tode gestorben.

Um ihre Verwirrung angesichts seiner verführerischen Anatomie zu meistern, drehte sie ihn schließlich auf den Bauch, aber da starrte sie genauso hingerissen auf seine Rückenmuskeln und die festen, runden Hinterbacken. Er war einfach vollkommen, vom Kopf bis zu den Zehen.

Letzten Endes breitete sie ein Laken über seinen Körper, der inzwischen hinlänglich abgekühlt war. Angenehm milde Herbstluft drang ins Zimmer. Aber plötzlich drehte sich der Wind und wehte den Geruch des Todes herein, der immer noch über dem Schlachtfeld hing. Rasch schloß Callie die Fenster und setzte sich in einen der Schaukelstühle. Sie ließ ihre Gedanken wandern, Erinnerungen stürmten auf sie ein.

Vor nicht allzu langer Zeit war sie verliebt gewesen und wiedergeliebt worden. Blutjung und scheu hatten sie auf den Wiesen zögernde Küsse getauscht – und etwas leidenschaftlichere im Dunkel einer Scheune. Natürlich blieben diese Liebkosungen innerhalb der Anstandsgrenzen. Nicht einmal im Traum hätten sie daran gedacht, vor der Hochzeitsnacht mehr zu wagen. Und in dieser ersten gemeinsamen Nacht stellten sie sich beide ziemlich ungeschickt an, aber die Liebe half ihnen, darüber zu lachen. In den folgenden Nächten lernte Callie, die Küsse und Zärtlichkeiten ihres jungen Ehemannes mehr und mehr zu schätzen.

Und jetzt lag Gregory Michaelson unter der Erde, am Ufer des Bachs, ein Opfer des Krieges und – während seine Seele ganz sicher in den Himmel gestiegen war – ein Opfer für die Würmer. Als man seine Leiche in einem Militärsarg nach Hause geschickt hatte, war Callies Herz ganz kalt gewesen – kälter als der Tod. Sie hatte sich geschworen, nie wieder zu lieben.

Und sie war auch nie wieder in Versuchung geraten. Oft kamen Soldaten vorbei, und ihre Brüder brachten Freunde mit, wenn sie für ein paar Urlaubstage ins Haus kamen. Keinem war es gelungen, ihr Herz zu erwärmen.

Und mein Herz ist auch jetzt nicht warm geworden, sagte sie sich.

Aber etwas anderes ... Eine seltsame, fast unwiderstehliche Macht zog sie zu dem Mann hin, dessen Gesicht vom ersten Augenblick an eine so starke Wirkung auf sie ausgeübt hatte. Und während sie ihn gesund pflegte, wuchs die Sehnsucht. Sie wollte den Krieg vergessen, so tun, als hätte er nie begonnen. Und sie wünschte, der Rebell wäre Gregory, sie könnte neben ihm liegen, seinen warmen Körper spüren, süße Sinneslust, die alle bedrückenden Gedanken verscheuchen würde.

Sie erschauerte und starrte in den brodelnden Eintopf. Der Krieg war Wirklichkeit, der junge blonde Farmer, den sie geliebt und geheiratet hatte, lag draußen im Familiengrab. Sie war eine respektable Witwe, und sie sollte sich solcher ungehörigen Tagträume schämen...

»Das riecht köstlich.«

Verwirrt zuckte sie zusammen und fuhr herum. Er lehnte an der Tür, in ein schneeweißes Laken gehüllt, das den bronzebraunen Schimmer seiner muskulösen Brust betonte.

»Was – was bilden Sie sich eigentlich ein?« Sie wollte ihn wütend anschreien, aber die Stimme blieb ihr fast im Hals stecken.

Unschuldig hob er die Hände. »Ich weiß nicht, was Sie meinen.«

Inzwischen hatte sie sich gefaßt. »Colonel Cameron«, begann sie in ruhigem, würdevollem Ton, »ich glaube, Sie stammen aus gutem Haus, haben erstklassige Schulen besucht und sind zu einem Gentleman erzogen worden. Was tun Sie nun in meiner Küche, nur mit einem Leintuch bekleidet?«

»Soll ich's lieber fallen lassen, Mrs. Michaelson?« fragte er gedehnt.

»Und das muß ich mir von einem Mann anhören, der mir sein Leben verdankt...«

Er zuckte die Achseln, trat zu Callie an den Herd, stand viel zu dicht neben ihr und schnupperte am Eintopf. »Mrs. Michaelson, wie ich Ihren Kommentaren entnehmen zu können glaubte, finden Sie mich so bedrohlich wie einen Zweijährigen – ganz unabhängig vom Stil meiner Kleidung. Außerdem haben Sie meine Uniform verbrannt – ein schwerwiegendes Vergehen. Aber wie Sie soeben betonten, muß ich Ihnen dankbar sein. Was soll ich also anziehen?«

»Gehen Sie wieder ins Bett und sammeln Sie Kräfte, damit Sie mein Haus am Abend verlassen können.«

»Nun, die Uniform läßt sich ersetzen. Aber an dem Hut hing ich. War es nötig, den auch zu verbrennen?«

»Allerdings. Im Oberstock finden Sie Hemden und Hosen. Wenn sie Ihnen auch nicht richtig passen werden – diese Sachen sind besser als gar nichts.«

»Unionsuniformen?«

»Um die Wahrheit zu gestehen – ich weiß es nicht.«

»Ich werde nicht in einer Unionsuniform fliehen, Mrs. Michaelson.«

»Vermutlich waren Sie schon vor dem Krieg beim Militär, und da mußten auch Sie Blau tragen. Es wird Ihnen nicht schaden, wenn Sie's jetzt noch mal tun.«

»Danke, ich bevorzuge das Laken.«

Er blieb am Herd stehen, und seine Nähe machte sie immer nervöser. Lächelnd trat sie einen Schritt zur Seite. »Sie wollen also in einem Leintuch durch die Yankee-Linien laufen, Colonel?«

»Immer noch besser als in einer Yank-Uniform.« Er nahm ihr den Kochlöffel aus der Hand, tauchte ihn in den Topf und kostete die Brühe. »Das schmeckt wundervoll, Mrs. Michaelson, wirklich. Eine gütige Vorsehung muß mich über Ihre Schwelle geführt haben.«

»Wie man's nimmt...« Callie entriß ihm den Löffel. »Würden Sie jetzt bitte gehen und etwas anziehen?«

»Im Ernst, ich kann keine Yankee-Uniform tragen. Ich bin kein Spion, und ich möchte nicht als solcher geschnappt und aufgehängt werden.«

Dafür hatte sie Verständnis. »Nun, es werden sich sicher Zivilsachen finden. Mein Mann war nicht so groß wie Sie, aber die Hosen und Hemden meines Bruders müßten Ihnen halbwegs passen. Sie liegen in einer Truhe, oben in einem der Schlafzimmer.«

»Ich nehme an, ich werde nicht zum Dinner eingeladen, ehe ich anständig bekleidet bin?«

»Ganz sicher nicht.«

Seufzend schlenderte er davon, und sie begann den

Tisch zu decken. Während sie den Colonel gepflegt hatte, war sie kaum zur Hausarbeit gekommen. Aber sie hatte die Küche in Ordnung gebracht und die Glasscherben im Wohnzimmer weggefegt. Es erschien ihr fast lächerlich, sich um den Haushalt zu kümmern, normale Dinge zu tun, in diesen Zeiten, die alles andere als normal waren.

An diesem Nachmittag hatte sie Unionssoldaten vorbeireiten sehen, die das Schlachtfeld immer noch nach Toten absuchten. Einem leichenblassen Sergeant, der auf die Veranda gestolpert war, hatte sie nervös ein Glas Wasser angeboten, voller Angst, er könnte darauf bestehen, sich im Haus umzuschauen. Er hatte von einem Schützengraben erzählt, der von den Rebellen gehalten worden war, bis ein New Yorker Regiment sie alle erschossen hatte. Der Schauplatz dieses Kampfes, eine Schlucht, hieß nun ›Blutgasse‹. Fünftausend Mann waren in einer einzigen Schlacht gefallen.

Nein, man konnte kein normales Leben führen, während Soldaten die von Kugeln niedergemähten Getreidefelder durchstreiften und der Boden, vom Blut zweier großer Heere getränkt, noch nicht getrocknet war. Von den ehemals zwanzig Hühnern liefen nur noch drei im Stall herum. Zwei Ziegen waren tot, die drei anderen einfach verschwunden. Wie durch ein Wunder hatte Callies Pferd das Grauen unversehrt überstanden, und es war auch nicht gestohlen worden, im Gegensatz zur Milchkuh und mehreren Weizensäcken. Den Gemüsegarten hatten die Soldaten hoffnungslos zertrampelt.

Aber trotz der einschneidenden Veränderungen, die der Krieg mit sich brachte, konnte man an gewissen Dingen festhalten. Und so deckte sie den Tisch, als würde sie eine Mahlzeit mit ihrer Familie einnehmen. Sie zündete Kerzen an, benutzte das kostbare englische Geschirr und das Tafelsilber ihrer Mutter, das weiße irische Tischtuch mit den passenden Servietten. Für den Wein, den sie aus dem Keller geholt hatte, stellte sie Kristallgläser bereit.

In diesem Augenblick kehrte Colonel Daniel Cameron zurück. Er trug eine schlichte blaue Hose von ihrem Vater und ein Hemd ihres Bruders, dazu seine eigenen hohen Stiefel. In dieser Aufmachung hätte er wie ein Farmer aussehen müssen, glich aber eher einem schneidigen Piraten. »Sind Sie jetzt mit meiner äußeren Erscheinung zufrieden, Mrs. Michaelson?« fragte er höflich.

Sie nickte und nahm ihre Schürze ab. »Setzen Sie sich, Colonel.«

»Danke, Mrs. Michaelson.« Aber er wartete, bis sie den Eintopf in eine Terrine gefüllt und auf den Tisch gestellt hatte, dann rückte er ihr formvollendet einen Stuhl zurecht. Ehe er Platz nahm, griff er nach dem Wein. »Ah, ein französischer Burgunder, 1855!« Geschickt öffnete er die Flasche, roch am Korken und füllte die Gläser. Nachdem er Callie zugeprostet hatte, nahm er einen Schluck. »Ein ausgezeichneter Jahrgang! Ich muß sagen, hier im Norden hätte dieser Rebell nicht auf eine so erlesene Gastfreundschaft zu hoffen gewagt.«

Das Lächeln, das ihre Lippen umspielte, erlosch sofort wieder. Irritiert fragte sie: »Müssen Sie mich ständig daran erinnern, daß Sie mein Feind sind?«

Er grinste und setzte sich endlich. »Bevor ich mich das nächste Mal dazu hinreißen lasse und womöglich von Ihrer Tafel verbannt werde, sollte ich vielleicht essen, denn dieser Eintopf übt einen noch größeren Reiz auf meine Sinne aus als der Wein.«

»Wie gewählt Sie sich auszudrücken verstehen, Colonel...«

»Nur wenn ich auch wirklich meine, was ich sage, Mrs. Michaelson.« Er griff nach ihrem Teller, schöpfte Suppe hinein, dann bediente er sich selbst. Heißhungrig begann er zu essen, während sie nur geringen Appetit aufbrachte.

Als er seine Mahlzeit fast beendet hatte, griff er über den Tisch hinweg nach Callies Hand. Die Berührung seiner warmen Finger jagte einen sonderbaren Schauer durch ihren Körper. »Wenn alle Yankees so wären wie Sie, hätten wir den Krieg vielleicht vermeiden können, Mrs. Michaelson.«

Hastig entzog sie ihm ihre Hand. »Da! Jetzt erinnern Sie mich schon wieder an unsere Feindschaft.«

»Es kann gefährlich werden, den Feind zu vergessen.«

»Wie meinen Sie das?«

»Wußten Sie, daß die Unionssoldaten und die Konföderierten miteinander Handel treiben. Manchmal kampierten meine Rebellen an einem Flußufer und unsere Gegner direkt gegenüber. Nachts fuhren Boote mit Tabak und Kaffee hin und her, und dabei entstanden sogar Freundschaften.«

Der bittere Klang seiner Stimme überraschte Callie. »Ein kleiner Zug von Menschlichkeit in diesem Wahnsinn, der uns alle quält... Warum stört Sie das, Sir?«

»Das will ich Ihnen erklären, Mrs. Michaelson. Einer meiner jungen Soldaten freundete sich mit einem Burschen aus Illinois an. Und am nächsten Tag sah er ihn auf dem Schlachtfeld wieder. Er zögerte, den Finger am Abzug seines Gewehrs, der andere nicht, und so mußte mein Rebell sterben.«

Sie hob das Kinn. »Mir werden Sie niemals auf dem Schlachtfeld begegnen, Colonel, also brauchen Sie sich wegen meiner feindlichen Gefühle keine Sorgen zu machen.«

»Oh...«, begann er, dann verstummte er abrupt und lauschte. Nach ein paar Sekunden hörte auch Callie die Hufschläge, die sich ihrer Haustür näherten. Er sprang auf, alle seine Nerven und Muskeln schienen sich anzuspannen. Plötzlich hatte sie Angst um ihn, denn sie ahnte, daß er sich niemals ergeben und bis zum bitteren Ende kämpfen würde.

»Wagen Sie es bloß nicht, wieder Ihr Messer zu ziehen!« warnte sie, als er nach seinem Stiefelschaft griff.

Er rannte um den Tisch herum und packte ihren Arm. »Callie...«

»Lassen Sie mich los! Zwei Tage lang habe ich Sie nicht verraten – auch nicht, als der Sergeant hier war.«

»Was?«

»Immer wieder kamen Soldaten hier vorbei. Wenn ich Sie der Unionsarmee ausliefern wollte, hätte ich das längst getan.«

Langsam glitt seine Hand von ihrem Arm. Sie ging zur vorderen Haustür und öffnete sie. »Eric!« Erschrocken starrte sie den Captain von der Unionskavallerie an, der auf ihrer Veranda stand. Der Freund ihres verstorbenen Mannes war Anfang Zwanzig, mittelgroß, mit warmherzigen braunen Augen, braunem Haar und einem gepflegten Schnurrbart. Sie hatte ihn immer attraktiv gefunden, sich aber auch ein bißchen über seine Eitelkeit amüsiert. Die Fürsorge, die ihn nun zu ihr führte, hätte sie mit Dankbarkeit erfüllen sollen. Aber in diesem Augenblick empfand sie das gerade Gegenteil.

»Callie, ich wollte nur sehen, ob es dir gutgeht. Jetzt, wo Gregory nicht – mehr da ist...« Er räusperte sich. »Für eine Tasse Kaffee hätte ich Zeit...«

»Oh, natürlich, komm doch herein!« sagte sie laut genug, so daß der Rebell es hören konnte. Es blieb ihr nichts anderes übrig, als Eric hereinzubitten. Wie sie nur zu deutlich merkte, war er bereits mißtrauisch geworden. Sie hätte ihn umarmen, versichern müssen, sie sei froh, daß er die Schlacht überlebt habe, und den alten Freund nicht so lange auf der Veranda stehenlassen dürfen. Und nun wäre es ihre Pflicht gewesen, ihn über den Feind zu informieren, den sie beherbergte. Doch sie hatte längst – vielleicht schon im ersten Augenblick – beschlossen, diesen Rebellen zu schützen, so falsch es auch sein mochte.

Außerdem bezweifelte sie, daß Eric dem Colonel gewachsen war. Trotz der Verletzung besaß Daniel Cameron immer noch einen kraftvollen, kampfgestählten Körper, und sie traute ihm eine überragende Geschicklichkeit mit jeder Art von Waffen zu. Ohne diese Fähigkeiten hätte er den Krieg nicht so lange überlebt. Nun mußte sie sehr vorsichtig sein, um beider Männer willen.

»Ich hatte schreckliche Angst um dich«, sagte Eric und trat einen Schritt näher. »Vor allem, als ich dich in der Kampfpause draußen auf dem Schlachtfeld sah. Ich fürchtete, dieses Gebiet würde in die Hände der Feinde fallen, und sie könnten hierherkommen. Eine Frau – allein...« Impulsiv umarmte er sie. »Wenn dir etwas zustößt, Callie...«

Unbehaglich fragte sie sich, ob sie beobachtet wurden. Aber warum sollte es ihr etwas ausmachen, wenn ihr ungebetener Rebellengast sie in den Armen eines Freundes sah? Trotzdem schob sie Eric sanft von sich und ergriff seine Hände. »Mir ist nichts passiert, und ich freue mich, weil auch du all dieses Grauen überlebt hast.«

»Dafür danke ich dem Allmächtigen, und ich hatte mir auch fest vorgenommen, am Leben zu bleiben – deinetwegen, Callie.«

»Du mußt dich wirklich nicht um mich sorgen«, versicherte sie so leichthin wie möglich.

»Das tu ich aber, und ich betrachte es sogar als meine Pflicht.« Er tätschelte ihre Hand und kam ins Haus. Schmerzhaft hämmerte ihr Herz gegen ihre Rippen. Was würde geschehen, wenn sie die Küche erreichten? Wie sollte sie die zwei Teller, die zwei Weingläser erklären? Und den Rebellen an ihrem Tisch. »Gregory war mehr als nur mein Freund«, fuhr Eric fort. »Er stand mir so nahe wie ein Bruder. Aber nicht nur das verbindet mich mit dir, Callie.«

In ihrer Angst hörte sie nur mit halbem Ohr zu, doch als sie die Küche betraten, konnte sie erleichtert aufatmen. Daniel Cameron war mit seinem Teller und seinem Glas verschwunden.

»Du bedeutest mir sehr viel, Callie.«

»Was – wie...« Verwirrt blinzelte sie Eric an, der ihr tief und ernsthaft in die Augen schaute.

»Ich weiß, das ist nicht der richtige Zeitpunkt...«

»Da hast du völlig recht.« Wo mochte der Rebell stekken?

»Gregory liegt noch nicht lange unter der Erde, aber in dieser elenden, kriegsmüden Welt ist seit seinem Tod genug Zeit verstrichen. Und jetzt, wo er nicht mehr da ist – wer könnte da besser für dich sorgen, dich inniger lieben als...«

»Eric, bitte!« unterbrach sie ihn. »Ich kann jetzt nicht darüber reden. Setz dich, trink eine Tasse Kaffee. Und ein Eintopf ist auch da...«

»Danke, ich habe schon gegessen.«

»Nur diesen gräßlichen Militärfraß! Iß doch mal was Vernünftiges!«

Er schüttelte den Kopf, setzte sich auf den Stuhl, den Daniel Cameron zuvor benutzt hatte, nahm eine Tasse Kaffee entgegen und stellte sie vor sich hin. Als Callie ihm gegenüber Platz genommen hatte, griff er nach ihrer Hand. »Hör mir zu, meine Liebe...«

Verzweifelt überlegte sie, wie sie ihn von seinen Plänen abbringen konnte, ohne ihn grausam zu behandeln. »Es ist einfach zu früh, Eric. Ich kann nur an Gregory denken – an keinen anderen Mann. Bitte, versteh das...« Ihr Lächeln versprach eine Zukunft, die es niemals geben konnte. »Laß mir Zeit. Ich werde für dich beten. Und du wirst ganz sicher zurückkommen.«

Eric trank seinen Kaffee aus und stand auf. »Bitte, denk an mich, Callie. Bis zu meinem letzten Atemzug werde ich dich lieben.«

Sie schaute verwirrt zu ihm auf. Nie hatte sie auch nur geahnt, was er für sie empfand. Er war der Freund Gregorys gewesen, ihres geliebten Mannes, und dessen Freunde betrachtete sie auch als ihre. Wäre der Krieg niemals ausgebrochen, würde sich Eric jetzt nicht so verhalten, dachte sie bedrückt. Und ich würde schwarz tragen, wäre geschützt vor den Leidenschaften und Gefühlen aller Männer. Und Eric muß Kugeln und Schwertern und Kanonen gegenübertreten. Wie leicht kann er sterben, ehe ein weiterer Monat vergangen ist...

Wieder zwang sie sich zu einem Lächeln. »Du weißt, wie gern ich dich habe, Eric. Aber mein Herz liegt immer noch da draußen bei meinem Mann.«

»Sag mir, daß ich zurückkommen darf!« drängte er.

»Ich werde um deine Rückkehr beten.« Damit brachte sie ihre Hoffnung zum Ausdruck, er würde alle Schlachten heil überstehen. Doch er faßte es anders auf.

Seine Augen strahlten, seine Lippen verzogen sich zu einem triumphierenden Lächeln. Callie unterdrückte einen Seufzer und wollte den Irrtum beseitigen, doch dann besann sie sich anders. Wer wußte schon, was der nächste Tag bringen würde.

»Nun muß ich mich verabschieden, Callie«, sagte er leise und zog ihre Hand an die Lippen.

»Paß gut auf dich auf, Eric.« Sie begleitete ihn zur Haustür, wo er sie plötzlich in die Arme nahm und küßte. Wahrscheinlich war es – von seiner Seite aus – ein leidenschaftlicher Kuß, für Callie aber nur eine Überraschung. Er wagte nicht zuviel, versuchte nicht, ihr die Lippen zu öffnen, und es schien ihm zu genügen, sie einfach nur festzuhalten. So unvermittelt, wie er sie an sich gezogen hatte, ließ er sie wieder los, salutierte und eilte zu seinem Pferd.

»O Gott«, flüsterte sie, lehnte am Türrahmen und wußte nicht, ob sie lachen oder weinen sollte. Dann rannte sie in die Küche zurück. »Colonel Cameron?« rief sie leise. Keine Antwort. Auch im Salon fand sie ihn nicht, und so lief sie die Treppe hinauf. Ihre Schlafzimmertür stand offen, und sie stürmte hindurch. Immer noch keine Antwort. Atemlos sank sie auf das Fußende ihres Betts und flüsterte: »Dem Himmel sei Dank, der Reb ist nach Süden geflohen!«

Da knarrte die weitgeöffnete Tür, schwang langsam nach vorn, und dahinter kam ein grinsender Colonel Cameron zum Vorschein. Bestürzt sprang sie auf, als er zu ihr ging. »O nein, mein Engel, da täuschen Sie sich ganz gewaltig.« Seine Augen funkelten boshaft. »Er wird Sie also bis zum letzten Atemzug lieben...«

»Oh, bitte, halten Sie den Mund! Wie unhöflich von Ihnen! Sie haben uns belauscht!«

»Eine so rührende Szene konnte ich mir doch nicht entgehen lassen.« Dicht vor ihr blieb er stehen, umfaßte ihre Hände und flehte in schmachtendem Ton: »›Sag mir, daß ich zurückkommen darf...‹«

»Hören Sie auf mit dem Unsinn! Ich warne Sie!«

Daniel Cameron grinste noch breiter, und der Glanz in seinen blauen Augen schien bis in die Tiefe ihres Herzens zu dringen. »Warten Sie nicht auf ihn, mein Engel, Sie haben was Besseres verdient.«

»So? Was denn?«

»Das will ich Ihnen zeigen...«

## 6

Als er sie umarmte, versteifte sie sich nur wenige Sekunden lang, dann schmiegte sie sich an ihn. Er wußte genau, wie er sie umfangen mußte, so daß die Wärme seines Körpers sofort in ihren überging, sich zu einer Hitze steigerte, die Callie zu verbrennen drohte.

Aber nach der monatelangen Einsamkeit empfand sie in Daniels starken Armen auch ein verwirrendes, tröstliches Gefühl – so als wäre sie endlich genau dort, wo sie hingehörte. Wie gebannt blickte sie in seine betörenden blauen Augen, bis er lächelnd den Kopf herabneigte, um sie zu küssen.

Sobald sie seine Lippen schmeckte, stiegen ganz neue

Emotionen in ihr auf. Er küßte sie, als beabsichtigte er, sie sehr, sehr lange zu küssen, als wollte er ihren Atem trinken, als hätte er sich seit der ersten Begegnung danach gesehnt. Und sie konnte diesem Angriff auf ihre Sinne nicht widerstehen. Sein Mund verschmolz mit ihrem. Langsam schob er seine Zunge vor, öffnete ihre Lippen, weckte den heißen Wunsch nach noch intimeren Liebkosungen. Sie begann zu zittern, während seine Finger behutsam über ihre Wange glitten. Immer fester preßte er seine Hüften an ihre, und sie spürte sein wachsendes Verlangen. Nie zuvor hatte sie eine solche Leidenschaft empfunden, nicht einmal in Gregorys Armen...

Gregory!

Die Erinnerung an ihren Mann verscheuchte den Zauber, der ihr Gehirn umnebelt hatte. Gregory! Niemals hatte sie sich vorstellen können, einen anderen zu begehren – bis dieser Rebell aufgetaucht war. Erics Kuß hatte nur Unbehagen hervorgerufen, das Bedürfnis, die Flucht zu ergreifen.

Und Daniel? Sie liebte die Konturen seines Gesichts, das Licht in seinen Augen, den Klang seiner Stimme, seinen nackten Körper, den sie oft genug gesehen hatte. Und wenn ein Mann nackt war, durfte man vergessen, ob er eine blaue oder graue Uniform trug...

Nein, sagte sie sich energisch. Dieser Mann trägt Grau, ganz egal, ob er nackt oder angezogen ist, denn dieser Farbe gehört sein Herz. Das kann ich ihm nicht aus der Brust reißen – und mein eigenes nicht verraten.

Er versuchte nicht, sie festzuhalten, als sie sich aus seinen Armen befreite. Zu ihrer Bestürzung brannten Tränen in ihren Augen. »Bitte!« würgte sie mühsam hervor. »Das ist unmöglich... Du – mußt gehen!«

»Callie...«

Hastig wandte sie sich ab, floh aus dem Zimmer, rannte die Treppe hinab. Doch sie hatte sich noch immer nicht weit genug von Daniel entfernt, und so stürmte sie aus dem Haus, schloß die Tür, lehnte sich dagegen und atmete tief die frische Nachtluft ein.

Was ging nur mit ihr vor? Ihr Vater und ihr geliebter Ehemann waren von Rebellenhand gestorben. So viele Tote.. Ihr Heim hatte sich in ein Schlachtfeld verwandelt. Und das alles spielte keine Rolle, wenn dieser Mann sie berührte?

Sie dankte dem kalten Dunkel, das die verzehrende Hitze in ihrem Körper milderte. Heute nacht mußte er gehen, und danach würde sie ihn vergessen...

Ein Geräusch ließ sie zusammenzucken. Hufschläge, mehrere Reiter... Angespannt lauschte sie, dann seufzte sie erleichtert. Nein, sie kamen nicht zum Haus. Sie hörte eine Stimme, die einen Befehl erteilte, weit weg, aber deutlich zu verstehen. »Captain, wir schlagen ein Lager beim alten Obstgarten auf! Zwei Wachtposten pro Kompanie!«

»Jawohl, Sir!«

Sie würden also in der Nähe bleiben. Erschrocken preßte Callie eine Hand auf den Mund und kehrte ins Haus zurück.

Daniel stand im Salon und legte seinen Waffengurt an. Als Callie eintrat, zog er sofort sein Schwert. Sie wich zur Tür zurück, starrte angstvoll auf die schimmernde Klinge.

»Großer Gott, Callie!« murmelte er irritiert und schob das Schwert in die Scheide zurück, dann lächelte er. »Ich hatte zwar einiges mit dir vor – zumindest geriet ich in große Versuchung. Aber ich kam nie auf den Gedanken, dich zu erstechen. Jetzt werde ich gehen.«

Mühsam schüttelte sie den Kopf. »Das – kannst du nicht.«

Seine Augen verengten sich. »Warum nicht?«

»Weil die Yanks drüben beim Obstgarten kampieren. Und das ist sicher nicht ihr einziges Lager in der näheren Umgebung.«

Lässig zuckte er die Achseln. »Ich werde ihnen ausweichen.«

»Das schaffst du nicht. Es sind zu viele...«

Grinsend hob er die Brauen. »Willst du denn nicht, daß ich geschnappt werde?«

»Du bist verletzt, du Narr!«

»Jetzt fühle ich mich schon viel besser.«

»Du hättest dich damals gedulden sollen, bis deine Wunde richtig verheilt wäre. Dann hätte sie sich nicht wieder geöffnet und dieses schreckliche Fieber verursacht. Aber du gehörst wohl nicht zu den Menschen, die jemals klug werden. Geh doch, laß dich niederschießen oder gefangennehmen! Du wirst so oder so sterben!«

»Wieso prophezeist du mir das? Bist du so gut über die Zustände in den Kriegsgefangenenlagern informiert?«

Callie wich seinem Blick aus. Beide Seiten klagten über die Bedingungen, die in solchen Lagern herrschten. Sie hatte mehrere Zeitungsartikel über dieses Thema gelesen. In den Nordstaaten waren viele Leute entsetzt über die Behandlung, die gefangenen Konföderierten bei den Unionstruppen widerfuhr. Im Süden ging es noch schlimmer zu. Die Hälfte der Rebellen besaß nicht einmal Schuhe. Sie trugen zerrissene Uniformen, lebten von kärglichen Rationen. Was sollten sie in einer solchen Situation für ihre gefangenen Feinde erübrigen?

Die talentierten Südstaatengeneräle hatten Abraham Lincoln mehrere Niederlagen beigebracht. Trotzdem durfte er letzten Endes auf den Sieg hoffen. Rein zahlenmäßig war die Union der Konföderation überlegen. So viele blauuniformierte Soldaten auch fallen mochten, sie konnten ersetzt werden. Und sie bekamen genug zu essen. Langsam aber sicher forderte die Nordblockade ihren Tribut vom Süden, ebenso wie die vom Krieg verwüsteten Ackergebiete. Und wenn die Rebellen hungern mußten – wie konnte man von ihnen erwarten, daß sie ihre Gefangenen ernährten?

Die Schreckensgeschichten über die Hungersnot der Unionssoldaten in den Kriegsgefangenenlagern der Südstaaten drangen in den Norden. Und auf jeden Menschenfreund, der sich für bessere Zustände einsetzte, kam eine verbitterte Person, die lauthals erklärte, die Gefangenen aus dem Süden dürften nicht verhätschelt werden. Manche Witwen und Waisen haßten jeden Mann in Grau. Unter den Gefängniswärtern gab es zwar barmherzige Männer, aber auch ebenso viele, die im Krieg abgestumpft waren und jede Ehrfurcht vor dem menschlichen Leben verloren hatten. Und alle Soldaten, sowohl im Norden als auch im Süden, fürchteten die Qualen, die ihnen in einem Gefangenenlager drohten.

Callie biß die Zähne zusammen. Spielte es denn eine Rolle für sie, was aus diesem verdammten Reb wurde? »Du kannst hierbleiben oder gehen – ganz, wie du willst.«

Lächelnd kam er auf sie zu und legte einen Finger unter ihr Kinn. »Ich kann nicht bleiben – denn wenn ich's täte, wäre ich außerstande, dir irgendwas zu versprechen.«

»Trotzdem darfst du hierbleiben, denn ich garantiere dir, daß gewisse Dinge nicht passieren werden.«

Daniel hob die Brauen, sein Lächeln vertiefte sich. »Callie...«

Sie schob seine Hand beiseite und ging zum Kamin. »Du hast dich gut erholt. Die meisten Männer wären an einer so schweren Verletzung gestorben. Aber du bist erstaunlich schnell wieder zu Kräften gekommen. Wie lange willst du das Schicksal denn noch herausfordern?« Erbost drehte sie sich um.

»Ich werde tun, was ich für meine Pflicht halte.«

»Du solltest nach Hause reiten, dich ausruhen und warten, bis die Wunde richtig verheilt ist.«

»Das geht nicht.«

»Warum nicht?«

»Weil ich unersetzlich bin.«

»Aber...«

»Wir haben zuwenig Leute«, unterbrach er sie mit einer müden Stimme, die zum erstenmal so klang, als wäre er des Krieges überdrüssig. »Ich muß immer wieder zurückkehren. Und ich sollte längst bei meiner Kompanie sein.«

»Du bist ziemlich geschwächt. Wenn du stirbst, kannst du der Konföderation nicht mehr nützen.«

»Das ist wahr.«

Plötzlich leuchteten ihre Augen auf. »Ich könnte deinen Bruder suchen.«

»Nein!«

»Aber da er Militärarzt bei der Union ist...«

»Nein, verdammt noch mal, du wirst dich nicht an ihn wenden! Es geht mir gut genug, und ich werde nicht zulassen, daß Jesse sich meinetwegen noch einmal in Gefahr begibt. Hast du mich verstanden?«

Noch nie hatte sie ihn so wütend gesehen. Mühsam kämpfte sie mit den Tränen. Da tat sie ihr Bestes, um ihrem Feind zu helfen, und er wollte nichts davon wissen. Laß ihn gehen, sagte sie sich. Soll er doch von der Union gefangengenommen werden... Rasch wandte sie sich ab, um ihre Gefühle zu verbergen. »Tu, was du für richtig hältst. Mich kümmert es nicht, wenn sie dich schnappen.«

»Das wird nicht geschehen, Callie«, erwiderte er kühl. »Ich bin zwar noch nicht im Vollbesitz meiner Kräfte, aber ich kann es trotzdem mit zwei oder drei Yankees zugleich aufnehmen. Das war wohl einer der Gründe, warum du deinen schneidigen Captain so schnell loswerden wolltest – den Mann, der dich bis zu seinem letzten Atemzug lieben wird«, fügte er in einem merkwürdigen Ton hinzu, und Callie war sich nicht sicher, ob seine Stimme bitter oder belustigt klang. »Du wußtest verdammt gut, daß er mir nicht das Wasser reichen kann.«

»Wie arrogant du bist! Du solltest dankbar sein, daß ich dir nicht die ganze Unionsarmee an den Hals hetze. Jedenfalls finde ich es ziemlich eigenartig, wie sehr du dich für deine eigenen Fähigkeiten begeisterst.«

»Ich kann mich schon lange für nichts mehr begeistern, Callie. Mittlerweile habe ich sehr viele Kriegsmonate hinter mir und nur wenige Schlachten versäumt. Und selbst wenn ich einmal zu Boden ging, streckte ich vorher zahlreiche Feinde nieder. Nichts von alldem begeistert mich, ich fühle mich elend. Aber ich bin ein Überlebenskünstler und ein Offizier, und ich werde gebraucht. Ich verstehe es hervorragend, mit meinem Schwert umzugehen. Ein einzelner Mann kann mich unmöglich besiegen. Das weißt du sehr gut. Und um deinem Freund das Leben zu retten, hast du ihm verschwiegen, daß hier im Haus ein Rebell wohnt.«

»Du bist nicht nur arrogant, sondern unerträglich. Mach doch, was du willst! Vielleicht muß ich jetzt um die ganzen Unionsstreitkräfte bangen, wenn du wieder frei herumläufst.«

Callie wollte an ihm vorbei in die Küche gehen, aber er hielt ihren Arm fest. »Willst du, daß ich gehe?«

Wütend riß sie sich los. »Ja! Nein, ich will es nicht! Ich habe es satt, dieses ständige Sterben, diese gräßlichen Schmerzen auf all den Schlachtfeldern... Und Gott helfe mir, ich will deinen Tod nicht auf mein Gewissen laden.«

»Du willst also nicht, daß ich sterbe? Nur weil du mich in deinem Haus beherbergst?«

»Weil ich dein Gesicht kenne.«

»Mehr als mein Gesicht«, erinnerte er sie.

»Oh, verdammt!« fluchte sie ungeduldig. »Weil du kein Fremder mehr bist, nicht nur irgendein Soldat.« Abwartend schaute er sie an, und sie fuhr widerstrebend fort: »Also gut! Weil ich dich mag!« gab sie zu, aber als er wieder nach ihr greifen wollte, hob sie abwehrend eine Hand. »Ich will nicht, daß du stirbst, aber ich will dich auch nicht in meiner Nähe haben. Verstehst du das?«

Daniel lächelte wehmütig. »Ja, ich glaube, das verstehe ich.«

Zu ihrer Überraschung verließ er den Salon, und wenig

später hörte sie in der Küche Geschirr klirren. Sie folgte ihm und sah ihn an der Spüle stehen, wo er die Teller abwusch. »Du kannst dich ja sogar nützlich machen. Obwohl du vermutlich aus einem großen Herrschaftshaus stammst und ständig bedient wurdest. Du besitzt eine Plantage, nicht wahr? Und zahlreiche Sklaven...«

»Ich bin der jüngere Sohn. Die Sklaven gehörten Jesse, meinem Yankee-Bruder.«

»Und jetzt nicht mehr?«

»Wir haben sie freigelassen – mein Bruder, meine Schwester und ich. Im Juni. Jesse war für eine Weile zu Hause, und da er als Yank in Virginia höchst unwillkommen ist, nutzten wir die Gelegenheit, um einige familiäre Dinge zu regeln. Wir wußten, daß der Krieg noch lange dauern würde. Und da Jesse in die eine Richtung ritt und ich in die andere, war es fraglich, wann wir uns wiedersehen und Zeit finden würden, dies alles zu klären. Wir ließen die Leute frei, weil wir es uns leisten können, sie zu bezahlen. Die meisten blieben bei uns. Aber nur Gott weiß, was nach dem Krieg mit ihnen geschehen wird. Um einige mache ich mir ernsthafte Sorgen.«

»Warum?« fragte Callie.

»Warum?« wiederholte er lächelnd. »Nun, ich will nichts gegen deinen Mr. Lincoln sagen. So sonderbar es klingen mag, ich bewundere den Mann. Vielleicht lag es an der Sklaverei und an der hartnäckigen Entschlossenheit des Südens, an dieser Institution festzuhalten, daß wir uns wegen der eigenstaatlichen Rechte in die Haare gerieten. Aber Lincoln strebte den Krieg nicht an, um den Südstaaten ihre Sklaven zu nehmen, sondern um die Union zu retten. Vielleicht werden nach Kriegsende mehrere Tausend freigelassene Sklaven ein neues Leben beginnen. Und was dann? Werden sie im Norden alle willkommen sein – in New York City, wo tagtäglich neue Einwanderer eintreffen? Das weiß ich nicht. Aber ich weiß, daß unsere Leute auf Cameron Hall Arbeit haben, genug zu essen und

Dächer über den Köpfen. Im Herrschaftshaus wohnen nur wenige, aber dort wurde das menschliche Leben, mochte es schwarz oder weiß sein, stets respektiert. Ich hoffe, die Schwarzen können auch in den Nordstaaten ein menschenwürdiges Leben führen, sobald wir diesen Wahnsinn überstanden haben.«

»Die Freiheit ist jeden Preis wert«, meinte Callie.

»Vielleicht stimmt das. Ich weiß es nicht. Jedenfalls kann der Hunger ein furchtbarer Feind sein.«

»Du sagtest, du würdest Lincoln bewundern. Und er erklärte, es würde Recht und Unrecht geben. Er hat betont, es sei ein Unrecht, andere Menschen zu besitzen.«

»Ich wünschte, für mich wäre das so einfach. Schon viele Leute haben die Sklaverei verurteilt. Als Thomas Jefferson die Unabhängigkeitserklärung niederschrieb, wollte er die Sklaverei abschaffen. Und er besaß selber Sklaven! Aber dieses Problem läßt sich nicht so leicht lösen. Ein ganzes Wirtschaftsimperium basiert auf der Sklaverei. Manche Männer behaupten sogar, sie würde in der Bibel gebilligt. O Callie, ich weiß es nicht, ich bin nicht der Allmächtige!«

»Und weil du es nicht weißt, bist du ein Rebell?«

»Ich bin Virginier, und mein Staat ist von der Union abgefallen.«

»Aber dein Bruder...«

»Er folgte seinem Gewissen, Callie, und ich meinem.«

»Also ist er dein Feind.«

»Er ist mein Bruder, und ich liebe ihn.«

»Trotzdem bekämpfst du ihn in diesem Krieg!«

»Um Himmels willen!« rief Daniel und warf das Geschirrtuch beiseite. »Ich habe den Krieg nicht angefangen. Manchmal ist er mir sogar verdammt egal, und ich wünsche mir nur noch, er wäre endlich beendet. Es gibt Tage, wo ich nichts weiter hoffe, als daß Cameron Hall den Einmarsch beider Heere überdauern wird, daß ich endlich für immer heimkehren kann. Aber ein Mann muß zu dem stehen, was er ist, und tun, was sein Herz ihm diktiert. Virginia hat sich von der Union getrennt, und ich bleibe meinem Staat unerschütterlich treu. Ich diene in der Kavallerie unter Robert E. Lee, einem Ehrenmann mit unantastbaren Moralbegriffen, und auch ich lege allergrößten Wert auf Ehre und Moral. Ich kann nicht einfach vor dem Krieg davonlaufen, nur weil ich ihn satt habe. Und ich bin, was ich bin, Callie. Ein Rebell. Dein Feind!«

Wortlos stand sie in der Tür und beobachtete, wie er eine Whiskeyflasche aus einem der Regale nahm. Dann kam er mit langen Schritten auf sie zu, und sie sprang instinktiv zurück. Mit einem bitteren Lächeln schüttelte er den Kopf. »Ich beabsichtige wirklich nicht, dir weh zu tun – oder dich auch nur anzurühren, Callie. Aber nun habe ich mich anders besonnen. Nachdem die Gegend da draußen von Yankees nur so wimmelt, werde ich deine liebenswürdige Gastfreundschaft noch etwas länger beanspruchen. Da ich mich nicht in deine Nähe wage, sperre ich mich in einem Zimmer ein. Und weil ich nicht die ganze Nacht wachliegen und an dich denken will, nehme ich die Whiskeyflasche mit. Was für eine wundervolle Gefährtin das sein wird!«

Er verbeugte sich tief, dann ging er an ihr vorbei und stieg die Treppe hinauf, die Flasche unter den Arm geklemmt. Wenig später zuckte Callie erschrocken zusammen, als krachend eine Tür ins Schloß fiel.

## 7

Es kam ihm so vor, als hätte er fast die ganze Nacht am Fenster verbracht und in die Dunkelheit gestarrt. Er fühlte sich erstaunlich gut – viel zu gut, und deshalb hatte er beschlossen, nicht im Zimmer seiner Gastgeberin zu bleiben, sondern ein anderes aufzusuchen.

Dieser Raum war genauso untadelig sauber und gut ausgestattet wie Callies Schlafzimmer, aber mit etwas maskulinerem Flair. Das Bett, der Schrank und der massive Schreibtisch bestanden aus Eichenholz.

In der Seemannskiste am Fußende des Betts hatte er die Sachen gefunden, die er jetzt trug. Bewohnte einer von Callies Brüdern dieses Zimmer, wenn er hierherkam? Oder war es die private Domäne ihres Vaters gewesen? Während Daniel auf dem Fensterbrett saß, nahm er einen großen Schluck aus der Whiskeyflasche. Auf dem Schreibtisch stand ein kostbarer antiker Kompaß, darüber hing ein schönes Pferdebild, neben einem Schwert aus der Zeit des Amerikanischen Freiheitskrieges – eine Trophäe, die von Generation zu Generation weitergegeben worden war. In der Seemannstruhe lagen nicht nur Kleidungsstücke, sondern auch Spielkarten.

Daniel überlegte, daß er den Mann, der hier wohnte oder gewohnt hatte, wahrscheinlich mögen würde. Wir beide lieben Pferde, besitzen ein ausgeprägtes Geschichtsbewußtsein, sitzen gern an Spieltischen – und wir empfinden eine starke Zuneigung zu Callie Michaelson. Aber meine Gefühle sind keineswegs brüderlich oder väterlich...

Er fluchte leise und trank wieder aus der Whiskeyflasche. Verdammt, warum übte sie eine so starke Anziehungskraft auf ihn aus? Sie war eine Schönheit, sicher. Aber er hatte schon viele Schönheiten gekannt und bewundert, ein oder zwei sogar geliebt. Aber Callie erregte ganz neue Gefühle in ihm. Warum begehrte er sie so verzweifelt? Es liegt am Krieg, versuchte er sich einzureden, an den Tagen und Nächten, wo ich nichts weiter bekam als Schiffszwieback und Wasser, an den endlosen Ritten in Gesellschaft rauhbeiniger Soldaten.

Nein, gestand er sich ein. Wäre er ihr in Friedenszeiten auf einem Ball inmitten anderer schöner Frauen begegnet, hätte sie ihn genauso fasziniert. Sie war einzigartig mit ihren klugen und doch unschuldigen grauen Augen, dem leuchtenden kastanienroten Haar. Sie besaß nicht nur äußerliche Schönheit, sondern innere Kraft, eine vibrierende Leidenschaft – irgend etwas, das ihn so unwiderstehlich reizte, daß er aus ihrer Nähe hatte fliehen müssen.

»Verdammt, warum bin ich hiergeblieben?« flüsterte er, von wachsender Unruhe erfüllt. Er hätte aufbrechen und herausfinden sollen, wie viele Männer die Konföderierten beim Antietam Creek verloren hatten. Und er mußte Jeb Stuart wissen lassen, daß er noch lebte. Womöglich wurde er gerade in diesem Augenblick von seinen Freunden und Vorgesetzten betrauert. Andererseits durfte er sich auch nicht umbringen lassen. Damit würde er seinen Leuten nicht helfen.

Mit zusammengekniffenen Augen spähte er ins Dunkle. War er zu vertrauensselig? Wußte er denn, was wirklich in Callies Herz vorging? Vielleicht mochte sie ihn, aber genausogut hätte sie ihrem Freund Eric Dabney ein Zeichen geben können, und die Yankees umstellten bereits das Haus, unsichtbar in der Nacht...

Nein, entschied Daniel, sie hat mich nicht verraten. Sie war viel zu sehr damit beschäftigt, die plötzliche Leidenschaft dieses Mannes abzuwehren. Der arme Junge... Wie gut ich ihn verstehe!

Er schaute noch einmal aufmerksam hinaus, sah und hörte nichts. Seufzend stand er vom Fensterbrett auf und stellte die Whiskeyflasche auf den Schreibtisch. Nun mußte er sich endlich hinlegen, er brauchte seinen Schlaf. Nachdem er das geliehene Hemd ausgezogen hatte, inspizierte er die Verletzung an seiner Seite. Callie hatte gute Arbeit geleistet, die Blutung war längst zum Stillstand gekommen, und die Schnittwunde sah nicht schlimmer aus als vor der Schlacht. »Jesse, sie ist fast so tüchtig wie du«, murmelte er. »Und viel, viel hübscher. Aber sie möchte, daß ich gehe. Gleichzeitig wünscht sie, ich würde bleiben...«

Darin lag das Problem. Sie fühlte sich zu ihm hingezogen, die süße, verlockende Leidenschaft, die in ihr schlummerte, wartete nur auf ihn – das wußte er. Doch sie *wollte* ihn nicht begehren.

Er hob die Kattundecke und das Laken vom Bett hoch, dann schlüpfte er darunter und starrte in die Finsternis. Colonel, du wirst jetzt aufhören, an Callie Michaelson zu denken, und schlafen, befahl er sich. Sie ist deine Feindin...

Aber Jesse, sein Yankee-Bruder, hatte mitten in diesem grausigen Krieg Kiernan Miller geheiratet, die sich so leidenschaftlich für die Sache der Südstaaten einsetzte. Offenbar war alles möglich in diesem Wahnsinn, der schon so lange dauerte.

Würde es auch für ihn möglich sein, die schöne Frau mit dem dunklen Feuerhaar und den silbergrauen Augen in den Armen zu halten, die ganz in seiner Nähe schlief, in einem Zimmer weiter unten am Flur?

Sie wollte nicht, daß er sie anrührte – obwohl er die Hitze in ihrem Körper und ihr Verlangen bereits gespürt hatte und den Geschmack ihrer Lippen kannte... Fluchend stand er auf, leerte die Whiskeyflasche, und als er dann wieder ins Bett sank, schlief er endlich ein.

Ein dumpfer Krach riß ihn aus seinem tiefen, festen Schlaf. Verwirrt sprang er aus dem Bett, leicht verkatert vom reichlichen Whiskeygenuß. Bloßfüßig, ohne Hemd, nur mit der geborgten Hose bekleidet, stand er da und lauschte. Das Geräusch wiederholte sich nicht. Er runzelte die Stirn, als ihm bewußt wurde, daß es aus dem Schlafzimmer zu seiner Linken gedrungen war. Aus Callies Zimmer.

Instinktiv griff er zu seiner Hüfte, seit Jahren daran gewöhnt, sogar im Schlaf seine Colts und das Schwert zu tragen. Was mit seinen Schußwaffen geschehen war, wußte er nicht. Aber der Gurt mit dem Schwert lag auf einem

Stuhl. Daniel zog es aus der Scheide, drückte lautlos die Türklinke hinab und schlich durch den Flur.

Callies Tür war geschlossen. Er zögerte nur kurz, dann stieß er sie weit auf.

Ein verdattertes »Oh!« begrüßte ihn. Er stand auf der Schwelle, das Schwert gezückt, die nackten Brustmuskeln angespannt, das Haar zerzaust von der Nacht, wo er sich so oft rastlos im Bett umhergewälzt hatte.

Kein Feind erwartete ihn in diesem Raum, nur Callie, und sie war offensichtlich nicht bereit, ihn willkommen zu heißen. Ihre Silberaugen drückten deutliche Mißbilligung aus. Feuchte Strähnen hingen aus dem Haarknoten, den sie am Hinterkopf festgesteckt hatte. Wassertropfen perlten auf ihren Schultern. Die Knie fast bis zur Brust angezogen, kauerte sie in einer hölzernen Sitzbadewanne.

Allzuviel sah Daniel nicht – nur den schlanken, elfenbeinweißen Hals, die wohlgeformten Schultern, die zarten Vertiefungen der Schlüsselbeine, die sich nach Küssen zu sehnen schienen, die oberen Wölbungen der Brüste. Rund und voll. Verführerisch. Aufreizend.

Er mußte verschwinden. Sofort.

In diesem Augenblick fuhr sie nervös mit der Zungenspitze über ihre Lippen. Und bei diesem Anblick verlor er den letzten Rest seiner Selbstkontrolle. Wie gebannt stand er da und starrte Callie an.

»Was – was machst du hier?« stammelte sie.

»Da war ein Lärm...«

»Ich ließ einen Kessel fallen«, verteidigte sie sich.

Er brachte es immer noch nicht fertig, den Raum zu verlassen. Sein Blick wanderte von ihrem Mund über den Hals zum Busenansatz. Dann schaute er in ihre Augen. »Ich dachte, das Haus würde angegriffen.«

Sie lächelte schwach. »Und du wolltest mit diesem Schwert dein Leben retten.« Allein schon diese Stimme, fast ein Flüstern, ein wenig heiser, jagte einen glühenden Schauer durch seinen Körper.

»Vor allem dein Leben, Teuerste«, erwiderte er galant. Wäre er wirklich galant gewesen, hätte er jetzt schleunigst das Weite gesucht. Aber seine Füße schienen am Boden zu kleben, und er konnte einfach nicht aufhören, Callie anzustarren.

»Ich bin nicht in Gefahr.«

»Das konnte ich nicht wissen.«

»Nein – das nehme ich zurück«, würgte sie hervor. »Jetzt schwebe ich in höchster Gefahr...«

Dem vermochte er nicht zu widersprechen. »Mit dem Entschluß, ein Bad zu nehmen, hast du dich selbst in diese Gefahr begeben.«

»Oh, verdammt«, fluchte sie leise. »Ich hätte in der Küche baden können. Aber das tat ich nicht, weil ich fürchtete, du würdest mich dabei stören. Also schleppte ich die Wanne und die Wassereimer die Treppe herauf – und – und...« Vorwurfsvoll erwiderte sie seinen Blick. »Und nun dringst du in meine Privatsphäre ein.«

»Das hatte ich nicht vor, aber...«

»Ich weiß, du wolltest mein Leben schützen.«

»Jetzt sollte ich wieder gehen.«

»Allerdings.«

Aber er ging nicht. Und während sie ihn beobachtete, wußte sie, daß ihre Stimme keineswegs überzeugend geklungen hatte. ›Du mußt gehen!‹ wollte sie ihn auffordern, doch die Worte kamen ihr nicht über die Lippen. Sie fühlte, wie der Blick seiner strahlend blauen Augen über ihre nackte Haut glitt und ein süßes Fieber erzeugte, wie ein zärtliches Streicheln. Und sie spürte Daniels wachsendes Verlangen, das ein seltsames Feuer in den Tiefen ihrer Seele zu entfachen schien.

Aber sie durfte ihren wilden Wünschen nicht nachgeben. Sie war noch nicht allzu lange Witwe, hatte ihren Mann geliebt und ehrte sein Andenken. Niemals hätte sie diesen Rebellen in ihrem Haus aufnehmen, ihm niemals erlauben dürfen, sie so anzusehen. Doch ihr Sinn für Sitte und Anstand drohte ihr ebenso zu entgleiten wie das Badewasser, das zwischen ihren Fingern hindurchrann.

Daniel faszinierte sie seit der ersten Begegnung. Und seit jenem Kuß wurde sie von einer überwältigenden Sehnsucht gepeinigt, die ihren ganzen Körper und ihr Herz schwächte.

Sag ihm, er soll gehen, ermahnte sie sich. Aber sie brachte es nicht fertig. Sie starrte in seine Augen, dann betrachtete sie seine breite, kraftvolle, bronzefarbene Brust. Wahrscheinlich war er so braun geworden, wenn er mit seinen Männern an Flüssen kampiert und darin gebadet hatte. Und wann immer er sein Schwert schwang, stählte er seine Muskeln. Aber nicht einmal diese Gedanken, die sie an den Krieg erinnerten, vermochten ihre Leidenschaft abzukühlen. Ob er ein Feind war oder nicht, sie fühlte sich zu dem Mann hingezogen, den sie in diesen letzten Tagen kennengelernt hatte. Und sie wollte, daß er näher kam und sie berührte.

»Du mußt gehen...« Schließlich gelang es ihr doch noch, diese Worte auszusprechen, auch wenn in ihren Augen eine ganz andere Botschaft lag.

»Ich weiß«, erwiderte Daniel, senkte sein Kavallerieschwert und kam auf sie zu. Dicht neben der Badewanne blieb er stehen. Lächelnd strich er über den Holzrand. »Es gefällt mir, wenn ich so heiß von meinen Frauen begehrt werde.«

»Aber ich begehre dich gar nicht.« Welch eine Lüge... Noch nie in ihrem Leben hatte sie sich etwas so brennend gewünscht wie ein paar Stunden in den Armen dieses Mannes. Ihre Lippen waren trocken, trotz des Dampfs, der vom warmen Wasser aufstieg. Sie spürte, wie sich ihre Brustwarzen aufrichteten. Und was sie erst zwischen den Schenkeln fühlte – o Gott...

Daniels Lächeln vertiefte sich. »Ich mag es, wenn meine Frauen ihr Verlangen kaum bezähmen können.«

Hastig verschränkte sie die Arme vor ihren verräterischen Brüsten und hob herausfordernd ihr Kinn. »Ich gehöre nicht zu ›deinen Frauen‹. Und ich bin deine Feindin. Hast du das vergessen?«

»Was für ein Kampf wird wohl zwischen uns beiden ausbrechen?« flüsterte er.

»Wir können nicht miteinander kämpfen.«

»Ganz im Gegenteil, Callie, ich fürchte, uns bleibt gar nichts anderes mehr übrig.« Er ging in die Knie, so daß sich seine Augen auf gleicher Höhe befanden wie ihre. »Nur ganz wenige Yankees besitzen die Macht, mich zu überwältigen, und du zählst zweifellos dazu. Nicht einmal, wenn ich mit dem ewigen Höllenfeuer bedroht würde, könnte ich dieses Zimmer verlassen. Und zu denken, daß ich diesen armen Narren gestern noch verspottet habe...« Daniel lächelte schmerzlich. »Wo ich dich selber begehren werde bis zu meinem letzten Atemzug...«

Wußte er, was er ihr antat, welche Empfindungen er in ihr weckte, wie inbrünstig sie sich nach ihm sehnte? Aber wie konnte sie es wagen, seine Haut zu berühren, seine Schultern zu streicheln, nackt neben ihm zu liegen...

»Callie.« Ihr Name aus seinem Mund wirkte wie eine Liebkosung.

»Überleg doch – ich bin deine Feindin...«, stotterte sie.

»Das spielt keine Rolle.«

Er richtete sich auf, und als er langsam hinter die Wanne trat, jagten sonderbare Wellen durch Callies Körper. Sie zog die Knie noch enger an die Brust. Ihn nicht zu sehen, ihn ganz in ihrer Nähe zu wissen, zu ahnen, daß er sie gleich berühren würde... Wilde Erregung erhitzte ihr Blut. »Du mußt gehen – wirklich«, hauchte sie.

»Ja, du hast recht«, stimmte er zu und kniete hinter ihr nieder. »Ich muß gehen. Aber ich kann es nicht, das weißt du genauso gut wie ich.«

Und als sie schon glaubte, schreien zu müssen im quälenden Konflikt zwischen ihren Wünschen und ihrem mahnenden Verstand, spürte sie seine Lippen an ihrem

Nacken. Und da hieß sie diesen plötzlichen Angriff auf ihre Sinne, den zu erwarten und herbeizusehnen sie sich nicht gestattet hatte, rückhaltlos willkommen.

»Oh...«, schrie sie leise. Vor lauter Verwirrung glitt sie tiefer ins Wasser hinab. Aber da stand Daniel neben ihr, zog sie hoch und umarmte ihren nassen Körper. Für einen atemlosen Augenblick hielt er sie reglos umfangen, dann strich er über ihre Wange, umfaßte ihr Kinn und küßte sie, immer und immer wieder.

Es waren hungrige, begierige, fordernde Küsse, die ein noch intensiveres Verlangen weckten und eine süße Schwäche hervorriefen. Callie schlang die Arme um Daniels Nacken, als er sie aus der Wanne hob. Keiner von beiden beachtete das Wasser, das an ihnen hinabfloß. Er legte sie aufs Bett, löste die Nadeln aus ihrem Haarknoten und breitete die langen dunklen Locken über das Kissen.

Dann streckte er sich neben ihr aus. Auf einen Ellbogen gestützt, küßte er sie wieder. Langsam erforschte seine Zunge ihren Mund, seine Finger wanderten über ihre Brüste, die Hüften und Schenkel. Die Augen geschlossen, genoß sie die aufreizenden Zärtlichkeiten. Als er aufhörte, sie zu küssen, hob sie bestürzt die Lider. Und da sah sie, wie er einen winzigen Wassertropfen auf einer ihrer Brustwarzen betrachtete. Er leckte ihn ab, dann begann seine Zunge die rosige Spitze zu umkreisen. Schließlich nahm er sie in den Mund und saugte daran.

Die heftigen Emotionen, die Callie nun beherrschten, entlockten ihr einen halberstickten Schrei. Sie schlang ihre Finger in Daniels schwarzes Haar und hörte ihre eigene gepreßte Stimme, die immer wieder seinen Namen rief.

Ein wilder Puls begann in ihrem Bauch zu vibrieren. Nie zuvor hatte sie so etwas empfunden. Selbstvergessen streichelte sie Daniels Nacken, den Rücken, die harten Muskeln.

Als er sich aufrichtete, schaute er lächelnd in ihre Augen. »Und wenn das ganze Konföderierten-Heer zusammenbricht – niemals werde ich diese Invasion in den Norden bereuen.«

Sie öffnete die Lippen, um zu antworten, doch er wollte nichts hören. Sein Mund berührte ihren, brachte sie zum Schweigen, wanderte dann an ihrem Hals hinab, durch die Vertiefung zwischen ihren Brüsten, hinab zum Nabel. Es drängte Callie, sich aufzubäumen, die Übermacht der Gefühle abzuwehren, die Daniel in ihr entfachte. Doch sie konnte sich nicht rühren. Ganz still lag sie da und spürte, wie ihr Körper immer stärker zitterte.

Daniels Zunge glitt über ihren Bauch, liebkoste und schmeckte lustvoll ihre Haut. Wieder vergrub sie die Finger in seinem dichten Haar, vermochte ihn aber nicht von seinem Vorhaben abzubringen. Nach einem kurzen Umweg über ihre Hüften erreichte sein Mund wieder ihren Nabel, erzeugte goldene Feuerströme im tiefsten, verborgensten, intimsten Zentrum ihrer Sehnsucht, zog eine feuchte Spur noch tiefer hinab. Nein, er konnte doch nicht wirklich beabsichtigen, sie dort zu küssen... Verwirrt schloß sie die Augen.

Doch ihr Protest blieb unausgesprochen, verscheucht von der drängenden Ungeduld ihrer Begierde. Das Warten war eine süße Qual, zu berauschend, zu intim, den Tiefen ihrer Seele viel zu nah...

Ihren ganzen Bauch bedeckte er mit Küssen, dann die Innenseite der Schenkel. Alles berührten seine Lippen – nur jene Stelle nicht.

Plötzlich war er verschwunden. Callie fröstelte, fühlte sich beraubt und betrogen. Wie sehr sie ihn brauchte und begehrte! Ihr Körper wand sich umher, auf der Suche nach neuen Berührungen, von schmerzlichem Verlangen erfaßt. Sie wagte nicht, die Augen zu öffnen, Daniels Blick zu begegnen. Die Intimität war zu weit vorangeschritten...

Und dann spürte sie wieder seine Hände, die ihre Beine liebkosten, seine Lippen, die an den Innenseiten ihrer

Schenkel emporwanderten, höher und höher. Atemlos wartete sie.

Sie schrie auf, und die Sinne drohten ihr zu schwinden, als seine Küsse endlich den heißen Mittelpunkt ihrer Wünsche erreichten. Ringsum schien sich die Welt zu drehen, im langsamen Rhythmus seiner Zunge, und Callie spiralenförmig nach oben zu tragen, in ein Dunkel, wo plötzlich unzählige Sterne zerbarsten und funkelnde Kristallsplitter umherschleuderten. Wilde Zuckungen erschütterten ihren ganzen Körper, sengende Hitze durchfuhr ihren Unterleib.

»O nein«, wisperte sie und hörte Daniel leise lachen. Er sagte etwas, doch das hörte sie nicht, von plötzlicher Scham erfüllt, von dem dringenden Bedürfnis, sich irgendwo zu verstecken.

Nun lag er wieder neben ihr, und in seinen Armen spürte sie, wie ihre Bedenken schwanden, fühlte sich sicher und geborgen. Sie wagte sogar, in seine blauen Augen zu schauen, las darin seine eigenen, noch ungestillten Wünsche. Während er sie leidenschaftlich küßte, verschmolz sein Körper mit ihrem.

Zuvor war die Ekstase so schnell gewachsen. Das konnte doch nicht schon wieder geschehen? Doch genau diese Absicht hegte Daniel. Tief drang er in sie ein, weckte neue Begierden, bis sie glaubte, eine weitere Steigerung nicht mehr zu ertragen. Trotzdem vermochte sie es, und sie vergalt ihm alles, was er ihr gab, mit gleicher Glut.

Als er sich zu bewegen begann, hielt er ihren Blick fest, und sie hob ihm die Hüften entgegen, folgte seinem Rhythmus, strebte noch einmal nach dem Wunder, das sie vorhin auf dem Gipfel ihrer Lust ausgekostet hatte. Er preßte sie an sich, dann sah sie, wie er die Augen schloß. Auch sie senkte die Lider und schrie leise, während er sich seinem unbezähmbaren Verlangen überließ. Immer ungestümer liebte er sie. Stöhnend umklammerte sie seine Schultern, schlang die Beine um seine Hüften. Von einem rasenden Sturm mitgerissen, spürte sie Freudentränen auf ihren Wangen, und neue Sterne explodierten.

Schwarzes Dunkel sank herab, und irgendwann fragte sich Callie, ob sie gestorben war. Nein, sie lebte noch. Langsam öffnete sie die Augen, betrachtete den Mann, der jetzt neben ihr lag und sie in den Armen hielt. Er schien zu schlafen.

Nachdem die Leidenschaft erloschen war, wurde ihr bewußt, wozu sie sich hatte hinreißen lassen – mit einem Fremden zu schlafen, schlimmer noch, mit einem Feind. Ein Schrei blieb in ihrer Kehle stecken, heiße Scham trieb ihr neue Tränen in die Augen. Sie hatte alles verraten, woran sie glaubte, und die Liebe zu Gregory. Doch das Verlangen nach diesem Rebellen war einfach übermächtig gewesen. Und er bedeutete ihr viel mehr, als sie sich eingestehen wollte.

Als sie sich wieder zu ihm wandte, begegnete sie seinem Blick. Zärtlich strich er mit einer Fingerspitze über Ihre Lippen, und sie erschauerte. Trotz ihrer Scham begehrte sie ihn schon wieder. Sie liebte sein Gesicht, die Aufrichtigkeit, die Charakterstärke, die es ausdrückte. Und ein unerschütterliches Ehrgefühl. Niemals würde es ihn verlassen, weder in Kriegs- noch in Friedenszeiten.

In diesem Augenblick schien ihn tiefer innerer Frieden zu erfüllen. Sie las keinen selbstgefälligen Triumph in seinen Augen, nur wachsende Sorge, während er sie aufmerksam musterte.

Daniel wurde tatsächlich von Sorge erfaßt, denn er fühlte, wie Callie sich von ihm zurückzog, nachdem sie ihm ein so unbeschreibliches Glück geschenkt hatte. Das durfte er nicht zulassen, niemals. Nicht, nachdem er die ganze süße Macht ihrer Leidenschaft kennengelernt und sie so verzehrend geliebt und sich von ihr in ein Paradies hatte entführen lassen, wo er nie zuvor gewesen war.

Sie wollte sich abwenden und aus dem Bett steigen, doch er hielt sie zurück. »Callie, ich bin verzaubert wie noch niemals in meinem Leben. Und du schaust, als hättest du eine erbitterte Schlacht hinter dir.«

Sekundenlang schloß sie die Augen. »Eine verlorene Schlacht«, flüsterte sie.

»Nein, mein Engel. Diese Schlacht haben wir beide gewonnen – der Norden ebenso wie der Süden.«

Immer noch wirkte sie bedrückt, und er verstand ihren Kummer nur zu gut. Ein Mann konnte eine Frau begehren. Aber wenn sie solche Gefühle erwiderte, wurde sie von der Gesellschaft geächtet. Die züchtigen Damen tuschelten miteinander und schworen, ihre Töchter würden sich niemals so kühn verhalten. Ob reich oder arm, eine Frau mußte stets keusch bleiben. Das verlangten die gesellschaftlichen Regeln.

Daniel war schon vor langer Zeit zu der Ansicht gelangt, die Gefühle der Männer und Frauen dürften nicht von der Gesellschaft diktiert werden. Und für Callie gab es noch einen anderen Grund zur Reue – jetzt, wo die Leidenschaft abgekühlt war. Er gehörte zu den Feinden, die ihren geliebten Ehemann getötet hatten. Was konnte er ihr sagen, um ihr klarzumachen, daß etwas Besonderes, Einzigartiges zwischen ihnen geschehen war – daß eine intime Begegnung zweier Menschen, die sich so übermächtig danach sehnten, nicht verdammt werden durfte. Es ist nicht falsch – weil ich sie liebe, erkannte er zu seiner eigenen Überraschung.

Er liebte den Ernst in ihren ausdrucksvollen Augen, ihre sanfte, melodische Stimme. In einsamen Nächten würde er von der vollkommenen Schönheit ihres Gesichts träumen, von der zärtlichen Berührung ihrer Hände. Und er würde sich auch an die Standhaftigkeit ihres Herzens erinnern, an die unerschütterliche Treue, mit der sie an ihrer Überzeugung festhielt, mochte sie auch eine falsche Meinung vertreten.

Vielleicht konnte er ihr das alles jetzt noch nicht sagen, da sie immer noch um ihren Mann trauerte und inmitten eines Schlachtfeldes lebte. Am besten begnügte er sich damit, sie einfach nur in den Armen zu halten.

»Ich habe restlos kapituliert«, sagte sie unvermittelt.

Liebevoll strich er über ihre Wange. »Nein, mein Engel. *Ich* habe kapituliert.«

Sie richtete sich auf, strich das zerzauste Haar aus ihrem Gesicht und flüsterte: »Wollen wir noch einen Kampf wagen?« Als sie sich herabneigte, schien ihre Zungenspitze die Haut auf seiner Brust zu verbrennen.

»Du kannst das Feuer eröffnen, mein Yankee-Mädchen«, erwiderte er grinsend und preßte sie an sich. Zum Teufel mit der ganzen Welt, dachte er, ehe er von neuem in seiner Leidenschaft aufging. Ich habe mich tatsächlich in meine Feindin verliebt. Was für ein merkwürdiger Krieg...

## *8*

»Wir nennen ihn ›Beauty‹. Natürlich lassen wir unsere Vorgesetzten solche romantischen Namen nicht hören. Immerhin sind wir hartgesottene Soldaten. Aber er wurde nun mal ›Beauty‹ getauft, und bei diesem Namen bleibt's.«

»Ist er wirklich so ein schöner Mann?« fragte Callie lachend.

Wie ein jungverheiratetes Paar hatten sie den Tag verbracht, bis die Dämmerung hereingebrochen war. Dann erinnerte sich Callie an die wenigen Tiere, die noch auf der Farm lebten. Von Gewissensbissen geplagt, bat sie Daniel, ihr beim Füttern zu helfen. Sie fand es interessant, ihn zu beobachten. Nicht nur, weil sie ihren Blick ohnehin kaum von ihm losreißen konnte, sondern weil er alles, wozu sie ihn aufforderte, mühelos erledigte. Und er wußte genau, was zu tun war – ob er nun den Hafer für Hal abmaß, ihr einziges Pferd, oder Körner für die Hühner auf den Boden streute. Da er auf einer großen Plantage aufgewachsen war, von zahlreichen Sklaven umringt, hätte sie nicht geglaubt, daß er körperliche Arbeit als Selbstverständlichkeit betrachtete.

Nun saß er im Licht der sinkenden Sonne auf dem Gatter zum Stallhof. In der Hose und dem karierten Flanellhemd ihres Bruders sah er wie ein Farmerjunge aus, während er an einem Strohhalm kaute und Callie mit Anekdoten über die berühmt-berüchtigten Südstaatenkommandanten unterhielt. »Ob er wirklich ein so schöner Mann ist?« wiederholte er lachend. Sie sprachen über General James Ewell Brown Stuart, ›Jeb‹ genannt, den unmittelbaren Vorgesetzten Daniels, was diesem aber keinen allzu großen Respekt abzunötigen schien. »Nun, er ist galant und couragiert, und er zieht sich gern elegant und auffällig an. Flora hält ihn sicher für schön.«

»Flora?«

»Seine Frau.« Grinsend fuhr Daniel fort: »Den Namen ›Beauty‹ bekam er schon in der Heeresakademie Westpoint. Aber ich fürchte, das war als Spitzname gedacht, denn seine Klassenkameraden fanden ihn überhaupt nicht schön.«

»Und du?«

»Er ist mein Kommandant.«

»Du redest aber nicht besonders respektvoll über ihn.«

»Nun, ich kenne ihn schon seit einer halben Ewigkeit, und er ist nur ein paar Jahre älter als ich. Auf der Militärakademie ging er mit Jesse in eine Klasse. Später wurden wir Virginier alle miteinander in den Westen beordert...« Er zuckte die Achseln, als wollte er keine Zeit mit der Vergangenheit verschwenden. »Beauty und ich sind Freunde. Er ist ebenso wie ich begeisterter Reiter, und wir arbeiten gut zusammen. In Wirklichkeit zolle ich ihm großen Respekt, denn ich kenne keinen begabteren oder mutigeren Kavalleriekommandanten.«

»Das muß ein interessanter Mann sein«, meinte Callie lächelnd. Dann wandte sie sich schnell ab, um den Hühnern noch ein paar Körner hinzuwerfen. Wie sonderbar ... Er sprach über die Männer, die zahllosen Unionskompanien blutige Niederlagen zugefügt hatten. Gegen ihren Willen fesselten sie diese Geschichten, und sie empfand sogar den Wunsch, einen Mann wie Beauty Stuart kennenzulernen.

»Einmal schafften es die Unionstruppen unter Popes Kommando, Stuarts grandioses Cape und seinen Federhut zu entwenden.« Daniels Augen funkelten belustigt.

»Und?«

»Wir mußten Pope nachreiten, das Cape und den Hut zurückholen.«

»Das glaube ich nicht.«

»Es stimmt aber, und es war ein voller Erfolg. Wir sind nun mal tollkühn. Nichts kann die Südstaatenkavallerie aufhalten.«

Das hat sich viel zu oft erwiesen, dachte Callie. Die Unionssoldaten konnten kaum mit ihren Gegnern aus dem Süden mithalten. Zu viele Konföderierte waren – wie Daniel – praktisch im Sattel geboren und zur Jagd in den Bergen, Tälern und Wäldern ihrer Heimat erzogen worden.

»Wir sind Lees Augen und Ohren ...«, begann Daniel, dann verstummte er und spähte mit zusammengekniffenen Augen ins abendliche Dunkel.

»Was ist los?«

»Nichts. Ich dachte nur, ich hätte was gehört. Hier in dieser Schlacht war die Kavallerie besonders wichtig. Lees Order für den Feldzug wurde von der Union ausspioniert, und unsere Späher und Reiter informierten ihn darüber.«

»Die Unionstruppen kannten Lees Order?« Ein Punkt für uns, dachte Callie. Wie ungewöhnlich ...

Er nickte. »Die Spezialorder Nummer 191. Sie teilte mehreren von Lees Spitzenkommandanten mit, er würde die Armee teilen, und Jackson sollte Harpers Ferry einnehmen. Irgend jemand war unvorsichtig. Es gab sieben Kopien von der Order. Und eine wurde von Unionssoldaten im Gras eines Lagerplatzes bei Frederick, Maryland, gefunden, den wir kurz zuvor verlassen hatten. Das Papier war um drei Zigarren gewickelt, stell dir das mal vor. Ein unglaubliches Geschenk für den Feind – und ein schwerer Schlag für uns. Aber McClellan rückte zu langsam vor, Jackson konnte Harpers Ferry erobern und hier mit uns zusammentreffen. Und wir hatten Lee bezüglich der Order, die der Union in die Hände gefallen war, vorgewarnt.«

»Trotzdem habt ihr die Schlacht nicht gewonnen.«

»Weißt du das so genau?«

Sie zuckte die Achseln. »Immerhin mußt du wegen der Unionssoldaten hierbleiben.«

»Daß ich nur deshalb bleibe, bezweifle ich.« Daniel schaute ihr lächelnd in die Augen. »Vielleicht haben wir verloren und dieses Gebiet nicht eingenommen, aber ich glaube, auch die Union hat keinen Sieg davongetragen.«

Callie wollte sich nicht an die Nachwirkungen der Schlacht erinnern, die zahllosen Leichen, die man inzwischen alle weggebracht hatte. Und sie mußte sich von Daniels eindringlichem Blick ablenken, der eine viel zu süße Sehnsucht in ihr weckte. »Erzähl mir noch mehr von den berühmt-berüchtigten Männern in Grau. Ist Lee wirklich so großartig, wie es allgemein behauptet wird?«

»Es gibt keinen besseren Kommandanten.« Er glitt vom Gatter herunter und lehnte sich dagegen. »In Arlington besaß er ein wunderschönes Haus auf einem Hügel oberhalb des Potomac, in Washington, D. C. Seine Frau...«

»Ist Martha Washingtons Urenkelin und George Washingtons Stiefenkelkind«, fiel Callie ihm ins Wort. Als er die Brauen hob, fügte sie hinzu: »Dein General ist nicht nur im Süden, sondern auch hier eine Legende. Viele Leute glauben, der Krieg wäre längst vorbei, wenn er unsere Truppen befehligt hätte.«

»Ja, er ist brillant.«

»Und Mary Lee?«

»Sie liebt ihren Mann sehr und vertraut auf alle seine Entscheidungen.«

»Aber sie hat ihr schönes Heim verloren. Und er ist ständig unterwegs...«

»Er nimmt vor den Yankees Reißaus«, erwiderte Daniel grinsend und kam auf Callie zu. »Das kann er sehr gut.«

»Wirklich?«

»Klar, alle Rebs können das... Sieh mal, ich gehe nur ganz langsam zu dir, und jetzt versuchst auch du Reißaus zu nehmen.«

Ihr Herz fing schneller zu schlagen an. Ja, sie wich tatsächlich vor ihm zurück. Sie durfte der Lockung dieser leuchtend blauen Augen einfach nicht nachgeben. Das war falsch, und sie hatte sich ein Narrenparadies geschaffen. In Zukunft mußte sie Abstand wahren, ihr Gefühl für Sitte und Schicklichkeit berücksichtigen, ihre Moralbegriffe.

Doch er brauchte nur eine Hand nach ihr auszustrekken, und schon glaubte sie dahinzuschmelzen...

»Ich will gar nicht Reißaus nehmen«, widersprach sie.

»Dann steh doch still!«

»Aber ich bin nicht bereit, mich zu ergeben«, betonte sie hastig. Er kam immer näher, und sie ließ den Eimer mit dem Hühnerfutter fallen, floh um den Zaun der Koppel herum und behielt Daniel wachsam im Auge.

»Man braucht nicht mehr zu kämpfen, wenn der Krieg bereits verloren ist«, meinte er.

»Der Krieg ist noch lange nicht verloren. Der Gegner mag so manche Schlacht gewinnen, aber das bedeutet keineswegs die endgültige Niederlage.«

»Der Feind kann zermürbt werden.«

»Ein entschlossener Feind nicht!«

»Hast du schon mal die Freuden der Liebe im Heu genossen, Callie?« fragte er grinsend.

Sie schnappte nach Luft, wußte allerdings nicht, warum seine sonderbaren Äußerungen sie immer noch verblüffen konnten. Daniel wartete keine Antwort ab. Mit zwei langen Schritten sprang er zu ihr. Blitzschnell rannte sie an ihm vorbei und verschanzte sich hinter dem niederen Stallgatter. »Das geht alles viel zu rasch, Reb! Nun wäre doch endlich ein bißchen Zurückhaltung angebracht...«

»Die halte ich für überflüssig.« Mit einem Satz sprang er über das Gatter hinweg.

»Daniel...«

»Hast du schon mal die Wonnen der Liebe im Heu erlebt oder nicht?«

»Das schickt sich nun wirklich nicht!« protestierte sie und wich wieder zurück.

»Callie, bei der Sinneslust sollte man nicht an die Anstandsregeln denken. Und das Heu duftet so köstlich...«

»Und es kitzelt auf der Haut und bleibt im Haar hängen!«

Lachend zog er sie an sich, und ihr Widerstand erlahmte. War das die Liebe? So schnell – so einfach? Oder lag es am Krieg, der alles veränderte? »Benimm dich, Reb!« befahl sie hoheitsvoll und riß sich mit aller Kraft los – nur um rücklings da zu landen, wo er sie haben wollte, in einem Heuhaufen.

Sofort lag er neben ihr, ergriff eine Handvoll Heu und schnupperte daran. »Wundervoll! So frisch und sauber...«

»Paß bloß auf, daß du in keinen Kuhfladen greifst!«

Lachend streifte er ihre Lippen mit seinen. Für eine Verführung im Heu war sie äußerst günstig angezogen. Sie trug nur ein schlichtes blaues Baumwollkleid mit zugeknöpftem Oberteil und weitem Rock.

Ein Knopf nach dem anderen wurde geöffnet, und Callie spürte im Dunkeln, wie Daniels Hand unter ihren Rocksaum glitt. Das Oberteil des Kleides fiel auseinander, entblößte ihre Brüste, der Rock rutschte bis zu den Hüften hoch. Und dann lag Daniel auf ihr. Seine Finger liebkosten sie erregend zwischen den Beinen, und er küßte sie voller Leidenschaft. Als er kraftvoll in sie eindrang, vergrub er das Gesicht zwischen ihren Brüsten.

Tief atmete sie den Duft des Heus ein, der ihr so süß und aufreizend erschien wie der Geruch des festgestampften Erdbodens im Stall. Diesmal war Daniel kein sanfter Liebhaber. Wild und hemmungslos stillte er seine Begierde, und trotzdem tat er alles, was sie ersehnte. Sie spürte das Stroh auf der nackten Haut, das Gewicht des Männerkörpers, das sie immer tiefer in das weiche Lager hineindrückte.

Das Verlangen, das in Callies Blut zu singen und durch ihre Glieder zu fließen schien, fand eine schnelle, verwirrend intensive Befriedigung. Heißer Honig breitete sich in ihrem Körper aus. Nachtschwarze Finsternis hüllte sie ein, dann helles Licht, und sie wußte nicht, ob die Schreie, die sie vernahm, aus ihrer eigenen Kehle stammten oder zu Daniels atemlosen Liebesworten gehörten. Sie wußte nur, daß sie nach dem gemeinsamen Höhepunkt völlig erschöpft im Heu lag und sich immer noch im Paradies glaubte.

Sie schwiegen, und erst viel später spürte sie das stachlige Heu auf ihrer Haut. Daniel richtete sich grinsend auf. »Aber Mrs. Michaelson! In Ihrem Haar stecken ja lauter Strohhalme!«

»Oh, du elender Rebell!« rief sie lachend. Vergeblich stemmte sie sich gegen seine Brust, als er sie umarmte und sich mit ihr im Heu wälzte.

Schließlich gelang es ihr, ihm zu entkommen. Sie sprang kreischend auf, stolperte aber und fiel wieder ins Stroh. Daniel stand triumphierend vor ihr. »Da siehst du, was mit einem Yankee-Mädchen passiert, wenn es weglaufen will...« Abrupt verstummte er, sein Lächeln erlosch. »Gib mir deine Hand. Komm, wir gehen ins Haus.«

Er wollte nicht, daß sie zur Seite schaute, das erkannte

sie instinktiv. Aber wie Lots Frau konnte sie nicht anders, sie mußte zu der Stelle zwischen dem Heuhaufen und der hinteren Stallwand starren. Das schwache Licht der Lampe, die beim Eingang hing, verdichtete die nächtlichen Schatten noch, und der bleiche Mondschein erreichte die Ecken nicht.

Trotzdem erblickte sie voller Entsetzen den Mann, sein Gesicht. Ein Schrei stieg in ihrer Kehle auf, kam ihr aber nicht über die zitternden Lippen.

Der junge Soldat in der blauen Uniform lag an der Stallwand, eine Hand über dem Bauch, die Augen weit aufgerissen. Die Lippen formten ein O, als wollten sie ihr Staunen über sein verfrühtes Ende ausdrücken.

»Callie!«

Unfähig sich zu rühren, spürte sie, wie sie von starken Armen umfangen und hochgehoben wurde. Und dann saß Daniel im Heu, hielt sie auf dem Schoß, drückte ihren Kopf an seine Brust, murmelte Koseworte, die sie nicht wahrnahm.

Sie hatte schon so viele Tote gesehen. Und sie hätte nicht geglaubt, daß ihr der Anblick einer weiteren Leiche so nahegehen würde. Vielleicht, weil das Schlachtfeld vor Callies Haus mit Gefallenen übersät gewesen und sie dadurch irgendwie abgestumpft war... Aber dieser arme junge Soldat hatte sich in den Stall verkrochen, um hier zu sterben, ganz allein – weit entfernt von seinen Kameraden. In den letzten drei Tagen war sie gekommen und gegangen, um die Tiere zu füttern, und sie hatte ihn nicht gesehen.

Vorhin war sie halbnackt, flüsternd und schreiend, von Daniel auf den Gipfel der Leidenschaft entführt worden – direkt vor diesen leeren Augen...

»O Gott!« jammerte sie und schmiegte sich zitternd an Daniels Brust.

»Für ihn ist es vorbei, Callie. Er hat seinen Frieden gefunden. Sieh mich an!«

Sie hob den Kopf. Tränen verschleierten ihren Blick, heftige Schuldgefühle peinigten sie. In diesen letzten Tagen hatte sie einen feindlichen Soldaten gesund gepflegt, einen feindlichen Soldaten begehrt, mit einem feindlichen Soldaten geschlafen. Und unterdessen war dieser Junge von den Unionsstreitkräften einsam in ihrem Stall gestorben. Plötzlich sprang sie auf und knöpfte rasch ihr Kleid zu. »Oh, wie konnten wir nur...«

»Hör auf, Callie!« Daniel stand auf und schloß seelenruhig seinen Hosengürtel.

Am liebsten wäre sie durch die Nacht gelaufen, weg von der Farm, immer weiter – bis das alles verschwinden würde – der Haß, der Krieg, die Gewissensqualen, die Liebe. »Nein, Daniel!«

Sie wich vor ihm zurück, aber er umfaßte ihre Schultern und schüttelte sie sanft. »Wir haben nichts Unrechtes getan. Es ist nicht falsch, zu leben, zu überleben. Du darfst dich nicht schuldig fühlen, nur weil du lebst!«

»Deshalb fühle ich mich nicht schuldig«, protestierte sie, »sondern...«

»Wegen unserer Liebe?« fragte er leise. Er spürte, wie sie sich versteifte und nahm sie in die Arme. »Callie, wir haben ihn nicht umgebracht...«

Erbost riß sie sich los. »Du vielleicht schon! Du könntest ihn erschossen haben. Und ich ließ ihn sterben, aus Nachlässigkeit...«

»Ich habe ihn nicht erschossen, denn ich bin auf der Wiese vor deinem Hof verwundet worden, während er hinter dem Haus in den Stall gekrochen ist. Und du hättest ihn nicht retten können.«

»Wie willst du das wissen?«

»Er wurde in den Bauch getroffen, Callie.«

»Wer weiß, wie lange er hier lag, mit gräßlichen Schmerzen...«

»Er war bewußtlos«, versicherte er und kam wieder auf sie zu.

»Nein! Rühr mich nicht an, du bist mein Feind!«

Aber er nahm sie in die Arme und hielt sie fest, obwohl sie wütend mit beiden Fäusten auf seine Schultern schlug, bis sie von allen Kräften verlassen wurde. Tränen rollten über ihre Wangen. Er sagte nichts, strich nur über ihr Haar, wiegte sie sanft hin und her. Nach einer Weile führte er sie zur Stalltür, aber sie hielt ihn zurück. »Daniel, wir können ihn nicht hierlassen.«

»Natürlich nicht. Bist du in Ordnung? Kannst du hier warten?«

Sie nickte, obwohl gar nichts in Ordnung war, und sank erschöpft ins Heu. Daniel ging im dunklen Stall umher, suchte und fand eine Schaufel. Dann eilte er hinaus. Eine Ewigkeit schien zu verstreichen. Sie saß im Heu, und plötzlich wurde ihr bewußt, daß sie mit dem jungen toten Soldaten allein war, dessen blicklose Augen sie zu beobachten schienen. Da sprang sie auf und flüchtete in die Nacht hinaus.

Daniel kam ihr entgegen. »Ich habe ein Grab auf deinem Familienfriedhof ausgehoben. Vielleicht werden seine Angehörigen seine Leiche holen lassen. Aber heute abend müssen wir ihn erst einmal zur Ruhe betten.«

Sie nickte, ohne zu merken, daß sie sich an ihn klammerte.

»Callie, ich muß ihn aus dem Stall tragen«, erinnerte er sie leise.

»Oh...« Sie ließ ihn los und wanderte zum Bach hinab, wo die Grabmäler ihrer Eltern und ihres Mannes aufragten. In einiger Entfernung hatten ihre Großeltern und ihre Tante Sarah, die mit sechs Jahren gestorben war, ihre letzten Ruhestätten gefunden. Neben Gregorys Grab klaffte eine neue Grube.

Nach ein paar Minuten folgte ihr Daniel. Er hatte den Soldaten in eine alte Pferdedecke gewickelt und brachte ihn so behutsam zum Friedhof, als würde der junge Mann noch leben. Ebenso vorsichtig legte er die Leiche ins Grab.

Eisige Kälte füllte Callies Herz, während sie ihn beobachtete.

Dieser arme Junge – in der Fremde war er gestorben, niemand trauerte um ihn, niemand sprach ein Gebet.

Doch da irrte sie sich. Daniel schüttete das Grab zu, dann zeichnete er ein Kreuz ins lockere Erdreich. Zu ihrer Überraschung faltete er die Hände.

»Lieber Gott, hier ruht der Kanonier Benjamin Gest, ein tapferer, braver, loyaler Mann, der seiner Sache treu gedient hat. In Deine Hände legen wir sein Seelenheil. Asche zu Asche, Staub zu Staub, Erde zu Erde. O Herr, schau gnädig auf ihn herab, denn er war noch blutjung. Steh seinen Lieben bei und gib ihnen Kraft.« Den Kopf gesenkt, blieb er eine Zeitlang vor dem Grab stehen.

Tränen brannten in ihren Augen. »Danke«, flüsterte sie.

»Es war das mindeste, was jeder Mann verdient.«

»Du kennst seinen Namen.«

»Seine Proviantasche liegt im Stall. Darin hat er auch seine persönlichen Papiere verwahrt. Ich sah sie durch, und dabei fand ich einen Brief an seine Mutter. Vielleicht willst du ihn ihr schicken.«

»Ja, sicher.«

»Geh jetzt ins Bett, Callie.»

»Und was machst du?«

Er zuckte die Achseln. »Ich bin voller Erde, und ich möchte mich am Brunnen waschen.«

Offenbar wollte er allein sein. Steifbeinig ging sie ins Haus, stieg die Treppe hinauf und betrat ihr Zimmer. Auch sie fühlte sich schmutzig. Rasch zog sie sich aus, schrubbte am Waschtisch ihr Gesicht, die Hände und Arme. Dann schlüpfte sie in ein frisches weißes Nachthemd. Im Drehspiegel in einer Ecke sah sie ihr Bild. Das jungfräuliche Hemd erschien ihr wie ein Hohn.

Sekundenlang schloß sie die Augen, dann kroch sie ins Bett. Trotz ihrer Erschöpfung fand sie keinen Schlaf, starrte zur Zimmerdecke hinauf und wartete.

Sie hatte angenommen, Daniel würde zu ihr kommen. Aber die Zeit verstrich, und er erschien nicht. Dumpf und schmerzhaft pochte ihr Herz gegen die Rippen. Schließlich stand sie auf und öffnete die Tür. Sie hörte seine Schritte unten im Salon und rannte die Treppe hinab.

Er stand vor dem Kamin und starrte in die Flammen, die er soeben entfacht hatte, zum Schutz vor der nächtlichen Kälte. Einen Arm stützte er auf das Sims, und nun sank sein Kopf darauf.

»Daniel?« rief sie leise.

Langsam wandte er sich zu ihr. »Du hättest im Bett bleiben sollen.«

»Aber ich will nicht allein schlafen.«

Er lächelte, verstand das Bedürfnis, das sie nicht in Worte fassen konnte. Liebevoll hob er sie hoch und trug sie nach oben, brachte sie ins Bett und streckte sich neben ihr aus. In seinen Armen schlief sie endlich ein. Während der ganzen Nacht fühlte sie sich sicher vor den Dämonen des Krieges. Daniel mochte ihr Feind sein, aber er schenkte ihr die Geborgenheit, die sie dringend brauchte.

## 9

Am nächsten Morgen schlief Callie ziemlich lange, und als sie erwachte, war sie allein. Aber das Laken an ihrer Seite fühlte sich noch warm an. Sie strich darüber und schloß wieder die Augen. Es war wundervoll gewesen, mit Daniel im Bett zu liegen, an seine Brust geschmiegt, seine gleichmäßigen Atemzüge zu spüren.

Wenn er sie verließ, würde sie sich schrecklich einsam fühlen – so wie in jenem Augenblick, wo sie von Gregorys Tod erfahren hatte. Sie war gezwungen gewesen, allein mit ihrem Leben zurechtzukommen, und nun mußte sie diese bittere Lektion von neuem lernen.

Aber er konnte noch nicht gehen. Er war zwar hinreichend genesen, um ihr bei der Hausarbeit und im Stall zu helfen, und ganz gewiß kräftig genug, um sie zu lieben – aber sicher noch viel zu schwach, um den gefährlichen, schwierigen Weg durch die Unionslinien zu wagen. Das mußte er doch einsehen.

Sie stieg aus dem Bett, trat ans Fenster und schaute zur Koppel zwischen der Rückfront des Hauses und dem Stall hinab. Daniel reparierte gerade eine zerbrochene Angel an einem Gatter. Er griff nach seinem Kopf, als wollte er die Krempe seines Huts tiefer in die Stirn ziehen, um sich vor der Sonne zu schützen. Dann schien er zu merken, daß sein geliebter Hut nicht mehr existierte. Lächelnd biß sich Callie in die Unterlippe. Vielleicht war es übertrieben gewesen, den Hut zu verbrennen. Sie hätte versuchen sollen, ihn zu retten. Immerhin war Beauty Stuart dem Heer General Popes nachgeritten, nur um seinen Hut und sein Cape zurückzuerobern. Auch Daniel Cameron mußte sehr an seinem Hut gehangen haben.

Er schien ihren Blick zu spüren, schaute zu ihrem Fenster hinauf und winkte. »Guten Morgen!«

»Guten Morgen!«

»Das Gatter ist jetzt in Ordnung. Ich habe auch den Zaun ausgebessert, aber gegen die Kugellöcher kann ich nicht viel machen.«

»Vielen Dank, Daniel. Möchtest du frühstücken?«

»Der Kaffee ist schon fertig. Ich komme gleich hinein.«

Bedrückt wandte sich Callie vom Fenster ab. Er beabsichtigte tatsächlich, zu seiner Kompanie zurückzukehren, und vorher versuchte er, ihr zu vergelten, was sie für ihn getan hatte. Sie zog ein schlichtes Kleid aus karierter blauer Baumwolle an, bis zum Kragen zugeknöpft, mit langen Ärmeln. Sie hatte das Gefühl, in dieser züchtigen Aufmachung würde sie Abstand zu Daniel gewinnen, die Würde wahren können, die sie brauchte, um ihn gehen zu lassen. Nachdem sie ihr dichtes, lockiges Haar zu einem strengen Knoten am Hinterkopf geschlungen hatte, kam sie sich noch respektabler und unnahbarer vor.

Nicht einmal eine Woche lang war er hier. Warum gewann sie den Eindruck, er hätte ihr ganzes Leben verändert, und die Dinge würden nie wieder so sein wie zuvor?

Sie hörte die Hintertür ins Schloß fallen und eilte die Stufen hinab. Daniel stand in der Küche, trank Kaffee, und als sie eintrat, füllte er eine Tasse für sie. In seinen blauen Augen glaubte sie, Kummer zu lesen, und unwillkürlich freute sie sich darüber. Er hatte ihre ganze Welt durcheinandergebracht, zwar keine Zweifel an ihrer Überzeugung geweckt, sie aber immerhin gezwungen, ins Gesicht des Feindes zu blicken. Schmerzlich erkannte sie, daß sie beide ein und demselben Volk angehörten, daß es möglich war, einander trotz aller Unterschiede zu lieben und gemeinsam zu leiden.

»Callie...«

»Du willst heute gehen, nicht wahr?« fragte sie leise.

»Am Abend.«

Sie nickte und trank einen Schluck Kaffee.

»Gestern fanden wir diesen Jungen...« Er unterbrach sich und zuckte die Achseln. »Da wurde mir bewußt, daß man mich mittlerweile als vermißt gemeldet haben wird. Solche Neuigkeiten dürfen nicht nach Virginia gelangen, nach Cameron Hall. Meine Schwester und meine Schwägerin wären verzweifelt.«

»Und dein Bruder?«

»Vielleicht dauert es länger, bis Jesse die Nachricht erhält. Andererseits könnte er schon Bescheid wissen.«

»Das wäre denkbar. Er ist ja zusammen mit Beauty Stuart auf die Militärakademie gegangen.«

»Eben... Ich kann meine Familie nicht im Ungewissen lassen, Callie.«

»Das verstehe ich.«

»Heute morgen habe ich hier einiges in Ordnung gebracht.«

»Du schuldest mir nichts.«

»Nur mein Leben.« Er stellte seine Tasse auf den Tisch und kam zu Callie. In Sekundenschnelle zerstörte er ihre züchtige, würdevolle Fassade, zog die Nadeln aus dem Haarknoten, ließ die üppigen Locken auf ihre Schultern fallen. »Glaub mir, ich will nicht von dir Abschied nehmen.«

»Aber die Pflicht ruft...«

Er legte die Hände auf ihre Schultern, und es fiel ihr immer schwerer, Haltung zu bewahren. »Callie, ich würde alles dafür geben, könnte ich den Krieg vergessen und bei dir bleiben. Ich ertrage den Anblick von Blut und Leichen nicht mehr, von Helden in zerlumpten Uniformen und mit bloßen Füßen. Und ich habe die ewigen Lagerfeuer satt, die Befehle, den Versuch, immer neue und bessere Methoden zu finden, um den Feind zu töten.«

Seufzend schüttelte er den Kopf. »Aber ich muß zurück, weil ich für etwas kämpfe – für den James River, für mein Zuhause, für die heißen Sommertage, wo man die schwarzen Arbeiter auf den Feldern singen hört, für den Duft des Grases, das Zwitschern der Vögel... Vielleicht kämpfe ich für ein untergehendes Reich, ich weiß es nicht. Jedenfalls ist es *mein* Reich, und ich muß es bis zum letzten Augenblick verteidigen, ob das nun richtig oder falsch ist.«

Sanft strich Callie über seine Wange, und als er sie küßte, vergaß sie ihren Entschluß, Distanz zu wahren. Ihr Herz war endgültig verloren. »Du kannst erst aufbrechen, wenn es dunkel ist.« Sie legte den Kopf an seine Brust. »Ich wußte, daß du heute gehen würdest. Aber ich kann mich nicht von dir trennen, ohne ein letztes Mal in deinen Armen zu liegen.«

»Und ich kann dich nicht verlassen, ohne dich noch einmal zu lieben...« Einen Arm um ihre Taille geschlungen, führte er sie die Treppe hinauf.

Erschrocken drehten sie sich um, als ein Klopfen an der Tür die Intimität ihrer Privatwelt störte. Callie bekämpfte ihre Panik. »Schnell, laß mich hinuntergehen...«

Zu ihrer Verblüffung hielt er sie nicht zurück. Sie eilte die Stufen hinab und hörte ihn zum Zimmer ihres Bruders Joshua laufen. Offenbar wollte er sein Schwert holen.

»Frau Michaelson!«

Sofort erkannte sie die tiefe Stimme mit dem ausländischen Akzent und atmete erleichtert auf. Sie warf einen Blick über die Schulter und sah Daniel am Fuß der Treppe stehen, den Schwertgriff in der Hand. »Wer ist das?« stieß er hervor.

»Nur Rudy Weiss.«

»Und wer ist Rudy Weiss?«

Wie sie diesen kalten, gebieterischen Tonfall verabscheute... »Mein Nachbar, einer der deutschen Baptisten, die ihren Gottesdienst in der kleinen weißen Kirche inmitten deines Schlachtfeldes abhalten«, erklärte sie ruhig und gefaßt.

»Er könnte ein glühender Anhänger der Yankees sein, aber genausogut mit den Südstaaten sympathisieren. Was trifft zu?«

»Weder das eine noch das andere«, erwiderte sie irritiert. »Diese Leute legen Wert auf einen möglichst einfachen, frommen Lebensstil. Ihre Kirche hat nicht einmal einen Turm. Sie wollen nichts mit dem Krieg zu tun haben und niemandem was zuleide tun. Rudy ist ein fürsorglicher Mensch. Er weiß, daß ich hier ganz allein bin, und er will nur sehen, wie's mir geht. Das ist alles.«

»Frau Michaelson?«

Sie hörte, wie angstvoll der Ruf klang. Ohne Daniel noch weiter zu beachten, lief sie durch den Flur und öffnete die Tür.

Rudy Weiss, mit weißem Haar und weißem Bart, sah aus, als wäre er hundert Jahre alt, aber seine hochgewachsene Gestalt wirkte immer noch kräftig, agil und sehr würdevoll. Seine hellblauen Augen musterten sie aufmerksam, dann lächelte er. »Ah, mit Ihnen ist alles in Ordnung, Frau Michaelson. Ich habe mir Sorgen um Sie gemacht, weil sich hier so viele Soldaten herumtreiben. Ist Ihnen nichts zugestoßen?«

»Nein, Mr. Weiss.«

»Wenn Sie sich fürchten – so allein in Ihrem Haus, könnten wir jemanden zu Ihnen schicken.«

»Danke, das ist nicht nötig«, entgegnete sie hastig. »Und Ihre Frau, Ihre Familie? Wurde irgend jemand verletzt?«

»Nein, bei uns ist alles in Ordnung. Ist ein Freund bei Ihnen?«

Callies Mund wurde staubtrocken, und ihre Stimme versagte.

»Mein ältester Sohn Karl sah einen Mann in Ihrem Hof, der die Hühner fütterte«, fügte er hinzu.

»Oh...« Sie atmete auf. Eine Antwort wurde ihr erspart, denn nun trat ihr Hausgast neben sie und gab Rudy die Hand. »Daniel Cameron, Mr. Weiss. Ja, ich bin ein Freund von Callie.«

»Nun, vielleicht können Sie noch etwas länger bleiben, Herr Cameron. Es gibt Neuigkeiten, und im Norden herrscht große Aufregung.«

»Der Krieg?« flüsterte Callie.

»Der geht weiter.« Rudy zog eine zusammengefaltete Zeitung aus der Tasche, die er Callie reichte. »Normalerweise mische ich mich nicht in die Angelegenheiten anderer Leute«, fuhr er fort, zu Daniel gewandt. »Aber meine Frau meinte, das könnte wichtig für unsere Nachbarin sein, weil sie allein hier lebt.«

»Was ist denn los?« fragte Callie verwirrt, weil Daniel ihr die Zeitung aus der Hand gerissen hatte und in aller Eile die Titelseite überflog.

»Präsident Lincoln hat eine vorläufige Befreiungsproklamation erlassen«, teilte Rudy ihr mit.

»Eine Befreiungsproklamation?« wiederholte sie und versuchte, Daniel die Zeitung wegzunehmen, doch das ließ er nicht zu.

Nun verschlang er begierig jedes einzelne Wort des Leitartikels. »O Gott, er hat es tatsächlich getan!«

Rudy nickte. »Er befreit die Sklaven.«

»Ganz so ist es nicht«, entgegnete Daniel, lachte bitter und starrte Callie an. »Er befreit die Sklaven in den aufständischen Staaten – im Süden, nicht im Norden und nicht in den Grenzstaaten. Oh, das ist großartig! Weißt du, was das bedeutet?«

Sie war sich nicht sicher. Endlich gab er ihr die Zeitung, kehrte ihr den Rücken, und sie schaute verwirrt den weißhaarigen alten Mann an, der immer noch auf der Veranda stand.

»Zu Beginn des nächsten Jahres, am 3. Januar, sollen die Sklaven freigelassen werden«, erklärte Rudy, »und zwar in den Rebellenstaaten. Herr Cameron weiß, was das heißt. Die Südstaatler werden Lincolns Proklamation nicht anerkennen. Aber die Sklaven streben natürlich ihre Freiheit an und werden davonlaufen. Der Hunger wird sie in den Norden treiben. Hier werden sie auf Arbeitssuche gehen, und ein Großteil dürfte in tiefste Verzweiflung geraten. Deshalb hat meine Frau solche Angst um Sie, Callie. Sie sagt, Sie müssen aufpassen, wenn diese Leute hierherkommen. Und ich finde, Sie sollten sich auch vor den Soldaten in acht nehmen. Manche sind gut, manche schlecht – unabhängig von der Farbe ihrer Haut oder ihrer Uniformen.«

Sie nickte und schluckte nervös.

Rudy richtete seine hellblauen Augen wieder auf Daniel. »Seien auch Sie vorsichtig, Herr Cameron.«

»Ja, natürlich, danke.«

Sicher weiß Rudy, daß Daniel ein Rebell ist, dachte sie. Doch das stört ihn nicht. Ein Freund ist für ihn ein Freund.

Offenbar ein Freund, der gewarnt werden mußte – denn

ehe sich der alte Mann zum Gehen wandte, berichtete er: »Südlich von hier, in einem Maisfeld, kampieren immer noch Soldaten. Ich glaube, sie bewachen die Straßen.« Er blickte zum Himmel auf, rümpfte die Nase und schüttelte traurig den Kopf. »Der Gestank des Todes hängt immer noch in der Luft, und das Blut färbt den Bach rot. Was für ein grauenhafter Krieg...«

Langsam ging er den Weg hinab, der zur Straße führte, und überquerte sie.

Daniel beobachtete, wie Rudy Weiss aus dem Blickfeld verschwand, dann riß er Callie die Zeitung aus der Hand, zerknüllte sie und schleuderte sie zu Boden. »Einfach großartig! Dein Mr. Lincoln ist wirklich nicht dumm, Callie.«

»Warum bist du eigentlich so wütend? Du hast mir doch erzählt, auf der Plantage deiner Familie seien alle Sklaven freigelassen worden. Und wenn der Süden Lincolns Autorität nicht anerkennt – was für einen Unterschied machen dann seine Proklamationen?«

»Das will ich dir erklären!« stieß er zwischen zusammengebissenen Zähnen hervor. »Die Sklaven werden fliehen – zu Hunderten, zu Tausenden! Manche sind sicher gefährlich. Aber seine Maßnahme dürfte noch schlimmere Folgen nach sich ziehen. Unter diesen Umständen wird Europa die Konföderation niemals anerkennen. Und England, das unsere Baumwolle haufenweise kauft, aber die königliche Nase über unsere ›Institutionen‹ rümpft, stellt sich ganz sicher auf Lincolns Seite. Niemand wird uns helfen. O Gott... Aber ich habe ja immer gesagt, daß er verdammt raffiniert ist.«

Callie wußte, wie verzweifelt die Konföderation auf finanzielle Unterstützung aus Europa und Anerkennung hoffte. Vielleicht hätte die Regierung der Südstaaten dieses Ziel bald erreicht. Aber das war nun von Lincoln verhindert worden. Die Engländer verabscheuten die Sklaverei. Und der Präsident führte diesen Krieg nicht nur, um die Union zu bewahren, sondern auch für ein edles menschliches Anliegen.

Daniel lachte bitter auf. »In Maryland werden die Sklaven nicht befreit, Callie. Lincoln würde es nicht wagen, die Loyalität seiner Grenzstaaten auf eine noch härtere Probe zu stellen.«

»Und was soll ich dazu sagen?« rief sie erbost. »Ich glaube nicht an die Sklaverei. Wenn Lincoln mit dieser Proklamation den Süden bezwingen und den Krieg beenden kann, werde ich lauthals jubeln.«

Fluchend ballte er die Hände. »Weißt du, was er in Maryland tun wird? Er wird auch hier wahrscheinlich für die Freilassung der Sklaven sorgen, aber die Eigentümer irgendwie entschädigen.«

»So dumm ist er nicht.«

»Nein, er ist nicht dumm. Aber für uns...« Abrupt verstummte er, dann fügte er tonlos hinzu: »Das vergesse ich immer wieder. Das Wort ›uns‹ gibt es nicht. Du gehörst zu meinen Feinden.«

»Allerdings!« fauchte sie. »Ich bin deine Feindin! Daran solltest du immer denken. Einmal hast du mir erklärt, kein Mann dürfte jemals seinen Feind vergessen. Einer deiner Soldaten starb, weil er nicht auf seinen Freund schießen wollte. Vergiß deine eigenen Grundsätze nicht!«

»Oh, verdammt!« Er machte auf dem Absatz kehrt und lief zur Treppe. Auf der untersten Stufe blieb er stehen und wandte sich noch einmal zu Callie. »Wir werden für alle Zeiten Feinde bleiben. Und nun will ich dein Haus so schnell wie möglich verlassen.«

Sie starrte ihm nach und zitterte vor Zorn. Aber als er im Oberstock verschwand, spürte sie, wie ihre Wut von Verzweiflung verdrängt wurde. Wenn er jetzt ging, würden sie sich vielleicht nie wiedersehen – trotz der leidenschaftlichen Liebe, die zwischen ihnen aufgeflammt war... Doch dann meldete sich ihr Stolz. Soll er doch zur Hölle fahren, dachte sie. Wenn er mich als Feindin betrachten will, werde ich ihn nicht daran hindern. Niemals werde ich mich bei ihm entschuldigen, weil die Nordstaaten nach so vielen Niederlagen und Demütigungen endlich einen Hoffnungsschimmer sehen... Sie stand auf der richtigen Seite, daran zweifelte sie nicht. Auch Daniel wußte, daß die Sklaverei falsch war. Aber nun ärgerte er sich maßlos über Lincolns politischen Schachzug, der vermutlich eine einschneidende Wende herbeiführen würde.

Bedrückt wanderte sie in den Salon, um auf Daniels Rückkehr zu warten. Aber er ließ sich nicht blicken. In ihren Augen brannten Tränen, die sie nicht vergießen wollte.

Schließlich verließ sie das Haus und wanderte am Stall vorbei zum kleinen Familienfriedhof. Sie pflückte eine Wildblume und legte sie auf den neuen Grabhügel des Yankee-Soldaten, den sie am Vorabend beerdigt hatten. Dann betrachtete sie die Grabsteine ihres Vaters und ihres Mannes. Wie viele Menschenopfer würde dieser grauenhafte Krieg noch fordern? Welch ein Preis mußte bezahlt werden, wenn alle diese Narren so verzweifelt danach strebten, Blut für ihre Ehre zu vergießen?

Sie setzte sich ins Gras neben Gregorys Grab und erinnerte sich, wie er sich vor dem Krieg lachend von ihr verabschiedet hatte. In ein paar Wochen würde alles vorbei sein, hatte er versichert. Und er war ihr unbesiegbar erschienen mit seinem dichten, lockigen blonden Haar und den blaugrünen Augen, die helle Begeisterung für den gerechten Kampf der Union ausgestrahlt hatten. Sie würden die Rebs einfach niedermähen, hatte er erklärt und dann nach Hause kommen.

Statt dessen hatte sie seinen Sarg auf dem Bahnhof entgegengenommen. An jenem Tag war sie plötzlich viel älter geworden. Sie zuckte zusammen, als sie Schritte zu hören glaubte, die sich aus der Richtung des Hauses näherten. Mit einer Hand beschattete sie ihre Augen, schaute hinüber, sah aber niemanden. Seufzend strich sie über den Grabstein ihres Mannes, und dann hörte sie Daniels leise Stimme, die von der anderen Seite des Friedhofs herüberdrang.

»›Er ist lange tot und hin,
Tot und hin, Fräulein!
Ihm zu Häupten ein Rasen grün,
Ihm zu Fuß ein Stein.‹«

Callie stand auf und wischte sich die Hände am Rock ab. Der melancholische Klang von Daniels Worten griff ihr schmerzhaft ans Herz. Er schien so weit von ihr entfernt zu sein. Sein Zorn war verflogen. So wie er um den jungen Soldaten getrauert hatte, der im Stall gestorben war, schien er jetzt auch den Tod ihres Mannes zu beklagen.

»Tut mir leid, Callie.«

Sie wußte nicht, ob er sich wegen des Streits entschuldigte oder ihr zu verstehen geben wollte, er bedauere, daß Gregory gefallen war. Offenbar wollte er nun aufbrechen. Er hatte den Waffengurt um die Hüften geschlungen, das schöne Kavallerieschwert mit der bedrohlich scharfen Klinge steckte in der Scheide. Er trug noch immer das Hemd und die Hose ihres Bruders, die in den hohen schwarzen Stiefeln steckte, und seltsamerweise sah er nun trotz der Zivilkleidung wie ein Soldat aus. Das ebenholzfarbene Haar fiel ihm in die Stirn, und in seinen Augen lag eine atemberaubende Zärtlichkeit.

»Shakespeare«, flüsterte sie leise, als er auf sie zuging.

»›Hamlet‹«, stimmte er zu.

»Ophelias Worte.«

»Ja.«

Sie versuchte zu lächeln. »Für einen Rebellen bist du erstaunlich belesen.«

»Das kann man wohl sagen«, bestätigte er und erwiderte ihr Lächeln.

Über Gregorys Grab starrte sie ihn an. Ein Windstoß spielte mit ihrem langen Haar, aus einem wolkenlosen Himmel schien die Sonne herab. Der Geruch des Todes war verschwunden. In der Luft schien nur noch der Wildblumenduft zu liegen. Ein viel zu schöner Tag, um Abschied zu nehmen...

Sie wollte seinen Namen sagen, aber kein Laut kam über ihre Lippen. Da eilte er um Gregorys Grab herum, nahm sie in die Arme und küßte sie, lange und voller Leidenschaft. Die Zeit schien stillzustehen. Aber als er den Kopf hob, gewann sie den Eindruck, der Kuß hätte nur einen Sekundenbruchteil gedauert.

Schweigend schauten sie sich in die Augen. Worte waren überflüssig. Er mußte gehen, daran ließ sich nichts ändern. Vielleicht würde er wiederkommen, vielleicht auch nicht.

Langsam kehrten sie zum Haus zurück. Im Hof angekommen, begann er endlich zu sprechen. »Einmal verspottete ich einen Mann, weil ich seine Liebeserklärung belauscht habe. Jetzt nicht mehr, Callie. Denn auch ich werde dich lieben bis zu meinem letzten Atemzug.«

Mühsam hielt sie die Tränen zurück. Trotz seiner Beteuerung errichtete er bereits eine unsichtbare Mauer zwischen ihnen. »Aber ich werde deine Feindin bleiben«, entgegnete sie leise.

»Und ich dein Feind«, erinnerte er sie.

»Noch ist es nicht dunkel.«

»Nein, aber ich kann nicht auf den Einbruch der Dunkelheit warten, verdammt!«

Noch einmal zog er sie an seine Brust, und sie versteifte sich. Nein, sie würde ihn nicht anflehen, bei ihr zu bleiben. Sie mußte ihn gehen lassen. Lieber Gott, gib mir Kraft, betete sie, bewahre mir meinen Stolz...

»O Callie...« Fast unsanft stieß er sie von sich und entfernte sich mit großen Schritten.

Sie schaute ihm nach, unfähig zu glauben, daß er sich tatsächlich von ihr trennte. Einfach so... Natürlich, er mußte gehen. Aber jetzt noch nicht... Zum Teufel mit ihrem Stolz! Sie würde ihn zurückrufen, ihm gestehen, wie sehr sie ihn liebte. »Daniel!« Atemlos rannte sie ihm nach. Er mußte die Vorderseite des Hauses bereits erreicht haben, vielleicht sogar schon die Straße...

Als sie um die Ecke bog, wurde ihr Arm plötzlich von harten Fingern umklammert, die sie zurückrissen. Erschrocken fuhr sie herum und starrte in ein wutverzerrtes Gesicht. Der Warnruf, den sie ausstoßen wollte, blieb ihr im Hals stecken. »Du hast also den Feind unter deinem Dach beherbergt, Callie Michaelson«, zischte ihr eine heisere Stimme ins Ohr, »an deinem Busen! Und das in unmittelbarer Nähe von Gregorys Grab! Verräterin! Hure! Dafür wirst du bezahlen. Denn du wirst deinen Geliebten hierher zurückholen und mir helfen, ihn zu überwältigen – oder ihn sterben sehen.«

## *10*

»Eric!« Verzweifelt versuchte sie, sich loszureißen, aber er hielt sie eisern fest. Ihr Blick irrte umher. Wie war es ihm gelungen, unbemerkt hierherzukommen?

Wahrscheinlich hatte ihm das keine große Mühe bereitet. Er war zum Haus geritten, hatte ihren Streit mit Daniel gehört. Überwältigt von ihren heftigen Gefühlen waren sie unvorsichtig geworden und hatten Eric eine perfekte Gelegenheit geboten, sich anzuschleichen.

Wie sie nun feststellte, war er nicht allein. Drei seiner Männer preßten sich an die Mauer. Sie hatten nur absteigen, ihre Pferde den Hang hinabführen und das Haus umstellen müssen, während sie zum Friedhof gegangen und Daniel im Oberstock gewesen war.

Aber warum hatten sie ihn nicht angegriffen, als er herausgekommen war, und weder die Schwerter gezogen noch Kugeln abgefeuert?

Sie öffnete den Mund, um einen Warnschrei auszustoßen, aber da umfaßte Eric ihren Arm noch fester. »Tu's nicht, Callie. Ich möchte ihn nicht niederschießen.«

»Warum nicht?« Mit aller Kraft wehrte sie sich gegen den harten Griff.

»Weil ich ihn lebend haben will.«

»Und warum hast du ihn dann nicht gefangengenommen?«

»Weil er sein Schwert bei sich trägt«, stieß er zwischen zusammengebissenen Zähnen hervor.

»Aber ihr seid zu viert.«

Er senkte die Lider, und als er sie wieder anschaute, lag kalte Bitterkeit in seinen Augen. »Wahrscheinlich weißt du nicht, wem du deine Gastfreundschaft gewährt hast. Er heißt Daniel Cameron.«

»Das weiß ich.«

»Und ich wette, du weißt noch viel mehr über ihn.«

Obwohl sie es verhindern wollte, spürte sie, wie das Blut in ihre Wangen stieg. Wie ein Schraubstock umschloß Erics Hand ihren Arm, und sie preßte die Lippen zusammen, um nicht vor Schmerz aufzuschreien. In seinem Blick las sie kalten Haß. Früher mochte er sie begehrt haben – jetzt verabscheute er sie. Nicht weil Daniel ein Konföderierter ist, dachte sie, sondern weil ich Eric abgewiesen habe – und den Rebellen nicht.

Sie hob das Kinn. Je länger sie hier stand und mit dem Captain sprach, desto größer wurde Daniels Vorsprung. Doch das wußte auch Eric. Rasch verstrichen die Sekunden. Was wollte er von ihr?

»Hol ihn zurück«, befahl er.

Callie schüttelte den Kopf. »Unmöglich. Er ist längst über alle Berge. Ich sah ihn weggehen...«

»Ja, und ich konnte beobachten, wie du ihm nachranntest und sehnsüchtig seinen Namen riefst, du elende kleine Hure!«

Heller Zorn gab ihr endlich die Kraft, sich loszureißen. Sie gab ihm eine schallende Ohrfeige, die seine Wange dunkelrot färbte, und hörte, wie einer seiner Soldaten nach Luft schnappte.

Eric schlang seine Finger in ihr Haar und zerrte ihren Kopf nach hinten, so daß sie vor Schmerz leise aufschrie. »Du wirst ihn jetzt sofort zurückholen, Callie. Mach ihm klar, es sei zu gefährlich, bei Tageslicht zu fliehen. Versprich ihm doch...« Er neigte sich herab, flüsterte einen anzüglichen Vorschlag in ihr Ohr.

»Bastard!« zischte sie schockiert. »Zu denken, daß du Gregorys Freund warst...«

»Und zu denken, daß du seine Frau warst!«

»Aber es wäre völlig in Ordnung gewesen, wenn ich meine Gunst *dir* geschenkt hätte, nicht wahr?«

»Captain«, mischte sich ein junger Soldat ein. »Colonel Cameron hat schon beinahe das Maisfeld durchquert.«

»Bring ihn hierher zurück, Callie«, verlangte Eric, »in dein Zimmer.«

»Warum zum Teufel sollte ich das tun?«

»Weil ich ihn sonst töten werde. Ich wahre den nötigen Abstand zu seinem Schwert und erschieße ihn.«

Krampfhaft schluckte Callie. Er meinte es offensichtlich ernst. »Du fürchtest dich vor seinem Schwert«, flüsterte sie. »Ihr seid zu viert, und ihr wagt es nicht, es mit einem einzigen Konföderierten aufzunehmen...«

»Das ist nicht irgendein Konföderierter, Ma'am«, fiel ihr der junge Soldat ins Wort, der den Captain angesprochen hatte. »Dieser Rebell ist was ganz Besonderes. Wir wollen ihm nichts zuleide tun. Wenn wir ihn gefangennehmen können, muß er nicht sterben.«

»Aber wenn du ihn nicht zurückholst, wird er sterben, Callie«, ergänzte Eric.

Wieder versuchte sie, sich von seinem Griff zu befreien, und zu ihrer Überraschung ließ er sie los. Die Augen voller Verachtung, starrte er sie an.

»Und wenn ich's schaffe, ihn hierherzubringen?« fragte sie. »Dann wird er immer noch sein Schwert tragen.«

»Sicher wird es dir keine Mühe bereiten, ihm den Waffengurt abzunehmen – oder irgendwas von seinen Kleidungsstücken. Wie vorteilhaft für mich...«

»Nie hätte ich gedacht, daß du dich eines Tages so schändlich benehmen würdest, Eric«, erwiderte sie eisig.

»Und ich hätte dich nie für eine so infame Hure gehalten, Callie. Aber darauf kommt es nicht an. Wir führen Krieg.«

»Einen Krieg, der schon genug Menschenleben gefordert hat. Warum läßt du ihn nicht einfach laufen?«

»Du versuchst nur Zeit zu gewinnen, Callie. Vergeude nicht zuviel davon. Wenn Cameron einen zu großen Vorsprung herausholt, werde ich meine besten Scharfschützen zusammentrommeln, um ihn zur Strecke zu bringen. Er zählt nicht nur zu unseren Feinden, sondern zu den gefährlichsten.«

Wie festgewurzelt stand Callie da. Weil Daniel ihretwegen so besorgt gewesen war, hatte er vor seinem Aufbruch alle Vorsicht außer acht gelassen, sich auf dem Familienfriedhof blicken lassen und es den Yankees ermöglicht, das Haus zu umzingeln. Wenn ich ihn nicht zurückhole, töten sie ihn. Sie werden ihm keine Chance geben – das wagen sie nicht. Da draußen auf dem Feld werden sie ihn niederschießen, und sein Blut wird das Erdreich tränken wie das Blut zahlloser anderer. »Wenn er so gefährlich ist, laß ihn doch gehen, Eric!« flehte sie.

Seine Augen verengten sich, sein Schnurrbart wippte herausfordernd. »Wenn ich ihn gefangennehme, könnte das meiner weiteren militärischen Karriere äußerst dienlich sein, Callie. Verdammt, weißt du überhaupt, wie viele Yankees er getötet hat? Aber vielleicht spielt das keine Rolle mehr für dich, ebenso wenig wie dein Vater und dein Mann...«

»Mein Vater und Gregory sind tot und begraben, nichts kann sie ins Leben zurückrufen.«

»Wie auch immer – hör mir jetzt gut zu. Du hast drei

Sekunden Zeit. Wenn du dann noch immer nicht losgelaufen bist, um Cameron zurückzubringen, töte ich ihn. Auf dieses Maisfeld wird ein so gewaltiger Kugelhagel herabprasseln, daß kein Grashalm übrigbleibt. Verstehst du?«

Wortlos nickte sie.

»Dann beeil dich, sonst kannst du ihn nicht mehr einholen.«

Sie wich zurück und starrte Eric an. Niemals würde sie ihm verzeihen, wozu er sie zwang. Weil Daniel ihr niemals verzeihen würde... Sie wandte sich ab, raffte ihre Röcke und rannte zum Feld hinab.

Schnell, aber mit Bedacht hatte Daniel seine Flucht begonnen. In dieser Gegend wuchs kaum noch Getreide. Kugeln und Kartätschenschüsse hatten alles niedergemäht, es gab fast nur noch verkohlte Stoppelfelder.

Aber er hatte ein Feld mit hohen Maisstauden gefunden, die ihm einen gewissen Schutz boten. Natürlich wäre es besser gewesen, bis zum Einbruch der Dunkelheit zu warten. Doch er hatte befürchtet, wenn er noch länger zögerte, würde er sich in dieser Nacht nicht mehr von Callie losreißen können.

Schweren Herzens hatte er auf einen leidenschaftlichen Abschied verzichtet – einen Abschied, den sie nie vergessen würde, was immer auch zwischen ihnen stehen, wer immer später in ihr Leben treten mochte. Aber hatte er ihr Herz nicht ohnehin für immer in Besitz genommen? Niemals würde sie einen anderen lieben können, denn in ihrer Seele trug sie Daniels unauslöschliches Bild. Und eines Tages würde er zurückkommen...

Welch ein Narr bin ich, sagte er sich. Und wenn ich nicht zurückkomme? Kein Mann kann in diesem grausigen, blutigen Krieg garantieren, daß er am Leben bleibt. Und wenn die letzten Schüsse gefallen sind – werden Callie und ich dann keine Feinde mehr sein? Eine Seite wird gewinnen, die andere verlieren. Was mag die Sieger erwarten, was die Besiegten?

Daniel blieb zwischen den Maisstauden stehen und schloß die Augen, um eine heftige Schmerzwelle in seiner Brust zu bekämpfen. Er liebte Callie – mit einer Intensität, die er niemals für möglich gehalten hätte.

Eigentlich müßte das ein schönes Gefühl sein, dachte er, aber es ist grauenvoll... Und es drängte ihn, zurückzukehren, nur für eine Stunde, Callie nur noch ein einziges Mal in den Armen zu halten, Erinnerungen für die bevorstehenden einsamen Nächte zu sammeln. Warum war er schon jetzt gegangen? Weil das Warten auf den Abschied mit jeder Stunde unerträglicher geworden wäre?

»Daniel!« Anfangs drang der Ruf nur ganz schwach zu ihm, und er glaubte, die Stimme stammte aus seinem eigenen Herzen. Aber dann hörte er sie noch einmal – laut und verzweifelt. Er runzelte die Stirn, dann ging er zwischen den Maisstauden rasch den Weg zurück, den er gekommen war.

»Daniel!«

»Callie?« Er sah sie nicht und begann zu laufen. Und plötzlich sah er sie vor sich stehen, etwa zwanzig Schritte entfernt. Zerzaust hing ihr das kastanienrote Haar auf die Schultern, in ihren Silberaugen lag ein flehender Ausdruck.

»Daniel...«

Und dann liefen sie aufeinander zu und fielen sich in die Arme, von raschelnden grünen Blättern und dem Herbstgeruch der Maiskolben umweht.

»Geh nicht, Daniel!« flüsterte sie.

»Das muß ich aber...«

»Wir machen alles nur noch schlimmer.«

Sie stellte sich auf die Zehenspitzen, schlang die Finger in sein Nackenhaar, küßte ihn mit zitternden Lippen. Und Daniel schmeckte ihren leidenschaftlichen Hunger, ihre Verzweiflung, das Salz ihrer Tränen. »Ich muß gehen«, erklärte er unglücklich, als er den Kopf hob und in ihre Augen blickte.

»Erst wenn es dunkel ist – bitte, Daniel! Komm jetzt mit mir zurück!«

Nein, er durfte sich nicht aufhalten lassen... Aber wieviel besser wäre es, bei Nacht aufzubrechen, wenn er die Freuden in Callies Armen ein letztes Mal genossen hatte, wenn ihn das Tageslicht in diesen Feldern nicht verraten würde...

Sie schmiegte sich an ihn, und er spürte ihre weichen Brüste, den sanften und doch fordernden Druck ihrer Hüften. Sekundenlang schloß er die Augen. Ja, noch ein einziges Mal mußte er in ihren Armen die höchste Lust genießen, das rotschimmernde Haar auf dem weißen Kissen ausgebreitet sehen. »O Callie...«

»Verlaß mich nicht – noch nicht. Um der Liebe willen – schenk mir die Stunden bis zur Dunkelheit.«

»Nur bis zum Abend. Mehr habe ich nicht zu bieten.«

Ihr Blick tauchte in seinen. »Und mehr brauche ich auch gar nicht.«

Hand in Hand gingen sie zum Haus zurück. Der Sonnenschein weckte Glanzlichter in Callies langen Locken, anmutig schwang der blaue Rock um ihre Beine. An der Straße hielt sie kurz inne und schaute nach beiden Seiten. »Niemand ist da. Komm!«

Ohne Zögern vertraute er ihr. Sie eilten über die Wiese und ins Haus. Sobald sie die Tür hinter sich geschlossen hatten, preßte er seine Lippen auf ihre, kostete ihren Mund, den sie nicht öffnete. Nun wirkte sie seltsam steif in seinen Armen. Er richtete sich auf, musterte forschend ihr Gesicht. »Was ich vorhin in meiner Wut gesagt habe, tut mir leid – ehrlich, Callie.«

»Das – ist nicht mehr wichtig.«

»Doch. Ich schmecke es in deinem Kuß.«

Gequält schüttelte sie den Kopf. »Nein...«

Er drückte sie wieder an seine Brust, strich über ihren

Rücken und spürte, wie verkrampft sie war. Und dann sah er Tränen in ihren Augen schimmern. »Ich hätte nicht zurückkommen sollen.«

»Aber – ich brauche dich so sehr, Daniel...« Als er sie wieder küssen wollte, wehrte sie ihn ab. »Nicht hier bei der Tür. Und nicht, wenn ich dein Schwert zwischen uns fühle... Gehen wir nach oben.«

»Wohin immer du willst.«

Das silberne Licht in ihren Augen war eine süße Verlokkung. Er konnte seinen Blick nicht davon losreißen, hob sie hoch und trug sie die Treppe hinauf. In ihrem Schlafzimmer stellte er sie auf die Beine. Sie legte die Hände an seine Brust, gab ihm einen kurzen, atemlosen Kuß, dann trat sie zurück. Verwirrt wollte er nach ihr greifen, und da lächelte sie scheu. »Das Schwert, Daniel!« Mit bebenden Fingern öffnete sie die Schnalle des schweren Waffengurts. Daniel nahm ihn aus ihren Händen, dann ging sie langsam zum Bett.

Lächelnd legte sie sich hin und sah genauso verführerisch aus wie in seinen Träumen. Ihre rosige Zungenspitze befeuchtete die Lippen.

»Komm zu mir, Daniel.« Einladend strich sie über die gestrickte weiße Decke. »Aber ohne das Schwert...«

Er hängte den Gurt über einen der beiden Schaukelstühle vor dem leeren Kamin, trat ans Fußende des Betts und schlüpfte aus seinem Hemd. »Ich liebe dich, mein Engel«, flüsterte er lächelnd.

Ehe er sich neben ihr ausstrecken konnte, stürmten polternde Schritte von hinten auf ihn zu. Er fuhr herum, eine Faust traf sein Kinn. Das Zimmer schien sich zu drehen, in einem blauen Wirbel. Yankee-Uniformen!

Viel schrecklicher als der Schmerz in seinem Kinn war die schwarze Verzweiflung, die sein Herz erfaßte. Callie... Sie hatte ihn verraten, alle ihre Reize aufgeboten, um ihn hierherzulocken – und er, ein verdammter Narr, war in die Falle getappt.

»Du Biest!« fauchte er. Der blaugekleidete Arm mit der harten Faust schwang wieder hoch.

Als Daniel einen gellenden Rebellenschrei hervorstieß, sprang Callie aus dem Bett. An die Wand gepreßt, hielt sie sich verzweifelt beide Ohren zu. Und die Yankees im Zimmer wurden ebenso blaß wie sie.

Er tänzelte mitten im Zimmer umher, bei jeder Bewegung schimmerte die glatte Haut über den kraftvollen Schultern- und Brustmuskeln, während er auf seine Gegner wartete. Die drei Untergebenen des Yankee-Captains stürzten sich auf ihn, und er wehrte einen nach dem anderen mit einem gewaltigen Fausthieb ab.

»Fahren Sie zur Hölle, Rebell!« brüllte Eric und warf sich ins Getümmel. Gleich darauf sah Callie, wie er langsam aus dem Gewirr der Gliedmaßen hervorkroch, eine Hand auf seine blutende Nase gepreßt. Erbost zog er seine Pistole.

»Nein!« kreischte Callie.

Aber niemand beachtete sie. Endlich gelang Daniels Gegnern ein erfolgreicher Angriff mit vereinten Kräften. Einer rammte ihm einen Pistolengriff auf den Hinterkopf, als er sich gerade den beiden anderen zuwandte. Die Zähne zusammengebissen, sank er auf die Knie. Und ehe er aufstehen konnte, sprang Eric hinter ihn und drückte ihm die Mündung seines Revolvers in den Nacken. Alle im Zimmer hörten den Abzug klicken.

»Keine Bewegung, Reb!« warnte Eric.

Atemlos wartete Callie und betete stumm. Sie beobachtete, wie Daniel die Augen schloß und langsam wieder öffnete. Als er seinen Blick auf sie richtete, schimmerte in seinen Augen ein verändertes Blau, das sie nie zuvor gesehen hatte. Das eisige Blau des Hasses.

Einer von Erics Soldaten zerrte ihm die Arme auf den Rücken, Handschellen klirrten. Um die Fußgelenke wurden eiserne Sklavenfesseln gelegt.

Eric packte seinen Gefangenen an der Schulter, zog ihn

auf die Beine, und Callie sah, daß Daniel alle Yankees um fast einen halben Kopf überragte.

»Nun, wie gefallen Ihnen diese Fesseln, mein Junge?« fragte der Captain spöttisch. »Die habt ihr euren Schwarzen da unten im Süden oft genug angelegt, was? Wie fühlt man sich denn, wenn man so was zur Abwechslung mal selber trägt, mein Junge?«

Plötzlich wirbelte Daniel herum – trotz seiner Fesseln immer noch brandgefährlich. Sein Fuß schnellte hoch, traf Eric in den Bauch. Wachsbleich und fluchend krümmte sich der Unions-Captain zusammen. Erschrocken hatten die anderen Soldaten den Gefangenen losgelassen, der die Gelegenheit nutzte, um auf Callie zuzugehen, mit zwei langen Schritten.

Das eisige Feuer in seinen Augen nahm ihr den Atem. »Daniel...«, versuchte sie zu flüstern.

»Dieser Stahl wird mich nicht bis in alle Ewigkeit fesseln, Callie. Keine Ketten, keine Gitterstäbe können mich für immer festhalten. Und ich komme zu dir zurück – das verspreche ich dir.«

»Halten Sie den Mund, Reb!« befahl Eric. »Sie war eine brave Yankee-Lady und tat nur ihre Pflicht, als sie uns zu Ihrer Verhaftung verhalf. Gute Arbeit, Callie!«

In Daniels Gesicht las sie, was er dachte – daß sie diesen Coup von Anfang an geplant hatte. ›Ich wollte nur dein Leben retten, du Narr!‹ hätte sie am liebsten geschrien. Doch dies war nicht der richtige Zeitpunkt für Erklärungen – nicht vor Eric und den anderen Unionssoldaten.

»Armer Reb!« höhnte Eric. »Ein süßes Ding ist sie, nicht wahr? Auch wir im Norden haben unsere Waffen, und Callie Michaelson ist so tödlich wie ein Schwert, was, mein Junge?«

»Ich bin nicht Ihr Junge, sondern Colonel Cameron, Captain«, entgegnete Daniel tonlos und schenkte Callie ein kaltes Lächeln. »Ich komme wieder. Und dann wirst du dich nirgends vor mir verstecken können.«

»Das reicht jetzt!« zischte Eric. »Bringen Sie ihn raus, Corporal Smithers.«

Der Soldat war nicht energisch genug. Daniel riß sich erneut los und wandte sich noch einmal zu Callie. Kraftlos lehnte sie an der Wand und mußte mit ansehen, wie Erics Revolverlauf auf seinen Kopf herabsauste. Ohne einen Laut von sich zu geben, brach ihr Rebell zusammen, und ehe sich seine Lider senkten, blitzte ein letztes Mal blanker Haß in seinen Augen auf.

# Gefangene Herzen

## 11

*Oktober 1862*

Es war noch hell, als der Wagen, der Daniel nach Washington D. C. gebracht hatte, vor dem Old-Capitol-Gefängnis hielt. Er konnte das Gebäude deutlich sehen. Keine abendlichen Schatten milderten den trostlosen Anblick der dunklen, halbverfallenen Mauern, die einen üblen Geruch verströmten. Ein hoher Plankenzaun umgab das Bauwerk, Eisenstäbe vergitterten die Fenster.

Er kannte das Gefängnis gut genug, da er vor dem Krieg oft in Washington gewesen war. Er hatte die Stadt stets geliebt, die wunderschönen Regierungsgebäude, die einladenden breiten Straßen. Im Frühling sorgte die Brise, die vom Fluß herüberwehte, für frische Blumen, und im Herbst konnte es nirgendwo schöner sein.

Aber auch hier herrschten Unmenschlichkeit und Brutalität, das zeigte sich im Old-Capitol-Gefängnis mehr als deutlich.

Nach der Zerstörung des Capitols im Krieg von 1812 hatte man in der First Street ein Ziegelhaus als provisorischen Regierungssitz gebaut. Dann war der Kongreß in sein angestammtes Quartier zurückgekehrt, und das Gebäude – einfach ›Old Capitol‹ genannt – wurde vernachlässigt.

Jemand stieß Daniel in den Rücken. »Da sind wir, Colonel. Wir haben Ihr neues Zuhause im Norden erreicht.« Der Yankee-Kutscher kicherte. »Raus mit Ihnen!«

Das war für Daniel nicht so einfach. Eisenfesseln umgaben seine Hände und Füße, und er hatte im holpernden Wagen so lange auf der Seite gelegen, daß sich sein ganzer Körper steif anfühlte, mit blauen Flecken übersät. Es fiel ihm keineswegs leicht, aufzustehen.

Die Fahrt vom Yankee-Camp, wo er zum ersten Mal erwacht war, hatte endlos lange gedauert. Wie seine heftigen Schmerzen verrieten, war er auch, nachdem er das Bewußtsein verloren hatte, von den Yankees geschlagen und getreten worden. Seine Rippen taten ihm weh, Blut sickerte aus der alten Wunde.

Im Lager kamen immer wieder Soldaten herbei, um in das Zelt zu spähen, in das man ihn gebracht hatte. Sie starrten ihn an, als wäre er ein Zirkustier. Alle wollten Danny Cameron sehen, den Kavalleristen mit dem messerscharfen Schwert, der nun endlich in Gefangenschaft saß. Manche verhöhnten ihn, manche fragten, wie man sich denn fühle, wenn man so verschnürt war wie ein Schwein auf dem Weg zum Schlachthof. Andere schauten ihn nur stumm und ernst an. Und ein Soldat meinte, so dürfte man keinen Mann behandeln, nicht einmal einen Feind.

Ein Major stimmte zu, und sie scheuchten die Gaffer fort. Man brachte ihm sogar einen Stuhl und eine Decke. Das alles spielte für ihn keine Rolle, weil die Schmerzen seine klaren Gedanken behinderten. Immerhin schien der Major ein anständiger Bursche zu sein, der seine Gefangenen mit sauberem Wasser und vernünftigem Essen versorgte. Anscheinend wurden auch die Unionssoldaten in diesem Lager ordentlich verpflegt.

Aber offenbar fühlte sich nicht einmal der Major in Daniels Nähe sicher, denn die Handschellen und Fußfesseln wurden dem Rebellen nicht abgenommen. Erst als Daniel erklärte, mit gefesselten Händen könne er nicht essen, befreite man ihn von den massiven Eisenringen, die seine Handgelenke umschlossen. Der junge Soldat, der ihn bewachte, richtete während der Mahlzeit nervös ein Gewehr auf ihn. Danach wurde er sofort wieder gefesselt.

Der Major verlangte, sein Gefangener müsse respektvoll behandelt werden. Immerhin seien sie alle einmal Brüder gewesen, und mit Gottes Wille würden sie alle bald wieder zueinander gehören. Dieser Offizier kannte offenbar Jesse, und es entsetzte ihn, daß der Bruder des bekannten Militärarztes und Absolvent der Westpoint-Heeresakademie so schäbig behandelt worden war.

»Beauty hatte auch beschlossen, für seine Heimat zu reiten«, erklärte er müde. »Und ich würde Sie gewiß nicht in Handschellen legen, Sir, wäre ich sicher, daß Sie keinen Fluchtversuch unternehmen werden.«

»Sir, es wäre meine Pflicht, bei jeder sich bietenden Gelegenheit die Flucht zu ergreifen und zu Beauty zurückzukehren«, erwiderte Daniel aufrichtig.

Auch die Nacht mußte er gefesselt verbringen, und in seiner verzweifelten qualvollen Lage fand er kaum Schlaf.

Der Schmerz störte ihn nicht, er hieß ihn eher willkommen, da er ihn vom Denken ablenkte.

Das Denken war gefährlich. Jedesmal, wenn er es wagte, wurde er von blindem Zorn erfaßt.

Was für ein Narr war er gewesen! Der halben Yankee-Armee war es nicht gelungen, ihn zu schnappen. Aber diese kleine Hexe mit den Silberaugen und dem flammend roten Haar hatte nur mit den Fingern schnippen müssen, und schon war er in die Falle getappt. Nun erlebte er in seiner Erinnerung jene Szenen noch einmal. Und sein Zorn wuchs dermaßen, daß er letzten Endes nicht mehr wußte, ob ihm der Krieg überhaupt noch etwas bedeutete oder nicht.

Nur eins zählte. Er mußte nach Maryland zurückkehren. Zu ihr. Was er mit ihr tun wollte, war ihm noch nicht ganz klar. Vielleicht würde er die Hände um ihren schönen weißen Hals legen...

Am nächsten Tag besserte sich seine Lage ein wenig. Die Männer schienen ihn tatsächlich zu respektieren. Kleine Vergünstigungen begannen aufzutauchen. Ein schöner roter Apfel, eine kleine Flasche mit irischem Whiskey. Abends spielte er Karten mit dem Major, und da erfuhr er, daß er am Morgen ins Old Capitol gebracht werden sollte.

»Ich werde Ihrem Bruder die Nachricht zukommen lassen, daß Sie am Leben sind und zur Zeit nicht am Kriegsgeschehen teilnehmen«, erklärte der Major. Daniel stöhnte. Natürlich würde Jesse sofort Himmel und Hölle in Bewegung setzen, um seinen Bruder aus der Gefangenschaft zu holen. Noch dazu, weil er sich wegen der Wunde sorgte. Jesse war immer und überall in erster Linie Arzt.

»Danke, Major, aber Jesse muß in seinem eigenen Krieg kämpfen, und er hat sicher irgendwo alle Hände voll zu tun, um Yankees zusammenzuflicken. Ich möchte nicht, daß er informiert wird.«

»Er wird es ohnehin früh genug erfahren.«

»Das glaube ich auch. Aber bis dahin lassen wir die Dinge auf sich beruhen. Ich bin nun ein großer Junge, und ich suche mir selbst aus, für wen ich mein Schwert schwinge.« Nach einer kleinen Pause fügte er hinzu: »Und ich mache meine eigenen dummen Fehler.« Er grinste den Major an, um zu zeigen, zwischen ihnen würde kein böses Blut herrschen.

»Ich würde sie gern laufenlassen, Colonel Cameron, aber das kann ich nicht. Sie sind einfach zu wichtig. Vielleicht will man Sie gegen irgendwelche Gefangenen austauschen. Dieser Brauch ist immer noch üblich – einen gemeinen Soldaten gegen einen gemeinen Soldaten, einen Sergeant gegen einen Sergeant – einen Colonel gegen einen Colonel. Sechzig gemeine Soldaten gegen einen General. Aber wie ich höre, plant die Union jetzt, den Gefangenenaustausch abzuschaffen. Jedesmal, wenn wir einen von euch Rebs wieder ins Schlachtfeld zurückkehren lassen, fängt er wieder an, Yanks umzubringen.«

»Wir befinden uns im Kriegszustand«, betonte Daniel höflich.

»Leider Gottes, Colonel, ja.« Seufzend strich der Major

über sein bärtiges Kinn. »Und deshalb kann ich's Ihnen nicht einmal bequem machen. Wenn ich Ihre Hände befreie, muß ich Ihre Füße fesseln und umgekehrt. Angeblich verstehen Sie, wie der Teufel selbst zu kämpfen. Wo haben Sie das eigentlich gelernt?«

»Zu Hause, Major«, antwortete Daniel lächelnd.

»Hat Ihr Vater einen Berufssoldaten als Lehrer engagiert?«

»Nein, Sir. Jesse war der größere, und da wir ab und zu Meinungsverschiedenheiten hatten, mußte ich mich um so mehr ins Zeug legen.«

Der Major lachte und goß seinem Gefangenen noch einen irischen Whiskey ein.

Aber der Major war nicht dabeigewesen, als die Soldaten ihn in das Vehikel verfrachtet hatten. Sie zeigten nicht das geringste Interesse daran, einen Feind respektvoll zu behandeln, und als die Räder vor dem Old Capitol stillstanden, wurde Daniel ebenso unsanft aus dem Wagen hinausbefördert wie man ihn hineingeworfen hatte. Er landete auf der harten Sandstraße, biß die Zähne zusammen und kam mühsam auf die Beine.

Ein elegant uniformierter Lieutenant Colonel von den Unionsstreitkräften eilte auf ihn zu. Kein einziges Staubkörnchen verunzierte seinen Waffenrock, und er sah aus, als hätte er seinen einundzwanzigsten Geburtstag erst vor kurzem gefeiert. »Das reicht jetzt, Soldaten!«

Die Männer unterdrückten ein Grinsen, salutierten aber. »Jawohl, Sir, ganz wie Sie wünschen, Sir.«

»Colonel Daniel Cameron, Sie sind jetzt ein Kriegsgefangener im Old Capitol. Wenn Sie sich anständig benehmen, werden wir dafür sorgen, daß Ihr Aufenthalt hier nicht allzu unangenehm wird.«

»Das heißt, daß er versuchen will, Sie am Leben zu erhalten, Colonel!« schrie jemand durch ein vergittertes Fenster herab.

Einer der Soldaten wandte sich zu dem Lieutenant Colonel. »Bringen wir ihn möglichst schnell rein, Sir, das ist ein ganz gefährlicher Bursche.«

Offenbar betrachteten ihn auch viele Gefängniswärter als gefährlich, denn er wurde von einer riesigen Eskorte in einen großen düsteren Raum mit schwerer Tür geleitet. Dort traf er auf eine zerlumpte Konföderierten-Schar – teilweise bis auf die Knochen abgemagert, mit ausgefransten Decken um die Schultern. Manche trugen Uniformen, zum Beispiel die farbenfrohen Reste einer Louisiana Zouave-Hose mit ausgebeulten Beinen, schlichte alte Baumwollhosen, Milizuniformen und das Grau der regulären Armee. Sie beobachteten, wie Daniel in ihre Mitte gestoßen wurde – so kraftvoll, daß er stolperte und auf die Knie sank. Er straffte die Schultern und stand unter großen Schmerzen auf. Seine zerschundenen nackten Füße bluteten. Man hatte ihm ein Hemd gegeben, aber das war mittlerweile ebenfalls zerrissen. Straßenstaub verschmutzte sein verfilztes Haar und das ganze Gesicht.

Ringsum wurde lauthals gejubelt. Ein Rebellschrei ließ beinahe die Gefängnismauern erzittern.

»Colonel Cameron, Sir!« Alle drängten zu ihm und salutierten.

Der Yankee-Wachposten an der Tür fluchte leise. »Der Kerl wird mir noch die Hölle heiß machen«, murmelte er. Klirrend wurde die massive Tür versperrt. Daniel blickte sich um und begrüßte seine Landsleute.

»Ihr Fuß sieht schlimm aus, Sir, ganz geschwollen und voller Schnittwunden«, meinte ein junger Soldat mit weißblondem Haar und kornblumenblauen Augen. Er stellte ein Paar Stiefel vor Daniel hin. »Ich habe Verwandte in Washington, und die haben mir ein zweites Paar Schuhe besorgt, Sir. Es wäre mir eine Ehre, wenn Sie diese da nehmen würden.«

»Danke, mein Sohn«, erwiderte Daniel.

Ein anderer Soldat eilte zu ihm. »Gerade hat mir meine

Frau neue Socken gestrickt, und das Paar, das sie mir zuvor schickte, hat kaum ein Loch, Sir.« Daniel lächelte. Jemand anderer brachte ihm eine Decke, schließlich bekam er auch noch einen dünnen kleinen Zigarillo, wie er ihn lange nicht mehr geraucht hatte.

Gerührt dankte er allen Männern und berichtete, was er von der Schlacht bei Sharpsburg wußte. Dann lachte er, als sie seine tollkühnen Abenteuer im Sattel erwähnten. »Sind diese Geschichten alle wahr, Sir?«

»Einiges stimmt, Billy Boudain«, antwortete er dem jungen Mann, der ihm die Stiefel geschenkt hatte. »Aber in gewissen Fällen haben die Erzähler ihrer Fantasie wohl zu freien Lauf gelassen.« Er stöhnte leise. Sein Nacken verkrampfte allmählich, weil er schon so lange am Boden saß, an die kalte Steinwand gelehnt.

»Colonel, da drüben liegt ein schöner dicker Heuhaufen für Sie. Wir wünschten, wir könnten mehr für Sie tun. Einige haben Geld und Verwandte in der Nähe, und wir können die Gefängniswärter bestechen, damit sie uns ein bißchen Luxus gönnen. Aber viel ist das nicht.«

Daniel stand auf und streckte sich, sog am Zigarillo und genoß den wundervollen Tabakgeschmack. Er grinste den jungen Soldaten an und merkte nicht, welch ein bitterer Zug um seine Lippen lag. »Machen Sie sich deshalb keine Sorgen, mein Junge. Ich beabsichtige nicht, allzu lange hierzubleiben.« Er drückte den Zigarillo aus. »Denn ich habe anderswo zu tun.« Die Wut in seinen Augen strafte die sanfte Stimme Lügen.

»Das hört sich aber ziemlich entschlossen an, Sir«, meinte Billy.

»Oh, das bin ich auch. Nichts wird mich hier zurückhalten.« Er merkte, daß seine Worte ein drückendes Schweigen im ganzen Raum bewirkt hatten. Alle Männer starrten ihn an, halb bewundernd, halb angstvoll. »Ich danke euch allen«, fügte er hinzu. »Und jetzt bin ich todmüde. Gute Nacht, Leute.«

Der Heuhaufen war ziemlich dünn, doch das spielte keine Rolle. Endlich war Daniel wieder von seinesgleichen umgeben. Er sank auf das Stroh, und seltsamerweise schlief er tief und fest wie ein Baby.

Der Herbst hielt Einzug in Maryland, die Bäume schmückten sich mit roten, gelben und orangefarbenen Blättern. Wenn der Abend dämmerte, kam eine kühle, frische Brise auf.

Nach einem langen, angstvollen Tag saß Callie auf ihrer Veranda und genoß den sanften Wind. Aber so angenehm er ihr auch erschien – die quälenden Gefühle konnte er nicht davonwehen. Immer wieder sagte sie sich, sie habe nicht anders handeln können. Das nützte ihr nichts. Jede Nacht glaubte sie, Daniels haßerfüllte Stimme zu hören, sein bitteres Versprechen, er würde wiederkommen.

Aber das brauchte sie vorerst nicht zu befürchten. Er saß im Old-Capitol-Gefängnis und wurde streng bewacht, wie Eric ihr versichert hatte.

Schaudernd erinnerte sie sich an die weiteren Ereignisse jenes schrecklichen Tages. Nachdem Daniel bewußtlos geschlagen worden war, hatte ihm ein Offizier die Stiefel gestohlen. Eric ließ ihn von seinen Leuten aus dem Haus tragen und blieb noch bei ihr. Er drängte sie an die Wand, stemmte links und rechts von ihrem Kopf seine Hände dagegen und erklärte in bitterem Ton, nun wolle auch er das bekommen, was sie dem Feind so bereitwillig gegeben habe. Voller Entsetzen fragte sie sich, ob er Gewalt anwenden würde.

Woher sie die Kraft zu ihrer erfolgreichen Gegenwehr genommen hatte, wußte sie später nicht. Jedenfalls lächelte sie ihn honigsüß an und zog ihm den Revolver aus der Tasche, als er näher rückte. Und ehe er seinen Mund auf ihren pressen konnte, rammte sie ihm die Mündung in den Bauch. Dabei beteuerte Callie, sie wisse, wie man mit einer solchen Waffe umgehe, und sie würde abdrükken, ohne mit der Wimper zu zucken.

Das glaubte er ihr aufs Wort, und er sprang so schnell zurück, daß es beinahe komisch wirkte. Mit kühler Stimme befahl sie ihm, ihr Haus zu verlassen, sonst würde sie zu seinem Vorgesetzten reiten und diesen über das Verhalten seines Kavallerie-Captains gegenüber alleinstehenden Frauen informieren.

Fluchend, einen bitteren Racheschwur auf den Lippen, eilte Eric davon. Callie sank schluchzend auf ihr Bett und schlief irgendwann ein.

Am nächsten Morgen erkannte sie, daß sie ihr gewohntes Leben weiterführen mußte. Immerhin hatte Daniel es nur für wenige Tage durcheinandergebracht. Aber die Zeit vor seiner Ankunft spielte nun keine Rolle mehr.

Am Tag nach seiner Festnahme kam ein Soldat vorbei, und Callie nahm Erics Revolver an sich, den sie behalten hatte. Falls nötig, würde sie sechs Kugeln abfeuern können. Aber der Mann beabsichtigte offenbar nicht, sie zu bedrohen. Zu ihrer Verblüffung ersetzte er einen Teil des gestohlenen Viehs. Nun besaß sie zwei Schweine, zwei Pferde, zwei Kühe, eine Ziege und mehrere Hühner. Mit den Tieren hatte sie alle Hände voll zu tun, außerdem bemühte sie sich, den Gemüsegarten wiederherzurichten.

Sie war froh über jede Art von Beschäftigung, die ihre Gedanken von Daniel ablenkte, von all dem Glück und dem Leid, das er ihr in diesen wenigen Tagen geschenkt hatte. Allmählich konnte sie sich sogar einreden, alles habe sich zum Guten gewendet. Mochten sein Schwert und seine Fäuste auch als unbesiegbar gelten – gegen Kugeln war kein Mann gefeit. Und aufgrund seiner berüchtigten Tollkühnheit, die ihn veranlaßte, seine Männer stets ins schlimmste Kampfgetümmel zu führen, konnte es nur mehr eine Frage der Zeit sein, daß ihn ein tödliches Geschoß treffen würde. Hinter den Gefängnismauern befand er sich wenigstens in Sicherheit.

Aber als sie an diesem Abend auf der Veranda saß und beobachtete, wie die Schaukel sanft im Wind hin- und herschwang, gestand sie sich ein, daß Daniel niemals so denken würde. Er verabscheute Gefängnisse. Und sie hoffte, im Old Capitol würde es nicht so grauenvoll zugehen, wie es die Gerüchte behaupteten. In Washington lebten viele aufrechte Bürger, die den Krieg ganz entschieden mißbilligten und eine menschenwürdige Behandlung der Gefangenen forderten. Hatte der Norden diese erbitterten Schlachten denn nicht heraufbeschworen, um die Berechtigung der Union zu demonstrieren, der auch die Südstaaten angehören müßten? Im Grunde waren sie doch alle ein Volk…

Aber diese Überlegungen linderten Callies Verzweiflung nicht, wenn sie an den kalten Haß in Daniels Augen dachte. Irgendwie mußte sie über das alles hinwegkommen und sich auf ihre Zukunft konzentrieren.

Bedrückt entsann sie sich, daß sie noch etwas erledigen mußte, stand auf und ging ins Haus. Auf einem der großen Plüschsessel im Salon lagen der Proviantbeutel und das zusammengerollte Bettzeug des jungen Unionssoldaten, der in Callies Stall gekrochen war, um zu sterben. Diese Sachen mußte sie seiner Familie schicken. Nachdenklich starrte sie vor sich hin und versuchte, einen Brief zu formulieren. ›Ihr Sohn starb einen sofortigen schmerzlosen Heldentod…‹

In Wirklichkeit war er in kalter Angst und Leid gestorben, einsam in einer dunklen Stallecke. Nein, die Wahrheit mußte sie den Angehörigen des jungen Soldaten nicht schreiben. Die kannte niemand außer ihr selbst. Und Daniel.

Seufzend rollte sie das Bettzeug auseinander, um festzustellen, ob Tabak, Pfeifen oder Spielkarten darin steckten. Nach ihrer Meinung sollte sich zwar – wenn ein Junge groß genug war, um in den Krieg zu ziehen und zu sterben – niemand darum kümmern, ob er manchmal ein bißchen geraucht oder sich an stillen Abenden mit einer Kartenpartie vergnügt hatte. Aber Mütter legten großen Wert auf die untadelige Ehrbarkeit ihrer Söhne, und die Söhne wollten das Wohlgefallen der Mütter erregen. Wenn diese Mutter schon die traurige Nachricht vom Tod ihres Jungen erhalten mußte, sollte ihr zusätzlicher Kummer erspart bleiben.

Im Bettzeug fand Callie nichts Ehrenrühriges. Als sie im Proviantbeutel die Papiere des jungen Soldaten durchsah, fiel ihr der Brief an die Mutter in die Hände, den Daniel erwähnt hatte. Das Schreiben steckte nicht in einem Umschlag. Offenbar war es in aller Eile unterzeichnet worden. Und er hatte auch keine Gelegenheit mehr gefunden, es abzuschicken, ehe das Signalhorn ihn in die Schlacht gerufen hatte.

Callie kehrte auf die Veranda zurück und setzte sich auf die Stufen, um in der kühlen Nachtluft den Brief zu lesen.

*Liebe Mutter, in diesem Brief will ich dir nur mitteilen, daß es mir gutgeht, bevor die Schlacht beginnt. Ein paar Soldaten haben eine wichtige Order des Konföderierten-Generals Lee gefunden, und überall herrscht große Aufregung. Offenbar werden wir bald auf die Streitkräfte der Rebellen stoßen.*

*Es wird nicht so einfach für mich sein, Mutter. Erst vor einer Woche waren wir unten in Virginia am Richmond, direkt gegenüber von einigen Rebs. Ritchie Tyree – Du kennst ihn, Mutter, er wuchs weiter oben an der Straße bei der Molkerei auf – hat Verwandte am anderen Flußufer, drei Vettern, denen er sehr nahesteht, und ich versprach, heimlich mit ihm den Richmond zu überqueren. Ich weiß, es war nicht richtig, meine Order zu mißachten. Aber wenn ein Mann nicht zu seinen Freunden hält in diesem Land, dann gibt's kaum noch was, wofür es sich zu kämpfen lohnt, oder? Jedenfalls sah ich das so, und ich erwog meinen Entschluß sehr sorgfältig, so wie Du und Pa mir das beigebracht habt. In der Nacht fuhren Ritchie und ich in einem winzigen Kahn über den Fluß und trafen seine Vettern – Zachary, Tybalt und Joseph. Wir saßen im Dunkeln und kauten das luftgetrocknete Fleisch, das wir mitgebracht hatten. Wir kriegen ja immer viel größere Rationen als die Rebs, dabei redeten wir von alten Zeiten – wer gestorben war und wer geheiratet hatte. Es war wirklich eine schöne Nacht. Schließlich kehrten wir in unser Lager am anderen Ufer zurück und schlüpften in unsere Zelte. Niemand merkte was, und ich war froh über diese Gelegenheit, den Feind zu umarmen.*

*Am Morgen begann ich mich zu fragen, warum diese Jungs eigentlich meine Feinde sind. Wir haben viele gemeinsame Bekannte, wir sprechen dieselbe Sprache, und Ritchie und Tybalt sehen sich sogar fast so ähnlich wie Zwillinge. Wir saßen einfach nur fröhlich beisammen. Und ich sage Dir, Mutter, wir beten jeden Abend zum selben Gott, er möge uns überleben lassen, und jeder betet drum, daß seine Seite gewinnt.*

*Natürlich will ich Dich nicht mit solchen Gedanken belasten. Ich mag zwar am Sinn dieses Krieges zweifeln, aber ich habe meinem Vaterland die Treue geschworen, ich kenne meine Pflicht und werde sie erfüllen.*

*Wie geht es Sarah? Richte ihr bitte liebe Grüße aus. Ich will auch ihr schreiben, aber ich habe jetzt so wenig Zeit. Mit Gottes Wille komme ich bald nach Hause, und Sarah wird auf mich warten. Wir werden heiraten, und nachdem Du Pa und Billy schon verloren hast, möchte ich die Stelle des Lehrers in der alten Schule übernehmen, so wie es schon immer mein Wunsch war. Und die Kinder, die Sarah und ich bekommen werden, sollen auch in Dein Leben Freude bringen.*

*Aber zunächst steht uns ein großer Kampf bevor. Falls es Gottes Wille ist, daß ich nicht heimkehre, sag Sarah, ich habe sie sehr geliebt und oft von ihr geträumt. Ich war immer Dein gehorsamer Sohn, Mutter, und ich habe Dir nie Schande gemacht. Und wenn es also Gottes Wille ist, daß ich dahinscheide, behalte mein Andenken in Deinem Herzen.*

*Da ruft mich das Signalhorn aufs Schlachtfeld. Gott schütze Dich, Mutter, Dein Dich liebender Sohn Benjamin.*

Der Brief sank in Callies Schoß hinab. Daß sie weinte, bemerkte sie erst, als eine Träne auf das Papier fiel. Sie wischte sie vorsichtig mit ihrem Rock weg.

In wehmütige Gedanken vertieft, hatte sie die Hufschläge überhört, die sich rasch näherten. Als sie jetzt in ihr Bewußtsein drangen, zuckte sie erschrocken zusammen und sprang auf. Der Reiter erreichte die Wiese vor dem Haus, und sie zog sich hastig in die Schatten der Veranda zurück. Er stieg vom Pferd und ging zum Brunnen. Offenbar hatte er sie nicht entdeckt. Er trug eine blaue Unionsuniform. Sein Gesicht unter dem Federhut konnte sie nicht sehen, die Bedeutung seiner Dienstabzeichen kannte sie nicht.

Mit einer unabsichtlichen Bewegung mußte sie seine Aufmerksamkeit erregt haben, denn er drehte sich rasch um und schaute zur Veranda. »Guten Abend!« rief er mit tiefer, kultivierter Stimme. »Ich möchte nur einen Schluck Wasser trinken, wenn Sie es erlauben. Und ich würde Ihnen gern ein paar Fragen stellen.« Er nahm den Schöpflöffel aus dem Eimer, der über dem Brunnen hing. »Darf ich?«

Callie trat hinter dem Verandapfosten hervor. »Ja, natürlich. Hier kann jeder seinen Durst stillen.«

»Vielen Dank.« Er tauchte den Löffel ins Wasser und trank in großen Zügen.

Ihre Nervosität verflog, und sie ging langsam zu ihm hinüber. Ständig fürchtete sie, Eric würde zurückkommen. Aber dieser Soldat war vielleicht von einer gütigen Vorsehung zu ihr geschickt worden. Wenn er bereit war, ein bißchen zu warten, konnte sie ihm die Sachen des toten Soldaten mitgeben und einen kurzen Brief an dessen Mutter beifügen.

»Ich suche einen Mann, der hier nach der letzten großen Schlacht verschwunden ist«, erklärte er, als sie bei ihm stehen blieb, und legte den Schöpflöffel in den Eimer zurück. Dann schob er sich den Hut aus der Stirn, und Callies Atem stockte.

Wie erstarrt betrachtete sie dieses Gesicht, das ihr so vertraut war. Daniels tiefblaue Augen, Daniels ebenholzschwarzes Haar – die gleichen Züge, und doch anders, etwas kantiger, ein wenig zerfurcht... Dieser Mann war noch etwas größer, in den Schultern breiter.

»Alles in Ordnung, Ma'am?« Er musterte sie besorgt. »Seien Sie versichert – von mir droht Ihnen keinerlei Gefahr. Wie ich vor kurzem gehört habe, ist mein Bruder nicht zu seiner Kompanie zurückgekehrt. Vielleicht sollte ich erklären, daß er nicht bei der Union, sondern bei den Konföderierten dient. Niemand sah ihn fallen, und so hoffe ich, er lebt noch. Möglicherweise ist er verletzt. Wurde in dieser Gegend ein vermißter Soldat erwähnt – oder ein Verwundeter, der sich in den Süden durchzuschlagen versuchte?«

»Ich...« Callie fuhr sich mit der Zunge über die Lippen, rang verzweifelt nach Fassung.

In seinen Augen leuchtete ein Hoffnungsschimmer. Er trat einen Schritt auf sie zu und fragte drängend: »Sie haben ihn gesehen? Bitte, erzählen Sie mir alles, was Sie wissen! Helfen Sie mir! Sie sind meinem Bruder begegnet?«

Sie lächelte schwach. »O ja, wir sind uns begegnet«, bestätigte sie mit leichter Ironie und reichte ihm die Hand. »Sie müssen Jesse sein.«

»O ja – ich bin Jesse! Und Daniel?«

»Er lebt.«

»Gott sei Dank! Wo ist er jetzt? Wollte er zu seiner Kompanie zurückkehren? Um Himmels willen – durch all die dichten Unionslinien...«

Callie schüttelte den Kopf. »Er ist in Sicherheit.«

»Ich verstehe nicht...«

»Während der Schlacht brach er in der Nähe meines Hauses zusammen. Er bekam hohes Fieber, erholte sich aber sehr schnell...« Sie zögerte, zwang sich mühsam zur Ruhe angesichts dieser blauen Augen, die so schmerzliche Erinnerungen weckten. »Vielleicht sollten Sie hereinkommen und eine Tasse Kaffee trinken.«

»Ja, danke, sehr gern... Aber wenn Sie sagen, Daniel sei in Sicherheit – wo steckt er denn, Miß...«

»Mrs. Michaelson – Callie Michaelson. Ihr Bruder ist in Washington. Im Old-Capitol-Gefängnis.«

»Was?«

»Und dort ist er relativ sicher.«

»Vielleicht – vielleicht auch nicht. Sie kennen meinen Bruder nicht so gut, Ma'am.«

›Was wissen Sie schon, Sir!‹ hätte sie beinahe geschrien. Aber seine Worte beunruhigten sie. »Was meinen Sie?«

»Das will ich Ihnen erklären – bei der Tasse Kaffee, die Sie mir so freundlich angeboten haben, Mrs. Michaelson. Und ich möchte Sie bitten, mir alles zu erzählen, was Sie über meinen Bruder wissen.«

Hastig wandte sie sich ab. »Gehen wir hinein, Sir.«

## 12

Mrs. Callie Michaelson ist eine faszinierende Frau, entschied Jesse, als er an ihrem Küchentisch saß. Und einen so guten Kaffee hatte er schon lange nicht mehr getrunken. Während er seine schöne Gastgeberin beobachtete, die ihm gegenübersaß, sehnte er sich nach seiner Frau Kiernan, nach seinem Heim. Aber er verdrängte diese wehmütigen Gedanken. Es würde noch eine Weile dauern, bis ihm das Kriegsgeschehen einen Urlaub ermöglichte. Erst mußte er seinen Bruder aufsuchen und sich um die zahlreichen Verwundeten kümmern, die in den Lazaretten seine ärztliche Hilfe brauchten.

Mit leiser Stimme schilderte Callie die Schlacht. »Erst lieferten sich die Kavallerien heftige Gefechte, dann die Infanterien. Anfangs dachte ich, die Rebellen würden die Stellung halten, doch die Union war zahlenmäßig gewaltig überlegen, und den Leuten Ihres Bruders wurde der Rückzug abgeschnitten. In einer Kampfpause sah ich ihn auf dem Schlachtfeld liegen. Aber ein Unionsoffizier kam vorbei und meinte, der Mann sei tot. Außerdem erklärte er, das Feuer würde bald wieder beginnen, und deshalb floh ich ins Haus.«

»War Daniel denn so schwer verletzt, daß man ihn für tot halten konnte?«

Sie schüttelte den Kopf. »Wahrscheinlich war er bewußtlos geschlagen worden. Aber das machte ihm nicht so zu schaffen wie eine alte Wunde, die sich während des Kampfs wieder geöffnet hatte. Als die Schlacht endlich vorbei war, pflegte ich ihn hier im Haus. Es gelang mir, das hohe Fieber zu senken, und er genas erstaunlich schnell.«

Jesse musterte sie aufmerksam. »Sie haben ihn also einer Yankee-Patrouille überantwortet?«

Zögernd antwortete sie: »Die Unionssoldaten hatten alle Hände voll zu tun – mit den Toten, die das Schlachtfeld übersäten... Außerdem würde ich einen Verwundeten niemals dem Feind ausliefern, unabhängig von der Farbe seiner Uniform. Und selbst wenn ich es gewollt hätte – ich konnte es nicht, denn eine Zeitlang war ich in meinem eigenen Haus gefangen. Um meine Freiheit wiederzuerlangen, schwor ich Ihrem Bruder, ihn nicht zu verraten. Verstehen Sie, Sir?«

Nein, das verstand Jesse nicht. Er beugte sich über den Tisch zu Callie hinüber. »Und jetzt ist er im Old Capitol?«

Er glaubte, eine leichte Röte in ihren Wangen zu erkennen, als sie stockend erwiderte: »Sir – ich weiß nicht, ob Sie das wissen, aber... Ihr Bruder genießt in Unionsreihen den Ruf eines äußerst gefährlichen Kämpfers. Ich wurde in die unangenehme Situation gebracht, seine Festnahme zu beobachten – oder seine Ermordung. Die Entscheidung lag bei mir...« Callie senkte den Blick, ihre Stimme nahm einen verzweifelten Klang an. »Die Soldaten wollten ihn lebend mitnehmen, in der Hoffnung auf eine Beförderung. Sicher haben sie ihn nicht getötet.«

»Und wer hat ihn verhaftet? Kennen Sie die Männer?«

»Nur einen – Captain Eric Dabney von der Unionskavallerie.«

Jesse runzelte die Stirn. Von dem Mann hatte er schon gehört. Über die Kavallerietruppen, die im Ostfeldzug kämpften, war er gut informiert, denn er war selber Kavallerist gewesen, ehe die Union ein separates Ärztekorps aufgebaut hatte. Captain Eric Dabney – ein Offizier, der eher zur Vorsicht neigte. Kaum vorstellbar, daß er sich mit Daniel einließ, es sei denn, er hatte für tatkräftige Unterstützung gesorgt...

»Hoffentlich hat Ihr Bruder das Old Capitol wohlbehalten erreicht, Sir«, fuhr Callie besorgt fort. »Glauben Sie mir, ich hatte wirklich keine Wahl – ich mußte ihn Captain Dabney überlassen. Als die Soldaten ihn dann weggebracht hatten, sagte ich mir, es sei das Beste für ihn. Denn jetzt müßte er doch in Sicherheit sein.« Flehend sah sie ihn an. »Sie sind auch Colonel, nicht wahr, Dr. Cameron? Das ist ein eindrucksvoller Rang. Wenn Sie das Gefängnis aufsuchen und den Leuten klarmachen, daß er Ihr Bruder ist, werden sie bestimmt gut für ihn sorgen. Und solange er hinter Schloß und Riegel sitzt, kann er sich nicht ins Kampfgetümmel stürzen. Er ist so tollkühn – alle fürchten sein Schwert. Aber vorläufig kann ihm nichts passieren. Oder irre ich mich?«

»Das wollen wir nicht hoffen.« Er verschwieg ihr, wie gut er seinen Bruder kannte. Niemals würde Daniel länger als nötig in einem Gefängnis bleiben, sondern sobald wie möglich eine Gelegenheit zur Flucht suchen.

Jesse grinste beinahe. Typisch Daniel. Der geriet natürlich nicht auf eine Farm, die einer alten Frau oder einem Graubart gehörte, sondern in die Obhut der bildschönen Callie Michaelson. Und mit schönen Frauen verstand er ebenso gut umzugehen wie mit seinem Schwert oder seinem Pferd...

Jesse ahnte, daß sie seinen Bruder nicht nur gesund

gepflegt hatte. Zwischen den beiden mußte mehr geschehen sein. Das hatten Mrs. Michaelsons sorgenvoller Blick und der eindringliche Klang ihrer Stimme verraten.

Er trank seinen Kaffee aus. »Keine Angst, Ma'am, ich werde nach meinem Bruder sehen und mich über seine Gefangenschaft informieren.« Nach einer Pause hob er die Brauen. »Sie stehen auf unserer Seite, nicht wahr?«

»Und was betrachten Sie als ›unsere‹ Seite?« konterte sie trocken.

Jesse lächelte. »Nun, ich meine die Nordstaaten. Aber wie Sie wissen, bin ich im Süden zu Hause. Und es ist bitter, wenn man so lange von seiner Heimat ferngehalten wird.«

»Das kann ich mir gut vorstellen, Sir.«

Seufzend zuckte er die Achseln. »Ich lebe nur noch für den Tag, wo das alles vorbei sein wird, wo ich zurückkehren kann, zu dem schönen alten Haus am Fluß... Dort erwarten mich meine Frau und mein Sohn.«

»In Virginia?«

»Ja. Der Grundstein unseres Plantagenhauses wurde um die Mitte des siebzehnten Jahrhunderts gelegt. Und ich bete Tag für Tag darum, daß es den Krieg überstehen wird. Früher kümmerte sich Daniel um die ausgedehnten, ertragreichen Felder. Die liegen jetzt zum Großteil brach, weil es an Arbeitskräften mangelt... Wenn Daniel und ich nach Hause kommen – falls das jemals geschieht –, werden wir wohl nicht das blühende Cameron Hall vorfinden, das wir damals verlassen haben.«

»Aber Ihre Frau und Ihr Kind, Colonel, und das ist am wichtigsten.«

»Natürlich.« Er stand auf. »Aber nun habe ich Ihre Zeit schon viel zu lange in Anspruch genommen, Mrs. Michaelson. Was mein Bruder offenbar auch getan hat... Sobald ich meinen Bruder gesehen habe, werde ich Ihnen schreiben«, versprach er, während sie ihn auf die Veranda hinausbegleitete.

»Ja, bitte – das wäre sehr freundlich von Ihnen.« Kerzengerade stand sie da, den Blick gesenkt.

Eine perfekte Dame, dachte er. Trotz ihres schlichten Baumwollkleids ist Callie Michaelson Zoll für Zoll eine Dame. Hoffentlich hat das auch Daniel gemerkt... Er schüttelte ihr die Hand, dann ging er zu seinem Hengst Goliath.

»Dr. Cameron?«

»Ja, Ma'am?« fragte er und drehte sich um.

»In meinem Stall starb ein junger Unionssoldat. Nun liegt er auf meinem Familienfriedhof begraben. Ich habe seine Sachen und einen Brief an seine Mutter. Das alles möchte ich ihr schicken. Würden Sie es bitte für mich mitnehmen – und noch ein paar Minuten warten, damit ich ihr einige Zeilen schreiben kann?«

»Selbstverständlich«, versicherte er lächelnd und stieg wieder die Verandastufen hinauf.

Sie eilte ins Haus. Wenig später kam sie zurück und übergab ihm die Sachen des Soldaten. »Bitte lesen Sie, was ich geschrieben habe. Ob ihr das ein Trost sein wird?«

Jesse ergriff das Blatt Papier.

*Liebe Madam, zu meinem tiefsten Bedauern muß ich Ihnen mitteilen, daß Ihr Sohn vor meinem Haus außerhalb von Sharpsburg gefallen ist. Er mußte nicht leiden, sein Tod trat sehr schnell ein. Er starb wie ein Held. Als er bereits von der Kugel getroffen war, versuchte er, noch seinen Kameraden ringsum Deckung zu geben. Wir begruben ihn mit allen Ehren. Nun ruht er neben den Gräbern meines Vaters und meines Mannes. Gott sei mit Ihnen. Callie Michaelson.*

»Ist das die Wahrheit?« fragte Jesse leise.

»Nein.«

»Ein sehr schöner Brief. Ich werde dafür sorgen, daß er in die richtigen Hände gerät.«

»Vielen Dank, Colonel.«

Er drückte ihr noch einmal die Hand. »Leben Sie wohl, Mrs. Michaelson. Passen Sie gut auf sich auf.«

»Gott schütze Sie, Sir.«

Ehe er davonritt, warf er einen Blick zurück. Sie stand auf der Veranda – hoch aufgerichtet und stolz, ätherisch im Mondlicht. Daniel, du Glückspilz, dachte er. Wenn sie dich bloß im Gefängnis festhalten könnten, bis der Krieg vorbei ist...

Daniel saß in der großen Zelle, an seinen Heuhaufen gelehnt, kaute an einem Strohhalm und sah sich um. Vier Mann spielten Karten, um Tabak und winzige Whiskeyflaschen. Rufus Mac Kenzie, der älteste Gefangene, las in seiner Bibel, alle übrigen lungerten untätig herum.

Vierundzwanzig Mann teilten sich den Raum, wo es nur einen einzigen Behälter für die ›Notdurft‹ gab. Manchmal wurde der Gestank unerträglich, wenn Billy Boudain auch versichert hatte, nach einiger Zeit würde man ihn gar nicht mehr wahrnehmen. Es existierten keine Feldbetten, nur spärliche Heuhaufen und Lager aus alten Lumpen. Die trostlose, fast unheimliche Atmosphäre in der Zelle wurde noch verstärkt durch das Grau der abblätternden Wände, durch das Gequieke der Ratten, das vor allem in der Nacht laut und schrill anschwoll.

Wenigstens bin ich hier unter Freunden, dachte Daniel seufzend. Seit seiner Ankunft beobachtete er aufmerksam die Vorgänge im Old Capitol.

Die meisten Wachposten waren leicht zu bestechen. Der Gefangene Captain Harrison Farrow aus Tupelo, Mississippi, hatte eine Schwester, die mit einem Abgeordneten im Yankee-Kongreß verheiratet war. Regelmäßig erwies sie ihm – mit Hilfe eines willfährigen Wärters – hochwillkommene Wohltaten in Form von selbstgebackenen Kuchen, Decken oder edlen Zigarren. Andere Insassen konnten sich nicht so glücklich schätzen – zum Beispiel Davie Smith, ein gemeiner Soldat aus dem Shenandoah Valley, der im Norden keine Menschenseele kannte. Wie Daniel war er bloßfüßig im Old Capitol eingetroffen.

Aber in dieser Zelle hielten alle eisern zusammen, und wenn Captain Farrow seiner Schwester auch nicht so viele milde Gaben entlocken konnte, um sämtlichen Leidensgenossen ein Luxusleben zu ermöglichen, so beschaffte er dem Burschen doch immerhin ein Paar Schuhe.

Der attraktive Davie Smith flirtete gern durch die vergitterten Fenster mit den jungen Damen, die draußen vorbeigingen. Hin und wieder gelang es ihm, den kichernden Mädchen (deren Mütter in Ohnmacht gefallen wären, hätten sie gewußt, daß die Töchter mit dem Feind fraternisierten) wichtige Informationen zu entlocken.

Von diesem jungen Soldaten erfuhr Daniel eine ganze Menge. Die Rebellen hatten Harpers Ferry aufgegeben, Jackson zog sich ins Tal zurück, und Lincolns Proklamation bezüglich der Sklavenbefreiung sorgte für die erwartete allgemeine Aufregung.

Im Augenblick waren die Yankees mächtig stolz auf sich selber. Sie behaupteten, bei Sharpsburg den Sieg davongetragen zu haben, und genau denselben Anspruch meldeten auch die Südstaaten an. Verdammt, dachte Daniel, wer an dieser Schlacht teilgenommen hat, weiß doch ganz genau, daß sie eine einzige Katastrophe war. Aber er hütete sich, das auszusprechen. Als ranghöchster Offizier in der Zelle mußte er die Moral der gefangenen Rebellen aufrechterhalten.

Zumindest, solange er hierbleiben würde... Und er betrachtete seine Tage im Old Capitol als gezählt. Er hatte die Proviant- und Leichenwagen ankommen und wegfahren sehen. Und bei diesen Beobachtungen schmiedete er seine Fluchtpläne.

Das Gefängnisessen war nicht übel, zumindest nicht schlechter als das Zeug, das er während der Feldzüge bekommen hatte. Noch ein paar Jahre, und er würde sich einreden können, die Würmer seien das Beste am Pökelfleisch...

Den Strohhalm zwischen den Zähnen, sah er Billy Boudain und den hübschen Davie Smith am Fenster stehen. Plötzlich bemerkte er, daß Billy seinen rechten Arm zu schonen schien, und runzelte die Stirn. Sehen konnte er nichts, denn der Junge trug seinen grauen Waffenrock mit dem roten Kanoniersabzeichen.

»He, Billy!« rief Daniel und richtete sich auf. »Kommen Sie mal her.«

Sofort gehorchte der Soldat. »Ja, Colonel?«

»Was ist denn mit Ihrem Arm los?«

»Nur ein kleiner Schrapnellsplitter, Colonel, ein Andenken an Sharpsburg«, erwiderte Billy möglichst beiläufig.

»Lassen Sie mal sehen.«

»Es lohnt sich wirklich nicht, Colonel...«

»Billy, das ist ein Befehl. Ziehen Sie den Rock aus und krempeln Sie den Hemdsärmel hoch.«

Der junge Kanonier erkannte, daß jede weitere Weigerung sinnlos gewesen wäre. Tapfer bemühte er sich, das Gesicht nicht zu einer schmerzlichen Grimasse zu verziehen, während er aus dem Waffenrock schlüpfte und den schmutzigen Baumwollärmel seines Hemdes hochrollte.

Daniel biß sich auf die Lippen, um beim Anblick der Wunde nicht aufzuschreien. Und er bewunderte Billy, der mannhaft die Zähne zusammenbiß und keinen Laut von sich gab. Das war kein kleiner Schrapnellkratzer. Sicher steckte noch ein Splitter im Fleisch, das verschiedene unnatürliche Farben angenommen hatte und stark eiterte.

»Verdammt, mein Junge, das können wir nicht einfach ignorieren«, murmelte Daniel.

»Es bleibt uns aber nichts anderes übrig, Colonel«, meinte Captain Farrow, der neben Billy getreten war.

»Was sollen wir denn sonst machen?« fragte Davie.

Daniel schüttelte den Kopf. »Irgendwas muß passieren. Sie werden sterben, wenn Sie sich den Arm nicht amputieren lassen, Billy.«

Der junge Mann wurde blaß und wandte sich hilfesuchend zu Harrison Farrow, der von einem Fuß auf den anderen trat. »Colonel, unser Billy würde lieber auf der Stelle tot umfallen, ehe er sich unters Messer von einem Yankee-Knochenbrecher legt.«

»Nicht alle Yankee-Docs sind Mörder...« Daniel machte eine Pause und schaute der Reihe nach in die Gesichter der Männer, die höflich ihre Skepsis verbargen. »Billy, ist Ihr Leben denn kein Risiko wert?«

»Gibt es denn keine Hoffnung, daß ich den Arm behalten kann, Colonel?«

Daniel zögerte. Nicht er hatte Medizin studiert, sondern Jesse. Vielleicht konnte der Arm gerettet werden – wenn er es auch bezweifelte, denn während des Krieges hatte er gewisse Erfahrungen mit verstümmelten Gliedmaßen gesammelt. Jedenfalls gab es nur einen einzigen Mann, der Billy helfen konnte, und der war nicht hier. »Das glaube ich nicht«, erwiderte er wahrheitsgemäß.

Da wurde der junge Soldat noch etwas bleicher um die Lippen. »Dann sollte ich vielleicht als ganzer Mann sterben, Sir.«

»Verdammt, Sie sind doch noch ein halbes Kind...«

Farrow unterbrach Daniel mit sanfter Stimme. »In diesem Krieg kämpfen keine halben Kinder – nichts für ungut, Sir.«

»Ja, ja, ich weiß...« Ungeduldig wandte sich Daniel wieder zu Billy. »Wir müssen die Yanks über Ihren Arm informieren.«

»Von den Yankees lasse ich mich nirgendwo hinbringen...«

»Doch, Sie werden gehen, weil ich mitkomme.«

»Und wenn sich die Yanks weigern, mich behandeln zu lassen?«

»Die werden nicht nein sagen – es sei denn, sie wollen sich gewaltigen Ärger einhandeln.«

»Wie zum Teufel meinen Sie das, Colonel?«

»Zufällig ist mein Bruder ein Unions-Knochenbrecher. Er wird bald erfahren, wo ich bin, und herkommen. Und dann dürften die Yanks ganz schön in der Klemme stekken, wenn sie eingestehen müßten, sie hätten mir einen legitimen Wunsch abgeschlagen.«

»Ihr Bruder ist ein Yankee-Knochenbrecher?« fragte Billy ungläubig.

»Allerdings«, bestätigte Daniel grinsend.

»Und Sie reden noch mit ihm?«

»Natürlich. Schließlich ist er mein Bruder.« Während Billy immer noch entgeistert dreinschaute, fuhr Daniel fort: »Dieser Lieutenant Colonel, der hier bei meiner Ankunft Dienst hatte, scheint kein übler Bursche zu sein.«

»Sie meinen Lieutenant Colonel Wadsworth P. Dodson.« Captain Farrow setzte ein breites Grinsen auf. »Unser Baby...«

»Sicher, er ist noch nicht ganz trocken hinter den Ohren«, stimmte Daniel zu, »aber so etwas kann sich manchmal vorteilhaft auswirken. Der Bursche hatte noch keine Zeit, um herauszufinden, wie selten es sich in dieser Welt lohnt, ein guter Mensch zu sein. Ich werde ihn mal rufen. Ihr Arm sieht wirklich schlimm aus, Billy. Wir dürfen nicht länger warten.«

Der junge Soldat biß sich auf die Unterlippe, dann nickte er endlich.

Daniel stand auf und ging zu der Tür mit dem vergitterten Fenster. »He, wir brauchen Hilfe! Hier ist Colonel Cameron! Ich möchte Lieutenant Colonel Dodson sprechen!«

»Lassen Sie uns in Ruhe!« rief einer der Wachposten.

»Dodson soll sofort herkommen!«

Der Wächter schlenderte zur Tür. »Ich habe doch gesagt...«

Daniel griff zwischen den Gitterstäben hindurch, packte ihn am Kragen und drehte daran, bis das Gesicht des Mannes feuerrot anlief. »Und ich habe gesagt, ich will

Dodson sehen. Falls Sie ihn nicht sofort holen, sollten Sie jeden Abend beten, daß wir uns niemals außerhalb dieser Mauern begegnen werden.«

Mühsam versuchte der Wachtposten zu nicken, und Daniel grinste selbstgefällig, als er ihn losließ. »Sehen Sie? Es lebt sich doch viel leichter, wenn man ein bißchen nett zueinander ist.«

»Ich bringe ihn her – so schnell es geht«, würgte der Soldat hervor und rannte davon.

Es dauerte nicht lange, bis Dodson erschien. Wie Daniel teils belustigt, teils anerkennend registrierte, fürchtete sich der junge Mann weder vor ihm noch vor den anderen. Ohne Zögern betrat er die feuchte, düstere Zelle, wagte sich mitten hinein in die feindliche Schar. Aber da er sie stets gut behandelt hatte, drohte ihm auch keine Gefahr. »Was kann ich für Sie tun, Colonel?«

»Einer meiner Mitgefangenen ist schwer verletzt und braucht ärztliche Hilfe. Ich persönlich mißtraue den Yankee-Docs nicht, aber mein Freund Billy hat Angst vor ihnen. Deshalb möchte ich ihn zu einem Arzt begleiten.«

Draußen begann einer der Wächter zu kichern, und Dodson schaute besorgt zu Billy Boudain hinüber. »Wir fragen jeden Morgen im Gefängnishof, ob einer der Männer einen Arzt konsultieren will.«

»Lieutenant Colonel Dodson, wie wir beide wissen, kursieren – auf beiden Seiten – Gerüchte über gewisse Knochenbrecher, die behaupten, sie könnten mehr Feinde töten als die Generäle auf den Schlachtfeldern. Aber Billy wird sterben, wenn sein Arm nicht bald verarztet wird. Und Sie müssen mir zusichern, daß ich während der Behandlung bei ihm bleiben kann. Dann wird alles mit rechten Dingen zugehen.«

»Das ist irregulär...« begann ein Wachtposten draußen im Flur, verstummte aber sofort, als Daniel seine eisigen blauen Augen auf ihn richtete.

Dodson drehte sich zu seinen Untergebenen um. »Irregulär oder nicht – nach meiner Ansicht kann es nicht schaden.«

»Cameron wird zu fliehen versuchen«, meinte ein anderer Wärter, und der Lieutenant Colonel wandte sich wieder zu Daniel.

»Werden Sie zu fliehen versuchen, Sir?«

Würde er das versuchen? Ja, zum Teufel, sagte sich Daniel. Seit Tagen erforschte er diverse Möglichkeiten. Aber diese Chance konnte er nicht nutzen, sonst würde Billy dafür büßen müssen. »Sir, wenn ich den Soldaten Boudain begleite, werde ich keinen Fluchtversuch unternehmen. Ich gebe Ihnen mein Ehrenwort.«

»Das Ehrenwort eines Rebs...« mischte sich der argwöhnische Wachtposten wieder ein, aber Dodson unterbrach ihn entschlossen.

»Das Wort des Colonels genügt mir. Palacio, Cheswick – Sie werden diese Männer ins Hospital bringen. Sagen Sie Captain Renard, ich hätte Colonel Cameron die Erlaubnis erteilt, bei der Untersuchung zugegen zu sein – und ihm zu assistieren, welche Behandlung oder Operation auch immer erforderlich ist. Noch etwas, Colonel?«

Daniel grinste ihn an. »Nein, das wär's. Besten Dank, Lieutenant Colonel Dodson.«

Der junge Mann nickte und verließ die Zelle.

»Kommen Sie, Billy, wir gehen.« Daniel umfaßte den unversehrten Ellbogen seines zögernden Schützlings.

»Nun machen Sie schon, Billy, alles wird gut!« rief Farrow.

»Klar«, stimmte Davie Smith zu. »Sieh zu, daß du bald wieder da bist! Die Mädchen warten auf dich.«

»Auf einen Einarmigen?«

»Aber ja!« versicherte Davie lachend. »Es gibt viele Frauen, die einen Mann gern bemitleiden und bemuttern.«

Im ganzen Raum entstand ein Gemurmel, schwoll an, und schließlich wurde Billy mit einem vielstimmigen donnernden Rebellenschrei verabschiedet. »Hört zu jaulen auf!« befahl der Wächter namens Cheswick, worauf die Männer noch lauter brüllten. Fluchend stapfte er vor den beiden Gefangenen durch den Flur, und Palacio folgte ihnen.

Dr. Renard, ein altgedienter Militärarzt mit eisengrauem Haar und strengem Blick, verzog keine Miene, als er Billys Wunde inspizierte: »Ja, der Arm muß weg. Sie können von Glück reden, wenn das Gift noch nicht in andere Körperregionen vorgedrungen ist, junger Mann.« Er wandte sich zu Daniel. »Wie ich höre, wollen Sie meinen Operationsraum überbevölkern. Ich nehme an, Sie haben schon mal assistiert?«

»Oft genug.«

Der Doktor wandte sich wieder zu Billy. »Sie werden nicht schlimmer leiden müssen als auf dem Schlachtfeld, Soldat. Ich gebe Ihnen Morphium. Aber Sie müssen ihn trotzdem festhalten, Colonel.«

Daniel nickte, und sie gingen ins Nebenzimmer. Nachdem sich Billy auf dem Operationstisch ausgestreckt hatte, wurde ihm das Morphium injiziert.

Vertrauensvoll richtete er seinen Blick auf Daniel, der zu seiner eigenen Überraschung einen kalten Schauer spürte. Wenn irgend etwas schieflaufen sollte... Ermutigend lächelte er, und bald fielen dem jungen Burschen die Augen zu. Renard suchte seine Instrumente zusammen und ergriff einen Schwamm, mit dem er das Blut absaugen wollte.

Daniel runzelte die Stirn. Der Schwamm wies noch Blutspuren vom letzten Patienten auf. »Moment mal, Dr. Renard!«

»Was gibt's?«

»Diesen Schwamm dürfen Sie nicht benutzen.«

»Und warum nicht, Colonel? Solche Schwämme verwende ich immer, ob ich nun Yankees oder Rebellen operiere.«

»Ich beschuldige Sie keineswegs irgendwelcher Vorurteile gegen die Rebs, Doc. Aber Sie müssen Leinen nehmen – sauberes Leinen, und zwar nagelneues für jeden Mann.«

»Halten Sie sich etwa für einen Arzt, Colonel? Ich habe lange genug Medizin studiert und…«

»Daran zweifle ich nicht, Sir. Vielleicht haben Sie es bloß noch nicht gehört, aber – mein Bruder erzählte mir, er habe von einem Rebellenarzt gelernt, bei solchen Operationen sei die Überlebensrate viel höher, wenn sauberes Leinen benutzt wird.«

»Ich bin nun mal kein Rebellenarzt, und ich operiere auf meine Weise!«

»Nicht diesen Jungen!«

»Er wird sterben, wenn ich's nicht tue.«

»Dann lasse ich ihn lieber mit zwei Armen sterben.« Entschlossen griff Daniel nach dem bewußtlosen Billy und hievte ihn über seine Schulter.

»Lassen Sie den Mann liegen, Colonel!« befahl Renard, und als seine Forderung unbeachtet blieb, rief er nach den Wachen. Sofort stürmten Cheswick und Palacio in den Operationsraum.

Daniel legte Billy rasch wieder hin. Dann streckte er Cheswick, der sich auf ihn warf, mit einem Fausthieb nieder. Palacio war etwas vorsichtiger, umkreiste den gefährlichen Rebellen und schaute Renard kurz an. »Holen Sie lieber Hilfe!«

Da stürzten bereits weitere Soldaten herein. »Er versucht zu fliehen!« schrie jemand. Daniel achtete nicht darauf. Er hatte alle Hände voll zu tun, um die Angreifer abzuwehren. Schließlich gelang es ihm, mit dem Rücken zur Wand zu stehen, so daß er seine Verteidigung auf die Vorderseite konzentrieren konnte. Eine Faust traf sein Kinn, er schmeckte Blut und mußte ein Schwindelgefühl bekämpfen. Immer wieder schwangen seine Arme hoch, seine Fingerknöchel rammten Schläfen, Nasen und Magengruben, gleichzeitig teilten seine Füße kräftige Tritte aus. Trotzdem hätten seine zahlreichen Gegner ihn längst überwältigen müssen, wären sie nicht so vorsichtig zu Werke gegangen.

Plötzlich krachte inmitten des Getümmels ein Schuß, und alle erstarrten. Keuchend sank Daniel an die Wand. Zwei Männer betraten den Operationsraum. Der erste war Lieutenant Colonel Dodson, der zweite blieb zunächst im Schatten, dann fiel das Licht auch auf sein Gesicht.

Jesse. Erleichtert atmete Daniel auf und schloß sekundenlang die Augen.

»Was geht hier vor?« verlangte Dodson zu wissen.

»Er versuchte zu fliehen«, erklärte Cheswick.

»Dr. Renard hat uns gerufen«, ergänzte Palacio.

»Wollten Sie fliehen, Colonel?« fragte Dodson.

»Nein, Sir.« Daniel verschränkte die Arme vor der Brust und unterdrückte ein Grinsen. »Hallo, Jesse.«

Lächelnd lehnte sich Jesse an den Türrahmen. »Hallo, Daniel. Wieder mal in Schwierigkeiten, wie ich sehe. Wolltest du fliehen?«

Es tut gut, ihm nach so vielen Monaten endlich wieder gegenüberzustehen, dachte Daniel. Im Lauf des Krieges ist er gealtert. Die grauen Strähnen an den Schläfen sind neu. Aber er sieht immer noch verdammt gut aus... »Nein, Jesse. Ich habe Dodson versprochen, keinen Fluchtversuch zu unternehmen.«

Jesse, der ranghöchste Offizier unter den anwesenden Yankees, wandte sich zu Dodson. »Wenn er Ihnen sein Wort gegeben hat, wollte er tatsächlich nicht fliehen, Lieutenant Colonel.«

»Warum dann die ganze Aufregung?« fragte Dodson.

»Ich bat Dr. Renard, bei der Operation keinen Schwamm, sondern sauberes Leinen zu benutzen«, erläuterte Daniel.

Jesse schaute seinen Kollegen an. »Wenn die Rebs soviel Wert darauf legen – warum tun Sie ihnen den Gefallen nicht, Sir?« Er lächelte freundlich, aber seine Stimme klang stahlhart, was nicht unbemerkt blieb.

Der ältere Arzt antwortete ebenso höflich, wenn er dabei auch mit den Zähnen knirschte: »Da Sie nun hier sind, Colonel Cameron – vielleicht wollen Sie die Operation selbst durchführen...«

»Oh, vielen Dank, sehr gern.«

Dodson fragte Daniel: »Ist Ihnen das recht, Colonel?«

»O ja, Sir«, erwiderte Daniel grinsend und dachte: Billy weiß gar nicht, was für ein Glück er hat.

## 13

»Davie war schon zu Mrs. Rose Greenhows Zeiten hier«, lallte Billy. »Eine tolle Lady, sagt er. Die Yankees brachten sie her, weil sie von Allan Pinkerton der Spionage für die Südstaaten verdächtigt wurde. Genau das hatte sie natürlich auch getan. Von ihr bekam unser General Beauregard die Information über die Truppenbewegungen der Yankees vor der ersten Schlacht bei Manassas. Sicher, Pinkerton ist ein verdammter Narr! Ständig erzählt er den Yanks, wir hätten doppelt so viele Soldaten wie in Wirklichkeit. Er brachte Mrs. Greenhow hierher, trennte sie von ihrer Tochter und drohte, sie zu töten. Das hat Davie gesagt. Während ihrer langen Leidenszeit bewahrte sie Haltung, einfach großartig, und nötigte den Männern hier eine Menge Respekt ab. Wie ich höre, ist sie jetzt im Süden – weit weg vom Schuß.«

»Jeff Davis hat sie jetzt nach Europa geschickt, dort soll sie Geld für uns zusammenkratzen«, erwiderte Daniel belustigt. Die Operation war längst überstanden, aber Jesse hatte vor schmerzhaften Nachwirkungen gewarnt, und nun umarmte Billy seine Whiskeyflasche wie einen totgeglaubten Bruder.

»Und diese süße kleine Nutte Belle Boyd – die dem alten Stonewall ständig was flüstert – die kommt und geht hier die ganze Zeit...«

»Das ist keine Nutte, Billy!« rief Davie, der etwas weiter entfernt saß, an die Wand gelehnt.

»Er ist in Belle verliebt!« Billy brach in glucksendes Gelächter aus.

»Würden Sie ihn bitte zum Schweigen bringen, Colonel? Belle ist eine anständige, schöne junge Frau – und eine Heldin der Konföderierten Staaten von Amerika!«

Grinsend stand Daniel auf und streckte sich. »Der gute Billy ist derzeit so mit Alkohol und Drogen zugeschüttet, daß ich ihm überhaupt nichts befehlen kann.«

»Klar, eine Heldin«, kicherte Billy, »eine Heldin mit zwei riesigen, reifen, saftigen Äpfeln...«

»Colonel, er soll aufhören!« flehte Davie.

»Ich glaube, er meint das nicht geringschätzig«, entgegnete Daniel beschwichtigend. »Ein Hoch auf die Schwestern des Südens – nicht wahr, Gentlemen?«

Während ringsum lauter Jubel losbrach, konnte er sein Lächeln nur mühsam beibehalten. Die Frauen, o Gott... Rose Greenhow hatte viele Yankees zu Narren gemacht und den Konföderierten wichtigere Dienste geleistet als so manche Generäle. Und Belle Boyd war Stonewall Jacksons kostbarstes Juwel gewesen.

Aber der Norden braucht sich da gar nicht zu verstekken, dachte Daniel bitter. Vielleicht ist es Callie Michaelson noch nicht gelungen, einer Schlacht die entscheidende Wende zu geben. Mich hat sie jedenfalls hinter Gitter gebracht, und wer weiß, vielleicht plant sie jetzt noch größere Taten... Beinahe stöhnte er laut auf. Ihr Verrat störte ihn weniger als seine eigene Dummheit. Wie ein blind verliebter Tölpel war er ihr auf den Leim gegangen. Aber ich werde zu ihr zurückkehren, gelobte er sich.

»Da kommt jemand, Colonel«, warnte Captain Farrow, und Daniel eilte zur Tür.

Der Schlüssel knirschte im Schloß, dann trat Jesse ein und salutierte in die Runde.

Alle Rebs sprangen auf, erwiderten den Gruß und gafften.

»Colonel Cameron und Colonel Cameron«, murmelte Farrow. »In Grau und Blau. Wenn das nicht dem Faß den Boden ausschlägt...«

»Falls jemand gesundheitliche Probleme hat – das wäre der richtige Zeitpunkt, um drüber zu reden«, schlug Daniel vor.

Davie Smith ging auf Jesse zu. »Mir fehlt nichts, Doktor. Aber Sie haben Billys Arm gerettet, und wir alle sind Ihnen dankbar.«

»Sie brauchen mir nicht zu danken, ich habe nur meine ärztliche Pflicht getan, das Gift aus dem Arm gesogen und den Schrapnellsplitter entfernt. Allerdings ist der Junge noch nicht überm Berg. Wenn er jetzt nicht richtig gepflegt wird, könnte er eine Infektion bekommen, und dann würde seine Leidensgeschichte wieder von vorn anfangen. Also liegt alles Weitere bei Ihnen. Sehen Sie zu, daß die Wunde immer trocken und sauber bleibt. Heute muß ich Washington verlassen, deshalb kann ich mich nicht mehr um ihn kümmern.« Jesse wandte sich zu seinem Bruder. »Wie geht's dem Patienten?«

»Der ist sternhagelvoll.«

Belustigt trug Jesse seine Arzttasche zu Billy hinüber, der auf einer Strohmatte lag und ihn angrinste. »Hallo, Doc.«

»Hallo, Billy. Wie fühlen Sie sich?«

»Einfach großartig. Ich könnte die ganze Yankee-Armee niedermachen.«

»Bleiben Sie lieber noch eine Weile liegen.«

»Hm, vielleicht wäre das besser – zumindest so lange, bis ich wieder nüchtern bin...«

Jesse entfernte den Verband, untersuchte die Wunde, dann umwickelte er den Arm behutsam mit einer neuen

Bandage. Aufmerksam schaute Billy ihm zu. »Was machen Sie eigentlich auf der falschen Seite, Doc?«

Nach kurzem Zögern erwiderte Jesse: »Mein Junge, ich bin mir nicht sicher, ob es eine ›falsche‹ und eine ›richtige‹ Seite gibt. Es kommt nur auf die Betrachtungsweise an.« Als er den Verband festgehakt hatte, stand er auf und salutierte. »Jedenfalls hoffe ich, Sie nach Kriegsende wiederzusehen.«

»Das hoffe ich auch, Sir«, antwortete Billy und salutierte ebenfalls.

Jesse kehrte zu Daniel zurück, der ihn fragte: »Du reist ab?«

»Mir bleibt nichts anderes übrig, das weißt du. Komm mit, ich habe die Erlaubnis, allein mit dir zu reden – in einem leeren Zimmer auf der anderen Seite des Flurs.« Er klopfte an die Tür, dann drehte er sich zu den Gefangenen um und salutierte.

Alle standen stramm und riefen wie aus einem Mund. »Colonel Cameron!«

Zu seiner Verwunderung bemerkte Daniel eine gewisse Rührung in Jesses Miene.

Ein Wachposten, den er noch nicht kannte, sperrte die Tür auf – fast so groß wie der alte Abe Lincoln. Jedenfalls überragte er die hochgewachsenen Camerons um einige Zentimeter. Er besaß den Körperbau eines Gorillas und ein flachnasiges, stupides Gesicht.

»Angeblich kann er wie ein Löwe kämpfen«, informierte Jesse seinen Bruder, als sie den gegenüberliegenden Raum betraten. Dieser sah aus wie die große Zelle, war aber viel kleiner, und Daniel nahm an, daß man ihn für weibliche Gefangene benutzte.

»Vermutlich wurde der Kerl mir zu Ehren hierherbeordert.«

»Das glaube ich auch. Jedenfalls wurde ich gebeten, dich zu warnen.«

Grinsend standen sie einander gegenüber – zum erstenmal allein seit der Begegnung im Hospital – und umarmten sich.

»Ich habe mich so gefreut, dich wiederzusehen, Jesse«, seufzte Daniel. »Wie hast du mich so schnell gefunden? Wurdest du von Dodson verständigt?«

»Nein. Eine gewisse junge Dame hat mich ins Old Capitol geschickt.«

Daniels Augen verengten sich. »Du hast das Biest also kennengelernt.«

»Wie kannst du so was sagen! Sie hat in den höchsten Tönen von dir geschwärmt.«

»Darauf möchte ich wetten! Hat sie auch erwähnt, warum ich hier festsitze?«

»Dafür scheint sie sich mehr oder weniger verantwortlich zu fühlen.«

»Und das mit gutem Grund! Hat sie dir die genaueren Zusammenhänge anvertraut?«

»Warum erzählst du mir nicht davon?«

»Es genügt wohl, wenn ich dir sage, daß sie alle ihre weiblichen Reize spielen ließ.«

Jesse grinste. »Sie hat dich also verführt, und du bist in eine Falle getappt.«

Alle Muskeln in Daniels Körper spannten sich an. »Wenn du nicht mein Bruder wärst...«

»Aber ich bin dein Bruder, und ich habe allen Yankees im Old Capitol eingeredet, in deiner Gesellschaft könne mir nichts zustoßen... Vielleicht sollte ich mal versuchen, den aufständischen Geist aus dir rauszuprügeln.«

»Lieber nicht!« lautete die drohende Antwort.

Aber Jesse lachte immer noch. »Großer Gott, Daniel, die Lady ist froh, weil sie dich in Sicherheit glaubt. Natürlich, dieses Gefängnis ist ein zugiges, feuchtes Rattennest, aber du bekommst wahrscheinlich noch mehr zu essen als die Hälfte der Konföderierten-Truppen. Ich werde ein Dankgebet zum Himmel schicken, wenn die Yankees dich bis zum Kriegsende hier festhalten.«

»Das wird ihnen nicht gelingen, Jesse.«

»Um Gottes willen, sei vorsichtig! Wenn du's auf die Spitze treibst, hängen sie dich auf, und dann werde ich nichts mehr für dich tun können.«

»Mach dir keine Sorgen, ich passe schon auf. Du weißt, wozu ich fähig bin – und daß ich niemals zum Leichtsinn neige.«

Skeptisch runzelte Jesse die Stirn. »Ich finde, deine Mrs. Michaelson hat recht. Im Gefängnis bist du am besten aufgehoben.«

»Sie ist nicht meine Mrs. Michaelson. Oder hat sie das etwa behauptet?«

»Nicht direkt... Übrigens ist mir, abgesehen von Kiernan, noch nie eine schönere Frau begegnet. Und eine faszinierende Persönlichkeit... Ich versprach ihr zu schreiben, wenn ich dich gesehen habe, und sie über dein Befinden zu informieren. Aber wenn ich's irgendwie einrichten kann, werde ich bei ihr vorbeireiten und persönlich mit ihr sprechen. Und dann will ich gemeinsam mit ihr hoffen, daß du eingesperrt und am Leben bleibst, bis der Krieg überstanden ist.«

Langsam verschränkte Daniel die Arme vor der Brust. Verdammt, wenn es nicht so leicht gewesen wäre, Callie ständig vor seinem geistigen Auge zu sehen, wenn sie ihn nicht in seinen Träumen verfolgen würde mit ihren betörenden Silberaugen... Und wenn er sich bloß nicht so deutlich an die Liebesstunden erinnern könnte, an ihre seidige Haut, das weiche, glänzende Haar... Nein, nie wieder würde sie ihn verführen. »Wenn du sie siehst, Jesse«, erwiderte er leise, »dann sag ihr, daß ich zurückkommen werde. Es mag einige Zeit dauern – aber irgendwann komme ich zu ihr.«

Seine geballten Hände zitterten, und Jesse beobachtete ihn verwundert. Noch nie in all den Jahren hatte er eine so heftige Gefühlsregung bei Daniel bemerkt. »Du kannst sie nicht hassen, nur weil sie auf der anderen Seite steht.«

»Deshalb hasse ich sie nicht.«

»Denk mal in Ruhe darüber nach. Vielleicht läßt sich alles in Ruhe bereinigen. Du weißt, wie Kiernan mich verabscheut hat, weil ich – ein Virginier – mich für die Yankees entschieden habe. Monatelang tat ich alles, was ich konnte...«

»Du hättest die Seiten wechseln können«, fiel Daniel ihm trocken ins Wort.

»Nun gut, davon abgesehen tat ich alles – und sie haßte mich trotzdem. Bis sie zur Vernunft kam und erkannte, daß die Liebe stärker ist als alles andere. *Wir* beide stehen ja auch nicht auf Kriegsfuß miteinander...«

»Doch. Wir wollten es nur nie wahrhaben. Und gegen Mrs. Michaelson führe ich ganz eindeutig Krieg.«

Jesse wollte noch etwas erwidern, besann sich aber anders. »Nun, ich muß mich jetzt verabschieden. Paß gut auf deinen Freund auf. Und solltest du irgendwie nach Hause gelangen – richte Kiernan, unserer Schwester und meinem Baby liebe Grüße aus.«

»Natürlich, Jesse. Und falls du vor mir hinkommst, tu bitte dasselbe für mich. Und vielen Dank, daß du Billy geholfen hast. Eigentlich ist es gar nicht so übel, einen Bruder zu haben, der ein Yankee-Doc ist.«

»Ich habe einen Eid geleistet, und ich versuche nur, mein Wort zu halten und Menschenleben zu retten, wann immer ich kann.«

»Das weiß ich, Jesse. Gott mit dir.«

»Und mit dir, Bruderherz.«

Sie umarmten sich kurz, dann ging Jesse mit schnellen Schritten hinaus. Daniel starrte zur Decke des kleinen Raums hinauf und bekämpfte die schmerzlichen Gefühle, die ihn erfüllten. Viel Zeit dafür blieb ihm nicht, denn nach wenigen Sekunden erschien der Gorilla-Wächter und führte ihn in die große Zelle zurück.

Billy schlief seinen Rausch aus. Müde sank Daniel neben ihm zu Boden und schloß die Augen.

»Colonel Cameron!«

Widerstrebend hob Daniel den Kopf und schaute Captain Farrow an, der sich zu ihm gesetzt hatte. »Was gibt's?«

»Interessante Neuigkeiten, Sir!« Aufgeregt strich Farrow sich über die Bartstoppeln an seinem Kinn.

»Nun?«

»Billys Tante Priscilla war hier.«

»Oh... Bevor er die Besinnung verloren hat oder nachher?«

»Danach. Sir, Sie müssen Tante Prissy unbedingt kennenlernen. Ein tolles Mädchen...«

»Ich glaube kaum, daß...«

»Wir haben einen Plan Sir«, wurde Daniel im Flüsterton unterbrochen. »Beauty Stuart scheint zu wissen, wo Sie sind, und will Sie rausholen. Und Tante Prissy ist in Wirklichkeit gar nicht mit Billy verwandt, sondern unsere Freundin.«

»Und?« Daniels Herz begann schneller zu schlagen.

»Also, sie will Ihnen und ein paar anderen zur Flucht verhelfen. Sie machen doch mit?«

Daniel grinste den Captain an. »Was denn sonst? Erzählen Sie mir alles von diesem Plan.«

Glücklicherweise war Jesse nach Fredericksburg in Maryland beordert worden, das in der Nähe von Callie Michaelsons Farm lag, und so konnte er sich genug Zeit nehmen, um hinzureiten.

Am frühen Nachmittag kam er dort an und sah sie auf der Veranda sitzen. Seltsamerweise schien sie die Hufschläge nicht zu hören, und so konnte er sie ungeniert betrachten. Sie war barfuß und trug ein sehr einfaches Gingankleid mit hohem Kragen. Genau richtig für diese Tageszeit, dachte er mit einem nostalgischen Lächeln. Schon vor vielen Jahren hatte er seine Mutter verloren, erinnerte sich aber noch deutlich an ihr eifriges Bemühen, seiner Schwester Christa die feine Lebensart beizubringen. »Niemals darfst du tagsüber deinen Busenansatz zeigen, Darling. Erst nach fünf Uhr nachmittags kann eine Dame etwas freizügigere Kleider tragen, natürlich immer innerhalb der Grenzen des guten Geschmacks.«

»Ich habe doch gar keinen Busen, Mutter. Also kann ich ihn weder tagsüber noch abends herzeigen.«

»Bald wirst du einen kriegen.«

»Klar, und auf Daniels und Jesses Brust werden Haare wachsen«, witzelte Christa.

Seufzend verdrehte ihre Mutter die Augen, dann klagte sie lachend, sie würde eine Rüpelbande großziehen, die ihre vornehme Abstammung Lügen strafe. Aber sie verlor selber oft genug ihre gestrenge Würde und rannte bloßfüßig mit den Kindern über die Wiesen. Alle drei hatten sie vergöttert. Und nachdem eine schwere Lungenentzündung sie frühzeitig unter die Erde gebracht hatte, war ihr der Vater wenig später in den Tod gefolgt. Wahrscheinlich, weil er ein Leben ohne sie nicht ertrug, dachte Jesse, trotz seiner Liebe zu meinen Geschwistern und mir.

Lächelnd ging er auf Callie zu. Ja, sie hätte seiner Mutter gefallen. Ein hochgeschlossenes Kleid und nackte Füße ... »Mrs. Michaelson?« rief er leise.

Erst als er sein Pferd vor den Verandastufen zügelte, sah sie ihn. Nervös sprang sie auf, wie ein Kind, das etwas zu verbergen hatte. »Colonel Cameron!«

Er runzelte die Stirn und schwang sich aus dem Sattel. »Tut mir leid, Ma'am, ich wollte Sie nicht erschrecken.«

»Oh, ich bin nicht erschrocken.«

Nein, erschrocken wirkte sie nicht, aber sehr verwirrt, und er fragte sich, warum. »Ich wurde nach Fredericksburg beordert, und deshalb beschloß ich, Sie zu besuchen, statt einen Brief zu schreiben. Ich wollte Ihnen nur mitteilen, daß es Daniel gutgeht. Er sitzt im Old-Capitol-Gefängnis, und wenn wir Glück haben, wird er dort auch bleiben.«

»Danke – vielen Dank...« Immer noch spürte er ihre

unerklärliche Nervosität, aber wie ihre schönen grauen Augen verrieten, wußte sie seine Mühe zu schätzen.

»Gern geschehen.«

Da fand sie ihre Fassung wieder, in solcher Vollendung, daß er überlegte, ob er sich ihre innere Anspannung nur eingebildet hatte. Liebenswürdig lächelte sie ihn an. »Also haben Sie nur meinetwegen einen Umweg auf sich genommen, Colonel. Ich stehe tief in Ihrer Schuld. Kommen Sie doch bitte herein und erlauben Sie mir, Ihnen eine Mahlzeit anzubieten, bevor Sie weiterreiten.«

»Das ist wirklich nicht nötig...«

»Doch, bitte, Colonel Cameron, ich würde mich sehr freuen.«

»Also gut, vielen Dank – aber nur unter einer Bedingung. Für meine Freunde heiße ich Jesse.«

»Und ich Callie, Sir.«

Lächelnd stieg er die Stufen hinauf.

Vor der Haustür blieb sie zögernd stehen. »Haben Sie Ihrem Bruder gegenüber erwähnt, daß Sie mich kennen? Sagte er irgendwas über mich?«

Jesse fand es besser, ihr das zu verschweigen. »Er war ziemlich wortkarg.«

Mit dieser Antwort gab sie sich anscheinend zufrieden, und er folgte ihr ins Haus. Dabei malte er sich nicht ohne Bosheit aus, wie er Daniel schreiben und von dem köstlichen Essen berichten würde, zu dem ihn die zauberhafte Mrs. Michaelson eingeladen hatte.

»Jetzt?« fragte Daniel und hielt, nachdem Captain Farrow feierlich genickt hatte, das Fläschchen an die Lippen. Inständig hoffte er, seine Hände würden nicht zittern.

Plötzlich mischte sich Billy Boudain ein, inzwischen genesen und fast wieder der Alte. »Jesus, Colonel, ist es das wirklich wert? Wenn der Sarg nun in die falschen Hände gerät...«

»Der wird sein Ziel sicher erreichen«, erwiderte Daniel

ungeduldig. Alle Männer starrten ihn an. Es war Nacht, tiefe Stille erfüllte das Gefängnis.

Die Droge war keineswegs Captain Farrows Lieblingsidee gewesen. Zunächst hatte er vorgeschlagen, Tante Priscilla solle eine Unionsuniform besorgen, mit den Rangabzeichen eines Colonels und eines Militärarztes, und dann an Daniels Arm aus dem Gefängnis wandern. Den Wachen sollten sie weismachen, sie habe Colonel Jesse Cameron in der großen Gemeinschaftszelle getroffen, wo er bei seinem Bruder zu Besuch gewesen sei und sie bei ihrem Neffen Billy. Da sich die Cameron-Brüder so ähnlich sahen, würde niemand was merken. Das hatte Daniel strikt abgelehnt. »Ich will Jesse nicht auf diese Weise benutzen.«

Daraufhin war Farrow ohne Zögern mit dem Plan Nummer zwei herausgerückt. Tante Priscilla könne eine Droge beschaffen, ein Zeug, das widerlich schmecke und Daniel in einen todesähnlichen Schlaf versenken würde. Natürlich sei die Union verpflichtet, den Leichnam im Old Capitol aufzubewahren, bis man Colonel Jesse Cameron erreicht und gefragt habe, was mit seinem toten Bruder geschehen solle. Aber kurz nach dessen Hinscheiden würde Tante Prissy mit einer Frau auftauchen. Diese würde sich als Christa Cameron ausgeben und die Auslieferung des Sarges verlangen.

Daß seine Schwester in den Coup verwickelt wurde, mißhagte Daniel zwar ebenso. Aber da ihm selbst nichts Besseres eingefallen war, hatte er dem Plan schließlich zugestimmt. Infolge der Droge würden sich seine Herzschläge und Atemzüge erheblich verlangsamen und bei einer ärztlichen Untersuchung nicht festzustellen sein. Die Wirkung hielt achtundvierzig Stunden an, und innerhalb dieses Zeitraums mußte der Sarg in Tante Priscillas Hände gelangen.

Nun hielt er das Fläschchen in der Hand. Diese Priscilla muß eine ganze Menge Abenteuerromane gelesen haben, dachte er. Aus einem plötzlichen Impuls heraus schraubte er das Fläschchen zu und gab es Farrow zurück. »Packen Sie's weg.«

»Aber – Sir...«

Daniel drückte ihm die Hand. »Sie sind der gute Geist dieser Zelle, Sir, und wenn ich in Richmond bin, werde ich versuchen, Sie gegen einen Kriegsgefangenen von der Union austauschen zu lassen.«

Verwirrt schüttelte Farrow den Kopf. »Aber – Colonel...«

»Ich gehe einfach hier raus, noch heute nacht, und Billy und Davie nehme ich mit.«

»Aber...«

»Sie werden's schon sehen.« Lässig schlenderte er zur Tür und rief dem Gorilla zu: »He, Sie! Kommen Sie mal her, ich will mit Ihnen reden!« Er sah den Riesen höhnisch grinsen. Jeder Wachtposten war vor dem Gefangenen Cameron gewarnt worden. Aber dieser Mann hielt sich einfach für zu groß und zu stark, um überwältigt zu werden.

Vielleicht traf das sogar zu. Daniel hatte nur eine einzige Chance. Schnell wie der Blitz bewegte er sich, als der Gorilla vor die Tür trat, griff durch die Gitterstäbe, packte ihn am Kragen und zerrte ihn mit aller Kraft zu sich heran.

Eisen schlug gegen die schütter behaarte Schläfe des Wächters, der dumpfe Aufprall des Schädelknochens war deutlich zu hören. Bleischwer erschlaffte sein Körper, und Daniel hielt ihn mühsam fest. »Davie, verdammt, kommen Sie her – schnell! Ziehen Sie ihm den Schlüssel aus der Tasche! Bald muß ich ihn fallen lassen...«

Davie Smith eilte herbei. »Ist er tot, Sir?« fragte er mit bebender Stimme.

»Nein, er wird nur höllische Kopfschmerzen haben, wenn er aufwacht, und sich in einen gemeingefährlichen Bären verwandeln. Vorher müssen wir über alle Berge sein, also beeilen Sie sich!«

Halb krank vor Angst, aber beharrlich schaffte es Davie, den Schlüssel an sich zu bringen. Daniel steckte ihn ins Schloß. Nachdem er ihn mehrmals hin und her gedreht hatte – was einen teuflischen Lärm machte und viel zu lange dauerte –, gelang es ihm endlich, die Tür zu öffnen. Er schleifte den bewußtlosen Wächter in die Zelle, nahm ihm den Revolver aus dem Hüfthalfter und steckte ihn in seinen eigenen Hosenbund. Dann wandte er sich zu den Männern und salutierte.

Schweigend erwiderten sie den Gruß. Während er Davie und Billy zur Tür hinausschob, begann er an seinem Verstand zu zweifeln. Verdammt, was sollte er jetzt tun? Das Old-Capitol-Gefängnis wurde immer noch von ungeheuer hohen Mauern umgeben, und drumherum patrouillierten zahlreiche Yankees.

»Was nun, Sir?« flüsterte Davie.

Ja, was nun? Zwischen Daniel und der Freiheit stand immer noch eine feindliche Soldatentruppe.

Aber er konnte die Freiheit schon fast riechen, den Geschmack der Rache beinahe kosten. Wenn er Callie bloß nicht so leidenschaftlich geliebt hätte...

Es war schon spät, als Jesse die Farm verließ. Ich habe meine Rolle gut gespielt, dachte Callie. Kühl und ruhig, höflich und gefaßt... Als er sich im Sattel umdrehte, winkte sie ihm, dann verschwand er in der Dunkelheit.

»O Gott!« seufzte sie, sank auf die Verandastufen und schlang die Arme um ihre Knie. Wie lange war es her, seit man Daniel ins Gefängnis gebracht hatte? Fast vier Wochen... Sie ergriff einen Zweig, zeichnete Striche in den Sand am Fuß der Treppe, um die Tage zu zählen.

Nein, es war sinnlos zu hoffen, sie hätte sich verrechnet, sie würde sich die Übelkeit nur einbilden, die sie jeden Morgen befiel. Und die heftigen Schwindelgefühle... Erst an diesem Nachmittag, während sie die Hühner gefüttert hatte, kurz vor Jesses Ankunft... Jesse Cameron mit den blauen Augen seines Bruders, des inhaftierten Rebellen, der geschworen hatte, wiederzukommen und Rache zu üben...

Callie schlug die Hände vors Gesicht. Sie hatte sich mit dem Feind eingelassen, und nun erwartete sie sein Baby. Ihre Brüder würden sie aus dem Haus werfen, die Nachbarn mit dem Finger auf sie zeigen. Grauenvoll...

Aber warum fühlte sie sich nicht grauenvoll? Weil sie ihn geliebt hatte und immer noch liebte – obwohl er sie wegen ihres vermeintlichen Verrats haßte und verachtete. Eigentlich sollte ich genauso wütend sein wie er, dachte sie.

Aber statt Zorn zu empfinden, lächelte sie. Das Baby würde ein Teil von Daniel sein, vielleicht seine ungewöhnlichen Augen erben, sein charaktervolles Gesicht, seinen Charme, seinen Mut, sein Ehrgefühl. Trotzdem – für eine alleinstehende Frau war es schwierig, ein Kind zu bekommen.

Nach einer Weile stand sie auf und wanderte im Mondlicht zum Familienfriedhof. Sie küßte ihre Finger, drückte sie auf Gregorys Grabstein und lächelte wieder, weil sie nichts von den Gewissensbissen verspürte, die sie eigentlich quälen müßten. Dann wandte sie sich zur letzten Ruhestätte ihres Vaters und sprach leise mit ihm. »Ich will dieses Baby haben, Pa. Verstehst du das? Ich habe dich verloren und Gregory. Und hier auf unserer Farm sah ich all die blutjungen Soldaten sterben. Aber mein Kind lebt. Vielleicht kann es mir in dieser schrecklichen Zeit Trost spenden und neue Hoffnung wecken. Ich glaube, du verstehst mich und liebst mich, auch wenn ich jetzt eine sogenannte gefallene Frau bin.«

Eine Zeitlang saß sie neben den Gräbern im Gras, dann kehrte sie langsam zum Haus zurück. Plötzlich blieb sie stehen, und ein kalter Schauer rann über ihren Rücken. Es war nicht nur ihr, sondern auch Daniels Baby. Säße er nicht im Gefängnis, wäre er längst zurückgekehrt, um ihr den Hals umzudrehen. Und wenn er floh? Was dann?

# 14

Tiefe Stille herrschte im Flur. So leise wie möglich hatte Daniel die Zellentür hinter sich geschlossen.

Gefolgt von seinen beiden Begleitern, schlich er den Korridor entlang, bis sie zu den nächsten Wachposten kamen, die an einem Tisch saßen und Karten spielten, um Unionsdollars und Goldmünzen. Drei Mann, also müssen wir nicht gegen eine Überzahl kämpfen, dachte er.

Offenbar rechneten sie nicht mit Schwierigkeiten. Sie unterhielten sich, ohne die Stimmen zu dämpfen, und auf dem Tisch stand eine Whiskeyflasche. Sicher wäre Lieutenant Colonel Dodson nicht erfreut, wenn er wüßte, daß seine Leute im Dienst trinken, dachte Daniel und grinste, wurde aber sofort wieder ernst. Er wollte kein Blut vergießen. Es war schon schlimm genug, auf dem Schlachtfeld töten zu müssen, um das eigene Leben zu retten.

Zu Billy gewandt, zeigte er auf den Mann, der mit dem Rücken zu ihnen saß. Der Junge war zwar wieder gesund, aber Daniel wollte ihm trotzdem den Vorteil eines Überraschungsangriffes verschaffen. Davie sah die Geste, verstand sofort, was der Colonel meinte, und nickte. Nun hielt Daniel eine Hand hoch, hob erst einen Finger, dann einen zweiten und einen dritten. Gleichzeitig stürmten sie vor.

»He...« begann der Soldat, der dem Flur zugewandt saß und sie zuerst entdeckte. Mehr konnte er nicht sagen, denn Daniel schlug ihm bereits den schweren Griff des Revolvers, den er dem Gorilla abgenommen hatte, über den Schädel. Der Mann brach ebenso schnell zusammen wie seine beiden Kameraden, die von Billys und Davies Fäusten bearbeitet wurden.

»Na, so was!« murmelte Billy. »Der alte Blaubauch saß doch tatsächlich auf einem Full House.«

»Und schau dir den da an!« rief Davie. »Dem lugt ein Pik-As aus dem Ärmel!«

»Hört auf!« befahl Daniel. »Sonst balgen sie sich womöglich noch wegen ihrer Mogeleien, statt uns zu suchen.« Er griff nach der Flasche, goß Whiskey auf die Köpfe der bewußtlosen Wächter und den Tisch. Dann grinste er seine Gefährten an. »Und wenn sie nicht übereinander herfallen, wird Dodson allen dreien an die Gurgel springen. Dadurch gewinnen wir Zeit. Nehmen Sie den Colt da drüben, Billy – eine hübsche Waffe! Davie, in der Tasche dieses Yanks steckt seine Dienstpistole. Ziehen Sie die raus, und dann gehen wir.«

Obwohl das Old Capitol von Soldaten wimmelte, konnten sie ungehindert durch die Gänge wandern. Da es in letzter Zeit zu keinem Fluchtversuch gekommen war, hatte die Wachsamkeit der Yankees etwas nachgelassen. Daniel war froh, daß er nicht in einem Sarg hinausgetragen wurde, wie ursprünglich beabsichtigt. Auf diese Weise hatte neulich ein Infanteriekommandant von den Konföderierten ein Gefängnis in Chicago verlassen. Wie geplant wurde er lebendig begraben. Aber dann gab es irgendwelche Mißverständnisse. Als man ihn zwei Wochen später ausgegraben hatte, waren seine Augen glasig gewesen, die Finger voller Holzsplitter, vom verzweifelten Bemühen, den Sargdeckel hochzustemmen.

Daniel, Billy und Davie erreichten den kleinen, von hohen Mauern umgebenen Gefängnishof, wo mehrere Soldaten Wache hielten.

»Was nun, Colonel?« fragte Billy.

Wir könnten versuchen, uns den Weg durch das Tor mit Waffengewalt zu erzwingen, dachte Daniel, aber dabei würde man uns vermutlich niederschießen. Dann brauchte er nicht länger zu überlegen, denn das Schicksal griff ein. Draußen auf der Straße krachte eine ohrenbetäubende Explosion. Erschrocken fiel Davie auf die Knie. »Gnädiger Gott, was war denn das?«

Daniel grinste breit. »Ein Munitionswagen ist explodiert, wahrscheinlich mit einer Tonne Dynamit. Jeder

Mann in diesem Hof wird seinen Posten verlassen und hinauslaufen, um zu sehen, was passiert ist. Los, verschwinden wir!« Er begann zu laufen, gefolgt von seinen Begleitern, und zu deren Verblüffung schenkte man ihnen nicht die geringste Beachtung. Das Tor flog auf, alle Yankees stürmten auf die Straße, gellende Hilfeschreie erklangen.

Eine dichte Rauchwolke schlug den drei Rebellen entgegen und machte ihnen die Flucht noch leichter. In einer kreischenden, dichtgedrängten Menschenmasse tauchten sie unter. Die Straßenlampen brannten, aber ihr Licht konnte den schwarzen Qualm nicht durchdringen.

Daniel führte seine beiden Gefährten in eine dunkle Gasse und überlegte, was nun geschehen sollte. Er hörte Hufschläge donnern, Feuerwehrwagen holperten zur Straße vor dem Old Capitol. Es würde noch eine Weile dauern, bis man die Flucht der drei Gefangenen bemerkte. Trotzdem war keine Zeit zu verlieren. Angestrengt dachte er nach. Wen kannte er in Washington, D. C.? Wo mochte er Hilfe finden?

»Wir könnten zu Tante Priscilla gehen«, schlug Billy vor, und Daniel starrte ihn verwundert an.

»Sie wissen, wo sie wohnt?«

»Klar, in der E Street. Kommen Sie!« Sie eilten durch einige düstere Nebenstraßen, und schließlich standen sie vor einem schönen alten Ziegelgebäude mit massiven griechischen Säulen. »Da sind wir«, wisperte Billy. »Aber ich glaube, Tante Priscilla hat Besuch.«

Hinter den Jalousien sahen sie die Silhouetten eines Mannes und einer Frau, die sich umarmten, helles Gelächter erklang. Dann entfernten sich die Gestalten, und wenig später flammte Licht im oberen Stock auf.

»Was machen wir jetzt?« murmelte Daniel.

»Wir gehen rein, durch den Hintereingang.« Billy rannte um das Haus herum, gefolgt von den beiden anderen. Wachsam behielt er die Fenster im Auge.

Die Hintertür war unverschlossen. Rasch durchquerten sie den Hof. Sie stiegen auf die Veranda, schlichen zu zwei geöffneten Fensterflügeln, und Daniel spähte in ein leeres kleines Zimmer. Er schwang sich hinein und bedeutete seinen Begleitern, die Luft sei rein. Nachdem sie ebenfalls über das Sims geklettert waren, zuckte er zusammen, denn er hörte leisen Gesang. Warnend hob er eine Hand, rannte zur Tür, die in den Flur führte, und öffnete sie einen Spaltbreit.

Eine hübsche farbige Haushälterin schloß gerade die Eßzimmertür und summte vor sich hin, dann verschwand sie auf der Dienstbotentreppe.

Flüsternd befahl er Billy und Davie, in dem kleinen Zimmer zu warten, schlich durch den Flur und lief die Haupttreppe mit dem schön geschnitzten Mahagonigeländer hinauf. Ein roter Samtteppich dämpfte seine Schritte. Im Korridor der ersten Etage blieb er stehen und lauschte. Eine Frau kicherte. Auf Zehenspitzen näherte er sich einer geöffneten Schlafzimmertür.

Ein kräftig gebauter Mann in langen Unterhosen, mit eisengrauem Schnurrbart, saß auf dem Bett. Über einen Schemel lag die Uniform eines Artilleriekommandanten. Tante Priscilla stand vor einem Spiegel, in aufregender Unterwäsche und schwarzen Netzstrümpfen. Orangegelbe Spitzenrüschen quollen zwischen schwarzen Borten hervor, das enggeschnürte Korsett hob ansehnliche Brüste hoch. Das lockige Haar leuchtete fast im gleichen Orangeton wie die Dessous. Ihr Gesicht wies etwas deutlicher auf ihr Alter hin als der reizvolle Körper.

»Zerbrich dir nicht den hübschen kleinen Kopf über die Strategie des alten Abe. Irgendwas wird er schon machen...«

»Du weißt doch, was er denkt, Louis, und ich würde mich hier viel sicherer fühlen, wenn du mir's erzählst.« Plötzlich runzelte Priscilla die Stirn, und Daniel merkte, daß sie im Spiegel seinem Blick begegnet war. Hastig wollte er sich zurückziehen, um die hilfreiche Freundin der Konföderierten nicht in Verlegenheit zu bringen.

Doch sie war kein bißchen verlegen, lächelte ihn im Spiegel an und leckte sich über die Lippen. Ihre großen, schönen braunen Augen zwinkerten ihm zu. »Louis, heute abend brauche ich einen Schluck Sherry. Ich bin ein bißchen erkältet. Wenn du mich für ein paar Minuten entschuldigen würdest...«

»Liebste Prissy, ich bringe dir alles, was dein Herz begehrt.«

»Nein, nein, Darling, bleib nur hier. Gleich bin ich wieder da.«

Sie schlüpfte in ein dünnes Negligé und küßte Louis' fast kahlen Kopf, dann eilte sie aus dem Zimmer und schloß die Tür hinter sich. »Sie sind Daniel Cameron?« flüsterte sie. Als er nickte, ergriff sie seine Hand und führte ihn den Flur hinab, in einen anderen Raum. »Sie hätten in einem Sarg ankommen sollen.«

»Das wollte ich nicht.«

»Ein Wunder, daß Sie nicht geschnappt wurden!« Forschend musterte sie ihn. »Sie sehen Ihrem Bruder sehr ähnlich.«

»Kennen Sie Jesse?«

»Natürlich. Ich bewege mich stets in den richtigen Kreisen, mit der gebotenen Vorsicht. Nach der ersten Begegnung wollte ich ihn mit aller Macht erobern, aber dann hörte ich, er habe sein Herz an eine Südstaatlerin verloren. Und vor kurzem erfuhr ich, sein Double würde im Old Capitol sitzen...« Da Daniel nicht auf ihren aufreizenden Unterton einging, schmeichelte sie: »Bleiben Sie doch heute nacht bei mir! Morgen früh schaffe ich Sie hier raus.«

Daniel räusperte sich. »Haben Sie den Mann in Ihrem Schlafzimmer vergessen, Ma'am?«

»Ach – Louis...« Verächtlich winkte sie ab. »Den kann ich leicht loswerden.« Lächelnd fügte sie hinzu: »Meine Arbeit macht mir Spaß, Colonel. Und ich habe den Rebellen schon wertvolle Dienste erwiesen. Das findet sogar General Lee.«

Vergeblich versuchte Daniel, sich den würdevollen Lee im Boudoir dieser Dame vorzustellen. »Ma'am, ich zweifle nicht an Ihren hervorragenden Leistungen, aber bitte, schicken Sie Louis meinetwegen nicht weg.«

»Aber ich habe auf Sie gewartet...«

»Ich muß weiter, Ma'am. Zwei Männer begleiten mich. Morgen möchte ich in Virginia sein.«

Virginia? Nein, zuerst Maryland. Und Callie Michaelson... Er biß die Zähne zusammen. Unmöglich. Die kostbare Freiheit durfte nicht aufs Spiel gesetzt werden. So schnell wie möglich mußte er zu Stuarts Truppen stoßen. Aber bald würde wieder ein Feldzug in den Norden beginnen. Sie mußten die Union angreifen, um Nachschub zu beschaffen. Und wenn sie die Yanks nicht auf deren eigenen Grund und Boden bekämpften, würden die niemals merken, wie häßlich ein Krieg sein konnte.

»Colonel, Sie hören mir ja gar nicht zu!« klagte Tante Priscilla.

»Verzeihen Sie, Ma'am, ich war mit meinen Gedanken bereits in Virginia.« Er ging zu ihr und küßte ihre Hand. »Tut mir leid, nun muß ich mich verabschieden. Bedauerlicherweise werden Sie auch bei Jesse kein Glück haben, denn mittlerweile ist er mit dem Südstaatenmädchen verheiratet.«

Seufzend wandte sie sich ab. »Holen Sie Ihre Männer, Colonel. Im Stall steht ein Wagen. Spannen Sie ihn an und setzen Sie sich hinein. Sobald der alte Louis schläft, komme ich hinaus. Vielleicht kann ich Ihnen Informationen für Ihren Kommandanten geben.«

Sie rauschte zur Tür hinaus. Nachdem er ein paar Minuten gewartet hatte, schlich er ins Erdgeschoß, holte Billy und Davie aus dem kleinen Hinterzimmer, und sie verließen das Haus so lautlos, wie sie es betreten hatten. Nur eine dünne Mondsichel erhellte die stille Nacht. Inzwischen war das ferne Stimmengewirr vor dem Old Capitol verhallt. Mühelos fanden sie den Stall und den Wagen, mit Heu beladen. Sie wählten zwei Pferde aus, schirrten sie an, dann krochen sie ins Heu.

Schon nach kurzer Zeit erschien eine dunkel gekleidete Gestalt – zu Daniels Verwunderung Priscilla persönlich. Sie hatte sich drastisch verändert, trug hochgeschlossene Witwentracht und ein schwarzer Schleier verbarg ihr Gesicht. In geschäftsmäßigem Ton erklärte sie: »Man sucht Sie bereits, Colonel. Ich habe meine Zofe zum Old Capitol geschickt, und sie konnte einiges herausfinden. Zum Glück weiß man nicht, wann Sie geflohen sind. Ich bringe Sie über den Potomac. Aber ich warne Sie – die Union besetzt einen Großteil der nördlichen Gebiete von Virginia. Washington wird von mehreren Forts umgeben. Auf der anderen Seite des Flusses liegt eine Farm, wo ich regelmäßig meine Eier kaufe. Da fahre ich Sie hin. Falls Sie geschnappt werden, weiß ich von nichts. Ist das klar?«

»Natürlich«, antwortete Daniel. »Wir werden Ihre Tarnung nicht gefährden.«

»Danke.«

Als sie auf den Kutschbock stieg, berührte er ihre Schulter, und sie drehte sich um. »Schläft Louis?« fragte er.

»Wie ein Baby, Colonel«, erwiderte sie lächelnd. »Und jetzt brechen wir schnell auf, ehe ich's mir noch anders überlege und Sie hierbehalte.«

Grinsend sank Daniel ins Heu zurück, und der Wagen rollte aus dem Stall.

Mit Stroh bedeckt, sah er nur hin und wieder einen schwachen Lichtschimmer. Reglos lagen Billy und Davie neben ihm. Die Räder polterten über unebene Straßen. Hin und wieder hielt der Wagen, und Daniel hörte, wie Priscilla die Yankee-Wachtposten mit ihrer charmanten Stimme betörte, um passieren zu dürfen. Jedesmal schlug ihm das Herz bis zum Hals.

Endlich verließen sie die Stadt, fuhren durch pechschwarze Finsternis. Nach erstaunlich kurzer Zeit zügelte Priscilla das Gespann und rief leise: »Colonel?«

Er kroch aus dem Heu hervor, gefolgt von Billy und Davie. Nun schien der Mond etwas heller. Weit und breit ließ sich keine Menschenseele blicken.

»Auf dieser Straße erreichen Sie Fredericksburg, Sir«, erklärte Priscilla. »Hier sind mehrere Patrouillen unterwegs, also nehmen Sie sich in acht. Und...« Sie übergab ihm einen Briefumschlag. »Bitte, leiten Sie das an General Lee weiter.«

»Das werde ich tun«, versprach Daniel. »Aber wenn ich festgenommen und getötet werde...«

»... ende ich am Galgen«, vollendete sie lächelnd den Satz. »Also, lassen Sie sich nicht erwischen, Colonel.«

Höflich verbeugte er sich. »Gewiß nicht, Ma'am. Vielen Dank für alles.«

Sie winkte ihm zum Abschied, ergriff die Zügel, und wenig später war der Wagen in der Dunkelheit verschwunden.

Daniel holte tief Atem. »Jungs, nun sind wir schon fast zu Hause, in der Freiheit. Gehen wir.«

»Ja, Sir«, antworteten Billy und Davie, die ihre maßlose Erleichterung nicht verbargen.

Auf dem langen Fußmarsch hörten sie zweimal Hufschläge und versteckten sich zwischen den Bäumen am Straßenrand. Yankee-Patrouillen ritten vorbei. Kurz vor Tagesanbruch fanden sie eine Höhle, in der sie ein paar Stunden schliefen. Am Nachmittag wurden sie von wachsendem Hunger geplagt. Davie versicherte, er könne mit bloßen Händen einen Hasen fangen, aber Daniel wagte kein Feuer zu machen, und so begnügten sie sich mit Waldbeeren.

Als die Dunkelheit hereinbrach, setzten sie ihre Wanderung fort. Vom Fensterbrett eines kleinen Farmhauses stahl Billy einen Apfelkuchen, Daniel nahm sich vor, eines Tages wiederzukommen und dafür zu bezahlen.

Nach vier Tagen und Nächten hörten sie wieder einmal Hufschläge und sprangen in die Büsche. Diesmal trugen die Reiter graue Uniformen. Mit zusammengekniffenen Augen spähte Daniel durch die Zweige und sah vertraute Gesichter.

»Wir suchen weiter!« rief eine Stimme, die er wiedererkannte. »Unser Geheimdienst ist sich sicher, daß sie diesen Weg genommen haben, in Richtung Fredericksburg.«

Mit erhobenen Händen und einem breiten Grinsen trat Daniel aus dem Gebüsch hervor. Diese Kavallerieeinheit hatte einmal unter seinem Kommando gestanden. »Nicht schießen, meine Freunde! Ich glaube, wir sind die gesuchten Männer.«

»Daniel!« Ein Mann schwang sich aus dem Sattel – der rothaarige Captain Jarvis Mulraney, ein Nachbar und Freund von der Halbinsel, der schon in vielen Schlachten an Daniels Seite gekämpft hatte.

Erfreut umarmten sie sich. »Gott sei Dank, daß du wieder daheim bist!« Jarvis strahlte über das ganze sommersprossige Gesicht. »Wir dachten schon, wir hätten dich in Sharpsburg verloren.«

»So leicht lasse ich mich nicht unterkriegen«, erwiderte Daniel lächelnd. Ringsum stiegen die Männer von den Pferden und nahmen ihn in die Arme – Harry Simmons, Richard MacKenzie, Robert O'Hara. Er rief nach Billy und Davie, die aus den Sträuchern auftauchten, und machte alle miteinander bekannt.

Ja, ich bin zu Hause, dachte er. Aber ein Teil von ihm war in Sharpsburg geblieben.

Endlos schleppten sich die Tage dahin, der Oktober ging in den November über.

Callie fuhr in die Stadt, um einzukaufen, besuchte Freunde, fühlte sich aber seltsam isoliert, als gehörte sie nicht mehr zur Gemeinde. Von allen drei Brüdern – Joshua, Josiah und Jeremy – bekam sie Post und freute sich, weil alle drei am Leben und unverletzt waren. Sie schrieb ihnen häufig, wußte aber nicht, ob sie die Briefe erhielten. Das Grauen der Schlacht von Sharpsburg verschwieg sie, statt dessen tat sie ihr Bestes, um die drei jungen Männer aufzumuntern, die Tag für Tag in der Nähe des Todes lebten.

Am Tag des Erntedankfestes stand Rudy Weiss mit seiner Frau vor Callies Tür. Helga, eine große, vollbusige Frau mit rosa Apfelbäckchen, hielt ihr einen Korb hin und lächelte scheu. »Wir wollen nicht, daß Sie diesen Feiertag allein verbringen. Deshalb sind wir mit unserer gebratenen Gans zu Ihnen gekommen.«

»Oh, wie lieb von Ihnen – vielen Dank!« erwiderte Callie gerührt.

Sie führte die beiden in die Küche, wo sie zu dritt die Gans verspeisten. Dazu gab es Maisgemüse und Helgas selbstgemachte Apfelsauce. Rudy wollte wissen, ob Callie seine Hilfe brauche, ob er irgend etwas im Haus reparieren solle. Sie entgegnete, sie komme ganz gut zurecht. Bald nach der Schlacht hatte sie die zerbrochenen Fensterscheiben von einem Glaser aus der Stadt durch neue ersetzen lassen.

Allmählich erholte sich das Gebiet rings um Sharpsburg von den Auswirkungen der Kämpfe. Das Getreide, das unversehrt geblieben war, hatte man inzwischen geerntet.

»Herzlichen Dank für Ihren Besuch«, sagte Callie, während sie das Ehepaar zur Tür begleitete. »Ich weiß, die Baptisten bleiben am liebsten unter sich. Deshalb war es besonders nett von Ihnen, hierherzukommen.«

»Wir sind einfache Leute, aber keine Menschenfeinde.« Helga küßte sie so liebevoll wie eine Mutter auf die Wange, dann stieg sie mit Rudy die Verandatreppe hinab.

Callie überlegte, ob sie mit den beiden das Weihnachtsfest verbringen sollte. Aber ein paar Tage vor dem Heiligen Abend sah sie einen Soldaten auf das Haus zugehen. Er führte ein hübsches braunes Pferd am Zügel.

Die Art, wie er sich bewegte, kam ihr bekannt vor. Sie ließ

den Eimer mit dem Hühnerfutter fallen. So schnell ihre Füße sie trugen, rannte sie über die Wiese und warf sich an die Brust des Soldaten. »Jeremy!« rief sie freudestrahlend. Ihr jüngster Bruder war heimgekehrt.

»Callie! Callie!« Er nahm ihr Gesicht in beide Hände, schaute in ihre Augen, dann drückte er sie wieder an sich. »Wie schön, dich wieder in den Armen zu halten! Ich habe dich so vermißt. Endlich zu Hause... Oh, du kannst dir nicht vorstellen, wie das ist, so lange in der Fremde zu leben.«

»Trotzdem siehst du großartig aus. Du hast dir einen Schnurrbart wachsen lassen. So einen schönen habe ich noch nie gesehen.« Und das stimmte. Dicht, dunkelrot, sorgsam gestutzt, an den Enden hübsch gezwirbelt... »Aber er macht dich älter.«

»Zu alt für einen Lieutenant?«

»Oh, du bist befördert worden! Wie fantastisch!«

Er zuckte die Schultern. »In Kriegszeiten wird man schnell befördert. Und wir haben viele Verluste zu beklagen, da brauchen wir Ersatzoffiziere. So ungern ich es auch sage – manchmal können die Rebs besser kämpfen. Die Yanks können nicht leugnen, daß sie bei Bull Run Reißaus genommen haben. Und es gab viele solcher Schlachten. Im Westen halten wir uns zwar etwas besser als im Osten, aber nicht viel.«

»Das weiß ich... Jedenfalls bin ich stolz auf deinen neuen Rang, Jeremy, und das wäre Papa sicher auch. Aber am allermeisten freue ich mich über deinen Besuch. Wie lange hast du Urlaub?«

»Bis einen Tag nach Weihnachten. Joshua und Josiah konnten nicht kommen. Sie sind außerhalb von Vicksburg am Mississippi stationiert, und dort beurlaubt man nur wenige Soldaten. Ich glaube, wenn ich zurückreite, muß ich mich auch dort melden.«

Für Callie begannen wunderbare Tage. Jeremy, ihr Lieblingsbruder, war nicht viel älter als sie. In der Kindheit unzertrennlich, hatten sie sich oft gegen die Eltern, die beiden großen Brüder und boshafte Spielkameraden verbündet.

Es beruhigte sie, ihn im Haus zu wissen. Nachts wurde sie immer noch von Alpträumen geplagt, aber tagsüber war sie wenigstens nicht mehr allein. Gern hätte sie ihm von Daniel und dem Baby erzählt, brachte es aber nicht übers Herz. Er sollte nicht wütend und voller Sorge um seine Schwester an die Front zurückkehren.

Am Weihnachtsmorgen schenkte sie ihm einen selbstgestrickten marineblauen Schal, der ihn in den kalten Wintermonaten wärmen würde.

»Vielen Dank, Callie.« Bedauernd fügte er hinzu: »Leider kam ich nicht dazu, meine kreativen Talente hervorzukramen und etwas für dich anzufertigen.«

»Daß du hier bist, ist mein allerschönstes Geschenk, Jeremy.«

»Ich sprach nur von meiner mangelnden Kreativität«, entgegnete er lächelnd, »aber ich sagte keineswegs, ich hätte gar nichts für dich.« Er reichte ihr ein Etui, das in Silberpapier eingewickelt war. Neugierig packte sie das Geschenk aus und starrte entgeistert auf eine hübsche Kamee. Als sie den Kopf hob und verwirrt blinzelte, grinste er. »Rechtmäßig gekauft!«

»Von wem?«

»Von einer Lady in Tennessee. Sie hat vier Kinder, und ihr Mann ist in Shilo gefallen. Mit ihrem Konföderierten-Papiergeld konnte sie die Kleinen nicht ernähren. Sie brauchte Unionsdollars, und die gab ich ihr...«

»Und dafür nahmst du diese Brosche an?« fiel Callie ihm ins Wort.

»Sie wollte keine Almosen. Und als ich ihr von dir erzählt hatte, versicherte sie, es würde sie freuen, wenn du den Schmuck trägst.« Er nahm ihr die Brosche aus der Hand und schmückte damit ihr Kleid. »Glaub mir, ich habe viel mehr für das Ding bezahlt, als es wert ist.«

Da lächelte sie erleichtert. »Wie nett von dir, Jeremy... Vielen Dank!« Sie umarmte ihn, dann schob sie ihn sanft von sich. »So, jetzt fahren wir zur Kirche, und danach brate ich das größte Huhn, das du je gesehen hast.«

»Gibt's auch Apfelkuchen?«

»Natürlich.«

Vor dem Altar der anglikanischen Kirche stand eine Wiege. Darin lag, auf Stroh gebettet, ein geschnitztes Jesuskind. Von einem heißen Glücksgefühl erfaßt, schloß Callie die Augen und dachte an ihr Baby. Mochte da draußen auch ein grausamer Krieg toben, mochte sie gesündigt und gelitten haben – ihr Kindchen würde sie für alles entschädigen. Offenbar hatte sie zu weinen begonnen, denn Jeremy drückte ihr ein Taschentuch in die Hand.

Nach der Messe, vor dem Kirchentor, wurde er von den Stadtbewohnern freundlich begrüßt und unterhielt sich eine Weile mit ihnen.

Wieder zu Hause, überlegte Callie, wie lange sie jetzt schon von der morgendlichen Übelkeit verschont wurde. Aber während sie nun den Tisch deckte, krampfte sich plötzlich ihr Magen zusammen, und sie stöhnte leise. Jeremy, der gerade die Gabeln zurechtlegte, musterte sie bestürzt. »Was hast du denn?«

Sie wollte antworten, konnte es aber nicht, rannte zur Hintertür hinaus und erbrach über dem Verandageländer ihr Frühstück, den Haferbrei und einen Apfel.

»Großer Gott, Callie!« Besorgt umfaßte Jeremy ihre Schultern, drehte sie zu sich herum und befühlte ihre Stirn. »Nein, du hast kein Fieber. Leg dich hin, ich spanne gleich wieder den Wagen an und hole den Doktor aus der Stadt.«

»Nein! Ich brauche keinen Arzt.«

»Aber...«

»Glaub mir, ich bin nicht krank.«

Da ging ihm ein Licht auf. »Um Himmels willen! Du bist

in anderen Umständen. Armes Mädchen – jetzt, wo Gregory tot ist...« Er unterbrach sich und hielt den Atem an. »Callie, er ist schon zu lange tot.«

Mühsam schluckte sie. »Das Baby ist nicht von Gregory.«

»Von wem dann? Ich werde den Mann aufspüren, und er wird eine anständige Frau aus dir machen, das schwöre ich.«

Sie schüttelte den Kopf. »Das will ich nicht, Jeremy.«

»War es ein Soldat?«

Sie nickte stumm.

»Wurdest du – vergewaltigt?«

»Nein.«

Gekränkt schaute er sie an. »So sag doch was? Wie kann ich was für dich tun, wenn du dir nicht helfen läßt?«

»Ich brauche keine Hilfe.«

»Callie, jeder Unionssoldat wäre stolz darauf, hierher zurückzukommen und...« Seine Augen verengten sich. »Aber es war kein Unionssoldat, sondern ein gottverdammter Rebell, nicht wahr?«

Verzweifelt streckte sie eine Hand nach ihm aus. »Jeremy...«

Aber er wich vor ihr zurück. »Meine eigene Schwester erwartet einen Rebellenbastard. Oh, am liebsten würde ich dich aus dem Haus werfen!«

»Jeremy...«

»Rühr mich nicht an!« fauchte er und stapfte die Verandastufen hinab.

Langsam kehrte sie ins Haus zurück. Das Huhn war fertig, die Preiselbeersauce stand auf dem Tisch. Und die dicke Bratensauce, die Jeremy so liebte.

Callie setzte sich, stützte die Arme auf die Tischplatte und schloß die Augen – zu müde und zu unglücklich, um zu weinen. Nun hatte sie nach Papa und Gregory auch noch ihren Bruder verloren. Nicht nur der Tod konnte einem die Menschen wegnehmen, die man liebte...

Aber trotz allem würde sie für ihr Baby kämpfen – gegen Jeremy und Joshua und Josiah und die ganze Stadt.

Und gegen Daniel.

Sanfte Finger strichen über ihre Wange, und sie öffnete die Augen. Der Bruder kniete neben ihr. »Tut mir leid, Callie, verzeih mir. Was du getan hast, verstehe ich zwar nicht, aber ich liebe dich. Ich werde auch meinen Neffen oder meine Nichte lieben und immer für dich dasein.«

Da schlang sie schluchzend die Arme um seinen Hals, und er hielt sie fest.

»Laß dir doch helfen, Callie. Vielleicht finde ich diesen Rebellen.«

»Nein!« erwiderte sie in aller Entschiedenheit.

»Oh... Ist er gefallen?«

Sie schüttelte den Kopf. »Im Augenblick ist er – eh – kampfunfähig. Nach dem Krieg suche ich ihn vielleicht, falls er dann noch lebt, und informiere ihn über seine Vaterschaft.«

»Verdammt, er ist verantwortlich...«

»Bitte, Jeremy!«

Er seufzte tief auf. »Irgendwie kriege ich die Wahrheit schon noch aus dir heraus.«

»Nun, du kannst es ja versuchen. Jedenfalls will ich dieses Baby haben. Das ist im Moment mein innigster Wunsch. Alles andere wird die Zukunft zeigen.«

Skeptisch zuckte er die Achseln und stand auf. »Durch meine Schuld ist das Essen kalt geworden.«

»Ich kann noch mal Feuer machen...«

»Nein, die Sauce ist noch warm, und nur darauf kommt's an. Callie...«

Sie lächelte ihn an. »Ja?«

»Frohe Weihnachten, Schwesterherz.«

Da sprang sie auf, weil sie ihn noch einmal umarmen mußte.

# 15

Die letzten Wochen des Jahres 1862 waren für Daniel besonders schlimm.

Während seiner Gefangenschaft im Old Capitol hatte Jeb Stuart den Feind in Pennsylvania eingekreist. Aber als Daniel den Kriegsdienst wiederaufnahm, mußten die Rebellen vor allem das Gebiet von Fredericksburg und Virginia im Auge behalten.

Lincoln hatte das Vertrauen zu seinem populären General George McClellan verloren. Einem Gerücht zufolge meinte der Präsident, wenn man dem Mann Verstärkung schicke, könne man genausogut ›Fliegen durch einen Kuhstall scheuchen‹. Schließlich wurde McClellan durch General Burnside ersetzt.

Daniel zweifelte an dieser Entscheidung. Eine Brücke über den Antietam Creek wurde ›Burnside Bridge‹ genannt, weil der General sie so lange zu überqueren versucht und dabei den Verlust zahlreicher Menschenleben in Kauf genommen hatte.

Trotzdem war Burnside ein tüchtiger Soldat und der Union treu ergeben. Lincoln ärgerte sich, weil ›Little Mac‹ – so lautete McClellans Spitzname – immer wieder gezögert hatte, statt die Rebellen anzugreifen. Nun mußte man abwarten, was der Nachfolger zuwege bringen würde. Er konnte sich kein genaues Bild über die Südstaaten machen. Bezüglich der Truppenstärke und der Industrialisierung mochten sie dem Norden unterlegen sein, aber sie konnten sich hervorragender Generäle rühmen. Lee würde Burnside jedenfalls aufmerksam beobachten und sich nicht von ihm unterkriegen lassen – davon war Daniel fest überzeugt.

Man vermutete, der neue Unionskommandant würde Richmond angreifen, denn es entwickelte sich zu einem immer wichtigeren Anliegen des Nordens, die Hauptstadt der Konföderierten Staaten von Amerika einzunehmen.

Am 15. November fand ein Scharmützel bei Warrenton in Virginia statt, an dem Daniels Einheit beteiligt war. Und am 8. traf Burnside mit seiner Potomac-Armee in Falmouth am Ufer des Rappahannock River ein, gegenüber von Fredericksburg. Jebs Kavallerie war in Warrenton stationiert.

Im Kreis seiner Soldaten lebte Daniel auf. Er hatte Billy Boudain in sein Kavallerieregiment versetzen lassen. Mittlerweile zum Sergeant befördert, diente ihm der junge Mann nun als Stabsadjutant. Die Kavalleristen blieben auch weiterhin die ›Augen und Ohren der Konföderierten‹, und kaum eine Nacht verging, wo Daniel nicht beauftragt wurde, die feindlichen Stellungen auszuspionieren. Das störte ihn nicht. Wenn er todmüde auf sein Feldbett sank, brauchte er wenigstens keine quälenden Träume zu fürchten.

Aber manchmal träumte er doch – von silbergrauen Augen, kastanienroten Locken, weichen Armen, seidiger Haut... Wann immer ihn der Lärm schwerer Artillerie aus solchen Träumen riß, dachte er seufzend: Wir haben nun mal Krieg, das läßt sich nicht ändern... Und er konnte nichts weiter tun als kämpfen. Und überleben. Weil er zu der kleinen Farm bei Sharpsburg zurückkehren mußte. Wie lange es auch immer dauern mochte.

Am 13. Dezember spitzte sich die Situation rings um Fredericksburg zu. Burnside griff mit einhundertsechstausend Mann die Konföderierten unter Stonewall an, der nur zweiundsiebzigtausend Soldaten aufzubieten hatte. Während der Schlacht wurden die Yankees gezwungen, die Marye's Heights zu attackieren, und es kam zu einem grauenhaften Gemetzel. Abends stand der Tagessieg der Rebellen fest. Aber Daniel empfand nur Leere in seinem Herzen. Er hatte einen Unionssoldaten sagen hören: »Genausogut hätten sie uns in die Hölle schicken können.«

Nach dem Ende der Kämpfe, bei einer Generalstabskonferenz, sagte ein erschöpfter ›Master‹ Lee: »Ich wünschte, diese Leute würden verschwinden und uns in Ruhe lassen.« So müde hatte er auch an jenem Tag ausgesehen, an dem Daniel zu ihm gegangen war, um Tante Priscillas Brief abzuliefern.

Ja, warum lassen sie uns nicht in Ruhe, fragte sich Daniel, während er um Mitternacht am Flußufer stand. Er hatte seine Berichte geschrieben, die teilweise schrecklich zugerichteten Verwundeten im Lazarett besucht, und nun schliefen seine Soldaten. Bis zum nächsten Morgen trug er keine Verantwortung. Bedrückt starrte er ins Wasser. Es erschien ihm immer unerträglicher, töten zu müssen und Blut fließen zu sehen. Warum ließ Lincoln den Süden nicht in Ruhe? Das verstand er nicht.

Aber Jesse versteht es, sagte er sich. Und deshalb kämpft er für die Nordstaaten... Wie viele meiner guten Freunde gehören sonst noch zu den Unionstruppen – von meinem Bruder abgesehen? Werden wir nach dem Krieg wieder beisammensitzen, Whiskey trinken und lachen können?

Würden alle die grausamen Schlachten überleben und einander verzeihen? Ja, dachte Daniel, ich kann allen verzeihen. Von Anfang an war mir klar, daß Jesse und seine Gesinnungsgenossen ihrer Überzeugung treu bleiben mußten.

Nur Callie konnte er nicht verzeihen, denn er hatte sie geliebt und war von ihr hintergangen worden.

Am nächsten Morgen trat Burnside den Rückzug an, und Daniel erhielt fast täglich die Order, den Feind zu beobachten. Weihnachten stand vor der Tür, und im Osten schien sich die Lage – bis auf ein paar Scharmützel – beruhigt zu haben. Im Westen sah es anders aus. Jeff Davis, der Präsident der Konföderierten, war wütend über die Ereignisse in New Orleans. Seit die Stadt in die Hände der Union gefallen war, wurde sie von einem Unionsgeneral namens Butler – ›Beast‹ Butler genannt – kommandiert. Die Bürgerinnen von New Orleans waren den Unionsoffizieren so unhöflich begegnet, daß Butler eine ›Frauenorder‹ erlassen hatte. Darin erklärte er, jede Frau, die seinen Offizieren den gebührenden Respekt verwehre, werde künftig als Straßendirne betrachtet und dementsprechend behandelt.

Wäre es den Konföderierten gelungen, Butler gefangenzunehmen, hätte der Südstaatenpräsident ihn sofort hinrichten lassen. Eine sonderbare Konstellation... Als Amerika noch ein einiges Land gewesen war, hatte Butler zu Davis' eifrigsten politischen Anhängern gezählt. Glücklicherweise wurde ›Beast‹ Butler durch General Banks ersetzt, der etwas mehr Rücksicht auf die Bewohner von New Orleans nahm.

Drei Tage vor Weihnachten bekam Daniel sechsundneunzig Stunden Urlaub. Endlich konnte er nach Maryland zurückkehren und Rache an Callie Michaelson üben. Wie er diesem Wiedersehen entgegenfieberte...

Aber Jeb ›Beauty‹ Stuart erfuhr von diesen Plänen und durchkreuzte sie. Elegant wie eh und je, mit Federhut und schwingendem Umhang, besuchte er Daniel mit einem kostbaren Jahrgangswein und erzählte amüsante Weihnachtsanekdoten. Aber während sie gemütlich beisammensaßen, wurde er plötzlich ernst. »Du darfst nicht nach Norden reiten. Da ich dich dringend brauche, kannst du keine neuerliche Festnahme riskieren.«

»Die riskiere ich fast täglich, wenn ich den Feind ausspioniere!« protestierte Daniel ungehalten.

Stuart seufzte. »Die Gefahren des Krieges sind nun mal unausweichlich. Doch ich möchte dich nicht aus – unerheblichen Gründen verlieren. Du hast beschlossen, nicht über Sharpsburg und deine Gefangenschaft zu sprechen, und ich stelle dir auch keine Fragen. Aber seither bist du verändert. Sogar deinen Männern ist das aufgefallen.«

»Ich habe niemals meine Pflicht vernachlässigt.«

»Verdammt, das weiß ich, und du verlangst dir selber noch viel mehr ab als deinen Leuten. Wie auch immer – du darfst jetzt nicht nach Maryland reiten. Du mußt mir versprechen, darauf zu verzichten, sonst wird dein Urlaub gestrichen. Bring mich nicht in eine Lage, wo ich meine Muskeln spielen lassen muß!«

Daniel schluckte krampfhaft. »Es wäre sehr wichtig für mich, nach Sharpsburg zurückzukehren.«

»Und du wirst auch wieder hinkommen – irgendwann im Jahr 1863. Das garantiere ich dir.«

Der Verzicht tat fast körperlich weh. Sekundenlang schloß Daniel die Augen und holte tief Atem.

Stuart stand auf und reichte ihm die Hand. »Dein Ehrenwort. Ich brauche dich hier.«

Mein Wort, meine kostbare Ehre, dachte Daniel. Ist es das nicht, wofür wir alle kämpfen? Er schlug ein, und Beauty ging zum Zeltausgang, wo er noch einmal stehenblieb und sich umdrehte. »Jesse ist auf der anderen Seite des Rappahannock. Wußtest du das?«

»Ich hab's mir fast gedacht.«

»Vor Weihnachten tauschen wir ein paar Gefangene aus. Möchtest du ihm etwas mitteilen?«

Daniel nickte und dachte an den silbernen Babybecher, den er bei sich trug, in braunes Papier gewickelt, ein Geschenk für Jesses Söhnchen. Das Päckchen hatte der Kanonier Harley Simon – in der Nähe von Cameron Hall beheimatet – von seiner Frau bekommen und zwei Monate lang in seiner Provianttasche verwahrt, in der Hoffnung, Daniel noch vor Weihnachten zu sehen.

Daß Jesse auf der anderen Seite kämpfte, tat den freundschaftlich-nachbarlichen Gefühlen der Simons keinen Abbruch. Harley hatte Daniel an diesem Abend im Lazarett getroffen und ihm das Päckchen überreicht.

»Richte ihm bitte aus, Harley Simon hätte mir ein Geschenk für das Baby gebracht, Jeb. Ich werde nach Hause reiten und es Kiernan geben. Und herzliche Grüße von seinem Bruder. Zu Weihnachten werden wir alle an ihn denken.«

»Gut, ich werd's ihm sagen«, versprach Stuart und verließ das Zelt.

Am nächsten Morgen brach Daniel auf. Von Fredericksburg aus mußte er in weitem Bogen um die Yankee-Stellungen herumreiten. Er beschloß, in Richmond zu übernachten, und am Abend besuchte er den Präsidenten und Mrs. Davis im Weißen Haus der Konföderierten Staaten von Amerika. Die First Lady der Südstaaten war eine würdige Herrin des schönen, eleganten Gebäudes.

Viele Jahre jünger als ihr Mann, der als reserviert und etwas rechthaberisch galt, strahlte Varina Davis trotz der schweren Kriegsjahre unverminderte Warmherzigkeit und heitere, liebenswürdige Gelassenheit aus. Daniel hatte Jef Davis nie besonders gut gekannt, und während er nun mit ihm sprach, staunte er über das freundliche, aufrichtige Interesse, das der Präsident ihm entgegenbrachte.

Zwischen der Hauptstadt und Cameron Hall lag ein weiterer Tagesritt, denn Daniel mußte die Nebenstrecken benutzen und Umwege in Kauf nehmen, da ihm jederzeit Unionstruppen begegnen konnten. Doch beim Anblick der Eichenallee, die zu dem schönen alten Herrschaftshaus führte, fand er, daß es sich gelohnt hatte, die Mühe und das Wagnis auf sich zu nehmen.

Das Gebäude war unversehrt geblieben. Majestätisch wie eh und je, ragte es empor, mit massiven weißen Säulen und einladenden Veranden. Sobald es hinter einer Biegung aufgetaucht war, hatte Daniel sein Pferd angespornt. Nun sah er, wie die Haustür aufschwang und eine dunkelhaarige Frau in einem rostbraunen Samtkleid heraustrat. Sie schrie auf, und da folgte ihr eine Blondine in Königsblau. Seine Schwester und seine Schwägerin.

»Ein Soldat, Kiernan!«

»Reb oder Yank, Christa?«

»Ein Reb. Es ist...«

»Daniel!«

Aufgeregt eilten sie die Treppen herab, und er spürte, wie die Bitterkeit des Krieges in seinem Herzen dahinschmolz. Er schwang sich aus dem Sattel und rannte ihnen entgegen. Sekunden später lagen sie beide in seinen Armen und küßten ihn freudestrahlend.

Liebevoll erwiderte er die Küsse, schaute lächelnd in die blauen Augen seiner Schwester, dann in die hinreißenden smaragdgrünen der blonden Kiernan.

»O Daniel, wie schön, daß du mit uns Weihnachten feiern kannst!« rief Christa überglücklich.

»Ich habe dir Geschenke nach Washington geschickt«, berichtete Kiernan und musterte ihn forschend. »Jesse schrieb uns von deiner Festnahme. Und dann kam ein zweiter Brief mit der Nachricht, du seist geflohen. Noch bevor die Sachen im Old Capitol eintrafen!«

»Du konntest dir doch denken, daß ich dort nicht lange bleiben würde, liebste Schwägerin«, erwiderte er grinsend.

Sie biß sich auf die Lippen. »O Daniel, ich war beinahe froh, als ich von deiner Gefangenschaft erfuhr. Da warst du wenigstens in Sicherheit.«

Erstaunt hob er die Brauen. »Hat mein Bruder dich in ein Yankee-Mädchen verwandelt?« Er begegnete ihrem empörten Blick, und da bereute er seine Worte sofort. Niemand trat leidenschaftlicher für die Konföderierten ein als Kiernan – obwohl sie Jesse mindestens ebenso leidenschaftlich liebte. Seit der Kindheit war sie eng mit Daniel befreundet, aber trotz der liebevollen Begrüßung wußte er, daß sie es vorgezogen hätte, einen Unionssoldaten an seiner Stelle zu sehen. »Schon gut«, sagte er sanft, legte einen Arm um ihre Schultern und wandte sich zu seiner Schwester. »Gibt's ein richtiges Weihnachtsdinner, Christa?«

»Natürlich. Auf unserem Grund und Boden fanden keine Schlachten statt, nicht einmal Scharmützel. Also hat die Ernte keinen Schaden erlitten, und wir haben genug Rinder und Hühner. Erst vor wenigen Tagen konnte ich eine große Menge Hilfsgüter zu unseren Truppen schikken.«

Er lachte. »Erinnerst du dich, wie Papa sich angestrengt hat, um tüchtige Pflanzer aus Jesse und mir zu machen? Wer hätte damals gedacht, daß du die Plantage einmal verwalten würdest?«

»Ohne Kiernans Hilfe würde ich's gar nicht schaffen«, erwiderte Christa, dann gingen sie ins Haus.

In der Halle wurde Daniel freudig von Jigger begrüßt, dem würdevollen schwarzen Butler, der sofort für ein heißes Bad und eine Karaffe Cognac sorgte.

Wieder daheim zu sein – das bedeutete Kaffee mit Sahne, Eier mit Schinken und Speck am Morgen und saubere, weiche Baumwollhemden, bequeme Pantoffel neben dem Bett, edlen Tabak... Es tat so gut, sich wieder einmal verwöhnen zu lassen.

Er fand es erstaunlich, wie gut die Plantage geführt wurde. Kiernan und Christa erstatteten gewissenhaft Bericht – über die Ernte, den Verkauf von Zuchtpferden und Schlachtvieh, die Neuanschaffungen von Kutschen und landwirtschaftlichen Geräten. Abgesehen von Zucker und Salz konnte sich Cameron Hall selbst versorgen.

Die meisten ehemaligen Sklaven waren hiergeblieben und arbeiteten nun für ihre Löhne und das Wohnrecht in den Hütten. Wie Christa erzählte, hatten einige ihr Glück im Norden versucht, waren aber zurückgekehrt. Als Daniel die Leistungen der beiden Frauen lobte, betonten sie, Jigger würde den Haushalt führen, mit Hilfe von Janey, die Kiernan von Montmarte – dem Haus ihres ersten verstorbenen Mannes – nach Cameron Hall gefolgt war. Taylor Mumford, ein freigelassener Mischling, verwaltete die Plantage wie eh und je. In der Nähe lebte Kiernans Vater, der ihnen stets mit Rat und Tat zur Seite stand. Und Kiernans Stiefkinder aus erster Ehe, die Zwillinge Jacob und Patricia Miller, halfen eifrig bei der Gartenarbeit, der Kerzenherstellung oder in der Küche mit.

In seinem Urlaub verbrachte Daniel viel Zeit mit seinem kleinen Neffen – John Daniel Cameron, nach dem Onkel und Kiernans Vater genannt. Mittlerweile sechs Monate alt, mit einem dichten schwarzen Schopf, blauen Augen und einer Stimme, die ein Signalhorn auf dem Schlachtfeld in den Schatten stellen konnte, krabbelte er fröhlich im Haus umher.

Nach dem Abendessen schaukelte Daniel den Kleinen gern auf den Knien, während Kiernan, Christa und Patricia ihn mit Klavier- und Harfenmusik oder hübschen Liedern unterhielten. Es war beinahe so wie in alten Zeiten.

Eines Morgens wanderte er mit seiner Schwester am Fluß entlang, blickte zum Haus, und ein Schauer rann ihm über den Rücken. Dann wandte er sich zu Christa, die in ihrem gelben Tageskleid zauberhaft aussah, in ihrer Schönheit gereift. Verwundert lächelte sie ihn an. »Was ist los, Daniel?«

»Jedesmal, wenn ich von hier wegreite, habe ich Angst.«

»Hier sind wir in Sicherheit. Die Rebs verschonen uns, weil Cameron Hall dein Zuhause ist. Und wenn die Yanks auf die Halbinsel kommen, lassen sie uns Jesses wegen ungeschoren.«

»Ja, aber – das alles müßte aufhören, sofort... Ich weiß gar nicht mehr, wie viele tote und verstümmelte und halb verhungerte Soldaten ich schon gesehen habe. Doch dieser Lincoln verfügt über eine ungeheure Ausdauer. Es nimmt kein Ende, und es wird immer schlimmer. Ich habe gesehen, was geschieht, wenn der Krieg buchstäblich vor der eigenen Haustür stattfindet...« Abrupt verstummte er. Verdammt, er hatte sich doch vorgenommen, nicht an Callie zu denken.

Aber es war schwer, keine Vergleiche zu ziehen – hier

auf Cameron Hall, wo das Leben weiterging, fast so wie früher. Auf dem James River verkehrten immer noch Schiffe, die Felder lagen nicht brach, niemand mußte hungern, seine Schwester und seine Schwägerin trugen nach wie vor elegante Kleider mit üppigen Reifröcken.

Und Callie, ganz auf sich allein gestellt, entstammte einer anderen Welt. Ohne Hilfe verwaltete sie die Farm, in der Hoffnung, ihre Brüder würden irgendwann aus dem Krieg heimkehren. Inmitten einer grausigen Schlacht hatte sie überlebt, hinter zerschossenen Fensterscheiben, und in einem Stützpfeiler der Veranda steckte immer noch die Kanonenkugel. Sie trug keine eleganten Kleider, war aber genauso schön wie Kiernan und Christa – und so tückisch, wie es keine der beiden jemals sein konnte. Kaltblütig hatte sie ihn verraten... Er stöhnte leise. Seltsam, der Schmerz und die bittere Wut hatten noch immer nicht nachgelassen.

»Was bedrückt dich, Daniel?«

»Ich habe mich nur erinnert, wie es ist, wenn ein Wohnhaus vom Krieg heimgesucht wird. Wenn es auch hier dazu kommt, werden sich weder die Yanks noch die Rebs um unsere Traditionen kümmern. Beide Armeen werden die Vorräte konfiszieren und Cameron Hall bis auf die Grundmauern niederbrennen. Falls diese Gefahr droht, Christa – bedenk bitte, daß dieses Haus, so sehr wir es auch lieben, nur aus Ziegeln und Holz besteht. Was zählt, ist das Leben der Bewohner. Versprich mir, dafür in erster Linie zu sorgen.«

»Daniel...«

»Versprich es!«

»Ja, natürlich.«

Hand in Hand gingen sie zum Haus zurück.

An diesem Abend tranken sie nach dem Essen Glühwein, von Kiernan zubereitet. Das Baby schlief bereits. Patricia und Jacob wurden aufgefordert, ihre Weihnachtswünsche zu nennen. Das Mädchen wollte ein Araberfohlen haben, das ihm Frühjahr zur Welt gekommen war, der Junge ein Schwert und eine Uniform. »Damit laß dir lieber noch Zeit«, seufzte Daniel. Die beiden wurden ins Bett geschickt, und er fragte seine Schwester nach ihren Wünschen.

Kiernan lachte leise und antwortete an Christas Stelle: »Ihr Wunsch heißt Captain Liam McCloskey. Er kam mit einem Spähtrupp hierher, im letzten Juni – bald nachdem dein Bruder und du in den Krieg gezogen wart. Und danach erschien er noch ein paarmal, um Getreide zu kaufen.«

»Tatsächlich?« Daniel wandte sich neugierig zu Christa, die rot wie eine Tomate geworden war. »Ist es was Ernstes?«

Sie starrte auf ihre Hände hinab. »Nun ja – er hat mir einen Heiratsantrag gemacht, und er würde gern mit dir reden – falls er dich mal trifft...«

»Liebst du ihn?« erkundigte er sich lächelnd.

»Von ganzem Herzen. Ich habe doch deinen Segen?«

»O ja! Und ich freue mich schon darauf, den jungen Mann kennenzulernen.«

»Mehr wünsche ich mir nicht zu Weihnachten«, erklärte sie leise. »Und du, Daniel?«

Nein, seine Wünsche konnte er nicht aussprechen. »Da muß ich erst nachdenken. Und was würde dich beglücken, Kiernan?«

»Das ist ganz einfach – ich will Jesse wiedersehen.«

Er küßte die beiden, dann ging er schlafen.

Am nächsten Morgen war er schon zeitig auf den Beinen und klopfte bei Kiernan an. Verwirrt öffnete sie ihm die Tür, in einem weißen Baumwollnachthemd, das Haar zerzaust, ihr Baby im Arm. »Daniel...«

»Du willst Jesse zu Weihnachten haben?« Er grinste über das ganze Gesicht. »Nun, ich weiß, wo er ist, und ich bringe dich zu ihm. Zieh dich an, pack ein paar Sachen zusammen, dann fahren wir los.«

Ihr glückstrahlendes Lächeln bestärkte ihn in der Überzeugung, daß es sich lohnen würde, die restlichen Urlaubstage zu opfern und früher als vorgesehen zur Kompanie zurückzukehren. »O Daniel!« Sie küßte ihn auf beide Wangen, dann schlug sie ihm die Tür vor der Nase zu.

Eine halbe Stunde später war sie reisefertig, ebenso wie Janey und das Baby. Der Abschied von seiner Schwester fiel Daniel schwer, aber sie freute sich aufrichtig für Kiernan. Auch von Cameron Hall trennte er sich schweren Herzens, denn er fragte sich, ob er jemals wiederkommen würde.

Ohne Schwierigkeiten gelangten sie nach Richmond, wo sie übernachteten. Am nächsten Morgen brachen sie zeitig auf. Es gab noch immer keine Probleme. Die Straßen waren frei, das gute Wetter hielt an. Gegen Abend erreichten sie Daniels Camp. Die Yankee-Stellungen lagen direkt gegenüber, am anderen Flußufer.

»Willkommen, Colonel!« rief Billy Boudain, als er seinen Vorgesetzten auf das Kommandozelt zugehen sah. »Was haben Sie denn da mitgebracht... Oh, Verzeihung, Ma'am...«

Daniel lachte. »Ein Weihnachtsgeschenk für meinen Bruder, der auf der anderen Seite des Flusses Dienst tut. Schicken Sie einen Boten mit weißer Flagge rüber, Billy. Er soll die Yanks um eine private Unterredung zwischen Colonel Jesse Cameron vom Ärztekorps und mir bitten. Ich treffe ihn auf der Pontonbrücke.«

»Ja, Sir.«

Nach Einbruch der Dunkelheit ritt Daniel zu der provisorischen, von den Yankees erbauten Brücke. Auf beiden Seiten lagen zahlreiche Wachboote. Da er weder sich selbst noch Kiernan und das Baby von seinen eigenen Leuten erschießen lassen wollte, rief er ihnen vorsorglich zu, hier würde eine genehmigte Begegnung stattfinden. Er ließ seine Schwägerin im Schatten der Bäume zurück, lenkte sein Pferd zum Wasserrand und sah einen Reiter am anderen Ufer. »Jesse?«

»Daniel! Ich hatte gehofft, dich zu sehen. Frohe Weihnachten, Bruder!«

»Ich habe ein Geschenk für dich!« rief Daniel grinsend.

»Wenn ich dich lebend und wohlauf sehe, genügt mir das völlig.«

»Mein Geschenk ist viel besser.« Daniel gab seiner Schwägerin ein Zeichen. Langsam ritt sie zum Ufer herab, das Baby im Arm.

»Jesse?« Ihre sanfte Stimme drang über den Fluß hinweg.

»Mein Gott, Kiernan!«

Sie stieg aus dem Sattel, eilte über die Brücke, und Jesse sprang von Goliaths Sattel, um ihr entgegenzulaufen. Eine Wolke schob sich vor den Mond, und sie verschwanden in der Dunkelheit. Daniel hörte, wie sie sich atemlos und glücklich begrüßten. Lächelnd ritt er zu seinem Zelt. Freundlich, aber bestimmt lehnte er es ab, mit seinen Soldaten zu feiern, wünschte ihnen frohe Weihnachten und zog sich mit einer Flasche Cognac zurück.

Frohe Weihnachten, dachte er wehmütig. Wo bist du heute abend, Callie Michaelson? Verlebst du ein schönes Fest? Und was wird das neue Jahr bringen – dir und mir?

## *16*

*Mai 1863*

»O Gott, Stonewall wurde von seinen eigenen Soldaten niedergeschossen!«

Der aufgeregte Ruf des Kavalleristen drang ins Kommandozelt, wo Daniel seinem tüchtigen Adjutanten Billy Boudain gerade einen Lagebericht diktierte. Für diesen Tag waren die Kämpfe abgeschlossen. Sie kampierten in

Chancellorsville, und Stonewall Jackson hatte soeben eine militärische Meisterleistung vollbracht.

Die Nachricht, einhundertvierunddreißigtausend Yankee-Soldaten – mittlerweile unter dem Kommando des Unionsgenerals ›Fightin‹ Joe Hooker – würden zu beiden Seiten von Fredericksburg den Rappahannock überqueren, hatte Jackson am 29. April veranlaßt, einen Besuch bei seiner Frau zu machen. Zum ersten Mal hatte er seine kleine Tochter gesehen, war aber sofort zum Kriegsschauplatz zurückgeeilt. Er teilte seine Streitkräfte, schickte Truppen gegen Major General John Sedgwicks linken Flügel ins Feld und führte die Mehrheit seiner Leute in die Wildnis bei Spotsylvania. Daniels Einheit begleitete ihn, und sie trieben den Feind nach Chancellorsville zurück.

Am nächsten Tag teilten Jackson und Lee das Heer erneut. Lee und seine Männer stellten sich Hooker an der Front entgegen. Stonewall ritt in weitem Bogen um dessen Flanke herum und griff ihn im Rücken an. Am Morgen des 2. Mai war die Union vernichtend geschlagen worden.

Und nun sollte Stonewall niedergeschossen worden sein?

»He, Soldat!« Daniel trat aus dem Zelt. »Stimmt das? Jackson ist verletzt?«

»Sogar sehr schwer, Sir. Er wurde in ein nahe gelegenes Farmhaus gebracht.«

»Gott helfe ihm!«

»Amen, Sir.«

Der Allmächtige müßte ihm in der Tat beistehen, überlegte Daniel. Der General war ein tiefreligiöser Mann, ein pflichtbewußter Stoiker, der allergrößten Wert auf Disziplin legte. Und unentbehrlich für Master Bobby Lee...

Die ganze Nacht ritten Boten hin und her, um die jeweils neuesten Nachrichten über Jacksons Zustand zu übermitteln. In den frühen Morgenstunden wurde der verletzte Arm amputiert. Wenn sich eine Infektion vermeiden läßt, könnte er überleben, sagte sich Daniel und hoffte, ein ebenso guter Arzt wie Jesse würde den General betreuen.

Am 3. und 4. Mai fanden weitere Schlachten statt. Schließlich wurden Sedgwick und Hooker zurückgedrängt, die Yankees zogen ihre Potomac-Armee ab. Die Konföderierten durften sich zwar eines eindeutigen Sieges rühmen, hatten aber schwere Verluste erlitten.

Am 10. Mai starb General Thomas ›Stonewall‹ Jackson an einer Lungenentzündung – in den Armen seiner Frau, in Frieden mit seinem Gott. Ein Soldat, der auf dem Schlachtfeld dringend gebraucht worden wäre.

Der ganze Süden trauerte, und keinen traf das tragische Ende des großen Generals härter als Robert E. Lee. Schon oft hatte Daniel tiefen Kummer in den graublauen Augen des obersten Feldherrn gesehen – wann immer seine Soldaten gefallen waren. Doch das ließ sich nicht mit dem Schmerz vergleichen, den er jetzt zeigte.

Er beschloß erneut, die Kriegsschauplätze nach Norden zu verlagern. Dafür gab es gute Gründe. Weitere Kämpfe im Süden würden die Ressourcen der Konföderierten empfindlich dezimieren, und Lee zog es vor, vom Reichtum der Union zu profitieren.

Einen weiteren Vorteil versprach er sich von der wachsenden Kriegsmüdigkeit in den Nordstaaten. McClellan, von Lincoln des Kommandos enthoben, kämpfte nun auf der politischen Bühne gegen den Präsidenten und wollte für dessen Amt kandidieren. Wenn Lee der Union die Brutalität des Krieges drastisch vor Augen führte, würden sich immer mehr Leute auf McClellans Seite stellen und Friedensverhandlungen anstreben. Danach würden die Konföderierten von Amerika ihr eigenes Leben führen.

An der Westfront begannen die Unionstruppen gegen Vicksburg vorzurücken, das von den Rebellen unbedingt gehalten werden mußte, denn der Mississippi zählte zu ihren wichtigsten Verkehrsadern.

Daniels innere Anspannung wuchs. Bald würden sie

wieder durch Maryland reiten. Beauty Stuart hatte ihm Urlaub versprochen. Hoffentlich mußte er nicht mehr allzu lange darauf warten. Lieber Gott, laß sie nicht vergessen, daß ich kommen werde, betete er.

Callie konnte ihn nicht vergessen. Schon gar nicht am sonnigen Morgen des 25. Mai. Er begann wie jeder andere. Sie stand zeitig auf, zog sich an und eilte aus dem Haus, um die Tiere zu füttern.

Die ersten Rückenschmerzen spürte sie, als sie die Futtersäcke und das Heu holte, die nächsten, während sie den Hühnern Körner vorwarf. Für das Baby war es zu früh. Es sollte erst im Juni zur Welt kommen, und vorher wollte sie in die Stadt ziehen, in die Nähe von Dr. Jamison, einem guten, freundlichen Mann, der ihren Zustand vielleicht mißbilligte, aber niemals zulassen würde, daß ihr oder ihrem Kind ein Leid geschah.

Es gab noch so viel zu tun. Das Gartengemüse mußte für den Winter eingemacht, die Babykleidung fertig genäht, der große Frühjahrsputz abgeschlossen werden. Doch das alles spielte keine Rolle mehr, sobald die Schmerzen zum drittenmal einsetzten. Ein stechender Blitzschlag schien durch ihren Körper zu rasen. Sie stand gerade neben der Koppel und hielt sich schwankend am Zaun fest.

Zunächst konnte sie nicht klar denken, aber nachdem der Schmerz nachgelassen hatte, wurde ihr langsam bewußt, daß die Niederkunft möglicherweise kurz bevorstand.

Oder doch nicht? Wenig später fühlte sie sich wieder, als wäre nichts geschehen. Sie ging zum Brunnen und trank einen großen Schluck Wasser, dann beschloß sie, sich vorsichtshalber für eine Weile hinzulegen. Sie war ganz allein, nur selten kam jemand aus der Stadt zu Besuch. Ihre Schwangerschaft hatte sich längst herumgesprochen, und wenn sie einkaufen ging, kehrten ihr manche alten Freunde den Rücken. Das stört mich nicht, redete sie sich ein und unterdrückte tapfer ihre Tränen. Nach dem Krieg, wenn ihre Brüder zurückkamen, wollte sie mit ihrem Baby von hier wegziehen. Sie hatte Wunderdinge über New York City und Washington, D. C., gehört und träumte oft von ihrer Zukunft in einer dieser Städte.

Würde Daniel noch vor ihrer Übersiedlung hier auftauchen? »Denk nicht daran!« ermahnte sie sich laut.

Aber wie sollte sie aufhören, an den Mann zu denken, der für ihren Zustand verantwortlich war, dessen Pfand sie Tag und Nacht in sich spürte?

Auf dem Weg zum Haus spürte sie plötzlich, wie die Fruchtwasserblase platzte und ihre Unterwäsche tränkte. »O nein!« stöhnte sie. Nie zuvor hatte sie sich so einsam gefühlt – und so verängstigt. Viele Frauen starben im Kindbett. Den Tod fürchtete sie nicht. Zu viele geliebte Menschen lagen bereits unter der Erde. Aber der Gedanke, ihr Baby allein auf der Farm zurückzulassen – ohne eine freundliche Seele, die es betreuen würde – erschien ihr unerträglich.

Durchnäßt und fröstelnd stand sie in der kühlen Morgenluft. Sollte sie versuchen, die Stadt zu erreichen? Die Geburt konnte Stunden dauern, vielleicht würde die Zeit noch reichen. Aber als sie zum Haus ging, durchzuckte sie ein so heftiger Schmerz, daß sie laut aufschrie. Verwirrt krümmte sie sich, biß die Zähne zusammen und versuchte, tief und regelmäßig zu atmen.

Nein, sie konnte nicht in die Stadt fahren. Sie mußte sich beeilen, saubere Laken bereitlegen und ein Messer für die Nabelschnur sterilisieren... Nun machte sie sich bittere Vorwürfe, weil sie nicht mit einer verfrühten Niederkunft gerechnet hatte. Grausige Visionen zeigten sich vor ihrem geistigen Auge. Sie sah sich hilflos daliegen, zu schwach, um das Baby herauszupressen, sah sich verbluten, und niemand würde ihre Todesschreie hören und für das winzige Leben sorgen, das ihr so viel bedeutete...

Reiß dich zusammen, befahl sie sich, eilte in die Küche

und suchte ein Messer hervor. Nun brauchte sie noch frisches Bettzeug und saubere Lappen, um nach der Geburt das Kind und sich selbst zu waschen, dann die Babykleidung...

Ohne Vorwarnung wurde sie von der nächsten Wehe erfaßt. Zitternd wie Espenlaub lehnte sie am Rahmen der Küchentür, und trotz ihrer Schmerzen mußte sie voller Bitterkeit lachen. »O Daniel – da hast du deine Rache! Niemand könnte schrecklicher leiden als ich in diesem Augenblick...«

Die Schmerzen verstärkten sich, das Gelächter ging in einen gellenden Schrei über. Sie wartete, bis die Wehe verebbte, dann schleppte sie sich in den Flur und zur Treppe.

Schon nach wenigen Sekunden begann eine weitere Wehe, und Callie sank schluchzend auf die unterste Stufe. Krampfhaft versuchte sie, den Schmerz unter Kontrolle zu bringen. Wie mit tausend stechenden Fingern breitete er sich vom Rücken her aus und griff um den ganzen Bauch herum.

Kaum hatten die Qualen nachgelassen, setzten sie von neuem ein, heftiger denn je, und ihr wurde schwarz vor Augen. Wie aus weiter Ferne hörte sie eine weibliche Stimme. »Oh, mein Gott!« Sanft und tröstlich. Behutsame Arme umschlangen ihren zuckenden Körper, und sie hob blinzelnd den Kopf.

Helga und Rudy Weiss...

Die alte Frau hielt sie umfangen, sprach beruhigend auf sie ein. »Armes Kind! Ganz allein! Und das Baby ist unterwegs. Rudy, wir müssen sie ins Bett bringen und ihr was Trockenes anziehen.«

Callie schüttelte den Kopf und stammelte unter Tränen. »Ich – ich werde sterben.«

»Unsinn!« Helga lachte freundlich. »Jetzt sind wir ja hier.«

Sie eilte davon, und ihr Mann trug Callie die Treppe

hinauf. Vorsichtig legte er sie aufs Bett, dann wurde er weggeschickt, und Helga steckte die werdende Mutter in ein warmes Nachthemd.

Die Wehen verstärkten sich, aber die Panik ließ nach, während die warmherzige deutsche Baptistin auf sie einredete und ihr das zerzauste Haar aus der Stirn strich. »Bald ist es soweit... Sie müssen pressen, Frau Michaelson, ganz fest... Ja, so ist es gut...«

Mit aller Kraft preßte Callie, und die wilden Schmerzen drohten, ihr die Besinnung zu rauben. Aber sie hielt durch. Bald erklärte Helga, nun sei schon das Köpfchen zu sehen. »Nur weiter so... Jetzt die Schulter – und die andere...«

Und dann hörte Callie den Schrei – den ersten Schrei ihres Babys. Schweißgebadet sank sie in die Kissen zurück, lachte und weinte gleichzeitig, von Gefühlen überwältigt. Dieser Schrei, dieser armselige kleine Schrei drang bis in die Tiefen ihrer Seele, erfüllte ihr Herz mit reinem Glück.

Und dann reichte Helga ihr lächelnd das winzige Geschöpf, das nun wie am Spieß brüllte.

»O Helga! Ein Junge!«

»Ja, ein Sohn. Ein wunderschöner Sohn.«

Alle Schmerzen waren vergessen. Callie merkte es kaum, wie Helga die Nabelschnur durchschnitt und sie von der Nachgeburt befreite. Hingerissen zählte sie die Finger und Zehen ihres Babys und bewunderte den vollkommenen kleinen Körper.

»So, jetzt müssen Sie aber ein frisches Nachthemd anziehen und mir das Kindchen geben«, mahnte Helga. »Wenn ich's zurückbringe, werden Sie's gar nicht wiedererkennen. Dann wird es noch viel schöner sein.«

Ein paar Minuten lang hielt Callie ihr Baby noch im Arm, dann überließ sie es ihrer Freundin, schloß erschöpft die Augen und schlief ein.

Als sie erwachte, sah sie Helga in einem Schaukelstuhl

sitzen und den Säugling wiegen. Ein knisterndes Kaminfeuer schützte ihn vor der kühlen Nachtluft. Mit leiser Stimme sang die Baptistin ein deutsches Lied.

»Darf ich ihn sehen?« wisperte Callie, und Helga schenkte ihr ein strahlendes Lächeln.

»Er sehnt sich schon nach seiner Mama. Bisher hat er geduldig gewartet, aber jetzt ist er hungrig.«

Callie nahm ihren Sohn in den Arm. Bei ihrem Anblick brach er in schrilles Geschrei aus, und Helga lachte belustigt. Hastig öffnete die junge Mutter ihr Nachthemd und versuchte ungeschickt, das Baby zu stillen. Was für ein riesiger Mund in einem so winzigen Gesicht...

Aber der Kleine wußte instinktiv, was er wollte. Die kleinen Lippen umschlossen eine Brustwarze, begannen gierig zu saugen und weckten ganz neuartige beglückende Gefühle, die Tränen in Callies Augen trieben. Mit bebenden Fingern strich sie über das flaumige schwarze Haar, das Händchen, das ihre Brust berührte. Nichts, was geschehen war, konnte ihr jetzt noch etwas anhaben. Sollten die Leute ihr den Rücken kehren und sie verurteilen. Für sie zählte nur noch dieses heißgeliebte Kind. Lächelnd hob sie den Kopf. »Ich werde ihn Jared nennen.«

»Ein schöner Name«, meinte Helga: »Aber vielleicht sollte er nach seinem Vater getauft werden.«

Callie senkte den Blick. »Mein Vater hieß Jared. Also ist es durchaus ein passender Name.«

Das gesättigte Baby schlief an ihrer Brust ein, und Helga nahm es ihr aus dem Arm. »Jetzt müssen Sie was essen, Frau Michaelson, damit Sie möglichst schnell wieder zu Kräften kommen – für Ihren Jungen.« Sie hatte ein Bettchen in einer Kommodenschublade zurechtgemacht, und nun legte sie den Säugling hinein. »Vorhin habe ich eine Suppe gekocht. Ich werde Ihnen jetzt sofort einen Teller bringen.«

Gerührt ergriff Callie die Hand der fürsorglichen Frau. »Vielen Dank für alles, Helga. Sie waren so gut zu mir, obwohl ich – nach Ihrer Ansicht doch schwer gesündigt habe.«

»Rings um uns regiert der Tod«, erwiderte Helga mit einem wehmütigen Lächeln. »Und heute wurde uns ein neues Leben geschenkt. Was kann daran schlecht sein? Sicher war es der Allmächtige, der mich gerade an diesem Tag in Ihr Haus geführt hat.« Zögernd fügte sie hinzu: »Sie müssen den Vater des Kindes aufspüren.«

»Nach dem Krieg...«

»Es ist sein gutes Recht, von seiner Vaterschaft zu erfahren.«

Was für Rechte hatte Daniel? Das wußte Callie nicht. Unwillkürlich erschauerte sie, wie so oft, wenn sie an ihn dachte. Nur eins wußte sie – daß er sie haßte und versprochen hatte, wiederzukommen. »Er sitzt im Gefängnis. Wenn der Krieg vorbei ist, werde ich ihn suchen.«

Bis dahin würde ihr viel Zeit bleiben. Vorläufig ließ sich das Kriegsende nicht absehen. Vielleicht würde Daniel seine Vaterschaft gar nicht anerkennen – oder ihr das Baby wegnehmen... Mühsam schluckte sie. Zum erstenmal war sie froh über die fortdauernden Kämpfe.

In den nächsten Tagen erholte sie sich sehr schnell. Helga und Rudy blieben fast eine Woche bei ihr, danach fühlte sie sich imstande, allein mit ihrer veränderten Situation zurechtzukommen. Jared war ein gutmütiges Kind, das meistens schlief, beim Stillen keinerlei Schwierigkeiten machte und ihrem Leben einen wunderbaren neuen Sinn gab.

Als er drei Wochen alt war, kam seine Ähnlichkeit mit Daniel geradezu beängstigend zum Vorschein. Das gleiche schwarze Haar, die gleichen blauen Augen...

Wenn sie neben dem schlummernden Baby auf dem Bett lag und seinen Atemzügen lauschte, erinnerte sie sich an seinen Vater, den sie so sehr geliebt hatte.

Aber er verabscheute sie so leidenschaftlich, wie er ihr

einst seine Liebe geschenkt hatte. Würde sie ihm jemals erklären können, daß sie keine Verräterin war – daß sie nichts weiter verbrochen hatte, als sein Leben zu retten? Bedrückt verdrängte sie diese Gedanken. Aber wie konnte sie Jared anschauen, ohne an seinen Vater zu denken?

Und dann verdichteten sich immer mehr die Gerüchte, die Südstaatenarmee würde erneut in den Norden vorrükken.

In Virginia wurde das Heer mobil gemacht. Am 8. Juni besuchte Lee eine Musterung von Jeb Stuarts Truppen im Culpepper-Gerichtshof.

Rasch sprach sich die Nachricht herum, an der Westfront sei Briarfield, Präsident Davis' Haus, von den Yankees bis auf die Grundmauern niedergebrannt worden. Zwei Tage später fand Beauty Stuarts Kavallerie in Brandy Station, Virginia, eine Gelegenheit, ihren Zorn an den Unionsstreitkräften auszulassen, und es kam zur bisher blutigsten Schlacht des gesamten Krieges. Für Daniel, der seine Leute befehligte, war es ein Alptraum wie jeder andere. Pferde zertrampelten Männer und zusammengebrochene Tiere, leergeschossene Gewehre wurden als Knüppel benutzt, wütend geschwungene Schwerter bohrten sich in zahllose Herzen.

Die Todesklagen der gefallenen Soldaten mischten sich mit dem schrillen Gewieher verwundeter Pferde, und im Lauf des grausigen Tages konnte Daniel bald nicht mehr unterscheiden, ob ein Mensch oder ein Tier neben ihm schrie. Oft entging er nur um Haaresbreite einer feindlichen Klinge, Kugeln rasten so dicht an seinen Wangen vorbei, daß er sie pfeifen hörte. Und manchmal fragte er sich, warum er immer noch lebte.

Aber auch diese Schlacht ging zu Ende, und er überstand sie unbeschadet. Die Yankees hatten Späher vorausgeschickt, um vielleicht etwas über die Truppenbewegungen der Südstaatler zu erfahren. Doch es war den Rebellen gelungen, ihre Stellung zu halten. Brandy Station gehörte ihnen. Brandy Station – übersät mit Toten und Sterbenden... In der Abenddämmerung betrachtete er das grausige Schlachtfeld und erschauerte. Welch ein Preis für eine gewonnene Schlacht! Und die Konföderierten waren einem entscheidenden Sieg um keinen Schritt näher gekommen.

Unbeirrt rückten sie weiter nach Norden vor. Durch Maryland nach Pennsylvania.

Daniels Herz krampfte sich zusammen. Wie lange war es her, seit er zuletzt den Boden von Maryland betreten hatte...

Jeb Stuart teilte seinem Kommandanten Lees Order mit. Harrisburg in Pennsylvania war das vorläufig letzte Ziel des Generals, und wie immer mußten die Kavalleristen als die ›Augen und Ohren‹ der Südstaaten dienen.

Daniel erklärte Jeb mit fast tonloser Stimme, in Maryland wolle er sich ein paar Tage freinehmen.

»Nicht während des Feldzugs nach Norden. Du bekommst deinen Urlaub auf dem Rückweg in den Süden. Ich gebe dir mein Wort.«

Beautys Wort war soviel wert wie reines Gold, und Daniel begann, dem Wiedersehen mit Callie Michaelson entgegenzufiebern. Widersprüchliche Gefühle erfüllten ihn – ungeduldige Sehnsucht, Zorn, Bitterkeit und heiße Leidenschaft.

Die grausamen Schlachten, die ihn im Norden erwarteten, spielten keine Rolle. Er würde überleben, daran zweifelte er nicht, denn er *mußte* sie wiedersehen. Noch ahnte er nicht, daß sich eine Stadt namens Gettysburg in seinen Weg stellen würde. Vorerst war das nur ein kleiner Fleck auf der Landkarte.

# 17

Stuarts Kavallerie erreichte den Kriegsschauplatz mit Verspätung. Schon anderthalb Tage lang hatten blutige Kämpfe getobt, Tote übersäten das Schlachtfeld, und man diskutierte heftig über die Frage, was schiefgelaufen war.

Manche behaupteten, es könne nur daran liegen, daß Lee seine erste größere Schlacht ohne seine rechte Hand Stonewall ausfechten müsse. Und andere meinten, Stuart sei in zu weitem Bogen um die Unionsarmee herumgeritten. Dadurch habe er den General seiner ›Augen und Ohren‹ beraubt.

Auf dem Weg nach Norden war die Kavallerie immer wieder in Kämpfe verwickelt worden. Nach der ergebnislosen Schlacht von Brandy Station kam es zu Scharmützeln in Aldie, Middleburg und Upperville. Am 2. Juni bekam Stuart von Lee die Erlaubnis, nach eigenem Gutdünken zu entscheiden und mit der Kavallerie die Unionsinfanterie anzugreifen. Außerdem sollten Beauty und seine Leute die rechte Flanke der Konföderierten decken, in Verbindung mit dem Stab bleiben und Proviant sammeln.

Sie kamen ganz nahe an das Ackerland heran, wo Callie lebte – so verdammt nahe, daß Daniel mit dem Gedanken an eine Fahnenflucht spielte und über sich selbst erschrak. War er schon so besessen von ihr? Natürlich würde er zu ihr reiten, aber nicht jetzt. Seine Ehre durfte er ihr nicht opfern. Unsere Ehre, unsere Moral, dachte er sarkastisch. Dafür kämpfen wir doch, wir Rebellen. Was wären wir ohne diese Prinzipien?

Die Kavallerie galoppierte dahin, und am Abend des 27. Juni überquerte sie den Potomac. Am 28. eroberte sie hundertfünfundzwanzig Nachschubwagen von der Union, ein zwiespältiger Erfolg, denn die Beute drosselte das Tempo der Reiter.

Die ganze Nacht hindurch steuerten sie auf Pennsylvania zu, von den Wagen und den Kriegsgefangenen behindert. Bei Hood's Mill zerstörten sie einen Teil der Baltimore-Ohio-Bahnstrecke. Zu Mittag erreichten sie Westminster und wurden von der Unionskavallerie angegriffen.

Sie schlugen die Yanks zurück, aber die Kämpfe kosteten Zeit. Am nächsten Tag wurden sie in Hanover, Pennsylvania, von einer weiteren Unionsbrigade attackiert. Wieder gelang es ihnen, den Feind zurückzuwerfen, aber erst nach einer verbissenen Schlacht. Danach ritten sie die ganze Nacht durch und hielten erst in Dover.

Am Morgen des 1. Juli rasteten sie und tränkten die Pferde. Sie wußten nicht, daß Lees Armee – ohne Nachricht von Stuart – in die Schlacht von Gettysburg gestolpert war. Am späten Nachmittag bekam Stuart die Order, den Brigaden mit Daniel und ein paar anderen Offizieren vorauszureiten und sich beim Master in Gettysburg zu melden.

Lee, der untadelige Gentleman und makellose Offizier, bedachte Beauty mit einem durchdringenden Blick. »Da sind Sie ja endlich, General Stuart.«

Damit war das Thema erledigt. Es galt eine Schlacht zu schlagen. Daniel wurde mit der Aufgabe betraut, die landschaftlichen Gegebenheiten zu erforschen. Man teilte ihm einen Captain aus Tennessee namens Guy Culver zu, der ihn über die derzeitige Lage informierte. Der tüchtige junge Mann hatte erst kurz vor Kriegsausbruch die Militärakademie absolviert. Er verstand eine ganze Menge von Strategie, und in einem der Kommandozelte verschaffte er dem Colonel einen umfassenden Überblick.

»Ob Sie's glauben oder nicht, Sir – es fing mit Schuhen an! Wir hörten, in Gettysburg würden preisgünstige Schuhe in großen Mengen angeboten, also marschierte eine Brigade unter Heth den Chambersburg Pike hinab und wurde von der Unionskavallerie entdeckt. Der Yankee-Kommandant muß wohl entschieden haben, der Ort sei von strategischer Bedeutung – was tatsächlich zutrifft, weil neun Straßen hindurchführen. Und so hetzte er seine Kavallerie auf unsere Infanterie. Ehe man überhaupt wußte, wie einem geschah, forderten beide Seiten Verstärkung an.« Er breitete eine Landkarte aus, und Daniel machte sich mit dem Kriegsgebiet vertraut.

Während der nächsten Stunden ritt er von einem Ende der blutigen Schlachtfelder zum anderen. Little Round Top, Big Round Top, Culp's Hill, Cemetery Ridge, der Garten mit den Pfirsichbäumen, das Weizenfeld, Devil's Den. Überall tobten wilde Kämpfe. Mit einer letzten gescheiterten Attacke der Konföderierten auf Culp's Hill klang der Tag aus.

Nach zwei weiteren Schreckenstagen war Lee immer noch entschlossen, die Stellung zu halten. Am Abend plante er einen Direktangriff auf den Cemetery Ridge. General Longstreets Protest konnte ihn nicht davon abbringen. Die Unionsstreitkräfte wurden zwar jetzt von dem erstklassigen Feldherrn Meade befehligt, genossen jedoch den zweifelhaften Ruf, sich rasch aufzulösen, sobald sie unter Druck gerieten, und schnell den Rückzug anzutreten.

Stuart und seine Kavallerie sollten die Union von Osten her im Rücken angreifen.

Unterdessen fungierte Daniel immer noch als Verbindungsoffizier. So schnell wie er konnten nur wenige von Beautys ruhmreichen Kavalieren reiten, und nicht viele besaßen ein so ausgeprägtes Überlebenstalent. Während Jesse nach zwei langen Kriegsjahren immer noch in Goliaths Sattel saß, hatte sein Bruder schon mindestens sieben Pferde zuschanden geritten.

Lee wollte nicht noch einmal ›erblinden‹.

Der siebenstündige Angriff auf den Cemetery Ridge brachte den Konföderierten keinen Erfolg. Lee beschloß, elf Brigaden zum Zentrum der Unionslinien zu schicken. Stuart sollte dem Feind in den Rücken fallen, die anderen

Männer würden, von General George Picketts ausgeruhter Division angeführt, die Yankees frontal attackieren.

Zunächst herrschte unheimliche Stille, dann begannen die Kanonen zu donnern. Zwei Stunden lang belegten die Konföderierten-Kanoniere die Unionsstreitkräfte mit einem Sperrfeuer, das den Himmel mit einem geisterhaften grauen Schleier überzog und ohrenbetäubenden Lärm erzeugte.

Dann entstand wieder tiefes Schweigen, das schließlich vom gellenden Rebellenschrei gebrochen wurde. In geordneten Reihen marschierten dreizehntausend grauuniformierte Soldaten auf das Feld – furchterregend, majestätisch, wie ein unabwendbarer Fluch Gottes, erfüllt von jenem unerschütterlichen Mut, den ihnen der Glaube an ihre eigenstaatlichen Rechte eingab.

Trotzdem wurden sie niedergestreckt.

Die Unionsartillerie brach über sie herein, und obwohl sie mit qualvollen Todes- und Schmerzensschreien fielen, rückten immer neue Männer nach. Daniel ritt um den Kriegsschauplatz herum, und wie er schon bald herausfand, brachte der Angriff in den Rücken des Feindes keine Hilfe. Jeb Stuarts Kavallerie wurde in eine heiße Schlacht verwickelt, ohne auch nur einen Quadratzentimeter an Boden zu gewinnen.

Auf dem Weg zu Lee, dem er diese Meldung machen wollte, sah er die restlichen Angreifer der Konföderierten zu den eigenen Linien taumeln, kriechen und hinken.

Lee, der grandiose alte Gentleman, erwartete sie. »Es ist alles meine Schuld.«

Picketts Attacke war gescheitert, die Schlacht von Gettysburg beendet. Es blieb nichts weiter zu tun, als die Verluste zu zählen. Fast viertausend Rebellen getötet, fast zwanzigtausend verwundet, über fünftausend vermißt.

Und das Schlachtfeld... Obwohl der Krieg nun schon zwei Jahre dauerte, hatte sich Daniel noch nie ein solcher Anblick geboten wie jetzt, wo er auf dem Cemetery Ridge stand. Ein Leichenmeer. Zerstörte, verkrümmte, armselige Körper, junge und alte, Feinde, die einander im Tod umarmten.

Sanitäter gingen zwischen ihnen hin und her, und er dachte wieder einmal an seinen Bruder. Irgendwo da drüben würde Jesse seinen Dienst verrichten, bis zum Ellbogen im Blut. Daniel wünschte, er wäre bei ihm und könnte ihm helfen. Für ihn spielte es längst keine Rolle mehr, ob es verwundete Rebs oder Yanks zu retten galt. Der Krieg war ein einziger Alptraum, und er nahm kein Ende.

Aus einem plötzlichen Impuls heraus stieg er den Hang hinunter und eilte auf einen Regimentsarzt der Konföderierten zu. Verwirrt starrte Captain Greeley ihn an. »Colonel...«

»Sagen Sie mir, was ich tun soll, Captain. Ich habe schon ein paarmal in Lazaretten assistiert.«

»Aber Colonel...«

»Im Moment habe ich dienstfrei – wenn man das an einem solchen Abend überhaupt sagen kann. Ich bin zwar kein Doktor, verstehe aber ein bißchen was von der ärztlichen Kunst. Gott weiß, wie vielen Menschen ich schon das Leben genommen habe... Nun möchte ich mithelfen, jene zu retten, die noch nicht hoffnungslos verloren sind.«

Dr. Greeley fühlte sich immer noch ein bißchen unbehaglich, weil ihm ein Kavallerie-Colonel ein solches Angebot machte. Doch dann zuckte er die Achseln und bat Daniel einen jungen Mann zu holen, den er bei einem Baumstumpf gefunden hatte und der noch atmete. »Wir haben nicht genug Bahren, wir haben nicht genug Ärzte – von allem haben wir zuwenig.«

»Dann sind wohl alle Hände willkommen, die noch zupacken können«, meinte Daniel und nahm den jungen Soldaten in der blutbespritzten Uniform auf die Arme.

In der nächsten Stunde suchte er zwischen den Leichen nach Lebenden, unterstützt von einigen seiner Männer.

Als er wieder einmal Verwundete ins Lazarett brachte, bat Greeley ihn bei den Operationen zu assistieren.

Daniel hielt die Soldaten fest, während Greeley ihnen die zerschossenen Gliedmaßen amputierte, und versuchte ihnen gut zuzureden. Es gab nicht genug Morphium, die höllischen Schmerzen konnten kaum gelindert werden.

Und dann legte ein Sanitäter einen Mann auf den Operationstisch, der Daniel bekannt vorkam.

»Colonel!« Billy Boudains hübsches Gesicht war aschgrau, trotzdem grinste er. »Sind Sie ins Lazarett beordert worden?«

Mühsam zwang sich Daniel, das Lächeln zu erwidern. »Verdammt, Sie wissen doch, daß diese Arbeit nicht neu für mich ist.«

»Klar, das weiß ich, Sir.«

»Haben Sie sich zu nahe an die Yanks herangewagt?«

»O nein, aber plötzlich explodierte was dicht neben mir, und dann wachte ich erst vor ein paar Minuten auf.«

»Na, das läßt sich sicher wieder in Ordnung bringen, was Dr. Greeley?«

Der Arzt hatte Billy inzwischen das Kavalleriehemd von der Brust geschält. Nun schaute er den Colonel an, der ihm sofort anmerkte, daß es keine Rettung gab. Als Daniel die blutigen, zermalmten Rippen sah, schrie er beinahe auf. Tränen brannten in seinen Augen, und er kämpfte verbissen dagegen an, wütend auf sich selbst. Offiziere durften nicht weinen, Camerons schon gar nicht – am allerwenigsten jetzt, wo Billy ihn brauchte. Er ergriff die Hand des jungen Mannes. »Atmen Sie ganz ruhig und flach.«

»Ich werde sterben, Colonel.«

»Nein, Billy...«

»Machen Sie mir bitte nichts vor, Sir. Ich spüre den Tod. Er ist ganz kalt und tut nicht weh.«

Mühsam schluckte Daniel und kniete neben dem Operationstisch nieder. »Sie dürfen nicht sterben, Billy. Ich nehme Sie mit nach Hause – nach Cameron Hall. Dort wird es Ihnen gefallen. Die Wiesen am Fluß leuchten smaragdgrün, überall wachsen hohe alte Bäume, und abends sitzt man auf der Veranda und genießt die kühle Brise...«

»Und dabei trinkt man Whiskey?«

»Oder Cognac oder Julep, was immer Sie wollen, mein Junge.«

Billy hustete, Blut quoll aus seinem Mund. »Beten Sie für mich, Colonel... Irgendwann werden wir uns wiedersehen – in einem Paradies, so wie Ihr Cameron Hall...« Seine Finger krampften sich fest um Daniels Hand, dann erschlafften sie.

»Er ist tot, Colonel«, sagte Greeley leise.

Daniel biß die Zähne zusammen und nickte.

»Wir brauchen den Operationstisch.«

»Ja, natürlich«, antwortete Daniel tonlos, hob Billy hoch und trug ihn aus dem Zelt, in die Nacht hinaus. Er setzte sich unter einen Baum, den Toten immer noch in den Armen.

Irgendwann sah er hohe Kavalleriestiefel neben sich. »Ein Freund?« Jeb Stuart, sichtlich erschöpft, in zerrissener Uniform, sank ins Gras.

»Ja. Hätte ich ihn damals nicht auf meiner Flucht aus dem Old Capitol mitgenommen, würde er noch leben.«

»Der Allmächtige bestimmt, was mit uns allen geschieht. Und weiß Gott – in diesen letzten Tagen konnte ich Lees Erwartungen nicht erfüllen.«

»Wir haben eine wichtige Schlacht verloren.«

»Armistead ist tot, und Pickett hat geschworen, er würde Lee niemals verzeihen. Aber was bedeutet das schon für die Rebs und Yanks, die hier ihr Leben lassen mußten?« Stuart winkte einen Soldaten heran, bedeutete ihm, Daniel die Leiche abzunehmen und fuhr nach einem kurzen Schweigen fort: »Wir treten den Rückzug an – nach Süden, wieder durch Maryland. Sollte Meade uns nicht folgen, bekommst du Urlaub. Tu, was immer du dort zu erledigen hast, und am Ende des Monats meldest du dich wieder bei mir.«

»Danke, Jeb.« Maryland... Endlich würde er sie wiedersehen.

Callie hatte einzelne Teile des Rebellenheeres beobachtet, das nach Norden vorgerückt war. Die Soldaten kamen nicht direkt an ihrer Farm vorbei, und sie vermochte sie nur vom Schlafzimmerfenster aus zu erkennen, durch das Fernrohr ihres Bruders Josiah. Sie hatte von einer großen, blutigen Kavallerieschlacht in Virginia gehört, voller Erleichterung, weil Daniel nicht dabeigewesen war. Sein Name konnte nicht auf der Totenliste stehen, weil er im Gefängnis saß.

Und jetzt zogen die Konföderierten wieder nach Norden. Sie schloß die Augen und hoffte inständig, vor ihrer Haustür würde kein weiteres Gemetzel stattfinden, es würde ihr erspart bleiben, das Grauen des Krieges noch einmal aus nächster Nähe sehen zu müssen.

Und sie bat den Allmächtigen, er möge keine Soldaten zu ihr führen. In letzter Zeit desertierten immer mehr, von beiden Armeen. Manche dieser Männer waren gefährlich, und Callie mußte nicht nur um sich selber bangen, sondern vor allem um Jared. Kalte Angst trieb sie in den Raum, den sie als Kinderzimmer eingerichtet hatte. Obwohl ihr Sohn schlief, nahm sie ihn aus dem Bettchen. Eher würde sie sterben, bevor sie zuließ, daß ihm ein Leid geschah.

Sie drückte ihn so fest an sich, daß er erwachte und protestierend zu schreien begann. »Verzeih mir, mein Liebling...« Als sie sah, wie er die Lippen kräuselte, lächelte sie. Natürlich, sie hatte ihn geweckt, und nun glaubte er, es wäre Essenszeit. Sie trug ihn zu einem alten Lehnstuhl, setzte sich, und während sie ihn stillte, wiegte sie ihn sanft hin und her. Sie strich über sein seidiges schwarzes Haar, und unweigerlich wanderten ihre Gedanken wieder zu Daniel.

Eines Tages, wenn der Krieg vorbei war, würde er zu ihr kommen – und wenn er das Kind sah, vielleicht gar nichts mehr von ihr wollen – und ihr Jared wegnehmen ... Ihr Herz schlug schmerzhaft schnell, und heftige Schuldgefühle ergriffen sie, nachdem sie sich gesagt hatte, wie gut es doch sei, daß der Krieg noch immer kein Ende fand. »Nein, lieber Gott, das habe ich nicht so gemeint«, flüsterte sie. »Dieses Blutvergießen soll aufhören, so schnell wie möglich.«

Josiah und Jeremy waren außerhalb von Vicksburg stationiert, und ihr jüngster Bruder berichtete in seinen Briefen von grauenhaften Schlachten, vom Versuch der Rebs, die Bevölkerung von Mississippi auszuhungern. Voller Mitleid schilderte er, wie die Bürger der Stadt in Höhlen hausten und sich von Ratten ernährten, falls sie glücklich genug waren, welche zu fangen.

Nein, bitte, lieber Gott, laß den Krieg zu Ende gehen, betete sie stumm.

Als sie einen Wagen vorfahren hörte, sprang sie erschrocken auf, preßte Jared an sich und lief ans Fenster. Nur Helga und Rudy Weiss, die suchend nach allen Seiten schauten ... Erleichtert beugte sie sich hinaus. »Hier bin ich!«

»Dem Himmel sei Dank!« rief Helga.

Das Baby immer noch im Arm, lief Callie die Treppe hinab und zur Hintertür, um ihre Besucher hereinzulassen.

»Alles in Ordnung, Callie?« fragte Rudy besorgt. »War niemand hier?«

»Keine Menschenseele.«

Seufzend sank er auf einen Küchenstuhl und wischte über seine Stirn. »Bei uns waren sie.«

»Wer?«

Er schnitt eine Grimasse. »Erst kam ein Major von den

Konföderierten, warf ein paar Südstaatengeldscheine auf den Tisch und nahm alles mit, was sich bewegte – Ziegen, Hühner, Kühe. Wenig später erschien ein Soldat in blauer Uniform, legte Unionsdollars hin und konfiszierte alles, was die Rebellen vergessen hatten.«

»O Rudy!« Bestürzt setzte sich Callie ihm gegenüber. »Mußten Sie alle Vorräte herausrücken?«

»Alle.«

»Dann werde ich Ihnen was von meinen geben.«

»Nein, nein, wir wollten nur sehen, ob's Ihnen gutgeht. Wir brauchen nicht viel, und unsere Glaubensbrüder werden uns nicht verhungern lassen.«

»Aber ich habe mehr, als ich benötige, und ich wäre sogar froh, wenn ich ein bißchen Vieh loswerden könnte.«

Rudy und Helga widersprachen energisch. Aber Callie ließ sie erst davonfahren, nachdem sie ein Dutzend Hühner, Getreidesäcke und zahlreiche Gläser mit eingemachtem Gemüse im Wagen verfrachtet und eine Ziege an der Hinterachse festgebunden hatte.

Ein paar Tage später kam Rudy wieder zu ihr. »Sie müssen vorsichtig sein, Callie. Wir haben von einer großen, schrecklichen Schlacht gehört. Angeblich wurden fast fünfzigtausend Mann getötet oder verwundet, auf beiden Seiten zusammen.«

»Oh, mein Gott!« flüsterte Callie.

»Jetzt sind die Rebs auf dem Rückzug, schwer geschlagen, völlig entkräftet. Einige werden hier vorbeikommen. Sie sollten mich in unser Haus begleiten, Callie.«

Langsam schüttelte sie den Kopf. Wieder hämmerte ihr Herz viel zu hart gegen die Rippen. Nein, Daniel konnte nicht zu diesen armen Soldaten gehören, er war im Gefängnis. Also hatte sie doch etwas Gutes getan und ihn vor diesem gräßlichen Blutvergießen bewahrt. Aber aus diesem Blickwinkel würde er es niemals betrachten...

»Bitte, Callie, ziehen Sie mit Ihrem Baby für eine Weile zu uns.«

»Nein, Rudy.« Tiefes Mitleid erfaßte sie – und die verwirrende Überzeugung, daß es ihre Pflicht war, hierzubleiben. Sie mußte den geschundenen Heimkehrern wenigstens einen Schluck Wasser anbieten, wenn schon nichts anderes. »Vielleicht kann ich helfen – irgendwie ...« Sie verstand selber nicht ganz, was sie zu ihrem Entschluß bewog, wußte nur, daß sie richtig handelte.

»Aber diese Männer sind Ihre Feinde.«

»Besiegte Feinde.«

»Der Krieg ist noch nicht vorbei.«

»Mir wird sicher nichts zustoßen, Rudy. Ich muß diese Männer ganz einfach sehen – und herausfinden, was geschehen ist.«

Eine Zeitlang redete er noch auf sie ein, aber sie ließ sich nicht umstimmen.

Und als sich die kriegsmüden, geschlagenen, zerlumpten Männer an der Farm vorbeischleppten, stand Callie am Brunnen.

# Zwischenspiel

## *DANIEL*

*4. Juli 1863*
*Bei Sharpsburg, Maryland*
Monatelang hatte er gewartet und sie in seinen Träumen gesehen, inmitten des Kriegslärms ihre sanfte Stimme zu hören vermeint – nicht geglaubt, daß sie tatsächlich so schön sein konnte wie in seiner Erinnerung. Aber sie war es.

Daniel beobachtete, wie sie seinem Offizier Wasser anbot, lauschte dem melodischen Klang ihrer Worte und ballte die Hände, in wachsender Bitterkeit. Er mußte sie hassen, denn sie hatte ihre Schönheit und ihre verführerische Stimme benutzt, um ihn in die Falle zu locken.

Beim Zaungatter schwang er sich aus dem Sattel. Als der Kavallerist sich bei Callie bedankt hatte und weiterritt, führte Daniel seinen grauen Hengst zu ihr. »Ein Engel der Barmherzigkeit! Daß ich nicht lache! Wieviel Arsen hast du denn in diesen Brunnen geschüttet?«

Sie rührte sich nicht. Ihr kastanienrotes Haar flatterte im Wind. Nach einer Weile richtete sie langsam ihren Blick auf Daniel, diese unvergeßlichen, glänzenden silbergrauen Augen.

Plötzlich mußte er lächeln. Nein, sie würde nicht zu Kreuze kriechen. Hoch aufgerichtet stand sie da, würdevoll wie eh und je, zum Kampf bereit. »Hallo, mein Engel.« Ein Puls pochte in ihrem Hals. Empfand sie nun doch ein wenig Angst vor einem Mann, der durch die Hölle gegangen war? »Hat es dir die Sprache verschlagen? Wie ungewöhnlich! Hast du mich denn nicht erwartet?« Er nahm ihr den Schöpflöffel aus der Hand, tauchte ihn in den Eimer, hielt das Brunnenwasser an die Lippen. So angenehm und kühl es auch schmeckte, es konnte das Feuer nicht löschen, das Callies Anblick in seinen Adern entfacht hatte. »Kein Gift? Vielleicht ein paar Glassplitter?« Nun trat er etwas näher zu ihr. »Du schaust mich an, als würdest du einen Geist begrüßen, Callie Michaelson. Aber vielleicht hast du gehofft, ich wäre längst ein Geist, Staub auf dem Feld. Nein, mein Engel, ich bin hier.« Ein paar atemlose Sekunden verstrichen. »Und du bist schön wie eh und je. Bei Gott, ich sollte meine Finger um deinen wundervollen Hals legen und ganz fest zudrücken. Aber das würde mich vielleicht noch mehr quälen als dich.«

Endlich bewegte sie sich, straffte die Schultern und hob das Kinn. »Wenn Sie genug getrunken haben, reiten Sie bitte weiter, Colonel. Sie befinden sich auf Unionsgebiet und sind hier nicht willkommen.« Und dann ging sie an ihm vorbei zum Haus.

»Callie!« Schwang sein ganzer Zorn in seiner Stimme mit? Jedenfalls begann sie zu laufen. »Callie!« rief er noch einmal und folgte ihr.

Sie warf ihm die Hintertür vor der Nase zu. »Geh weg, Daniel! Reit nach Hause, zu deinen Männern, zu deiner Armee, in deinen Süden!«

Erbost stieß er die Tür auf. »Was? Sind eure Soldaten zu weit entfernt, um dich zu retten, nachdem du mich wieder einmal in dein Bett gelockt und verführst hast?« Blitzschnell sprang er zur Seite, als sie eine Kaffeetasse vom Küchentisch nahm und in die Richtung seines Kopfs warf. »Ich soll weggehen? Wie unhöflich, Mrs. Michaelson! Wo ich doch all die Monate auf dieses Wiedersehen gewartet habe! In so vielen schlaflosen Nächten träumte ich davon. Was für ein Narr ich war, Callie! Und ich weiß es offenbar noch immer nicht besser.« Er riß seinen Hut vom Kopf und schleuderte ihn auf den Tisch. »Nun, ich bin zurückgekommen, mein Engel. Und ich möchte da weitermachen, wo wir letztes Mal aufgehört haben. Wo war denn das? In deinem Schlafzimmer, nicht wahr? Ja, natürlich. In deinem Bett.«

»Verschwinde!« fauchte sie.

»O nein.« Grinsend ging er auf sie zu. »Diese Invasion in den Norden wird erfolgreich verlaufen.« Sie stellte ihm einen Stuhl in den Weg, aber davon ließ er sich nicht beirren.

»Nicht, verdammt! Du mußt mir zuhören...«

»Dir zuhören? Callie, die Zeit ist kostbar. Heute abend bin ich nicht hier, um mit dir zu sprechen. Ich habe dir schon einmal zugehört.«

»Daniel, komm nicht näher. Du mußt...«

»Ich muß vollenden, was du angefangen hast, Callie. Dann kann ich nachts vielleicht wieder schlafen.«

Als er ihren Arm packte, zischte sie: »Daniel, hör auf!« Energisch riß sie sich los und rannte davon.

Unerbittlich folgte er ihr. Im Salon schleuderte sie eine Vase nach ihm, die an der Wand zerschellte, nachdem er sich in letzter Sekunde geduckt hatte. Ein Schuh flog heran, ein Buch, eine Zeitung. Nichts vermochte Daniel aufzuhalten.

Auch als sie die Treppe hinaufflüchtete, blieb er ihr auf den Fersen. Auf dem Absatz blieb sie stehen, um nach Atem zu ringen, und er schlang die Finger in ihr Haar, riß sie nach hinten, in seine Arme.

»Laß mich los!« kreischte sie. Mit aller Kraft wehrte sie sich.

»Ich soll dich loslassen? Einmal versuchte ich davonzugehen, zur Ehre des Nordens und des Südens und aller Dinge, die uns beiden so viel bedeuteten. Aber du kamst mir nach, mein Engel. Du wolltest, daß ich hierbleibe. Erinnerst du dich, Callie Michaelson?« Er hob sie hoch, trug sie in ihr Schlafzimmer und warf sie aufs Bett.

Wütend richtete sie sich auf. »Nein! Bilde dir bloß nicht ein...«

In derselben Sekunde kniete er über ihr, zog die Handschuhe aus und ergriff ihre Fäuste. »Was bilde ich mir denn ein, Callie?«

Herausfordernd starrte sie ihn an, und meinte ihre Zähne knirschen zu hören. »Was glaubst du denn?«

»Vielleicht erinnerst du dich an unsere letzte Begegnung – in diesem Zimmer. Die werde ich nie vergessen, denn der Raum gefiel mir vom ersten Augenblick an. Das dunkle Holz der Möbel, die weißen Vorhänge, das Bett... Und es gefiel mir, wie du darin aussahst. Wie ein Sonnenuntergang breitete sich dein Haar auf dem Kissen aus, süß duftend, frisch gewaschen, wie Seide. Auch deine Augen, die sich in geschmolzenes Silber verwandeln können, werde ich nie vergessen. Während ich in der Gefangenschaft meine Flucht plante, dachte ich unentwegt an dich, Callie – an deinen süßen Mund, an deine heißen Küsse, an deinen zarten Hals, deine schönen Brüste. Ich glaubte, deine Haut zu spüren, die verführerischen Bewegungen deiner Hüften. Und ich entsann mich, daß ich dich begehrt hatte wie nichts anderes in meinem Leben. Wenn du mich berührtest, dachte ich beinahe, ich wäre gestorben und dem Himmel näher als jemals auf dem Schlachtfeld. Verdammt, ich liebte dich. Mitten in einem wilden Chaos verspürte ich inneren Frieden. Ich glaubte an dich, und während ich an deiner Seite lag, glaubte ich sogar wieder an das Leben selbst. Was für ein Idiot ich war!«

»Daniel...«

»Sei still!« Er umklammerte ihre Fäuste noch fester. »Erzähl mir nichts. Du brauchst deine Unschuld nicht zu beteuern, denn ich weiß, daß du spioniert hast und das Schicksal einer Spionin verdienst. Wie oft malte ich mir aus, wie es wäre, dich zu erdrosseln! Aber ich könnte es nicht. Niemals könnte ich meine Hände um diesen schlanken weißen Hals legen, niemals diese Schönheit zerstören.

Und ich sagte mir in meinen langen dunklen Nächten, du müßtest hängen oder erschossen werden. Aber weißt du, woran ich am häufigsten dachte?«

Reglos lag sie da, als er sich zu ihr hinabneigte. »Woran?« flüsterte sie.

»Ich dachte an dieses Bett, deinen nackten Körper, dein Lächeln, das in die Tiefen meiner Seele gedrungen war. Und ich erkannte, daß ich mir nichts sehnlicher wünschte, als wieder hier zu sein – bei dir.« Er zerrte an der Verschnürung ihres Kleides. »Ich fragte mich, wie es wohl wäre, dich zu besitzen, wenn ich dich hasse – genauso verzehrend, wie ich dich einmal geliebt habe.«

Heißer Zorn verdunkelte ihre Augen, erfolglos versuchte sie, ihre Hände von seinem Griff zu befreien. »Dann hasse mich doch, du Narr! Du brauchst mir keine Chance zu geben, keine Gnade zu zeigen...«

»Würde ich barmherzig mit dir umgehen, könnte ich mich genausogut erschießen.«

»Du selbstgerechter Bastard! Wenn du mich haßt, dann verabscheue ich dich. Du warst mein Feind! Du bist mein Feind! Dies ist der Boden der Union. Zum Teufel mit dir!«

Und er hatte wider besseres Wissen gehofft, sie würde ihn von ihrer Unschuld überzeugen, ihn anflehen, ihr zu glauben...

Der Zorn verlieh ihr ungeahnte Kräfte, sie schob ihn zur Seite und sprang auf.

Doch er stieß sie sofort wieder aufs Bett zurück, warf sich der Länge nach über sie, spürte, wie sie sich verzweifelt unter ihm wand, begehrte sie heftiger denn je. Wie warm und weich sie sich anfühlte... Ihre Brüste, ihre Hüften, die sich aufbäumten, ihr rasender Herzschlag... »Heute nacht wirst du mich nicht verlassen. Und du wirst mich nicht verraten.«

»Aber ich werde dir nicht gehören!«

»Doch.«

»Es wäre eine – Vergewaltigung.«

»Das bezweifle ich.«

»Oh, du schmeichelst dir selber.«

»Ich habe lange genug in kalten, endlosen Nächten gewartet, Callie. Und nun werde ich dich besitzen.«

»Nein! Du wirst mich nicht zwingen – ganz einfach, weil du der Mann bist, der du bist. Das weiß ich...«

»Verdammt, Callie, du kennst mich nicht. Du hast mich nie gekannt.« Leidenschaftlich küßte er sie, von der ganzen Sehnsucht getrieben, die ihn in all den langen Monaten gepeinigt hatte.

Callie bekämpfte ihn verbissen, preßte die Lippen zusammen, aber nach einer Weile schmolz ihr Widerstand dahin, und sie verwehrte es seiner Zunge nicht mehr, ihren Mund zu erforschen.

Sein Kuß wurde etwas sanfter, seine Hände wanderten über ihren Körper und fühlten, wie sie zu zittern begann. Er erhob den Kopf und flüsterte: »Callie!« Ihre Blicke trafen sich. Wie sollte er den Ausdruck in ihren verschleierten Augen deuten? Wollte sie um Gnade flehen – nur um sich von ihm zu befreien? Wandte sie auch jetzt ihre schauspielerischen Künste an? Spionierte sie für die Yankees? Hatte sie noch mehr für die Union getan, als seine Festnahme zu ermöglichen? »Verdammt, ich lasse mich nicht mehr von dir umgarnen!« stieß er hervor. Seine Finger gruben sich in ihre, dann erschlafften sie plötzlich.

Ein gellender Schrei erklang. Ein Baby. Daniel richtete sich auf. »Was um Gottes willen...«

»Das – das ist Jared.«

Er hielt sie nicht fest, als sie unter ihm zur Seite glitt. Verwirrt starrte er sie an. »Ein Baby?«

»Ja, ein Baby.« Sie sprang auf und rannte aus dem Zimmer.

Daniel folgte ihr in den Flur und beobachtete durch eine offene Tür, wie sie ein winziges Bündel aus einem Bettchen hob. Instinktiv wußte er, daß es Callies Kind war. Und wer mochte der Vater sein? Hatte sie noch andere

Rebellen in ihre Netze gelockt – vielleicht um sie auszuhorchen, im Dienste der Yankees?

Als er das Zimmer betrat, las er zum erstenmal echte Furcht in ihren Augen. Er streckte die Hände aus. »Gib mir das Baby!« Er sah ihr an, wie sehr es ihr widerstrebte, seine Forderung zu erfüllen. Aber sie gehorchte – offenbar nur, um den kleinen Jared nicht zu verletzen.

Verwundert betrachtete er den brüllenden, strampelnden Säugling in seinem Arm. Was für ein schönes Kind... Und diese kraftvolle Stimme übertraf alle Rebellenschreie, die er je gehört hatte. Und das Gesichtchen... Zweifellos das Gesicht meines Sohnes, dachte er. Du bist ein Cameron, Kleiner, das läßt sich nicht leugnen... Ein heißes Glücksgefühl durchströmte ihn, vermischt mit dem brennenden Wunsch, dieses winzige Geschöpf zu beschützen – seinen Sohn. Mit schmalen Augen schaute er Callie an. Würde sie's bestreiten? Jedenfalls hatte sie es nicht für nötig gehalten, ihn über seine Vaterschaft zu informieren, sonst hätte er im Gefängnis davon erfahren. »Das ist mein Baby!«

Sie antwortete nicht. Aber sie würde sich schon noch anders besinnen. Abrupt wandte er sich ab und trug das Kind aus dem Zimmer.

»Daniel!« Am Fuß der Treppe holte sie ihn ein. Nun würde sie doch noch lernen, um Gnade zu bitten. Er wandte sich zu ihr, sah unverhüllte Verzweiflung in ihren tränennassen Augen. »Was machst du? Gib ihn mir. Er schreit, weil er hungrig ist. Du kannst ihn mir nicht wegnehmen. Daniel, bitte!«

»Das ist mein Sohn.«

»Wie willst du das wissen?«

»Bist du wirklich dumm genug, das abzustreiten?«

»Gib ihn mir zurück, Daniel.«

»Er gehört nicht hierher, sondern nach Cameron Hall.«

»Du darfst ihn nicht mitnehmen. Er ist erst zwei Monate alt. Wie willst du ihn denn betreuen? Daniel, bitte!« Sie umklammerte seinen Ellbogen. »Er braucht mich, und jetzt weint er vor Hunger. Du mußt ihn mir geben.«

Mit einem überlegenen Lächeln fragte er: »Du hattest die Absicht, mir nie von ihm zu erzählen, nicht wahr?«

»Doch, das wollte ich.«

Natürlich log sie. »Und wann zum Teufel sollte das geschehen?« fuhr er sie an.

»Du hast mir ja gar keine Gelegenheit gegeben. Statt dessen bist du einfach hier hereingeplatzt, um mich zu verurteilen, um mich zu verdammen...«

Wütend unterbrach er sie. »Vielleicht hofftest du, ich würde nie wiederkommen, in meiner Gefangenschaft sterben und verrotten.«

»Um Himmels willen, Daniel, du kannst meinen Sohn nicht entführen.«

»Er ist auch mein Sohn, und er wird meinen Namen tragen.« Daniel wandte sich zur Haustür.

»Aber du kannst doch gar nicht für ihn sorgen.«

Lächelnd drehte er sich um. »Natürlich kann ich das, Callie. Ich werde eine Mammy finden, die ihn betreut.«

»Nein!« hauchte sie.

»Er ist ein Cameron, und ich werde ihn noch heute nacht in den Süden mitnehmen.«

»Aber er gehört mir!«

»Und mir. Wenn er auch unter sehr bitteren Umständen gezeugt wurde – er kommt mit mir nach Hause.«

»Das hier ist sein Heim.«

»O nein, er ist im Süden zu Hause, am James River.«

»Ich werde das Gesetz zu Hilfe rufen!« drohte sie.

»Es gibt kein Gesetz mehr, Callie. Nur noch Krieg.« Als er auf die Veranda hinausging, folgte sie ihm. Wußte sie, worauf er wartete – daß sie ihren Stolz hinunterschlucken und ihn bitten würde, auch sie mitzunehmen? War das die schlimmste Grausamkeit, die Rache, die er sich in so vielen dunklen Stunden ausgemalt hatte? Wenn ja, dann war es keine süße Rache.

»Nein, du kannst mir das Kind nicht wegnehmen!« Ihre Fäuste trommelten auf seinen Rücken.

Er wandte sich zu ihr und erwiderte kühl: »Dann solltest du mich in den Süden begleiten, Callie.«

Verwirrt wich sie zurück. »Was?«

»Mein Sohn kommt mit mir nach Cameron Hall. Wenn du ihn nicht verlieren möchtest, kannst du mit uns reiten. Du hast zehn Minuten Zeit, dich zu entscheiden, dann brechen wir auf. Wer weiß, vielleicht beschließt Meade diesmal, Lees Heer zu jagen, obwohl es so aussieht, als würde Onkel Abraham keinen General mehr finden, der unseren Bobby verfolgt. Jedenfalls werde ich nicht warten. Also beeil dich, wenn du mitkommen willst.«

Sie gab keine Antwort, wußte aber, daß sie keine andere Wahl hatte – das sah er ihr an. Schließlich streckte sie die Hände aus. »Gib mir das Baby. Ich muß es stillen... Bitte.«

Daniel legte ihr das Kind in die Arme. »Zehn Minuten, Callie. Ich warte hier draußen auf Jared und dich, falls du uns begleiten möchtest. Meinen Sohn nehme ich so oder so mit.«

»Aber wir sind Feinde!«

Höflich nickte Daniel. »Erbitterte Feinde.«

»Ich könnte dich wieder verraten, wenn wir durch dieses Gebiet reiten.«

Also wagt sie es immer noch, mich herauszufordern, zu bedrohen, dachte er verblüfft. »Diese Chance wirst du nicht mehr erhalten.«

Sie schaute ihn an, und ihr Blick verriet ihren schweren inneren Konflikt. Dann verschwand sie mit Jared im Haus.

Gedankenverloren starrte er in die Nacht. Callie war eine Verräterin, und er hatte fast ein Jahr lang mit seinem wachsenden bitteren Zorn gelebt, während sie hier mit seinem Sohn gelebt hatte. Erstaunlich, wie viel er für Jared empfand... Bis vor kurzem hatte er nichts von der Existenz dieses Kindes gewußt. Und jetzt liebte er es, von ganzem Herzen. So bedingungslos, wie er die Mutter haßte – oder liebte? Er wußte es nicht mehr.

Vielleicht würde er die Wahrheit bald herausfinden. Auf der langen, langen Heimreise. Ein schwieriger Weg für ein Yankee-Mädchen und einen Rebellen – und das Kind, das der kurze leidenschaftliche Sturm zwischen ihnen hervorgebracht hatte.

# BITTERSÜSSE RACHE

## *18*

Als Callies Entschluß feststand, stieg sie die Treppe herab und sah Daniel im Wohnzimmer sitzen, die Arme über die Sofalehne ausgebreitet, die ausgestreckten gestiefelten Füße auf dem hübschen Beistelltischchen aus Kirschbaumholz. Er wirkte völlig entspannt – und ziemlich rüpelhaft. In seinem eigenen Salon würde er sich gewiß nicht so herumlümmeln. Außerdem glaubte sie, seine Haltung würde etwas zu deutlich ausdrücken, was er von ihr hielt. Andererseits mochte die etwas zu lässige Pose auch an seiner Kriegsmüdigkeit liegen, wenn seine Augen auch hellwach wirkten. »Du hast länger als zehn Minuten gebraucht«, bemerkte er.

»Und du bist immer noch da.«

»Wie ich bereits sagte, ohne meinen Sohn werde ich nicht aufbrechen.«

»Nun, dein Sohn braucht einiges für die Reise, das mußte ich zusammenpacken«, erklärte sie kühl.

Lächelnd stand er auf und ging auf sie zu. »Und du wirst mich auch begleiten?«

»Du läßt mir keine Wahl. Hoffentlich weißt du, worauf du dich da einläßt.«

Sein herausforderndes Lächeln vertiefte sich. »Oh, ich kann sehr gut mit kleinen Kindern umgehen.«

»Wirklich? Dann wirst du sicher auch verstehen, daß gewisse Kleidungsstücke und Windeln unverzichtbar sind. Und es wird mir eine Freude sein, wenn du mir unterwegs hilfst, Jared zu betreuen.«

»Wo ist er?«

Callie zögerte. »Jetzt schläft er. Ich habe ihn in sein Bettchen gelegt, damit ich in Ruhe alles einpacken kann.« Während sie zu Daniel aufschaute, kämpften widersprüchliche Gefühle in ihr. Er sah so erschöpft aus. Das attraktive Gesicht war eingefallen und viel zu dünn. Die letzten Schlachten waren sehr unglücklich für die Rebellen verlaufen, und Callie merkte ihm die Anspannung an, unter der er die ganze Zeit gestanden haben mußte. Sie wollte ihn hassen, den zornigen Wunsch empfinden, ihm die Augen auszukratzen, ihn gleichzeitig aber auch in die Arme nehmen, die Falten auf seiner Stirn glätten, den Staub und den Schmutz der Kämpfe von seinem Rücken waschen. »Daniel, die Soldaten von beiden Seiten haben hier Haus und Hof geplündert, aber im Keller ist noch ein bißchen Suppe übrig. Willst du nicht etwas essen? Du solltest auch ein Bad nehmen und ein paar Stunden schlafen. Inzwischen könnte ich deine Uniform saubermachen...«

»Und du könntest mich verführen, damit die Yanks mich wieder einfangen – nein, danke«, erwiderte er eisig.

Erbost straffte sie die Schultern. »Nun, dann bleib doch schmutzig und verhungere! Außerdem habe ich dich nie verführt.«

»Oh, doch.«

»Ich hatte keine Wahl.«

»Arme Callie... Wie schrecklich muß dir zumute gewesen sein! Wie geht es übrigens Captain Dabney?«

»Keine Ahnung.«

Ironisch hob er die Brauen. »Und ich dachte, ihr kennt euch sehr gut.«

Blitzschnell hob sie ihre Hand, die er erst festhalten konnte, nachdem sie klatschend auf seiner Wange gelandet war.

Unsanft zog er Callie zu sich heran. »Nimm dich in acht! Im Krieg habe ich mir ein paar unangenehme Angewohnheiten zugelegt. Wenn ich angegriffen werde, schlage ich zurück.«

»Genauso halte ich es auch.«

»Du hast meine Frage nicht beantwortet. Was ist mit Dabney los? Treibt er sich immer noch in dieser Gegend herum? Ist es ihm jemals gelungen, seine Kompanie in eine richtige Schlacht zu führen?«

»Diese Frage habe ich bereits beantwortet – ich weiß es nicht.« Schmerzhaft umklammerten seine Finger ihr Handgelenk, und er stand viel zu dicht vor ihr. Die Wärme seines Körpers schien in ihren hinüberzuströmen. Hastig riß sie sich los. »Ich habe ihn in letzter Zeit nicht mehr gesehen.«

Daniel wandte sich ab. »Ich möchte jetzt aufbrechen. Soll ich das Baby holen?«

Das Blut drohte, in ihren Adern zu gefrieren. Sie hatte die ganze Zeit gewußt, daß er es ernst meinte. Warum wurde sie jetzt von so qualvoller Angst erfaßt?

Weil sie von hier weggehen mußte. Wenn die Feinde ihr Land auch zertrampelt hatten, dies war immer noch ihr Heim, und sie wußte nicht genau, wohin Daniel sie bringen würde und wie sie dort zurechtkommen sollte.

Er wollte nur das Baby mitnehmen, für sie interessierte er sich nicht. Vorhin hatte sie erklärt, sie wolle das Gesetz zu Hilfe rufen. Kein Richter würde einem Soldaten gestatten, einer Mutter ihr Kind zu entführen, oder? Genau wußte sie es nicht. Vielleicht würde Daniel sie an einen Ort bringen, wo die Richter mehr oder weniger im Dienst der Camerons standen, wo man ihr das Baby wegnehmen konnte.

Sie ballte die Hände, hob das Kinn und hoffte, ihre Stimme würde nicht zittern. »Niemals werde ich mich von Jared trennen. Deine Absichten kenne ich nicht, aber ich werde immer bei ihm bleiben – was auch geschehen mag. So leicht wirst du mich nicht los.«

»Oh, ich will dich ja gar nicht loswerden.« Irgend etwas

schwang in seinen Worten mit, das ihr einen Schauer über den Rücken jagte. »Ganz im Gegenteil«, fügte er gedehnt hinzu. »Ich habe einige Zeit in einem Nordstaaten-Gefängnis verbracht. Vielleicht wirst du nun einen ähnlichen Zustand im Süden kennenlernen.«

Krampfhaft schluckte sie. »Mir ist alles recht, solange...« Ihre Stimme brach.

»Ja?«

»Solange du mich nicht von Jared trennen wirst.«

Ihr verzweifeltes Flüstern schien eine Seite in seinem Inneren zu berühren. In etwas sanfterem Ton erwiderte er: »Das habe ich nicht vor. Und nun müssen wir endlich aufbrechen. Deine zehn Minuten sind längst überschritten. Soll ich das Baby holen?« Er wandte sich ab und verließ den Salon.

»Nein!« Callie rannte an ihm vorbei zur Treppe. »Ich kümmere mich um Jared. Nimm bitte unsere Sachen, ich habe sie in die alten Satteltaschen meines Vaters gepackt und oben im Flur abgestellt.«

Sie eilte ins Kinderzimmer, nahm vorsichtig das schlafende Baby aus dem Bettchen und trug es nach unten. Daniel folgte ihr mit den Satteltaschen, die er über seine Schultern geworfen hatte.

Tränen brannten in ihren Augen, als sie zur Haustür ging. Nun mußte sie unwiderruflich von ihrem Heim Abschied nehmen, das sie so lange gehegt und gepflegt hatte – für den Tag, an dem Jeremy, Joshua und Josiah zurückkehren würden. Bei der Tür zum Salon zögerte sie kurz, wagte aber nicht hineinzuschauen. Sie würde den Anblick des gemütlichen Raums mit den Porträts ihrer Eltern und Brüder nicht ertragen. Nie zuvor hatte sie dieses Haus für längere Zeit verlassen, höchstens für kurze Ausflüge nach Washington. Nach der Hochzeit war ihr Mann hier eingezogen, denn sein Elternhaus hätte zuwenig Platz für ein junges Ehepaar geboten.

Sie trat auf die Veranda und spürte den kühlen Nachtwind auf den Wangen. Zu ihrer Verblüffung schloß Daniel sorgfältig die Tür hinter sich ab. Unwillkürlich lächelte sie, und er fragte: »Was findest du denn so komisch?«

»Zwei Heere sind gekommen und gegangen und haben sich genommen, was sie wollten. Die Fensterscheiben sind von Kugeln zertrümmert, und in einem Verandapfosten steckt eine Kanonenkugel. Trotzdem versperrst du die Tür.«

»Ja«, bestätigte er, ohne eine nähere Erklärung abzugeben, und ging zu seinem großen mageren Rotschimmel, der beim Brunnen wartete. »Hast du noch Vieh? Wenn ja, müssen wir es irgendwo unterbringen. Sobald die Soldaten hier aufkreuzen, wird alles, was auf vier Beinen läuft, am Bratspieß enden.«

»Ich habe kein Vieh mehr. Deine Soldaten waren schon hier.«

»Dann reiten wir los.« Er warf die Satteltaschen über die Hinterbacken seines Hengstes.

Die Nacht war kühl geworden, und in der Ferne flackerten mehrere Lagerfeuer. Ringsum kampierten Yankees und Rebellen. Angstvoll starrte Callie auf die rötlichen Lichter. »Willst du nicht lieber bis morgen früh warten?«

»Nein. Komm jetzt endlich.«

Widerstrebend ging sie zu Daniel. Und er umfaßte ihre Taille, um sie mitsamt dem Baby auf sein Pferd zu setzen. Dann schwang er sich hinter ihr in den Sattel und drückte die Fersen in die Flanken des Hengstes.

Seine Arme umfaßten Callie und das schlafende Kind, während sie langsam durch die Nacht ritten. »Überall lagern Soldaten«, sagte sie leise.

»Ich weiß.«

»Hast du keine Angst, ich könnte dir die Yankees wieder an den Hals hetzen?« fragte sie ironisch.

»Jetzt bin ich auf die Anwesenheit der Yankees vorbereitet. Die können mir nur gefährlich werden, wenn ich nicht mit ihnen rechne – so wie an jenem Tag...«

Sie biß sich auf die Lippen, fest entschlossen, sich nicht vor diesem Mann zu rechtfertigen, der ihr ohnehin nicht glauben wollte.

Eine Zeitlang ritten sie schweigend dahin. Das Baby begann zu wimmern. Und Callie drückte es fester an sich. Sie widerstand der Versuchung, sich umzudrehen. Nun würde ihr Farmhaus allmählich aus dem Blickfeld verschwinden. »Oh!« rief sie plötzlich.

»Was ist los?« fragte Daniel.

»Ich muß noch etwas erledigen. Könntest du anhalten?« Sie spürte, wie sich seine Arme versteiften. Würde er ihr denn nie wieder über den Weg trauen? »Rudy und Helga Weiss werden sich Sorgen machen, wenn sie herausfinden, daß ich verschwunden bin. Sie wohnen nur ein Stück von der Straße entfernt.«

»Hast du dich mit diesen Baptisten angefreundet?«

»Ja.« Callie fügte nicht hinzu, daß sich Helga und Rudy rührend um sie gekümmert hatten, als es allen anderen offenbar egal gewesen war, ob sie am Leben blieb oder starb. »Ich muß mich von ihnen verabschieden. Und dabei hege ich wirklich keine Hintergedanken, das schwöre ich.«

»Also gut, ich gebe dir fünf Minuten Zeit. Das Baby bleibt inzwischen bei mir.«

»Helga hat ihm ans Licht der Welt verholfen...«

»Das Baby bleibt bei mir. Das ist mein letztes Angebot. Nimm es an oder laß es bleiben.«

Zum Teufel mit ihm, dachte sie, erhob aber keine weiteren Einwände. Wie sie wußte, wären die auch sinnlos gewesen, wenn er in diesem Ton sprach. Sie zeigte auf den Weg, der zu Rudys kleiner Farm führte.

In einiger Entfernung vom Haus zügelte er das Pferd und stieg ab, dann hob er Callie herunter und nahm ihr Jared aus den Armen – vorsichtig genug, um seinen schlafenden Sohn nicht zu wecken. »Beeil dich. Und ich warne dich, falls du diese Leute bitten willst, uns jemanden hinterherzuschicken. Ich nehme Jared mit, auch wenn ich in halsbrecherischem Galopp fliehen muß.«

»Ich führe überhaupt nichts im Schilde«, entgegnete Callie irritiert. »Glaub mir, du siehst die Situation völlig falsch. Ich möchte mich nur von freundlichen Menschen verabschieden, die gut zu mir waren – und zu deinem Sohn.« Ohne eine Antwort abzuwarten, rannte sie zu dem einfachen kleinen Haus und klopfte an.

Rudy öffnete die Tür, und bei ihrem Anblick fragte er erschrocken: »Stimmt was nicht? Wo ist das Baby? Haben Sie irgendwelche Schwierigkeiten, Frau Michaelson?«

»Nein, es geht mir gut, und das Baby – ist gleich da draußen. Ich werde für einige Zeit verreisen und bin nur gekommen, um Ihnen Lebewohl zu sagen – und für alles zu danken, was Sie für mich getan haben.«

Helga kam aus der Küche gelaufen. »Callie! Wo ist denn das Kindchen?«

»Da draußen. Ich bringe Jared in den Süden.«

»Aber das ist doch viel zu gefährlich!« rief Helga.

Mit einem schmerzlichen Lächeln schüttelte Callie den Kopf. »Nach all den Schlachten, die hier getobt haben, gibt es wohl kaum einen gefährlicheren Ort als die Umgebung von Sharpsburg.« Impulsiv umarmte sie die ältere Frau. »Jared und mir wird nichts zustoßen. Und nun muß ich mich verabschieden. Ich werde Sie beide sehr vermissen.«

Herzlich erwiderte Helga die Umarmung. »Auch Sie werden uns fehlen, meine Liebe.«

»Gehen Sie mit dem Vater des Babys weg, Frau Michaelson?« fragte Rudy mißbilligend.

»Rudy!« mahnte seine Frau. »Sie muß tun, was sie für richtig hält. Und alles wird sich sicher zum Guten wenden. Dafür wird Gott sorgen.«

Seufzend zuckte er die Achseln. »Ich werde mich um Ihre Farm kümmern, Frau Michaelson.«

»Danke, das ist sehr nett von Ihnen. Aber Sie dürfen sich nicht zuviel Arbeit aufbürden.«

»Welche Arbeit? Es ist doch gar kein Vieh mehr da.« Nun nahm er Callie seinerseits in die Arme, und sie stellte sich auf die Zehenspitzen, um seine Wange zu küssen.

»Ich werde zurückkommen, wenn der Krieg vorbei ist«, versprach sie. Dann wandte sie sich ab und ergriff die Flucht. Es überraschte sie selbst, wie schwer ihr die Trennung von dem alten Ehepaar fiel. Doch sie wagte es nicht, sich noch länger bei ihren Freunden aufzuhalten. Sicher würde Daniel schon ungeduldig warten.

An der Stelle, wo er das Pferd gezügelt hatte, fand sie ihn nicht. Im schwachen Lichtschein, den das kleine Haus verströmte, sah sie sich wie gehetzt um. War das seine Rache? Hatte er beschlossen, allein mit Jared weiterzureiten? »Daniel!« schrie sie in die Nacht, dann begann sie blindlings ins Dunkel zu laufen. »Nein, o nein, Daniel!« Atemlos blieb sie stehen, schaute nach allen Seiten, sah aber nichts. »Daniel!« Beinahe stürzte sie, von wilder Panik erfaßt.

Endlich hörte sie Hufschläge, dann den Klang seiner Stimme. »Hier bin ich, Callie! Würdest du bitte still sein? Du weckst ja sogar die toten Yankees in dieser Gegend auf, nicht nur die lebenden.«

Sie wischte ihre Tränen weg, drehte sich um und sah ihn aus dem Gebüsch am Straßenrand auftauchen. In einem Arm hielt er das Baby, mit der anderen Hand führte er das Pferd am Zügel. Merkwürdigerweise schlief Jared immer noch. Sie lief Daniel entgegen, und es juckte sie in den Fingern, ihm das Kind zu entreißen, aber sie beherrschte sich.

Zu ihrer Verblüffung strich er ihr sanft über die Wange. »Du liebst ihn wirklich, nicht wahr?« fragte er leise.

»Mehr als mein Leben.«

Vorsichtig legte er ihr das Baby in die Arme, dann hob er sie auf den Rotschimmel und stieg hinter ihr auf. »Hast du dich von deinen Freunden verabschiedet?«

»Ja.«

»Und du wirst nicht zurückblicken?«

»Ich blicke nicht zurück.«

Da versank er in Schweigen. Nur wenige Sterne erhellten die dunkle Nacht. Immer wieder zügelte er das Pferd, um zu lauschen, sich in den Steigbügeln aufzurichten und nach allen Seiten zu spähen.

Callie wußte nicht, was er sah. Sie selbst starrte nur in undurchdringliches Dunkel. Bleierne Müdigkeit erfaßte sie, und mit jedem Hufschlag drückte Jareds Gewicht schwerer auf ihre Arme. Die Augen fielen ihr zu, und sie mußte ihre letzten Kräfte aufbieten, um sie offenzuhalten. Immer wieder sank sie an Daniels Brust. Das wollte sie nicht, sondern mit erhobenem Haupt und kerzengeradem Rücken reiten. Doch das schaffte sie nicht ganz. Die breite warme Brust hinter ihr übte eine immer unwiderstehlichere Anziehungskraft aus.

Als Daniel den Rotschimmel zügelte, blinzelte sie verwirrt und wisperte: »Wo sind wir?«

»Immer noch in Maryland. Hier werden wir schlafen.«

Mühsam öffnete sie die Augen etwas weiter. »Hier? Mitten im Nirgendwo?«

Er stieg vom Pferd und hob sie herunter. »Wir sind in der Wildnis, meine Liebe, und hier werden wir übernachten.« Er stellte sie ins Gras und sattelte den Hengst ab. »Such dir einen Baum.« Verständnislos starrte sie ihn an, und er lachte leise. In einer Hand den Sattel, umfaßte er mit der anderen ihren Ellbogen und führte sie zu einer alten Eiche. In der Nähe plätscherte ein Bach. Daniel legte den Sattel auf den Boden, holte das Pferd und band es an einem Zweig fest. Dann breitete er die Satteldecke im Gras aus.

»Mußten wir mein Haus so überstürzt verlassen, nur um hier draußen zu schlafen?« fragte Callie.

»Du hast einen prachtvollen Himmel als Dach, eine weiche Wiese als Bett und süße frische Luft zum Atmen. Außerdem sind keine Yankees in der Nähe. Hier muß ich nicht die ganze Nacht die Augen offenhalten.«

»Da täuschst du dich, ich gehöre zu den Yankees.«

»Oh, verzeih. Ein Yankee ist natürlich hier.« Er legte einen Finger unter ihr Kinn. »Und auf den werde ich natürlich höllisch aufpassen.«

Wortlos wandte sie sich ab und legte sich auf die Decke, das Baby neben sich, um das sie schützend einen Arm schlang. Als sie merkte, wie sich die kleine Brust hob und senkte, wurde sie wieder einmal von überwältigender Liebe durchströmt. Müde schloß sie die Augen und spürte, wie Daniel sich hinter ihrem Rücken ausstreckte.

Er war in ihr Leben zurückgekehrt. Sie haßte ihn – sie liebte ihn... Kaltes Dunkel schien sie einzuhüllen, und sie begann zu zittern. Schließlich bebte sie so heftig, daß sie fürchtete, das Baby könnte erwachen. Sie versuchte aufzustehen, aber plötzlich wurde sie von Wärme umgeben. »Verdammt, Callie, was ist denn los?«

»Mir ist kalt«, flüsterte sie.

Da rückte er noch enger an sie heran und schlang einen Arm um ihren Körper und Jared.

Allmählich hörte sie auf zu frösteln, ein unbewußtes Lächeln umspielte ihre Lippen, und bald schlief sie so tief und fest wie ihr Sohn.

## 19

Kurz nachdem sie eingeschlummert war, begann das Baby zu wimmern und mußte gestillt werden. Und schon am frühen Morgen riß Daniel sie erneut aus dem Schlaf. Sie hatte Kopfschmerzen, ihre Kehle war trocken, ihr Haar wild zerzaust. Es gelang ihr kaum, sich aufzusetzen. Daniels Gelächter half ihr nicht, als sie ihn vorwurfsvoll anstarrte.

»Auf die Beine!« befahl er. »Ein Stück weiter unten an der Straße werde ich Kaffee kochen.«

Er griff nach dem Baby, und Callie überließ es seinem Vater. Aber schon war es wach und betrachtete ihn neugierig.

»Da drüben findest du einen Bach.« Daniel zeigte mit dem Kinn zu einer Böschung und half ihr mit der freien Hand auf die Beine.

Sie wühlte in ihrer Satteltasche, holte ihre Zahn- und ihre Haarbürste hervor. Wie sie mit einem kurzen Blick festgestellt hatte, war Daniel bereits rasiert. Allzu genau hatte sie sein Gesicht nicht betrachten wollen, das während der Gefangenschaft schmaler geworden war, ihr aber attraktiver erschien denn je. Während sie zum Bach eilte, fragte sie sich wieder einmal, wie es möglich war, jemanden zu hassen und gleichzeitig so sehr zu lieben. Für ihre eigene äußere Erscheinung konnte sie wenig tun, aber das kalte Wasser fühlte sich angenehm an, und sie nahm sich wenigstens genug Zeit, um ihr Haar gründlich zu bürsten.

Danach ritten sie schweigend weiter. Wenn Callie etwas sagen wollte, brachte Daniel sie sofort zum Schweigen. Und als das Baby zu schreien begann, drängte er sie, es zu beruhigen. Lees gesamte Armee mochte in diese Richtung vorrücken, aber mehrere Yankee-Patrouillen würden ihm folgen. Jeden Augenblick mußte Daniel auf Scharmützel in allernächster Umgebung gefaßt sein, und er wollte beiden Heeren ausweichen.

Callie biß sich auf die Lippen und öffnete die Knöpfe am Oberteil ihres Kleides, um Jared zu stillen. Auf einem schaukelnden Pferderücken war das kein angenehmes Unterfangen. Eigentlich hatte sie sich vorgenommen, in solchen Dingen auf Einhaltung ihrer Privatsphäre zu bestehen. Aber diesen Entschluß gab sie sehr schnell auf. Daniel schien ihre nackte Brust gar nicht wahrzunehmen und murmelte nur etwas Unverständliches, als sie ihm später zuflüsterte, Jared sei wieder eingeschlafen.

Er hatte ihr Kaffee versprochen, zügelte aber erst am späten Nachmittag das Pferd am Straßenrand und stieg ab. Als er sie herunterhob, taumelte sie und wäre mitsamt dem Baby gestürzt, hätte er sie nicht festgehalten. Sie war es nicht gewöhnt, so viele Stunden im Sattel zu verbringen. Ihr Magen knurrte. Am Vorabend hatte sie noch eine Suppe gegessen. Doch sie nahm an, daß Daniel sich auf dem Weg zu ihr nicht mit einer Mahlzeit aufgehalten hatte. Wie lange konnte er wohl von Luft leben?

Der Krieg, dachte sie. Wie immer in diesen Tagen scheint das die einzige Antwort auf alle Fragen zu sein.

Wieder hörte sie in der Nähe einen Bach gurgeln. Als sie sich einigermaßen erholt hatte und wieder auf eigenen Beinen stehen konnte, führte er das Pferd zwischen den Bäumen hindurch zum Ufer, und sie folgte ihm mit dem Baby. Das Wasser sah verlockend aus. Sie setzte sich, und während sie Jared in einem Arm hielt, schöpfte sie mit der anderen Hand das kühle Wasser.

Inzwischen suchte Daniel Brennholz und machte Feuer, dann holte er einen Beutel Kaffee und einen Blechkessel aus seiner Satteltasche, den er mit Wasser füllte und über die Flammen hielt.

»Bist du hungrig?« fragte er. Callie nickte. Offenbar hatte er vergessen, daß die Menschen normalerweise dreimal am Tag etwas zu sich nahmen, angefangen mit dem Frühstück.

Er kramte wieder in seiner Tasche und holte ein paar harte Biskuits hervor. Als er ihr eines davon reichte, kroch ein winziger Wurm heraus. Dann noch einer und noch einer. Krampfhaft schluckte sie und ließ das Biskuit fallen.

»Tut mir leid«, entschuldigte er sich leicht verlegen.

Callie zuckte die Achseln. »Ich habe schon früher Würmer gesehen. Nur nicht – nur nicht so viele. So hungrig bin ich gar nicht.«

Seufzend erwiderte er: »Zu Hause wird's uns bessergehen. Der Fluß wimmelt vor Fischen, und wir haben Vieh im Überfluß. So viele Enten – das kannst du dir gar nicht vorstellen. Und genug Hühner für ein ganzes Heer...«

Abrupt verstummte er. Vermutlich würde nicht viel auf Cameron Hall übriggeblieben sein, wenn irgendeine der beiden Armeen inzwischen vorbeigekommen war.

Jared öffnete seine großen blauen Augen und lächelte seine Mutter an. Er brauchte sich natürlich keine Nahrungssorgen zu machen. Vorerst nicht, dachte Callie. Aber wenn ich noch ein paar Tage hungern muß, könnte sich das auf die Muttermilch auswirken.

Als das Baby mit den winzigen Fäusten durch die Luft fuhr, streckte Daniel ihm eine Hand hin. Winzige Finger klammerten sich um einen großen. Er lächelte und glich mehr denn je seinem Sohn. Callies Herz krampfte sich zusammen, als sie erkannte, daß er keineswegs aus Rachsucht beschlossen hatte, das Kind mitzunehmen. Er liebte Jared. Vielleicht nicht so sehr wie sie selbst. Sie hatte ihn geboren, ihn von Anfang an, Tag für Tag und Stunde für Stunde in den Armen gehalten. Aber immerhin – er liebte den Kleinen. »Ich glaube, jetzt ist der Kaffee fertig«, bemerkte sie.

Er nickte, wandte sich zum Kessel, und wenig später reichte er ihr einen winzigen gefüllten Blechbecher. Sie legte das Baby in ihren Schoß und nahm ihn entgegen. Der Kaffee schmeckte erstaunlich gut, oder vielleicht lag es nur daran, daß sie nach vielen Stunden zum ersten Mal etwas anderes bekam als Wasser.

Genüßlich nippte sie an dem heißen Getränk, dann schaute sie Daniel an, der sie beobachtete. »Trinkst du keinen Kaffee?«

Er zuckte die Achseln. »Im Proviantbeutel eines Soldaten befindet sich meistens nur ein einziger Becher.«

Das Blut stieg ihr in die Wangen, und sie reichte ihm den Becher, aber er winkte ab. »Im Topf ist noch genug Kaffee, trink nur.«

Sie gehorchte, dann schenkte er sich selbst Kaffee ein, leerte den Becher und löschte sofort danach das Feuer. Er packte seine Sachen in die Satteltasche, und Callie beobachtete ihn. Offenbar wollte er sofort weiterreiten. »Ich muß das Baby wickeln«, erklärte sie hastig und zerrte eine der Windeln aus ihrer Tasche, die sie für Jared genäht hatte.

Da sie Daniels Ungeduld spürte, versorgte sie den Kleinen so schnell wie möglich. Dann legte sie ihn in die Arme seines Vaters und rannte zum Fluß, um die gebrauchte Windel auszuspülen. Die konnte trocknen, während sie weiterritten.

Gegen Abend erreichten sie den Potomac River. Nachdem sie abgestiegen waren, trat Daniel an das Ufer und starrte auf den Fluß. Callie folgte ihm. Trotz des Krieges war die Aussicht immer noch eindrucksvoll. Hoch über dem Wasser erhoben sich die Berge, die Sommerfarben schimmerten in üppigem Blaugrün. Aber Daniel sah nichts von dieser Schönheit.

»Offenbar haben die Yanks Harpers Ferry zurückerobert. Die Brücke ist gesprengt worden und das Wasser ist leider nach den Regenfällen angestiegen. Wir müssen eine andere Furt finden.«

Wortlos nickte Callie und erschauerte. Als der Abend hereinbrach, wurde es immer kälter, trotz der sommerlichen Wärme, die tagsüber herrschte.

»Frierst du?« fragte er.

»Ja.«

»Ich kann kein Feuer machen. Das würde man im Dunkeln zu leicht sehen.«

»Natürlich, das verstehe ich.«

»Du mußt sehr hungrig sein.«

Wehmütig zuckte sie die Achseln. »Du auch.«

»Ich bin an Hunger gewöhnt«, erwiderte er grinsend, »und ich höre es kaum noch, wenn mein Magen knurrt.« Im schwindenden Tageslicht betrachtete er Callie. »Morgen werde ich einen Hasen erlegen oder einen Fisch fangen. Jetzt wollen wir uns erst einmal ein paar Stunden ausruhen.« Er wandte sich ab und ergriff das Pferd am Zügel. »Wir werden unser Lager weiter dort drüben an einem schmalen Nebenfluß aufschlagen.«

Sie folgte ihm zwischen dichten Bäumen zum Ufer eines breiten rauschenden Bachs. In ihren Armen begann Jared zu weinen.

Während Daniel den Rotschimmel trinken ließ, setzte sie sich unter eine hohe Eiche, knöpfte ihr Kleid auf und wickelte sich einen Schal um die Brust, während sie das Baby stillte. Sie spürte, wie der winzige Mund an ihr saugte, und schloß die Augen, von tiefer Dankbarkeit erfüllt. Nichts auf der Welt, weder das Grauen des Krieges noch Daniels zornige Rachsucht, konnte etwas daran ändern, daß Jared ein wundervolles Gottesgeschenk war.

Sie öffnete die Augen und zuckte zusammen. Daniel stand vor ihr, von Schatten umgeben, so daß sie sein Gesicht nicht sehen konnte, nur die hochgewachsene breitschultrige Gestalt mit dem Federhut. Nun wandte er sich abrupt ab. »Da drüben liegt die Decke. Schlaf jetzt, morgen müssen wir früh losreiten.«

Müde und hungrig erhob sie sich, hielt das Baby an ihre Schulter und wartete auf die leisen Rülpslaute. Dann trug sie es zur Decke hinüber.

Daniel stand am Ufer und schaute über den Bach hinweg.

»Stimmt was nicht?« fragte sie.

»Da ist jemand.« Er zeigte in die Finsternis, und als Callie die Augen zusammenkniff, sah sie ein Lagerfeuer flackern.

»Wer...?«

»Ich weiß es nicht. Flammen tragen keine Uniformfarben. Geh schlafen, hier sind wir für die Nacht sicher.«

»Aber du...«

»Verdammt, Callie, ich bleibe noch eine Weile auf. Leg dich jetzt mit dem Baby hin und schlaf.«

Wortlos gehorchte sie, streckte sich unter dem Baum aus

und nahm Jared in den Arm. Obwohl sie fröstelte, schlummerte sie ein. Irgendwann in der Nacht erwachte sie und spürte am Rücken Daniels warme Brust. Als sich das Baby bewegte, küßte sie seine Stirn, dann schlief sie weiter.

Als sie am Morgen erwachte, war sie allein. Sie blickte sich um und sah, daß Daniel Brennholz gesammelt hatte.

Vielleicht versuchte er gerade, etwas Eßbares aufzutreiben. Hoffentlich... Mittlerweile verursachte Callies Hunger schmerzhafte Magenkrämpfe.

Jared gab gurgelnde Laute von sich, und sie alberte ein wenig mit ihm herum. Dabei beobachtete sie, wie sich ein Lächeln auf seinem Gesicht ausbreitete. Er starrte nach oben, und sie bemerkte, daß ihn das dichte Laub an den Bäumen faszinierte. Da er vorerst damit beschäftigt war, ließ sie ihn kurz allein und rannte zum Bach, um ihren quälenden Durst zu stillen. Sie tauchte ihr Gesicht ins kühle Wasser, dann öffnete sie das Oberteil ihres Kleides und bespritzte ihre Brüste. Dabei wurde auch ihr Kleid naß, doch das störte sie nicht. Die warme Sonne würde es bald trocknen. Noch einmal ließ sie ihre Hände von den Wellen umspülen, dann hielt sie plötzlich inne, denn sie nahm eine Bewegung am anderen Ufer wahr.

Wie erstarrt beobachtete sie, wie Männer auf den Bach zukamen – mindestens zehn, alle in blauen Uniformen. Yankees. Soldaten, die auf meiner Seite stehen, dachte sie, und ihr Herz begann, wie rasend zu schlagen. Hastig sprang sie auf und versuchte, sich möglichst lautlos vom Bach zu entfernen. Da stieß sie gegen etwas, und beinahe schrie sie laut auf. Hände umfaßten ihre Schultern und drehten sie herum.

Verwirrt starrte sie Daniel an, der einen Finger auf seine Lippen legte. »Sei still, Callie.«

»Ich wollte nicht schreien!« wisperte sie erbost. »Im Gegenteil, ich hatte die Absicht, dich zu warnen.«

Sie wußte nicht, ob er ihr glaubte. Seine blauen Augen waren unergründlich.

Stimmen drangen über den Bach herüber. Daniel ging in die Knie und drückte Callie neben sich zu Boden.

»Allzuweit kann sie noch nicht gekommen sein. Der Alte sagte, sie sei mit einem Baby unterwegs. Das wird unserem Rebellenfreund eine Menge Zeit kosten.«

Erschrocken hielt Callie den Atem an, ungläubig starrte sie zum Bach hinüber. Schon wieder Eric Dabney... Er hatte sein Hemd ausgezogen, nur mit der blauen Hose, dem Unterhemd und Hosenträgern bekleidet, watete er ins Wasser.

»Lieutenant Colonel Dabney, Sir!« rief ihm ein Soldat vom Ufer aus zu. »Östlich von hier haben wir die Reste eines Lagerfeuers gefunden!«

»Lieutenant Colonel«, flüsterte Daniel bitter in Callies Ohr. »Meine Festnahme hat ihm also tatsächlich zu einer Beförderung verholfen.« Er starrte Callie wütend an. »Und du natürlich auch!«

Sie wollte ihn anschreien, ihn schlagen, ihm irgendwie weh tun – doch dafür war dieser Zeitpunkt denkbar ungeeignet. »Ich glaube, es sind etwa zwanzig Mann«, warnte sie ihn in möglichst ruhigem Ton.

»Ja, damit könntest du recht haben. Und du wußtest natürlich nichts davon. Du hast beim Abschied von deinen alten Baptistenfreunden kein Wort verlauten lassen, was?«

Fassungslos erwiderte sie seinen vorwurfsvollen Blick und zischte: »Ich hätte vorhin lauthals schreien können, du Narr! Ist dir das denn nicht klar? Ich hätte sie dir alle auf den Hals hetzen können...«

»Aber jetzt bin ich bewaffnet, Callie.«

Wütend riß sie sich von ihm los, und zu ihrer Überraschung hielt er sie nicht fest. »Du – du bist einfach unglaublich«, stammelte sie. »Das sind zwanzig Mann da drüben, und du bist allein!«

»Wir Rebellen waren schon immer stolz darauf, daß es jeder von uns mit mehreren Yankees gleichzeitig aufnehmen kann.«

»Zehn zu eins – diese Prahlerei habe ich oft genug gehört, aber hier sind es zwanzig. Hast du noch einen letzten Wunsch, Daniel?«

»Bis zu meinem Lebensende werden sich noch zahllose Wünsche erfüllen.« Er zog sie näher zu sich heran, eng aneinandergepreßt knieten sie am Bachufer. »Und wie ist es mir dir, Callie? Bist du diesmal unschuldig? Du hast diesen Eric Dabney wirklich die ganze Zeit nicht gesehen? Ist er heute nur zufällig hier?«

Sie biß die Zähne zusammen. Offensichtlich war Eric nicht ›zufällig‹ hier. Er mußte an der Farm vorbeigekommen und dem Ehepaar Weiss begegnet sein. Vielleicht hatte Rudy gedacht, es wäre in Callies Interesse, den überstürzten Aufbruch zu erwähnen. Sie versuchte, das Kinn hochzurecken. »Ob ich nun schuldig oder unschuldig bin«, erwiderte sie bitter, »du verurteilst mich so oder so.«

»Du bist so tückisch – und so schön, Callie.« Zu ihrer Verwirrung strich er ihr über die Wange. »Vielleicht könntest du das eine gar nicht ohne das andere sein.«

»Wenn du mir nur trauen würdest...«

»Nie wieder.« Blitzschnell preßte er seine Hand auf ihren Mund, dann knebelte er sie mit dem gelben Halstuch, während sie sich verzweifelt und erfolglos wehrte. Mit großen entsetzten Augen starrte sie ihn an und fragte sich, ob er das Baby vergessen hatte, das friedlich unter dem Baum schlief. Wie eine Wildkatze bekämpfte sie ihn, aber er ignorierte ihren Blick ebenso wie ihre Fäuste, die gegen seine Brust trommelten, die erstickten Laute, die aus ihrer Kehle drangen. Unsanft drehte er ihr die Arme auf den Rücken, band die Handgelenke mit seiner Uniformschärpe zusammen.

»Wenn du jetzt Ärger machst, Callie«, fauchte er ihr ins

Ohr, »dann nehme ich meinen Sohn und fliehe mit ihm – schnell wie der Wind, während ich dich hier zurücklasse.«

Sofort gab sie ihre Gegenwehr auf. Er zog sie vom Ufer weg, aus dem Blickfeld der Yankees, zur Eiche unter der Jared lag. Er schlief. Während die Welt um ihn einzustürzen drohte, schlummerte er friedlich. Durch das Blätterdach fielen vereinzelte Sonnenstrahlen auf sein Gesichtchen, das an einen sanften Engel erinnerte.

Daniel setzte Callie neben das Kind ins Gras und trat zurück. Instinktiv wußte sie, daß er sich nun entfernen wollte, und kalte Angst erfaßte sie. Flehend schaute sie zu ihm auf. Zu ihrer Verblüffung hielt er inne. »Wenn du jetzt schreist, könnte ich mich vielleicht vergessen und dich erwürgen«, warnte er. Er nahm das Tuch von ihrem Mund.

»Daniel, du mußt mir auch die Fessel abnehmen, wenn Jared aufwacht und schreit...«

»Nein, bestimmt nicht!«

Sie zögerte. »Beim Leben meines Sohnes, ich schwöre ich schreie nicht, Daniel.«

Er schaute sie noch immer mißtrauisch an, dann drehte er sie unsanft herum und löste die Schärpe von ihren Handgelenken. Sie fand keine Gelegenheit, etwas zu sagen, denn als sie sich umdrehte, war er verschwunden.

Nervös kniete sie neben Jared und blickte zum anderen Bachufer hinüber. Entsetzt hielt sie den Atem an, als sie Daniel hinter den Yankee-Soldaten entdeckte. Er lief von einem Pferd zum anderen und band sie alle los. Dabei mußte er nicht einmal besonders leise sein, denn die Soldaten, die im Bach plätscherten, ihren Durst stillten und im angenehm kühlen Wasser untertauchten, machten genug Lärm. Keiner bemerkte ihn.

Schmerzhaft hämmerte Callies Herz gegen die Rippen, als er die beiden letzten Pferde erreichte, zwei große wohlgenährte Braune, viel kräftiger als der magere Rotschimmel, den er bis jetzt geritten hatte. Er nahm sie am

Zügel und führte sie in weitem Bogen um die Yankees herum und stromabwärts. Ziemlich weit entfernt durchquerte er wieder den Bach, dann verlor sie ihn aus den Augen.

Sie hielt immer noch nach ihm Ausschau, als sie plötzlich seine Hand auf der Schulter spürte. Angstvoll zuckte sie zusammen und er beugte sich herab, um in ihr Ohr zu flüstern: »Nimm das Baby, ich hole unsere Sachen.«

Hastig gehorchte sie, nahm Jared in die Arme und eilte zu Daniel, der die Satteltaschen über die Hinterbacken des Rotschimmels warf. Dann hob er Callie mitsamt dem Kind auf eines der Yankee-Pferde. Fest drückte sie Jared an ihre Brust, als sie nach den Zügeln griff. Daniel schaute ihr kurz in die Augen. »Ich bleibe dicht hinter dir«, warnte er.

Sie gab ihm keine Antwort, weil er keine verdiente. Wenig später saß er selbst auf dem anderen Braunen. Die Yankees hatten noch immer nicht gemerkt, daß ihre Pferde freigelassen worden waren. Manche Tiere wanderten im hohen Gras umher, andere hatten das Weite gesucht.

»Los!« befahl Daniel.

Ausgerechnet diesen Augenblick wählte Jared, um zu erwachen und einen schrillen hungrigen Schrei auszustoßen.

»Reit weiter!« rief Daniel und schlug Callies Pferd auf die Kruppe. Das Tier machte einen Satz nach vorn, dann begann es dahinzugaloppieren. Mühsam umklammerte sie das Baby und hielt sich an den Zügeln fest. Zweige schlugen in ihr Gesicht, zerkratzten ihre Wangen und blieben in ihrem Haar hängen. Verzweifelt beugte sie sich über das Baby und versuchte zu verhindern, daß es verletzt wurde.

Daniel blieb ihr auf den Fersen. Ihr Pferd, von den Hufschlägen des anderen Braunen angespornt, raste immer schneller durch das hohe Gras. Sie erreichten die Straße und eine schmale Brücke, die über den Bach hinwegführte.

Nachdem Callie am anderen Ufer angelangt war, hörte sie Daniel »Holla!« schreien. Er zügelte sein Pferd, und auch sie brachte ihren Hengst unter Kontrolle, dann schwang sie ihn herum.

Offenbar war Daniel auf der Brücke zurückgeblieben, weil zwei Yankee-Soldaten ihre Pferde eingefangen und die Verfolgung aufgenommen hatten. Er zog sein Schwert aus der Scheide, dann sprengte er den Feinden mit einem furchtbaren Rebellenschrei entgegen. Er brauchte keinen von ihnen attackieren. Sein Anblick entnervte die Männer dermaßen, daß sie ihre Pferde zurückrissen und zu nahe an den Brückenrand gerieten. Callie sah Rösser und Reiter brüllend und wiehernd ins Wasser stürzen. Die Tiere kamen schnell wieder auf die Beine, die Männer – völlig durchnäßt und demoralisiert – schafften es nur, sich auf die Knie zu erheben.

Daniel wirbelte seinen Braunen herum und galoppierte auf Callie zu. Ein weiterer Reiter kam hinter ihm her.

Warnend rief sie: »Daniel!« Wieder schwenkte er sein Pferd herum und trotz der gefährlichen Situation mußte sie seine unnachahmlichen Reitkünste bewundern, seine eleganten, geschmeidigen Bewegungen.

Der Yankee zügelte seinen Hengst. Er war ein junger Mann, den Callie auf höchstens achtzehn schätzte. Und nun sah er sich Daniel und dessen tödlichem Kavallerieschwert gegenüber.

Nein, betete Callie stumm, bitte, nein. Wenn der Bursche weiterritt, würde Daniel ihn erstechen müssen. Um sich selbst, das Baby und mich zu verteidigen, dachte sie und schloß die Augen. Sie ertrug es nicht, mitanzusehen, wie Daniel getötet wurde oder der Junge einem kraftvollen Schwertstreich zum Opfer fiel.

»Halt, mein Sohn.« Verwirrt blinzelte sie, als sie Daniels Stimme hörte. Er saß immer noch im Sattel seines neuen Pferdes und starrte den Jungen an. »Keinen Schritt weiter!«

»Sir, Sie sind mein Gefangener«, erklärte der junge Yankee mit zitternder Stimme.

»Reiten Sie zurück und retten Sie Ihr Leben«, erwiderte Daniel.

Aber trotz seiner Angst zog der Bursche sein Schwert.

»Daniel, nein!« Sie wußte nicht, daß sie den Ruf ausgestoßen hatte. Und dann wurde sie von schrecklicher Angst erfaßt.

Daniel drehte sich nicht um, hatte sie aber offenbar gehört. »Oh, verdammt!« murmelte er.

Entsetzt beobachtete Callie, wie er mit der linken Hand seinen Colt zog. Zu Tode erschrocken, riß der Junge die Augen auf und wurde kreidebleich.

Daniel schoß auf die Brücke, die Kugel bohrte sich ins Holz, nur wenige Zentimeter vor den Hufen des Yankee-Pferdes. Schrill wieherte es, bäumte sich auf und warf den Jungen ab.

»Reit weiter, Callie!« befahl Daniel.

Sie gehorchte, ließ dem Pferd die Zügel schießen und galoppierte die Straße hinab. Daniel folgte ihr, das hörte sie trotz der donnernden Hufschläge ihres Braunen.

Und dann merkte sie, daß er wieder anhielt. Anscheinend wurden sie von neuem verfolgt. Sofort zügelte sie ihr Pferd, drehte sich um und sah einen Reiter hinter Daniel – Eric Dabney, der mit einem Gewehr auf sie beide zielte. Wen er treffen wollte, wußte sie nicht. Das Herz schlug ihr bis zum Hals. Jedenfalls würde er einen von ihnen töten.

Ein Schuß krachte, und sie schrie gellend auf. Aber weder Daniel stürzte, noch fiel sie selber aus dem Sattel. Jared begann zu brüllen, doch sie vergewisserte sich rasch, daß er nicht getroffen war.

Ein durchdringender Schrei, voller Schmerz und Wut, drang zu ihr. Eric kniete neben seinem Pferd am Boden und umklammerte seinen Arm. Offenbar hatte Daniel wieder einmal seinen Colt gezogen und war schneller als Eric gewesen.

»Verdammter rebellischer Bastard!« schluchzte der Captain. »Dafür werden Sie bezahlen! Das schwöre ich!«

»Reit los, Callie!« befahl Daniel, und wieder einmal sprengte sie in atemberaubender Geschwindigkeit die Straße entlang. Diesmal folgte ihr nur noch Daniel.

## 20

Nach dem Zwischenfall am Bach beschleunigte Daniel das Tempo. Sie hielten nur noch an, um die Pferde trinken zu lassen. Erst in der Nacht erlaubte er Callie eine Ruhepause. Schmerzhaft knurrte ihr Magen. Nach der Mittagshitze hatte es zu regnen begonnen, dann war die Sonne wieder sengend hinter den Wolken hervorgekrochen. Erschöpft von den vielen Stunden im Sattel, besaß Callie kaum noch die Kraft, Jared festzuhalten. Als Daniel sie vom Pferd hob und auf die Füße stellte, brach sie fast zusammen. Dann begegnete sie seinem eisigen Blick, und der Zorn, der plötzlich in ihr aufstieg, gab ihr neue Kraft. »Du glaubst immer noch, ich hätte Rudy Weiss gebeten, uns jemanden nachzuschicken, nicht wahr?«

»Nenn mir einen einzigen guten Grund, warum ich dir trauen sollte.«

Ihre Augen schwammen in Tränen. »Einen guten Grund? Den werde ich dir verraten. Du hättest mir immer trauen können, weil ich dich liebte.«

»Liebe – das ist ein Wort, dessen Bedeutung du nicht kennst.«

Sie holte tief Luft. »Ich habe versucht, dein Leben zu retten, du verrückter Rebell!«

»Indem du mich in ein Yankee-Gefängnis geschickt hast?«

»Du bist nicht unbesiegbar, Daniel. Sie hätten dich getötet.«

Er machte einen Schritt auf sie zu. »Wenn ich dir doch bloß glauben könnte, Callie...«

Ihre Tränen drohten aus den Augen zu quellen. Vielleicht hatte sie Zweifel in ihm gesät, aber das nahm sie nicht an. Im Lauf des Krieges mußten sein Argwohn und seine Verbitterung die Oberhand gewonnen haben. Sie wandte sich ab. »Zerbrich dir nicht den Kopf über mein Seelenleben und meinen Charakter. Aber vergiß nicht, daß ich zu den Yankees gehöre, Daniel. Ich glaube an unsere Sache. Wenn du mir mißtrauen willst – nur zu! Was meine Überzeugung betrifft, habe ich dich nie belogen.«

Er gab keine Antwort, und sie schleppte sich todmüde zu einem Baum, setzte sich und lehnte sich an den Stamm. Jared war quengelig. Sie versuchte, ihn zu stillen, und sprach besänftigend auf ihn ein. Jetzt konnte sie ihm wegen ihrer Unterernährung keine schmackhafte Milch mehr bieten. Müde schloß sie die Augen, alles ringsum schien zu schwinden außer dem quälenden Hunger, der ihr Magenschmerzen bereitete.

Plötzlich stieg ihr ein verlockender Duft in die Nase, und sie glaubte zu träumen. Sie roch etwas Frischgebackenes, eine Pastetenkruste. Und darunter schien sich wundervolles Hackfleisch zu verstecken. Oh, was für ein herrlicher Traum...

Sie öffnete die Augen, und da merkte sie, daß sie nicht träumte. Daniel kauerte vor ihr, eine frische Fleischpastete in der Hand. Er nahm eine Gabel aus seinem Proviantbeutel und reichte sie ihr. »Iß langsam, sonst wird dir schlecht!« warnte er.

»Aber wieso – wo...?«

»Eine Farmerswitwe wohnt eine Meile weiter unten an der Straße. Auf dem Fensterbrett standen drei Pasteten, und ich nahm nur eine.«

»Du hast sie gestohlen?«

»Konfisziert.«

»Nein – gestohlen.«

»Willst du sie nun essen oder nicht?«

Er nahm ihr das Baby ab, das zu schreien begann, ausnahmsweise war ihr Hunger stärker als ihr Mutterinstinkt. Außerdem hatte Daniel ja behauptet, er könne gut mit Babys umgehen. Nun sollte er es beweisen.

Und das tat er auch. Er ging davon, seinen Sohn an die Schulter gedrückt, wiegte ihn sanft hin und her und redete mit ihm.

Bald vergaß Callie ihre Sorge um das Kind. Sie stürzte sich auf die Fleischpastete. Der erste Biß war himmlisch, der zweite schmeckte noch köstlicher. Vergeblich versuchte sie, sich zu mäßigen. Sie aß immer schneller, bis sie von einem leichten Schwindelgefühl erfaßt wurde. Da stellte sie fest, daß sie bereits mehr als die Hälfte der Pastete verschlungen hatte.

Sie stand auf und wartete, bis ihr nicht mehr schwindlig war, dann brachte sie Daniel die restliche Pastete. Ihre Gier erfüllte sie mit Scham, und das überspielte sie nun, indem sie ihre besten Vorkriegsmanieren aufbot und sich möglichst würdevoll entschuldigte. »Es tut mir leid. Ich fürchte, ich habe etwas mehr als meinen Anteil verspeist.«

Zum ersten Mal seit dem Wiedersehen blitzte in Daniels Augen so etwas wie Humor auf. »Schon gut.«

»Nein, das ist gar nicht gut. Ich...«

»Callie, du mußt ein Baby stillen. Und wir befinden uns hier nicht auf irgendeiner Party. Es ist wirklich in Ordnung.« Er tauschte das Baby gegen die restliche Pastete aus und nahm ihr die Gabel aus der Hand. Dann wanderte er davon und rief über die Schulter: »Da drüben unterhalb der Böschung findest du einen Bach. Er ist ziemlich tief und voller Stromschnellen, also sei vorsichtig!«

Callie packte eine Windel und ein frisches Hemdchen für Jared aus, dann eilte sie mit ihm zum Ufer hinab. Der Mond spiegelte sich in den Wellen, die über Felsen rauschten und winzige Wasserfälle bildeten. Sie schienen im glitzernden Licht zu tanzen. Ein paar Sekunden lang beobachtete sie das schöne Schauspiel, dann legte sie Jared ins weiche Gras. Sie zog ihn aus und säuberte ihn, steckte ihn in die frischen Sachen, wusch die alten im Bach und legte sie zum Trocknen über einen Stein.

Durstig trank sie das kalte, belebende Wasser, spritzte es in ihr Gesicht, auf den Hals und die Arme. Nie zuvor hatte sie sich so schmutzig gefühlt, und sie sehnte sich danach, ganz im Bach unterzutauchen.

Als sie ein leises Geräusch hörte, drehte sie sich um. Daniel lehnte hinter ihr an einem Baum und beobachtete sie. Unbehaglich fragte sie sich, wie lange er schon dastand. Nun kam er näher und kniete neben ihr nieder. Er nahm seinen Hut ab, hielt sein Gesicht ins Wasser, dann trank er in durstigen Zügen. »Gute Nacht, Callie«, sagte er leise, stand auf und stieg langsam die Böschung hinauf.

Sie sah, daß er die Pferde an einem Baum festgebunden hatte. Die Decke war unter einer großen alten Eiche ausgebreitet worden. Er ließ sich darauf nieder und legte seinen Hut übers Gesicht, um die Augen vor dem Mondlicht zu schützen.

Nun, in dieser Nacht würde sie nicht an seiner Seite schlafen.

Sie stillte Jared, dann trug sie ihn zu einer anderen Eiche. An deren Wurzeln bettete sie das Baby auf ihren Schal und streckte sich neben ihm aus. Der Boden fühlte sich sehr hart und steinig an.

Nach einer Weile setzte sich Daniel auf und starrte zu ihr herüber. »Was zum Teufel machst du da?«

»Ich versuche zu schlafen.«

»Warum nicht hier auf der Decke?«

»Weil ich keinen Wert auf deine Nähe lege.«

Er zog eine Braue hoch. »Oh, wie pingelig! Meine Fleischpastete ißt du, aber mein Lager verschmähst du.« Als sie sich weigerte, auf seinen scherzhaften Ton einzugehen, und beharrlich schwieg, seufzte er. »Komm zu mir, Callie.«

»Ich schlafe nicht neben einem verdammten Reb, der mir mißtraut.«

»Du hast mir erklärt, daß du durch und durch ein Yankee-Mädchen bist, also wage ich es nicht, dir zu trauen. Komm jetzt endlich her!«

»Nein!«

»Hör mal, in diesem Streit kannst du nicht gewinnen.«

»Und warum nicht?«

»Weil ich größer und stärker bin als du, und weil du da schlafen wirst, wo ich dich hinlege.« Er stand auf und ging zu ihr herüber.

»Daniel, nein – das Baby!«

»Das hole ich gleich«, versicherte er, hob sie hoch und ließ sie nicht allzu sanft auf seine Decke fallen. Wie er versprochen hatte, legte er wenig später das schlummernde Kind in ihre Arme.

In dieser Nacht schlief sie sehr unruhig und wachte immer wieder auf – einmal auch, weil Jared schrie und gestillt werden mußte. Am frühen Morgen wurde sie wieder vom Zwitschern der Vögel und dem plätschernden Bach geweckt. Rosig und orangegelb drangen die Sonnenstrahlen durch das Eichenlaub herab. Callie kam dieses kleine Fleckchen Erde wie das Paradies vor, eine friedliche Oase im Grenzland zwischen Norden und Süden.

In diesem Augenblick fiel es ihr schwer, an den Krieg zu denken. Sie richtete sich auf und beobachtete das Farbenspiel des Sonnenaufgangs, das sich in den Wellen spiegelte, in den schäumenden Wasserfällen. Sie schaute Jared an, der tief und fest schlief, das kleine Mündchen leicht geöffnet. Liebevoll lächelte sie ihn an, dann fiel ihr Blick auf seinen Vater.

Sofort erlosch ihr Lächeln. Auch er schien noch zu schlafen. Ganz vorsichtig, um keinen der beiden zu stören, stand sie auf und ging zum Ufer hinab. Das Wasser sah so sauber und verlockend aus. Sie war so schmutzig und verschwitzt und fühlte sich so elend.

Nach einem kurzen Blick auf die beiden Schläfer schlüpfte sie aus ihrem Kleid, aus Schuhen und Strümpfen, dann zog sie den Unterrock und die Unterhose aus. Nur mit dem Hemd bekleidet, fröstelte sie in der frischen Morgenluft. Nervös drehte sie sich wieder zu Daniel um, aber die Versuchung, im kühlen klaren Bach unterzutauchen, war einfach zu groß. Sie stieg ins Wasser und schrie beinahe auf, als sie die Kälte spürte. Langsam watete sie tiefer hinein, und bald umspülten die Wellen ihre Taille. Das Bachbett war mit Steinen gefüllt, so daß ihre Zehen nicht im Schlamm versanken. Anfangs zitterte sie heftig, aber je tiefer sie untertauchte, desto angenehmer war das Wasser, das den ganzen Reisestaub von ihrem Körper wusch. Sie setzte sich auf einen flachen Stein unter einem Wasserfall und ließ den funkelnden Strahl auf ihren Kopf herabrauschen, schrubbte ihr Gesicht und die Schultern. Genüßlich hob sie die Arme, ließ das Wasser über ihre Brüste, den Bauch und die Schenkel fließen, öffnete den Mund und trank.

Nach einer Weile sah sie zum Ufer hinüber. Jared schlief immer noch. Aber Daniel nicht. Barfuß, nur in seiner Uniformhose, stand er am Wasserrand und beobachtete sie. Seine bronzebraunen, muskulösen Schultern glänzten im Sonnenschein.

Züchtig und schamhaft hatte sie das Unterhemd anbehalten. Wie dumm von ihr... Der dünne nasse Stoff klebte an ihrem Körper und zeichnete alle Konturen noch deutlicher nach, als wäre sie nackt gewesen. Sie mußte irgend etwas unternehmen, bis zum Hals im Wasser untertauchen, aber zu ihrem Entsetzen konnte sie sich nicht rühren.

Daniel hatte keine solche Schwierigkeiten. Langsam watete er in den rauschenden Bach, die Wellen umtanzten seine grauen Hosenbeine. Tropfen glitzerten auf der breiten Brust, am Hals pochte sichtbar ein Puls.

Spring vom Felsen auf, sagte sich Callie, und geh an ihm

vorbei. Er wird dich nicht anfassen... Aber sie blieb sitzen, wie festgewurzelt. Schließlich erreichte er sie, und sie legte den Kopf in den Nacken, um in seine Augen zu schauen. Ihre Zunge fuhr über ihre trockenen Lippen, und sie sah, wie er ihren Mund betrachtete. Gleich würde er sie küssen...

Er kniete nieder, umfaßte ihre Hüften, und sie war immer noch unfähig, sich zu bewegen und Widerstand zu leisten, als er sie von ihrem steinernen Sitz hochhob, so daß sie vor ihm stand. Die Nähe seines warmen Körpers schien sie zu lähmen. Und dann küßte er sie – nicht ihren Mund, sondern ihren Bauch. Durch den dünnen Hemdenstoff spürte sie seine Lippen, seine Zunge, die ihren Nabel streichelte und zur vibrierenden Hitze zwischen ihren Schenkeln hinabwanderte.

Schrei ihn an, sag ihm, er soll aufhören, ermahnte sie sich, aber kein Wort drang aus ihrer Kehle, nur ein atemloser, halberstickter Laut. Sein Mund glitt wieder nach oben, umschloß eine Brustwarze, leckte und saugte daran, bis Callie die süße Qual kaum noch ertrug.

Und dann küßte er sie endlich. Wie von selbst öffneten sich ihre Lippen, um seine Zunge aufzunehmen. Sie begann am ganzen Körper zu zittern – nicht wegen des kalten Wassers, in dem sie saß, sondern weil die Hitze ihres Verlangens sie immer heftiger durchströmte.

Seine Küsse zogen eine glühende Spur durch die feuchte Vertiefung zwischen Callies Brüsten, immer tiefer hinab, bis seine Zunge das pochende Zentrum zwischen ihren Beinen fand und – immer noch durch den dünnen Stoff des Hemds von ihr getrennt – die intimsten, empfindsamsten Regionen liebkoste. Kein Gefühl hätte explosiver sein können. Sie warf den Kopf in den Nacken, versuchte, nicht zu schreien, als sie von überwältigender Sinneslust beherrscht wurde, konnte aber ein leises Stöhnen nicht unterdrücken.

Von wildem Beben erfaßt, der Erfüllung nahe, vermochte sie sich kaum noch auf den Beinen zu halten. Das schien Daniel zu erkennen, denn kurz bevor sie zusammengebrochen wäre, nahm er sie auf die Arme und trug sie ans Ufer. In Sekundenschnelle hatte er seine Hose abgestreift. In begieriger Erwartung schloß Callie die Augen. Sie fühlte, wie er in sie eindrang, und plötzliche Schmerzen ließen sie zusammenzucken. Beinahe hätte sie sich gewehrt, doch dann hörte sie seine samtige Stimme, so verführerisch wie seine zärtlichen Finger auf ihrer nackten Haut. »Es tut ein bißchen weh, weil du ein Baby hattest. Aber das ist gleich überstanden.«

Sie biß in seine Schulter, und er bewegte sich wieder, langsam und vorsichtig. Neues Verlangen verscheuchte den Schmerz, und das war gut so, denn seine Begierde erschien ihr noch stärker als jener andere Hunger, der ihnen seit Tagen zu schaffen machte. Jetzt war er kein rücksichtsvoller Liebhaber mehr, sondern von einem Feuer getrieben, das sich nicht so leicht löschen ließ. Von einem stürmischen Wirbelwind mitgerissen, glaubte Callie, in ein schwarzes Niemandsland hinabzustürzen, und dann wurde sie emporgetragen auf einen goldenen Sonnengipfel. Inmitten ihrer eigenen Ekstase nahm sie wahr, wie sich Daniels Muskeln anspannten, wie ein wilder Schauer seinen ganzen Körper durchfuhr, dann fühlte sie sein schweres, regloses Gewicht. Sein Atem mischte sich mit ihrem, und ihre Herzen schlugen im selben rasenden Rhythmus, beruhigten sich nur ganz allmählich. Für lange, süße Augenblicke fühlte sie sich von intimer Wärme und Zärtlichkeit umhüllt.

Sein Gesicht preßte sich an ihren Hals. »Callie...« Beinahe glaubte sie, aus seinem Flüstern etwas von der Liebe herauszuhören, die sie einmal geteilt hatten und die jetzt nur mehr eine ferne Erinnerung war. Oder konnte jenes Glück doch noch gerettet werden, wenn er ihr wieder zu vertrauen lernte?

Er glitt von ihrem Körper hinab, lag auf dem Rücken,

einen Unterarm über der Stirn, und starrte in den Himmel. Eine kühle Brise verjagte die Wärme, die Callie eben noch in Daniels Armen genossen hatte. Und sie erkannte, daß ihn vielleicht leise Zweifel beschlichen, daß er ihr aber immer noch mißtraute – vielleicht, weil er es nicht anders wollte.

Er hatte ihr nicht verziehen. Nur aus Begierde war er zu ihr gekommen, gepeinigt von den Entbehrungen des Krieges, wie ein halbverhungerter Mann, der sich auf eine Mahlzeit stürzte. Heiße Tränen stiegen ihr in die Augen, und die wollte sie auf keinen Fall vor Daniel vergießen. Sie sprang auf und rannte in den Bach.

»Callie!«

Aber sie ignorierte seinen Ruf und versank dankbar im kalten Wasser.

»Callie, verdammt!« Er folgte ihr, packte ihre Handgelenke und zog sie hoch. »Um Himmels willen, was ist denn los mit dir?«

»Nichts. Würdest du mich bitte in Ruhe lassen?«

»Warum läufst du mir davon?«

»Ich laufe nicht davon, ich versuche nur zu baden.«

Sie sah, wie sich seine Kinnmuskeln verkrampften. »Möchtest du meine Berührung abwaschen?« fragte er leise.

»Je nachdem...« erwiderte sie so beiläufig wie möglich. »Hast du inzwischen entschieden, daß ich die Yankees nicht alarmiert habe – daß ich unschuldig bin?«

»Willst du mir etwa einreden, du hättest mich nicht in dein Haus zurückgelockt, um mich von deinem Freund Captain Dabney entwaffnen und festnehmen zu lassen?«

»Ich habe dich nur zurückgeholt, weil ich verhindern wollte, daß sie dich töten! Aber das willst du nicht verstehen...«

»Da irrst du dich. Ich würde es ja gern verstehen – übrigens auch, warum Dabney jetzt wieder aufgetaucht ist.«

Frustriert starrte sie ihn an. »Bastard!« stieß sie hervor und versuchte erfolglos, sich loszureißen. »Du verachtest mich, mißtraust mir, und trotzdem schleppst du mich quer durch das Land. Außerdem – dein Haß steht in einem seltsamen Widerspruch zu deiner Begierde.«

»Tatsächlich? Und was ist mit deinen Gefühlen?«

»Ich bin nicht über dich hergefallen...«

»Hergefallen?« unterbrach er sie kühl. »Ich glaube nicht, daß ich Gewalt angewandt habe.«

Ihre Wangen färbten sich feuerrot. »Jedenfalls war es nicht meine Idee.«

»Ich habe auch kein einziges Wort des Protestes gehört.«

»Von jetzt an wirst du's hören, also bleib mir vom Leib.«

Langsam verzogen sich seine Lippen zu einem Grinsen. »Dann mußt du aber aufhören, mich auf so subtile Weise zu verführen.«

»Was?« fauchte sie.

»Du warst eine betörende Vision in Weiß. Als ich erwachte, glaubte ich, immer noch zu träumen. Ein schimmerndes Weiß, das sich wie eine zweite Haut an deinen nackten Körper schmiegte...«

»Ich wollte baden!« rief sie erbost.

Statt einer Antwort zuckte er nur die Achseln, ließ sie los und ging an ihr vorbei, tiefer ins Wasser hinein. Nur zu deutlich brachte er zum Ausdruck, was er dachte – daß die leidenschaftliche Liebesstunde einzig und allein ihre Schuld gewesen war, daß sie ihn, wie schon zuvor, raffiniert verführt hatte.

»Oh!« schrie sie wütend. Er blieb nicht stehen. Da bückte sie sich, hob eine Hand voll Schlamm vom Grund des Bachs auf und schleuderte sie auf Daniels nackten Rücken.

Abrupt blieb er stehen. Seine Miene veranlaßte sie, die Flucht zu ergreifen. Aber sie kam nicht weit, denn sie rutschte auf den glitschigen Steinen aus, und im nächsten

Augenblick hatte Daniel sie gepackt und warf sie der Länge nach ins Wasser. Zornig versucht sie, sich zu befreien, doch er saß rittlings auf ihr, seine Schenkel hielten sie eisern fest. Atemlos gab sie ihre Gegenwehr auf, schaute in sein Gesicht und sah, daß er lachte. Zu ihrer eigenen Verblüffung mußte sie selber lachen.

Aber das Gelächter verstummte sehr bald, als neue Leidenschaft in seinen Augen glühte. »Sag mir, daß du mich nicht begehrt hast, Callie!« forderte er sie heraus.

»Ich hatte nicht vor, dich zu verführen«, erwiderte sie. Großer Gott, was wollte er eigentlich von ihr? »Daniel, laß mich in Ruhe... Also gut, ich habe dich begehrt, aber das darf sich nicht wiederholen.«

»Warum nicht, Callie? Wenn du so verdammt unschuldig bist, warum läßt du deine Reize immer nur dann spielen, wenn die Yankees in der Nähe sind?«

»Hör auf!« zischte sie. »Genau das stimmt nicht!«

Langsam ließ er eine ihrer feuchten Haarsträhnen zwischen seinen Fingern hindurchgleiten. »Wie gern würde ich dir glauben, Callie... Aber selbst wenn ich es könnte – ich bin immer noch ein Rebell, und du stehst auf der Seite der Union...« Seine Stimme erstarb, und als er weitersprechen wollte, erklang ein ohrenbetäubender Schrei.

Jared.

Mit aller Kraft bäumte sich Callie unter Daniel auf. »Ich muß mich um das Baby kümmern!« Ein paar Sekunden lang schaute er ihr noch mit unergründlichem Blick in die Augen, dann erhob er sich und zog sie auf die Beine. So schnell sie konnte, watete sie ans Ufer und nahm ihren Sohn in die Arme.

# 21

Drei Tage später überquerten sie den Potomac und betraten den Boden von Virginia, ein überaus gefährliches Territorium. Jederzeit konnten sie Truppen in die Arme laufen, von beiden Armeen. Callie und Daniel hatten sich wenig zu sagen. Mit jeder Stunde schien die Spannung zwischen ihnen zu wachsen.

Endlich – acht Tage nach der Abreise aus Maryland, die Callie wie eine halbe Ewigkeit erschienen, erreichten sie Fredericksburg. Sofort sah sie die Veränderung, die mit Daniel vorging, denn diese Stadt befand sich fest in den Händen der Konföderierten.

Sie wußte, daß George Washingtons Familie in dieser schönen alten Stadt gelebt hatte, auf einem Grundstück nahe dem Rappahannock. Unter anderen Umständen hätte sie es genossen, eine Besichtigungstour zu unternehmen. Aber auch hier entdeckte sie überall die deprimierenden Spuren des Krieges. Kugellöcher verunstalteten zahlreiche Gebäude, und die Menschen zeigten die Mienen hartnäckiger, aber erschöpfter Kämpfer. Sie hoffte, sie würden wenigstens ein paar Tage lang hierbleiben, denn sie sehnte sich nach einem heißen Bad und einem weichen Bett. Aber Daniel war entschlossen, so schnell wie möglich Richmond zu erreichen. Er kaufte ein paar Lebensmittel zu Wucherpreisen, und er besorgte einen Wagen, hinter dem er die Reittiere festband. Den völlig geschwächten Rotschimmel ließ er in Fredericksburg zurück.

Sie passierten mehrere Wachposten, und bald sahen sie von einer kleinen Anhöhe aus die Hauptstadt der Konföderierten Staaten von Amerika vor sich liegen, das Zentrum der Rebellion. Im hellen Sonnenschein betrachtete Callie die schönen Gebäude und Kirchen. »Nun bist du zu Hause«, sagte sie leise.

Er warf ihr einen kurzen Blick zu. »Nicht zu Hause, aber immerhin in der Nähe meines Heims.«

Wieder senkte sie den Kopf und hoffte, er würde in dieser Nacht nicht weiterfahren. Es kam ihr so vor, als hätte sie seit einer Ewigkeit nicht mehr richtig geschlafen. In den vergangenen Nächten hatten sie zwar auf derselben Decke gelegen, aber stets Abstand gehalten. Dabei sehnte sie sich so sehr nach der Wärme, die er ihr schenken konnte, und sie war wütend auf sich selbst, weil sie immer noch einen Mann mochte und begehrte, der sie haßte und verachtete.

So kaltherzig er ihr auch in gewissen Belangen erschien, es gab Dinge, die sie daran erinnerten, warum sie sich in ihn verliebt hatte. Wenn sie ihn zusammen mit Jared beobachtete, erkannte sie, wie viel ihm sein Sohn bedeutete. Er war ein wunderbarer Vater, und er tat in diesen schweren Zeiten das Beste, um für das Wohl von Mutter und Kind zu sorgen. Während sie sich dem Rebellengebiet genähert hatten, war es ihm immer öfter gelungen, Nahrungsmittel zu besorgen. Niemals nahm er zuerst einen Bissen, niemals trank er als erster, wenn sie ein Gewässer erreichten. Der Gentleman unter der zerrissenen, schmutzigen grauen Uniform blieb unangetastet, unabhängig von seinen Gefühlen.

Hingegen klammerte sich Callie nur noch mühsam an ihren Stolz und ihre Würde. Nun saß sie hoch aufgerichtet neben Daniel auf dem Kutschbock, entschlossen, nicht zusammenzubrechen und um irgend etwas zu bitten. Vielleicht konnte sie einen beiläufigen Vorschlag machen. »Hast du Freunde in Richmond?« fragte sie und heuchelte ein Gähnen.

»Rebellenfreunde, natürlich.«

»Möchtest du sie besuchen?«

Er lachte leise. »Es ist dir verdammt gleichgültig, ob ich irgend jemanden besuchen will, Callie. Dir kommt es doch nur darauf an, endlich wieder in einem weichen Bett zu schlafen.«

Sie musterte ihn kühl. »Ist das so verwerflich?«

»Nicht, wenn du es offen und ehrlich zugibst und mich darum bittest.« Er versetzte das Gespann in schnelleren Trab. »Ja, Callie, ich habe Freunde in dieser Stadt, und wir werden die Nacht hier verbringen.«

So einfach war das nicht. Während sie durch die Straßen fuhren, sah Callie zahlreiche Warteschlangen vor den Läden. Obwohl die Inflation die Preise in astronomische Höhen getrieben hatte, versuchten die Leute zu kaufen, was sie bekommen konnten. Die Yankee-Blockade fügte den Konföderierten viel schmerzlichere Schäden zu als die Unionstruppen auf den Schlachtfeldern.

Ein Soldat in zerfetzter Uniform, der beide Beine verloren hatte, humpelte auf primitiven Krücken vorbei. Daniel zügelte die Pferde und sprach ihn an. »Wissen Sie, wo man Hotelzimmer bekommen kann, Soldat?«

Der Mann salutierte und hinkte herüber. »Leider nicht, Sir. Sie wollen wohl Ihre Frau und Ihr Kind in Sicherheit bringen? Die Armee kann Ihnen sicher weiterhelfen. Machen Sie sich keine Sorgen, Madam. Niemals werden wir die Yankees nach Richmond lassen. Wir haben sie schon oft genug zurückgeschlagen, und daran wird sich auch in Zukunft nichts ändern.«

Callie zwang sich zu einem Lächeln und nickte stumm.

Eine Stunde später unterdrückte Daniel einen wütenden Fluch. Er hatte in allen Hotels und Pensionen nachgefragt, die er kannte, ohne Erfolg. Es gab kein einziges freies Bett. Aus der ganzen Umgebung waren die Flüchtlinge in die Hauptstadt gekommen. Nachdem der Feind ihre Farmen zerstört hatte, suchten sie hier Arbeit. Und da der Krieg kein Ende nahm, drohte Richmond bald aus allen Nähten zu platzen.

»Wir hätten nach Hause reiten sollen«, murmelte Daniel.

Das Baby in den Armen, streckte Callie ihren schmerzenden Rücken. »Ich dachte, du hättest Freunde in der Stadt.«

»Und ich dachte, du willst sie nicht kennenlernen.«

Natürlich. Seine Freunde wußten, daß er nicht verheiratet war.

»Verdammt!« stieß er plötzlich hervor. »Wenn wir es schon auf diese Weise versuchen, dann richtig.«

»Was meinst du?« fragte sie.

Er gab keine Antwort. Zehn Minuten später zügelte er das Gespann vor einem schönen, eleganten weißen Haus mit breitem Säulenvorbau. Ringsum standen Wagen und Pferde, zahlreiche Soldaten hielten Wache, und es herrschte ein reges Kommen und Gehen.

»Wo sind wir Daniel?« wollte Callie wissen.

»Bei einem Freund.« Er nahm ihre Hand. »Komm!«

»Ich kann da nicht hineingehen.« Nervös versuchte sie, sich von seinem Griff zu befreien. »Es ist schrecklich heiß, ich habe seit einer Ewigkeit nicht mehr gebadet, und die Kleider des Babys sind genauso schmutzig wie meine. Daniel, laß mich los...«

Aber er ignorierte ihren Wunsch, sprang vom Kutschbock und half ihr herunter. Offensichtlich war er hier wohlbekannt, denn die Soldaten salutierten nicht nur, sie begrüßten ihn freundlich, als sie zum Eingang eilten.

»Daniel, wo sind wir?« beharrte Callie.

»Das ist das Weiße Haus der Konföderierten Staaten von Amerika.«

»Und – Jeff Davis ist dein Freund?« fragte sie mit schriller Stimme.

»Genaugenommen kenne ich Varina viel besser.«

»Laß mich gehen, Daniel!«

»Nein.«

»Du willst eine Feindin zum Präsidenten bringen?«

»Wolltest du ein Bett haben oder nicht? Varina wird eins für uns finden.«

»Du solltest mich lieber laufenlassen. Immerhin könnte ich die schrecklichsten Dinge da drinnen tun, zum Beispiel die Schlachthymne der Yankees singen...«

»Wenn du nur ein einziges Mal deinen Mund im falschen Augenblick aufmachst, wirst du diese Hymne gefesselt im Wagen singen«, warnte er.

Die Haustür öffnete sich. Ein hübscher schwarzer Butler stand auf der Schwelle und grinste breit. »Oh, Colonel Cameron! Wie schön, Sie lebend wiederzusehen! Wir haben alles über diese Schlacht von Gettysburg gehört, Sir.« Sein Lächeln erlosch. »Sehr schlimm für unsere Leute... Und am 4. Juli fiel Vicksburg wie eine reife Pflaume in die Hände der Yanks... Aber kommen Sie doch herein... O Colonel, also haben Sie endlich Ihr Junggesellenleben aufgegeben! Und ein Kindchen ist auch schon da!« Erst jetzt fiel der Blick auf Callies abgetragene Schuhe, das schäbige Kleid, an dem der Reisestaub haftete. »Ja, Sir, treten Sie doch ein mit Ihrer Lady!«

Daniel dankte ihm und führte Callie in eine schöne Halle, wo zu beiden Seiten Statuen in Nischen standen. Dicke, hübsch gemusterte Papiermatten bedeckten den kostbaren Parkettboden, um ihn vor den unzähligen Füßen zu schützen, die tagtäglich darübergingen. Die Tapeten erweckten den Anschein, die Wände wären aus Marmor.

Der Butler war verschwunden, und nun öffnete sich plötzlich eine Tür in der Mitte des großen Raumes. Eine schöne Frau mit dunklen Augen eilte heraus. »Daniel!« rief sie mit sanfter, melodischer Stimme.

Callie schätzte sie auf Mitte oder Ende Dreißig. Noch nie hatte sie eine schönere Frau gesehen. Das Tageskleid aus schimmernder taubengrauer Seide war fast hoch geschlossen und mit schwarzen Spitzenborten geschmückt. Ein Netz umgab das Haar am Hinterkopf. Trotz des heißen Tages wirkte die Dame bemerkenswert frisch und munter. Sie umarmte Daniel, der ihre Hände umfaßte und sie auf beide Wangen küßte.

»Sie sind also von Gettysburg zurückgekehrt«, sagte sie leise. »War es so grauenvoll, wie man allgemein behauptet? O Gott, was frage ich da? Natürlich muß es entsetzlich gewesen sein. Mein armer alter Banny... Die Leute merken es nicht, aber mit jedem Soldaten, der da draußen sein Leben läßt, stirbt ein Stück von ihm selbst. Jetzt ist auch noch Vicksburg gefallen.« Als sie über seine Schulter hinwegschaute, entdeckte sie Callie. Die derangierte äußere Erscheinung der fremden jungen Frau mußte ihr auffallen, aber sie war zu gut erzogen, um sich etwas anmerken zu lassen. Lächelnd ging sie zu ihr und streckte beide Hände aus. »Ich bin Varina Davis, mein Kind. Sie sind ja völlig erschöpft. Und das arme Baby... Bitte, darf ich es in den Arm nehmen?«

Die schöne elegante Dame drückte Jared an sich und schien nicht wahrzunehmen, wie schmutzig er war. Nach einem Blick in sein Gesichtchen konnte nicht einmal die haltungsbewußte Präsidentengattin ihre Überraschung verbergen. »Daniel! Oh, was für seltsame Dinge in diesem Krieg mit den Menschen geschehen! Sie sind verheiratet, und nun haben Sie dieses zauberhafte Kind!«

Der Kleine begann zu wimmern, und Callie mußte den Impuls unterdrücken, ihn der freundlichen Frau zu entreißen. Doch das war gar nicht nötig. Lachend hielt Varina Davis ihn an ihre Schulter, tätschelte seinen Rücken, und er beruhigte sich. »Offenbar versuchen Sie, Ihre junge Frau und das Baby nach Hause zu bringen, Daniel.«

Callie hielt den Atem an. Würde Daniel jetzt erwähnen, daß er sich nicht die Mühe gemacht hatte, die Mutter seines Sohnes zu heiraten? Oder sollte sie es selbst sagen? Daniel hätte es wahrscheinlich verdient. Sie öffnete bereits den Mund, doch dann besann sie sich anders, denn sie spürte, wie sie in den Bann dieser faszinierenden Frau geriet. Varina Davis muß tatsächlich die Seele der Konföderierten Staaten von Amerika sein, dachte sie. Und wenn die Rebellen meine Feinde sind, dann sollte ich vor allem auch die Gemahlin des Südstaatenpräsidenten dazu rechnen...

Aber Varina war so charmant und warmherzig. In ihrer Stimme schwang der Kummer um all die gefallenen Soldaten mit, die tiefe Sorge um ihren Banny. Vor wenigen Jahren war Jefferson Davis noch der Kriegsminister der Union gewesen, ein wohlbekannter Mann. Er galt als kaltblütig, hartgesotten und unnachgiebig. Aber wenn diese Frau ihn liebte, mußte irgendwo ein guter Kern in ihm stecken.

»Sie müssen beide müde und hungrig sein«, meinte Varina. »Ich habe gerade ein paar Damen vom Hospitalverein zu Gast. Gesellen Sie sich doch bitte zu uns! Alle werden sich freuen, Daniel wiederzusehen...«

»Nein!« fiel Callie ihr hastig ins Wort, dann erkannte sie, wie unhöflich das geklungen haben mußte und entschuldigte sich. »Tut mir leid, aber so, wie ich jetzt aussehe...«

Daniel mischte sich rasch ein. »Ich suche verzweifelt ein Zimmer, Varina. In Richmond scheint es drunter und drüber zu gehen. Bis jetzt konnte ich nirgendwo eine Unterkunft finden.«

»Natürlich, bleiben Sie hier. Ich bin gleich wieder da.« Lächelnd gab sie das Baby der Mutter zurück und verschwand im Salon.

»Wie konntest du mich hierherbringen!« zischte Callie.

»Du sagtest doch...«

»Aber ausgerechnet hier!«

»Ein schlimmer Ort für ein Yankee-Mädchen, was?« murmelte er und beugte sich näher zu ihr. »Jeff empfängt seine offiziellen Besucher im Oberstock. Falls du Informationen sammeln willst, solltest du dich hinaufbemühen.«

»Es würde dir nur recht geschehen, wenn ich eine erfolgreiche Spionin wäre!« fauchte sie.

»Wie ich zugeben muß, ist mir dieser Gedanke bereits durch den Kopf gegangen«, erwiderte er mit einer leichten Verneigung.

Sie wollte ihm eine passende Antwort geben, aber da kehrte Varina zurück und lächelte strahlend. »Alles ist geregelt, Daniel. Lucretia Marby sitzt bei mir im Salon, und soeben hat sie meine Vermutung bestätigt. Das Haus ihrer Schwester steht tatsächlich leer. Lady Letty und ihr Mann setzen sich gerade in England mit Feuereifer für unsere Sache ein. Sie kennen das Haus, Daniel – Gunner Estate. Und natürlich kennen Sie auch Gerald und Letty Lunt. Sie müssen die beiden auf mehreren Partys hier bei uns getroffen haben. Ben, Lettys Butler, wird für alle Ihre Bedürfnisse sorgen.« Sie reichte Daniel ein Briefchen. »Übergeben Sie ihm diese Nachricht. Er kann lesen, also werden Sie keine Schwierigkeiten haben.«

»Danke, Varina, herzlichen Dank.« Er küßte sie auf die Wange.

»Vor Ihrer Abreise erwarte ich, Sie noch einmal zu sehen – und natürlich auch Ihr süßes Baby.« Sie umfaßte Callies Hand. »Es war mir eine Freude, Sie kennenzulernen, meine Liebe. Und wenn Sie sich auf Daniels Plantage langweilen, kommen Sie doch zu mir nach Richmond. Ganz bestimmt werde ich eine Aufgabe für Sie finden.«

Callie bedankte sich, dann führte Daniel sie aus dem Haus und zum Wagen zurück. »Du hast dich erstaunlich gut benommen.«

»Spioninnen dürfen niemals ihre Manieren vergessen, sonst würden sie unangenehm auffallen.« Er ging nicht auf die Herausforderung ein, half ihr auf den Kutschbock und setzte sich neben sie. Während er die Zügel ergriff, schaute sie ihn neugierig an. »Sind alle Rebellen-Colonels so gut mit dem Präsidenten und seiner Frau bekannt?«

»Meine Mutter stammte aus Mississippi, aus der Nähe von Varinas Heimat. Die Familien waren befreundet. Aber die Tür zu diesem Weißen Haus steht fast immer offen. Jefferson ist bei weitem nicht so streng und hartherzig, wie er immer hingestellt wird, sondern ein wunderbarer Ehemann und liebevoller Vater. Und Varina...« Nach einer kleinen Pause fügte er hinzu: »Ich glaube, sie ist die großartigste Lady, der ich je begegnet bin.«

Callie hörte tiefe Zuneigung und Hochachtung aus seiner Stimme heraus. Über mich wird er nie so reden, dachte sie, und aus irgendeinem Grund fühlte sie sich gekränkt.

Der Wagen bog um eine Ecke, und Daniel verkündete: »Da sind wir.« Sie hielten vor einem großen Ziegelhaus mit breiter Veranda. Er hob Callie mitsamt dem Baby vom Kutschbock herunter und führte sie die Eingangstreppe hinauf. Als er an die Tür klopfte, wurde sie schon nach wenigen Sekunden von einem hochgewachsenen Farbigen in schwarzgoldener Livree geöffnet. Mit einem breiten Grinsen entblößte er strahlend weiße Zähne. »Oh, Colonel Cameron!«

»Hallo, Ben.« Daniel gab ihm das Briefchen. »Wir wollen hier übernachten, und ich hoffe, wir stürzen den Haushalt nicht in allzu schlimme Unannehmlichkeiten.«

Ben blickte von den beiden müden Gesichtern auf den Zettel und überflog die wenigen Zeilen. »Dieser Empfehlung hätte es gar nicht bedurft, Sir. Sie wissen, daß Sie in diesem Haus immer willkommen sind. Colonel, Miz Cameron – bitte folgen Sie mir. Nennen Sie Ihre Wünsche, und sie werden sofort erfüllt.« Sie betraten eine elegante Halle mit Marmorboden und hoher Decke. Ehrfürchtig schaute Callie sich um. Hier sollte sie die Nacht verbringen?

»Nun, Callie, was möchtest du?« fragte Daniel.

Sie wandte sich zu Ben. »Ein heißes Bad, bitte.«

»Ja, natürlich. Cissy!« rief der Butler. »Das Mädchen wird sich in den Kleinen verlieben. Mit Ihrer Erlaubnis wird sie ihn baden, Madam, und auch sonst für sein Wohl sorgen.«

Eine rundliche Negerin betrat die Halle, lächelte freundlich, und Callie hätte sich am liebsten mitsamt dem Baby in ihre Arme geworfen. »Oh, was für ein schöner kleiner Junge!« gurrte Cissy. »Gehen Sie nur, Ma'am, ich werde ihn gut betreuen.« Sie eilte mit Jared davon, und als Ben in die Hände klatschte, erschienen vier große, kräftige junge

Diener. Er befahl ihnen, Miz Lettys große Blechwanne ins Gästezimmer zu stellen und mit heißem Wasser zu füllen, dann erklärte er Callie, nun würde er sie nach oben führen. Daniel entschuldigte sich und sagte, er würde sich in der Bibliothek einen Cognac genehmigen.

Callie folgte dem Butler die Treppe hinauf und wagte kaum, mit ihrer schmutzigen Hand das blankpolierte Geländer zu berühren. Ebenso unangenehm war es ihr, mit ihren staubigen Sohlen über den roten Teppich zu gehen. Im Gästezimmer angekommen, fiel ihr Blick zuerst auf das riesige Bett mit der schönen Steppdecke. Der Gedanke, hier zu schlafen, kam ihr vor wie eine Einladung ins Paradies.

Bald wurde die Wanne gebracht, und die Diener gossen einen Eimer heißes Wasser nach dem anderen hinein. Eine junge Negerin legte Seife, einen Waschlappen und ein großes Badetuch bereit. Dann war Callie endlich allein. In aller Eile zog sie sich aus, ohne darauf zu achten, wo die einzelnen Kleidungsstücke landeten, und stieg in die Wanne. Das Wasser war so heiß, daß sie beinahe aufschrie. Aber sie gewöhnte sich sehr schnell daran und genoß die köstliche belebende Wärme. Nach wenigen Sekunden setzte sie sich und tauchte ihren Kopf unter.

Sie seifte ihren Körper und ihr Haar ein, dann tauchte sie noch einmal unter. Schließlich legte sie den Nacken an den Wannenrand und genoß das Gefühl, endlich wieder sauber zu sein.

In der Bibliothek nahm Daniel eine Flasche aus der Bar neben Geralds Schreibtisch und schenkte sich einen großen Cognac ein. Langsam nippte er am Glas, drehte es in der Hand hin und her. Trotz der Blockade schienen die Lunts auf nichts verzichten zu müssen. Er hatte gehört, daß Gerald einen Blockadebrecher finanzierte. Das Schiff lieferte nicht nur Medikamente und die Waren, die eine vom Krieg heimgesuchte Gesellschaft dringend brauchte, sondern auch Luxusgüter wie Mode, Parfums und Seifen aus Frankreich. Damit konnte man eine ganze Menge verdienen. Manche Leute machte der Krieg todunglücklich, andere schwer reich.

Als er das Glas abstellte, merkte er, daß seine Finger ein wenig zitterten. Im Augenblick war er äußerst dankbar für Gerald Lunts Wohlstand. Er verspürte schmerzhaften Hunger, und in der Küche bereitete man ein Abendessen für ihn vor – Brathuhn, Kartoffeln, Steckrüben und schwarzgefleckte Bohnen. Callie hatte zuerst baden wollen. Aber er sehnte sich geradezu verzweifelt nach einer Mahlzeit. Während der Reise hatte er sich stets bemüht, seinen nagenden Hunger vor ihr zu verbergen.

Nun lehnte er sich in einem bequemen Ledersessel zurück. Natürlich drängte es ihn immer noch, sie zu erwürgen, aber er ertrug es nicht, sie leiden, hungern oder nachts vor Kälte erschauern zu sehen. Dieser Anblick quälte ihn noch stärker, seit er sich nicht mehr in ihre Nähe wagte. O Gott, er begehrte sie nach wie vor. Niemals würde sein Verlangen nach ihr erlöschen.

War sie so unschuldig wie sie behauptete? Vielleicht hinderte ihn sein heißer Zorn daran, klar zu denken. Nein, er konnte ihr einfach nicht trauen. Andererseits begann er aber auch an seinem harten Urteil zu zweifeln.

Die Tür öffnete sich, und Ben trug ein Tablett herein, das er auf die Kirschbaumholzplatte von Gerald Lunts Schreibtisch stellte. »Nun, wie gefällt Ihnen das, Colonel?«

Köstliche Düfte machten Daniel den Mund wäßrig. »Ich glaube, so etwas Verlockendes habe ich noch nie in meinem Leben gesehen, Ben.«

Ben lachte. »Nun, dann lassen Sie sich's gut schmecken, Sir. Übrigens, Ihr kleiner Junge ist wirklich süß – und Ihnen wie aus dem Gesicht geschnitten, Sir.«

Ruckartig hob Daniel den Kopf. »Ja, nicht wahr?«

»Ein Sohn, auf den man stolz sein kann, Sir.«

Ja, das stimmte. Jared war wundervoll. Nervös trommelte Daniel mit den Fingern auf die Tischplatte. »Wie geht es – meiner Frau?«

»Sir, sie scheint sich so wohl zu fühlen wie im Himmel, inmitten von lauter Engeln. Eine sehr schöne, nette Lady haben Sie da gefunden, Colonel. Und sie hat Ihnen einen prächtigen Sohn geschenkt.«

Das hatte sie allerdings getan, vermutlich aber nicht die Absicht gehegt, den Vater darüber zu informieren. Doch das spielte jetzt keine Rolle mehr. Der Junge war bei ihm. Gab es irgendwelche Gesetze bezüglich der Vaterschaft? Und noch wichtiger – inwieweit trage ich die Verantwortung für die Mutter meines Kindes, überlegte er.

Ben grinste. »Nur gut, daß Sie die Lady geheiratet haben, bevor sie Ihnen entwischen konnte, Sir. Noch nie ist mir eine schönere Frau begegnet, weder eine weiße noch eine schwarze. Und wenn Sie nicht so schnell zugegriffen hätten, Colonel, dann wäre sie Ihnen gewiß von einem anderen Mann vor der Nase weggeschnappt worden.«

Daniel zwang sich zu einem Lächeln. »Ganz sicher, Ben.«

Der Butler ließ ihn allein, und er biß lustlos in das Hühnerbein, dessen Duft ihm eben noch so verführerisch erschienen war. Was mochte in Callie vorgehen, haßte sie ihn? Fürchtete sie ihn? Wenn er sie leidenschaftlich in den Armen hielt, schien sie seine Gefühle zu teilen. Aber sie bekämpfte ihn unentwegt. Ansonsten war sie fest entschlossen, nicht von seiner Seite zu weichen, solange er Jared bei sich behielt.

Er mußte sie heiraten. Darauf hätte sein Vater gewiß bestanden, und seine Muter wäre schockiert angesichts des illegitimen Kindes gewesen. Auch Jesse würde den Bruder auf seine verdammte Pflicht und Schuldigkeit hinweisen – insbesondere, weil Daniel ihn damals aufgefordert hatte, Kiernan möglichst schnell zu heiraten, damit ihr Baby ehelich geboren wurde.

Ja, das war der einzige ehrenhafte Ausweg aus dem Dilemma. Außerdem hatte Callie von ihrer einstigen Liebe zu ihm gesprochen, wenn auch mittlerweile Haß daraus geworden war. Sein Entschluß stand fest – obwohl sie in verschiedenen Welten lebten, die Krieg gegeneinander führten.

Und was empfand er für sie, im Grunde seines Herzens? Allein schon der Gedanke an sie erwärmte ihn. Er stöhnte laut auf und legte seine Gabel beiseite. Wenn doch Jesse hier wäre und ihm einen Rat geben könnte... Aber Jesse war weit weg, und er trug die blaue Uniform der Union.

Daniel lehnte sich zurück und flüsterte mit einem wehmütigen Lächeln: »Ich weiß, was du sagen würdest, mein Bruder. Und ich werde es tun. Auf keinen Fall darf ich riskieren, meinen wundervollen Sohn zu verlieren.« Oder hatte er Angst, auch Callie zu verlieren? Nun, auf die Gründe kam es nicht an. Nur auf die Tat.

Er stand auf, öffnete die Tür und rief nach Ben, der sofort erschien. »Ja, Colonel?«

»Ben, ich habe ein kleines Problem mit meiner Frau.«

»Wieso denn das, Sir?«

»Sie ist nicht meine Frau.«

Schockiert wich Ben zurück, und Daniel unterdrückte ein Grinsen. Sogar die Dienstboten in der alten Welt kannten die Regeln. Und sie bestanden darauf, daß auch die Herrschaften sich danach richteten. »Nun, Sir«, begann der Butler zögernd, »es steht mir nicht zu, eine Bemerkung darüber zu machen...«

»Ich möchte das in Ordnung bringen, aber dazu brauche ich deine Hilfe. Könntest du möglichst diskret jemanden hierherholen, der uns traut?«

»Hierher, Sir? Jetzt?«

»Also, sagen wir mal, in dreißig Minuten.«

Ben grinste über das ganze Gesicht. »Ich will mein Bestes tun, Sir.« Dann runzelte er die Stirn. »Cognac – das war einfach«, murmelte er. »Eine Mahlzeit – das auch. Ein

Bad kann man in wenigen Minuten vorbereiten. Aber ein Priester... Was die Leute heutzutage alles wollen...«

»Noch was, Ben. Könntest du mir einen sauberen Anzug besorgen? Zu Hause werde ich mir eine neue Uniform beschaffen, aber hier genügt Zivilkleidung. Und ich brauche auch etwas für Callie.«

»Ja, Sir!« Ben wandte sich ab und eilte kopfschüttelnd davon.

Grinsend setzte sich Daniel wieder an den Tisch. Nachdem er die Verwirklichung seines Plans in die Wege geleitet hatte, verspürte er wieder gewaltigen Hunger. Als er den letzten Bissen von seinem Huhn verspeist hatte, klopfte es an der Tür, und Ben trat mit einem großen Karton ein. »Colonel, ich habe hier ein weißes Musselinkleid mit kleinen gestickten Blumen.«

Erstaunt hob Daniel die Brauen. Der Mann hatte wirklich schnelle Arbeit geleistet. »Von Letty?«

»Nein, Sir. Ich dachte, Ihre Lady wird bei der Hochzeit nichts tragen wollen, was eine andere abgelegt hat. Dieses Kleid kaufte ich von einer jungen Dame weiter unten an der Straße, die nach Charleston zurückziehen will, um bei ihrer Familie zu wohnen. Ihr Mann ist soeben in Gettysburg gefallen, deshalb trägt sie vorerst nur noch Schwarz und braucht keine anderen Sachen.«

»Wunderbar! Ich habe nicht viel Geld bei mir, aber ich werde Gerald die Kosten zurückerstatten, sobald ich in Cameron Hall eingetroffen bin.«

»Das ist nicht nötig, Colonel. Ich habe das Kleid mit Ihrem Pferd bezahlt.«

»Na, großartig!« rief Daniel lachend. Das braune Yankee-Kavalleriepferd war eine ganze Menge wert. Aber er würde bald wieder zu Hause sein, und nirgendwo wurden schönere Pferde gezüchtet als auf Cameron Hall. »Und die Zeremonie?«

»Ich war in der Episkopalkirche, und ich wußte gar nicht, wie ich anfangen sollte, also halste ich Vater Flannery einfach das ganze Problem auf. Er meinte, das sei alles höchst irregulär – genau das sagte er, irregulär. Aber da Sie ein Held der Rebellen sind, Colonel, könne er verstehen, daß Ihre Lady und Sie eben ein bißchen aufgehalten wurden, als Sie heiraten wollten.«

Daniel nickte. Vermutlich wurde eine ziemlich hohe Kirchenspende von ihm erwartet. »Wann kommt er?«

»Spätestens in einer Stunde, Colonel. Das hat er versprochen.«

»Sehr gut, danke, Ben. Du bist ein tüchtiger Mann. Wenn du nicht mehr hier arbeiten willst – auf Cameron Hall ist stets ein Platz für dich.«

»Colonel Cameron, Sie wissen doch, daß ich nirgendwo hingehen kann. Ich bin Mr. Lunts persönliches Eigentum.«

»Nicht nach Lincolns neuen Gesetzen«, murmelte Daniel.

Der Schwarze zuckte die Achseln. »Aber Mr. Lincoln muß erst mal den Krieg gewinnen, nicht wahr. Und Sie besitzen sicher Ihren eigenen Butler, Sir.«

Daniel stand auf und schlug ihm auf die Schulter. »Ich besitze niemanden, Ben. Eine seltsame Welt ist das, was?«

»Ja, Sir. Und sie wird mit jedem Tag sonderbarer.«

Callie genoß ausgiebig ihr Bad. Aber als das Wasser abkühlte, verspürte sie Hunger. Sicher würde sie hier die köstlichsten Dinge zu essen bekommen. Langsam öffnete sie die Augen und zuckte erschrocken zusammen. Sie war nicht mehr allein. Lautlos hatte Daniel das Zimmer betreten, so als wäre das sein gutes Recht. Nun stand er da und beobachtete sie, einen großen Karton in den Händen. Sie schluckte mühsam, und ihre Augen verengten sich. »Was machst du hier?«

»Was für eine unhöfliche Frage!«

»Verschwinde!«

»Das kann ich leider nicht. Es ist auch mein Zimmer.«

»Dein Zimmer...«

»Nun, du hast nicht protestiert, als du Mrs. Cameron genannt wurdest. Also wurden wir gemeinsam hier einquartiert – mein Liebling.«

»Nenn mich nicht so!«

»Stört es dich sehr?«

»Es ist doch nur reine Heuchelei.«

»Ich übe nur.«

»Wofür?«

Er zog seine Taschenuhr hervor. »In etwa zwanzig Minuten kommt ein Priester von der Episkopalkirche hierher – wenn wir Glück haben. Deshalb brauche ich jetzt die Wanne. Raus mit dir!«

»Was?« Callies Finger krallten sich um den Wannenrand.

»Er wird uns trauen.«

Das mußte ein übler Scherz sein. Das Herz schlug ihr bis zum Hals. Die Hoffnung war zwar immer dagewesen, aber Callie hatte sie in den Hintergrund ihres Bewußtseins verdrängt. Nie hätte sie sich träumen lassen, er würde sie heiraten, nicht einmal Jared zuliebe – nicht nach jenen Ereignissen, die zu seiner Festnahme geführt hatten. Mühsam hielt sie die Tränen zurück. Natürlich wollte sie ihn heiraten – weil sie ihn liebte. Oh, sie hätte längst aufhören müssen, ihn zu lieben. Wäre ihr Zorn doch nur in Haß übergegangen – der hätte diese Liebe endgültig aus ihrer Seele gerissen.

Doch das war ihr nicht gelungen. Sie hatte immer nur eine Rolle gespielt. Und was will ich jetzt, fragte sie sich. Ganz einfach, ich möchte, daß er meine Liebe erwidert.

»Nein«, flüsterte sie.

»Was – nein?«

»Ich kann dich nicht heiraten.«

Der große Karton landete auf dem Bett, und sie erschauerte, als er auf sie zukam. »Wie zum Teufel meinst du das?«

»Ich meine – nein. Du hast mich nicht einmal gefragt, du bist ein gräßlicher Rüpel. Ich hasse dich. Warum sollte ich dich dann heiraten?«

»Weil du außerhalb des Ehebetts deinen Sohn geboren hast, und seinetwegen werde ich dich heiraten.«

»Ich will aber nicht. Und warum bist du plötzlich so versessen darauf? Was wirst du deiner Familie erzählen, bin ich überhaupt eine passende Ehefrau für einen Cameron?«

Zu ihrer Bestürzung kniete er neben der Wanne nieder. Instinktiv zog sie die Knie enger an sich heran und schlang ihre Arme darum. »Ich werde meiner Familie erklären«, erwiderte er, »du seist splitterfasernackt gewesen und die Leidenschaft habe mich übermannt. Danach sei ich auf die Knie gesunken, um deine Hand zu erbitten. Und das wird die reine Wahrheit sein.«

»Red keinen Unsinn! Du kannst mich schon deshalb nicht heiraten, weil ich zu den Yankees gehöre – und weil du mich wegen deiner Gefangennahme verdammst, obwohl ich nicht schuld daran bin...«

»Trotz allem werden wir heiraten.«

»Nein!«

»Warum nicht, ziehst du es vor, das Leben einer unverheirateten Mutter zu führen? Allein mit Jared?«

»Das würde ich schon schaffen.«

»Aber du hast kein Recht, das unserem Sohn anzutun.«

Dieses Argument stimmte sie schließlich um. »Also gut«, entgegnete sie nach kurzem Zögern. »Ich werde dich heiraten, Jared zuliebe. Aber...«

»Was?«

»Ich möchte, daß du mich in Ruhe läßt.«

Er lachte bitter. »Ich will meinen Sohn, dem Gesetz nach. Nur darauf kommt es mir an. Und wie du dich vielleicht entsinnen wirst, ich habe dich nie zu irgend etwas gezwungen. Im Augenblick werde ich dir die gewünschte Privatsphäre gönnen. Was die Zukunft betrifft, garantiere ich allerdings für gar nichts. Falls wir überhaupt eine Zukunft haben... Überleg doch mal. Bald nachdem ich dich in Cameron Hall einquartiert haben werde, kehre ich an die Front zurück. Vielleicht könnte ich erschossen oder von einem Schwert durchbohrt werden. Dann hast du mein Geld, meinen Namen und deine Freiheit.«

»Ja, das könnte geschehen«, erwiderte sie kühl. Wie kalt das Wasser geworden war! Sie zitterte am ganzen Körper. Das lag vor allem an der Kälte, die sich in ihrem Inneren ausbreitete.

Daniel stand auf. »Dein Brautkleid findest du auf dem Bett. Dies ist nicht der richtige Zeitpunkt für falsche Scham. Der Priester wird bald hier sein, und selbst wenn das Wasser mittlerweile eiskalt ist, möchte ich untertauchen.« Er reichte Callie das Badetuch, und sie sprang auf, um sich darin einzuwickeln.

»Noch was, Callie!« rief er ihr nach, als sie aus der Wanne gestiegen war und zum Bett eilte.

»Ja?«

»Wie du weißt, haben die Camerons alle Sklaven freigelassen. Kein Mensch gehört mir, bis auf einen. Meine Ehefrau betrachte ich als mein persönliches Eigentum.«

»Nun, wir werden ja sehen...«, erwiderte Callie honigsüß. Aber sie zitterte immer noch.

## 22

Das Kleid war wunderschön. Noch nie zuvor hatte sie so etwas getragen. Exquisite Unterwäsche gehörte dazu, eigens angefertigt, um den Stil des Kleides zu betonen. Über dem weiten Reifrock raschelten üppige Taftrüschen. Das Hemd und die Unterhose bestanden aus feiner, hauchdünner Seide, das elfenbeinfarbige Korsett war mit den gleichen winzigen roten Blumen bestickt, die auch das

Kleid schmückten. Und diese herrlichen Sachen sollte sie jetzt anziehen? Verwirrt stand sie da und strich ehrfürchtig über den zarten Musselin.

»Stimmt was nicht?« fragte Daniel, der bereits in der Wanne saß.

»Alles in Ordnung«, erwiderte sie hastig. Das Badetuch um die Schultern gehängt, fing sie an, sich anzukleiden. Das fiel ihr ziemlich schwer. Aber sie schaffte es, bis auf das Korsett.

Als sie Daniels Hände auf ihrem Rücken spürte, erstarrte sie. »Zieh den Bauch ein!« befahl er, und sie gehorchte.

»Oh!« japste sie. Innerhalb weniger Sekunden hatte er die Verschnürung ganz fest zugezogen und verknotet. Seine Geschicklichkeit wies deutlich auf einige Erfahrungen hin. Sie fuhr herum, dann wandte sie sich rasch wieder ab, weil er splitternackt dastand.

»Was ist los?« fragte er.

»Du scheinst dich außerordentlich gut mit Frauenkleidung auszukennen.«

»Findest du?«

Ohne zu antworten, griff sie nach dem eleganten Kleid und streifte es über die Schultern. Es fühlte sich ganz weich an, wie Engelsflügel. Sorgfältig breitete sie den Rock über den Taftrüschen aus, dann bemühte sie sich vergeblich, die Häkchen am Rücken zu schließen. Wieder spürte sie die Berührung von Daniels Fingern. Rasch und geschickt schloß er das Kleid, dann trat er zurück, um sie zu mustern.

»Würdest du bitte irgend etwas anziehen?« zischte sie.

»Du hast mich oft genug gesehen.« Fachmännisch zupfte er an ihrem Kleid. »Warum machst du jetzt so ein Theater, wo wir doch kurz davor stehen, unsere Beziehung zu legalisieren?«

Fest entschlossen, ihn zu ignorieren, riß sie ihm das Kleid aus den Händen und trat vor den hohen Drehspiegel. Ihr eigener Anblick nahm ihr den Atem. Das Kleid war wie für sie gemacht. Eng schmiegte sich das Oberteil um ihre Brüste, aber der dezente Ausschnitt ließ nur den Ansatz der zarten Wölbungen erkennen. Die Puffärmel entblößten ihre Schultern. Wie dunkles Kupfer schimmerte ihr Haar über dem schneeweißen Musselin. In diesem Kleid fühlte sie sich so schön wie noch nie.

Als es an der Tür klopfte, zuckte sie zusammen. Rasch schlang Daniel das Badetuch, das sie auf den Boden hatte fallen lassen, um seine Hüften und ließ Ben eintreten. Der Butler brachte ihm eine dunkelgraue Nadelstreifenhose, eine rote Weste und ein graues Jackett mit langen Vorderschößen, dazu ein weißes Rüschenhemd, eine Krawatte und ein Paar glänzender schwarzer Schuhe.

»Das müßte Ihnen passen, Colonel Cameron. Die Sachen sind von Miz Lettys ältestem Sohn Andrew, und er war fast so groß wie Sie, Sir.«

»Danke, Ben. Ich werde die Sachen in ebenso gutem Zustand zurückerstatten, wie sie mir übergeben wurden.«

»Darauf kommt es nicht an. Der Junge ist bei Sharpsburg gefallen. Seine Eltern werden stolz sein, wenn sie erfahren, daß Sie für seinen Nachlaß Verwendung fanden, Sir.«

»Nochmals vielen Dank«, erwiderte Daniel leise.

Bens Gesicht verzog sich zu einem breiten Grinsen. »Vater Flannery wartet unten. Ich habe ihn in die Bibliothek geführt und er genehmigt sich gerade einen Cognac. Seine Nichte begleitet ihn, um bei der Trauung als Zeugin zu fungieren.«

»Wir kommen gleich«, versprach Daniel und schloß die Tür.

Während er sich in Windeseile anzog, griff Callie nach ihren Schuhen, dann biß sie sich verlegen auf die Lippen. Sie waren derb und praktisch, und sie hatte sie immer gut gebrauchen können, wenn sie jetzt auch abgetragen und schäbig aussahen. Aber zu dem schönen Kleid und den weißen Seidenstrümpfen paßten sie überhaupt nicht. Daniel bemerkte ihre düstere Miene.

»Schuhe!« stöhnte er. »Ich habe die Schuhe vergessen.« Dann zuckte er mit den Achseln. »Nicht so schlimm. Niemand wird deine Füße sehen.« Er nahm eine Bürste vom Toilettentisch und begann, ihr Haar zu striegeln.

»Das kann ich selber«, protestierte sie.

»Deine Finger zittern immer noch, also laß es lieber mich machen.« Er bürstete ihr Haar, bis es in weichen Wellen auf ihre Schultern fiel.

»Auch mit Frauenhaaren kannst du großartig umgehen«, bemerkte Callie bissig.

»Das macht die Erfahrung«, erwiderte er kurz angebunden. Sie schnappte nach Luft und hätte ihn am liebsten geohrfeigt. Lässig warf er die Bürste auf den Toilettentisch und umfaßte Callies Ellbogen. »Gehen wir. Wir wollen Flannery nicht warten lassen.« Mit langen Schritten führte er sie aus dem Zimmer.

»Nicht so schnell!« protestierte sie.

»Noch schneller!« widersprach er.

Vorsichtig tastete sie mit ihren bestrumpften Zehen nach der ersten Stufe. Sie war nicht an so weite Reifröcke gewöhnt und so fiel es ihr schwer, auf der Treppe ihr Gleichgewicht zu halten. Aber da der weißhaarige, sehr würdige Priester am Fuß der Treppe an der Seite eines jungen brünetten Mädchens wartete, verkniff sich Callie einen Kommentar.

»Vater, vielen Dank, daß Sie gekommen sind«, begrüßte Daniel den Priester.

»Nun ja, Colonel, eigentlich mißbillige ich solche überstürzten Hochzeiten. Aber Sie wurden natürlich von all diesen Schlachten aufgehalten, und deshalb stehe ich Ihnen gern zur Verfügung. Besser spät als nie...«

»Genau. Können wir anfangen?«

»Natürlich. Wenn Braut und Bräutigam volljährig sind und freiwillig in den Ehestand treten wollen...?«

Callies Kehle war wie zugeschnürt, und sie brachte kein Wort hervor.

Fast schmerzhaft drückte Daniel ihre Hand. »Du bist doch bereit, Liebling?«

Krampfhaft rang sie nach Atem, dann zischte sie: »Bastard!«

Freundlich lächelte er sie an und flüsterte ihr zu: »Gleich wirst du diesem Bastard versprechen, ihn zu lieben, zu ehren und ihm stets Gehorsam zu erweisen.«

»Ich liebe dich nicht!«

»Wenn du die beiden anderen Gebote erfüllst, bin ich vollauf zufrieden.«

Flannery, der in seinem Gebetbuch geblättert hatte, hob die Brauen. »Gibt es irgendwelche Schwierigkeiten?«

»Keineswegs«, versicherte Daniel. »Würden Sie bitte anfangen?«

Flannery warf ihnen einen strengen Blick zu, dann seufzte er.

»Also gut. Ihr Name, junge Frau?«

»Calliope McCauley Michaelson.«

Ruckartig wandte Daniel den Kopf zu ihr und starrte sie an. »Calliope?« wisperte er.

Sie zuckte die Achseln. »Mein Vater schwärmte für die griechischen Musen.«

Grinsend richtete er den Blick wieder auf den Priester, der aus dem Gebetbuch vorzulesen begann. Sie lauschte den monotonen Worten und dachte, welch ein Glück es doch wäre, daß Vater Flannery nicht den Beruf eines Festredners gewählt hatte. Eine langweiligere, trockenere Hochzeitszeremonie konnte es eigentlich gar nicht geben. Bald hörte sie nicht mehr zu. Ihre Finger fühlten sich eiskalt an. Wenn dieser Spuk vorbei war, würde sie Daniels Frau sein. Und was er von der Ehe hielt, wußte sie bereits. Er betrachtete sie als sein Eigentum, würde tun, was immer er wollte, und sie würde tatsächlich in einem Südstaatengefängnis eingesperrt sein.

»Callie!«

Alle starrten sie abwartend an. Daniel drückte ihre Hand so fest, daß sie irgend etwas kreischte, was wie ein Ja geklungen haben mußte, denn Flannery fuhr fort, seinen Text herunterzuleiern.

Schließlich steckte ihr Daniel seinen Siegelring an den Finger, und der Priester erklärte sie beide für Mann und Frau. Der Bräutigam küßte die Braut – nur ganz flüchtig, dann wandte er sich ab, dankte Flannery und versprach, der Kirche eine Spende zukommen zu lassen, sobald er Cameron Hall erreicht habe. Ben öffnete eine Flasche Champagner, und der Priester trank nur zu gerne ein Gläschen mit. Auch seiner jungen Nichte erlaubte er einen Schluck und erklärte dann, die Papiere müßten unterzeichnet werden.

Wie in einem eigenartigen Traum schrieb Callie ihren neuen Namen. Jetzt war sie Mrs. Cameron. Kaum hatte sie die Feder beiseite gelegt, als sie ein leises Wimmern hörte. Hastig drehte sie sich um. Ben brachte ihr das Baby. Es war gebadet worden und trug ein schönes weißes Baumwollhemdchen. Zum ersten Mal in seinem kurzen Leben hatte sie ihren Sohn vergessen, wegen einer Heirat, die nur seinetwegen zustande gekommen war. Hastig dankte sie dem Priester, dann nahm sie Jared aus Bens Armen und eilte die Treppe hinauf ins Schlafzimmer.

Sie setzte sich aufs Bett, und während sie das Baby stillte, starrte sie nachdenklich ins Leere. Was erwartete sie von ihrer Ehe? Sie wußte nur, was sie sich sehnlichst wünschte. Daniels bedingungslose Liebe und sein Vertrauen.

Es klopfte kurz an der Tür, und Daniel trat ein. »In zehn Minuten fahren wir zum Weißen Haus. Wir sind zum Diner eingeladen. Sei bitte rechtzeitig fertig.« Er hatte zwar höflich gesprochen, aber mit unmißverständlicher Autorität. Natürlich. Sie war jetzt seine Frau. Und zwei von drei Pflichten mußte sie auf alle Fälle erfüllen, ihn zu ehren und ihm zu gehorchen. Ohne ihre Zustimmung abzuwarten, verließ er das Zimmer.

Plötzlich hustete Jared, und sie drückte ihn an ihre Schulter und klopfte auf seinen Rücken. Für ein so kleines Wesen rülpste er erstaunlich laut, und sie mußte lachen. »Was kann er denn schon von mir erwarten, mein Süßer? Er hat ein Yankee-Mädchen geheiratet. Und seit Papas Tod habe ich niemandem gehorcht...« Ihre Stimme erstarb. Die zehn Minuten waren schon fast vorbei.

Unschlüssig blickte sie auf ihre bestrumpften Füße. Nun, es war Sommer, und sie würde nicht frieren. Aber der Straßenstaub...

»Callie!« rief Daniel vom Fuß der Treppe herauf.

Nein, ihre schäbigen derben Schuhe konnte sie unmöglich zu dem schönen Kleid tragen. Das Baby im Arm eilte sie aus dem Zimmer und in die Halle hinab.

Daniel musterte sie prüfend, dann nickte er, offenbar einigermaßen zufrieden. »Gehen wir. Ben bringt uns in der Kutsche der Lunts zum Weißen Haus.« Zögernd fügte er hinzu: »Du könntest Jared bei Cissy lassen.«

Sie schüttelte heftig den Kopf. »Vielleicht wird er mich brauchen.«

Die Fahrt zum Regierungssitz der Konföderierten Staaten von Amerika dauerte nicht lange. Die Nacht war hereingebrochen, und das schöne Haus erstrahlte in schönem Licht. Zahlreiche Wagen hielten vor deren Eingangstreppe, manche Gäste kamen auch zu Fuß. Die schöne Hausherrin begrüßte Daniel und Callie in der Halle, dann betraten sie einen eleganten, großen Salon.

Fasziniert betrachtete Callie die hübschen Frauen mit ihren kunstvollen Frisuren. Fächer bewegten sich wie Kolibriflügel, um die Hitze zu lindern. Aufgeregt drängten sich die Damen um Daniel und wollten wissen, wie diese oder jene Schlacht verlaufen war. Sie sprachen leise, mit kultivierten Stimmen. Anfangs ignorierten sie Callie, dann bemühten sie sich, an ihre guten Manieren zu denken und sie nicht allzu neugierig anzugaffen, nachdem sie ihnen als Colonel Camerons Frau vorgestellt worden war.

Callie hatte das Gefühl, ihr Gesicht wäre zu einer lächelnden Maske erstarrt. Aber wie sie Daniel zugute halten mußte, schien ihn die Bewunderung der weiblichen Gäste überhaupt nicht zu interessieren. Bald wurden sie voneinander getrennt, aber wann immer sie zu ihm hinüberschaute, begegnete sie seinem kühlen, nachdenklichen Blick.

»Warum beobachtest du mich dauernd?« flüsterte sie, als sie sich einmal über den Weg liefen.

»Weil ich hoffe, daß niemand in deiner Nähe ein Geheimnis der Konföderierten Staaten verlauten läßt«, wisperte er zurück.

»Sehr amüsant...«

»Oh, das ist keineswegs lustig. Im Augenblick scheinen wir den Krieg auch ohne deine Hilfe zu verlieren.« Er schlenderte weiter, eine hübsche Blondine nahm seinen Arm, und es ärgerte Callie, daß sie brennende Eifersucht empfand.

Ein junger Mann in einer hocheleganten Uniform, die sicher noch nie ein Schlachtfeld gesehen hatte, verwickelte sie in ein Gespräch über Cameron Hall, offensichtlich in der Annahme, sie würde die Plantage kennen. Höflich murmelte sie hin und wieder ein Ja oder Nein, und das schien zu genügen. Eine vollbusige Brünette neigte sich gurrend zu Jared, aber wenig später hörte Callie sie hinter ihrem Rücken tuscheln, ein so kleines Baby hätte man lieber daheim bei der Kinderfrau lassen sollen.

Doch das kümmerte Callie wenig, solange Varina Davis sich über Jareds Besuch zu freuen schien.

Daniel machte sie mit zwei uniformierten Männern bekannt, einem Major Tomlinson und einem Lieutenant Prosky. Als sie sich abwandte, hörte sie den Major zu seiner Gattin sagen: »Was für eine schöne junge Frau er gefunden hat!«

»Das ist es ja gerade, mein Lieber. Wo hat er sie gefunden? Weiß hier irgend jemand etwas über ihre Familie?«

Callie glaubte, ihre Ohren würden verbrennen. Der Lieutenant hatte Daniel beiseite geführt, und trotz der vielen Menschen ringsum fühlte sie sich so einsam wie noch nie in ihrem Leben. Lauter Rebs, noch dazu die Crème de la Crème von den Südstaaten... Eine Hand berührte ihren Arm, und sie schaute in Varinas schöne, gütige Augen. »Kommen Sie, Mrs. Cameron, ich möchte Ihnen das Haus zeigen. Der Speisesaal liegt links von der Halle. Viele Räume hier können abgetrennt werden, wenn wir die Türen schließen. Wann immer wir allein sind, genießen wir die Gemütlichkeit kleinerer Zimmer. Und bei den Dinnerpartys werden die Türen einfach geöffnet, so daß der Eindruck eines einzigen großen Saales entsteht. Ein wundervolles Haus... Und wir sind der Stadt sehr dankbar, weil sie es uns zur Verfügung gestellt hat. Ich lebe gern in Richmond. Die Leute hier sind so nett.«

»Ja, die Stadt ist sehr schön.«

»Sicher wird Ihnen Virginia gefallen«, meinte Varina lächelnd.

»Meine Heimat Maryland liegt nicht allzuweit entfernt.«

Maryland, ein gespaltener Staat... Varina hob ein wenig die Brauen. Sie schien zu ahnen, daß Callie aus einer Familie von Unionsanhängern stammte. Doch das beunruhigte sie offenbar nicht, sie schien es sogar zu verstehen. »Ein schlimmer Krieg«, sagte sie leise und strich über das Köpfchen des Babys, dann legte sie einen Arm um Callies Schultern. »Kommen Sie mit mir.« Sie führte ihre Besucherin in einen kleinen Raum zur Rechten der Halle. »Wenn Sie mit Ihrem Söhnchen allein sein wollen, bringen Sie es hierher. Das ist mein Nähzimmer, und Jefferson verwahrt in den Schränken einen Teil seiner Bücher. Setzen Sie sich in diesen bequemen Sessel, da wird Sie niemand stören.«

»Danke.« Callie zögerte. »Tut mir leid. Ich mußte Jared

mitbringen, denn ich habe keine Kinderfrau. Er war immer nur mit mir zusammen.«

»Oh, das ist doch wundervoll. Jefferson und ich finden viel zu wenig Zeit für unsere Kinder.«

Als sie in den großen Salon zurückkehrten, sah Callie einen großen dünnen Mann am Kamin stehen und mit dem Major sprechen. Das hagere Gesicht unter dem grauen Haar strahlte stille Würde aus, die Falten um die Augen verrieten tiefe Sorge. Bei Varinas Anblick erhellte sich seine Miene ein wenig, und er lächelte. Dann entdeckte er Callie und zog fragend die Brauen hoch.

Varina ergriff ihre Hand. »Kommen Sie, Mrs. Cameron, Sie müssen meinen Mann kennenlernen.«

Beinahe hätte Callie sich losgerissen. Ihre Kehle wurde eng. Soeben hatte sie Daniel geheiratet, und nun sollte sie dem Präsidenten der Konföderierten Staaten von Amerika vorgestellt werden. Wie sollte sie das jemals ihren Brüdern erklären? Aber es blieb ihr nichts anderes übrig, als der Hausherrin zu folgen.

»Mein Lieber, das ist Daniels Frau«, erklärte Varina. »Mrs. Cameron, mein Mann, Präsident Davis.«

Galant beugte er sich über Callies Hand. »Mrs. Cameron, es ist mir eine Freude, Sie in meinem Haus zu begrüßen.«

Danach wurde das Dinner angekündigt, und sie ging an Daniels Arm in den Speisesaal. Dort saßen sie einander gegenüber. Das Tischgespräch drehte sich fast ausschließlich um den Krieg. Der Gentleman an Callies Seite beklagte die Inflation. »In letzter Zeit kam es immer häufiger zu Kavalleriescharmützeln, Daniel«, bemerkte er. »Am 14. führte Lee die Armee über den Potomac und Meade folgte ihm, wie ich höre. Aber so wie seinen Vorgängern mißlingt es ihm, den Kern unserer Armee empfindlich zu treffen.«

»Lee ist ein genialer Kommandant, Sir.«

»Wären meine anderen Generäle nur halb so tüchtig...« Seufzend legte Davis seine Gabel beiseite. »Was für finstere Zeiten! Diese schreckliche Schlacht von Gettysburg, und dann der Verlust von Vicksburg...«

»Das kann unseren Kampfgeist nicht brechen«, betonte Varina, die am anderen Ende der Tafel saß.

»Gewiß nicht, meine Liebe.« Er prostete ihr mit seinem Weinkelch zu, dann wandte er sich wieder an Daniel. »Ebensowenig können diese Burschen aus dem Norden unseren tapferen Soldaten von Colonel Camerons Kaliber das Wasser reichen. Sie werden doch möglichst schnell zu Ihrer Einheit zurückkehren, Sir?«

Verwirrt glaubte Callie, ein leichtes Zögern ihres Mannes zu spüren. Aber vielleicht hatte sie sich das nur eingebildet.

»Ja, Sir, so schnell wie möglich«, bestätigte er und schaute sie über den Tisch hinweg an. Bald würde sie von ihm befreit sein – nur noch durch das Ehegelöbnis an ihn gebunden...

Ein Gast brachte einen Trinkspruch aus. »Auf unsere braven Jungs in Grau!« Alle erhoben sich, die Gläser klirrten.

Callie nutzte diese Gelegenheit, um die Flucht zu ergreifen. Hastig entschuldigte sie sich bei Varina, dann eilte sie ins Nähzimmer. Seufzend sank sie in den Lehnstuhl, wiegte Jared sanft hin und her. Was für eine verrückte Welt... Eine Ewigkeit schien verstrichen zu sein, seit sie auf der kleinen Farm in den Bergen gelebt hatte, wo ihre Lieben begraben lagen. Ihr Vater und Gregory waren für die Union gestorben, für die Freiheit aller Menschen, in der Verfassung einer großen Nation garantiert.

Sie hatte ein einfaches, aber erfülltes Leben geführt. Und nun saß sie hier, in Seide, Taft und Musselin, mit einem Feind verheiratet. Und sie dinierte mit dem Präsidenten der feindlichen Staaten. Krampfhaft schluckte sie, dann preßte sie eine Hand an ihre heiße Wange. Lange durfte sie sich hier nicht mehr verstecken. Daniel glaubte womöglich, sie durchsuchte das Haus des Präsidenten, in der Hoffnung, irgendwelche wichtigen Informationen aufzustöbern. Vorsichtig stand sie auf, das schlafende Baby im Arm, und wollte den kleinen Raum verlassen.

Plötzlich merkte sie, daß sie nicht mehr allein war. In ihre Gedanken versunken, hatte sie nicht bemerkt, wie der Präsident in den angrenzenden Raum gekommen war, in den eine breite offene Tür führte. Die gegenüberliegende Tür zum Speisesaal hatte er geschlossen. Nun stand er vor einem Kaminsims, die Stirn in die Hände gestützt, und bot ein Bild solchen Jammers, daß Callie unwillkürlich Mitleid empfand. Er schien ihre Anwesenheit zu spüren und drehte sich um.

»Oh, tut mir leid«, entschuldigte sie sich. »Mrs. Jefferson sagte, ich dürfe ihr Nähzimmer benutzen. Nun, jetzt will ich Sie nicht länger stören.«

Seine Lippen verzogen sich langsam zu einem traurigen Lächeln. »Sie sind in diesem Haus willkommen, Mrs. Cameron, wo auch immer Sie sich aufhalten wollen.«

»Aber ich habe Ihre Gedanken unterbrochen...«

»Vielleicht war das gut so. Es waren sehr betrübliche Gedanken. So viele großartige junge Männer mußten sterben, so viele Freunde habe ich verloren. Auf beiden Seiten, Mrs. Cameron. Viele Männer, die ich jetzt bekämpfe, haben jahrelang mit mir zusammengearbeitet – vor Beginn dieses schrecklichen Krieges.«

»Wir alle sind schmerzlich berührt, wenn wir die Listen der Toten lesen.«

»Natürlich, Mrs. Cameron. Haben Sie Verwandte in der Unionsarmee?«

Wieso wußte er Bescheid? Sie bezweifelte, daß Daniel erwähnt hatte, für wen sie Partei ergriff. »Ja, Sir.«

»Es ist schwierig, für die Soldaten zu beten, wenn sich jederzeit zwei Männer, die man liebt, gegenüberstehen können. Auch Daniel könnte seinem Bruder eines Tages auf dem Schlachtfeld begegnen. Vielleicht auch Ihren Verwandten, Mrs. Cameron. Ich fühle mit Ihnen.«

»Danke«, erwiderte sie leise. Er war so freundlich und gut. Und das wollte sie nicht. Sie hätte es vorgezogen, jenen förmlichen, kaltherzigen Präsidenten anzutreffen, den die Nordstaatler so oft verspotteten. Sie wollte ihn nicht mögen, keine Seelenverwandtschaft mit ihm spüren. »Tut mir leid, daß ich Sie gestört habe. Das Baby...«

»Ja, Sie bieten einen zauberhaften Anblick mit Ihrem Kind, Mrs. Cameron.« Zu ihrer Verwunderung streckte er die Arme nach Jared aus. Zögernd ging sie auf ihn zu und reichte ihm ihren Sohn, der nicht protestierte, sondern den großen schwarzgekleideten Mann neugierig anstarrte. »Ein schönes Kind, Mrs. Cameron. Herzlichen Glückwunsch.«

»Danke.«

Unterdrücktes Gelächter klang auf, und Callie drehte sich verwirrt um. Durch eine der Türen, die zur Halle führten, sah sie eine schön geschwungene Treppe. Irgend etwas bewegte sich auf den Stufen.

»Wer ist denn da?« rief der Präsident in strengem Ton.

Doch das beunruhigte das hübsche kleine Mädchen nicht, daß nun angelaufen kam, in einem langen weißen Nachthemd, mit strahlenden Augen.

»Margareth, meine älteste Tochter«, erklärte er Callie und versuchte erfolglos, eine barsche Miene beizubehalten. »Junge Lady, du gehörst ins Bett.«

Margareth lächelte ihn an und bettelte: »Bitte, Vater, darf ich mir dieses süße Baby anschauen?«

»Da mußt du Mrs. Cameron fragen.«

Gerührt erkannte Callie, daß dieser mächtige Mann – wie so viele in den Nord- und Südstaaten – eine Achillesferse hatte, seine geliebten Kinder.

Margareth wandte sich zu Callie. »Bitte, Mrs. Cameron, darf ich ihn ansehen?«

»Natürlich«, erlaubte Callie lächelnd. Davis ließ sich auf ein Knie nieder, Jared fest im Arm.

Margareth strich mit einer Fingerspitze über die Wange

des Babys und gurrte leise. »Ich kann sehr gut mit kleinen Kindern umgehen, Mrs. Cameron, wirklich. Weil ich die Älteste bin.«

»Und jetzt ab ins Bett!« befahl Davis und stand wieder auf. »Bevor uns deine Mutter erwischt!«

Das Mädchen grinste ihn spitzbübisch an, dann stürmte es in die Halle und die Treppe hinauf.

»Vielleicht bin ich zu nachgiebig«, meinte der Präsident.

»Ein sehr liebes, hübsches Kind, Sir...«

»Vielen Dank.« Er gab ihr das Baby. »Nun sollten wir zu den anderen zurückkehren. Meine Frau macht sich sicher schon Gedanken über meine Gemütsverfassung, und Ihr Mann sorgt sich wahrscheinlich, wann immer er Sie aus den Augen verliert, Mrs. Cameron.«

Damit hat er sicher recht, dachte Callie wehmütig. Aber meinem Mann liegen vor allem seine geliebten Konföderierten Staaten am Herzen...

Der Präsident umfaßte ihren Ellbogen und führte sie in den Speisesaal zurück. »Es tut mir leid, daß Sie sich nun in Feindesland zurechtfinden müssen. Dieser Krieg ist so kompliziert. Ich habe viele Freunde, die jetzt meine Feinde sind. Vielleicht werden Sie sich irgendwann zu einer Virginierin entwickeln. Wie auch immer, in diesem Haus dürfen Sie sich nicht als unsere Feindin betrachten. Besuchen Sie uns, so oft Sie Zeit und Lust haben, diese Tür wird Ihnen immer offen stehen.«

»Vielen Dank«, entgegnete Callie. Sie hatten den Speisesaal erreicht, und sie begegnete Daniels Blick. Vermutlich beobachtete er die Tür, seit sie hinausgegangen war. Seine blauen Augen verengten sich, als er sie an Davis' Arm eintreten sah. Dann stand er auf, eilte um den Tisch herum und rückte ihr den Stuhl zurecht. Dabei schaute er sie halb fragend, halb drohend an.

Sie lächelte freundlich, und das Dinner wurde fortgesetzt. Nach wie vor sprach man über den Krieg, und Callie lauschte den verschiedenen Spekulationen.

MacClellan – der General, der Lincoln so oft mit seiner Weigerung geärgert hatte, Lee anzugreifen – setzte seinen Kampf nun auf politischer Ebene fort. Wenn er zum Präsidenten der Vereinigten Staaten gewählt wurde, wollte er Friedensverhandlungen führen. Aber die Wahlen sollten erst in einem Jahr stattfinden.

Lincoln vermochte einige große Siege für sich zu verbuchen. Aber die Südstaaten würden sich wieder erheben. Immer wieder würden sich die Südstaaten erheben. Nach der Mahlzeit blieben die Gentlemen unter sich, um Cognac zu trinken und Zigarren zu rauchen. Die Damen zogen sich in einen kleinen Raum zurück und nippten an englischem Tee, der einen Weg durch die Blockade gefunden hatte, ein Geschenk von guten Freunden Varinas.

Wieder bemerkte Callie verstohlene neugierige Blicke, aber keine der Damen behandelte sie unhöflich. Manche rissen sich sogar darum, Jared in den Arm zu nehmen, und überhäuften sie mit guten Ratschlägen.

Schließlich brachen die Gäste auf. Varina hielt das Ehepaar Cameron zurück, bis alle anderen gegangen waren. Dann führte sie Callie wieder in das kleine Nähzimmer, unter dem Vorwand, sie wollte ihr etwas zeigen. Auf dem Boden stand ein Paar roter Satinschuhe, die genau zu der Farbe der gestickten Blumen auf dem weißen Musselinkleid paßten. »Sobald ich Ihr hübsches Kleid sah, dachte ich mir, Sie müßten unbedingt diese Schuhe dazu tragen«, erklärte die Hausherrin.

Callie wurde feuerrot. »Oh, ich kann Ihnen unmöglich Ihre Schuhe wegnehmen.« Zu ihrer tiefsten Verlegenheit wurde ihr bewußt, daß sie den ganzen Abend nur in Strümpfen umhergegangen war. »Es tut mir so leid...«

»Bitte, probieren Sie diese Schuhe. Unsere Soldaten gehen barfuß aufs Schlachtfeld, wie ich höre, und es bricht mir das Herz, daß ich nichts für sie tun kann. Nun möchte ich wenigstens die Frau eines lieben Freundes und tüchtigen Kavalleristen gut beschuht sehen. Es würde mich sehr betrüben, wenn Sie diese kleine Aufmerksamkeit zurückweisen. Betrachten Sie sie doch einfach als Hochzeitsgeschenk.«

Nun konnte sich Callie nicht länger sträuben, denn Varina hatte bereits die Tür zur Halle geöffnet, und da standen Daniel und der Präsident.

»Wenn sich die Lage zuspitzt, werde ich Varina und die Kinder evakuieren müssen«, erklärte Davis. »Passen Sie auf, wenn Sie nach Cameron Hall zurückkehren, Daniel. Man kann nie wissen, wann sich der Feind auf der Halbinsel aufhält.«

»Ich werde vorsichtig sein, Sir.«

»Sie sollten Mrs. Cameron in Richmond zurücklassen, Daniel«, schlug Varina vor. »Falls es nötig wird, kann sie mit mir weiter nach Süden reisen.«

»Ich bin mir nicht sicher, ob das eine gute Idee wäre.« Daniel schaute Callie an. Seine Stimme klang freundlich, aber sein Blick enthielt eine Warnung, die nur sie verstand. Dann wandte er sich wieder zu Davis. »Auf Wiedersehen, Sir, und vielen Dank für den wundervollen Abend. Morgen wollen wir zeitig aufbrechen, in Williamsburg übernachten und übermorgen in Cameron Hall eintreffen.« Er küßte Varinas Wange und schüttelte Davis die Hand.

Callie bekam sowohl vom Präsidenten als auch von seiner Frau einen Abschiedskuß.

Vor dem Weißen Haus wartete Ben mit der Kutsche. Nachdem sie eingestiegen waren, bemerkte Daniel trokken: »Wie formvollendet du dich heute Abend benommen hast, Mrs. Cameron!«

Sein spöttischer Ton ärgerte sie. »Man kann den Konföderierten nur Geheimnisse entlocken, wenn man sie höflich behandelt«, erwiderte sie honigsüß.

»Nun, dann will ich hoffen, daß du nicht allzu erfolgreich warst, meine teuere Gemahlin.« Seine Stimme klang sanft, aber in der dunklen Kutsche spürte sie seinen drohenden Blick.

Sie schwiegen, bis sie das Haus der Lunts erreichten. Jared fest an sich gepreßt, rannte Callie die Treppe hinauf, in der Absicht, ihrem Mann die Schlafzimmertür vor der Nase zuzuschlagen und den Riegel vorzuschieben. Nicht einmal Daniel würde es wagen, im Haus anderer Leute eine Tür aufzubrechen.

Sie hätte sich die Mühe sparen können. Auf der obersten Stufe holte er sie ein und hielt ihren Arm fest. »Was willst du?« fauchte sie.

Er ließ sie sofort los, und zu ihrer Verblüffung machte er eine elegante, etwas übertriebene Verbeugung. »Eigentlich wollte ich dir nur danken, weil du im Kreis deiner Feinde soviel Haltung bewahrt hast. Es könnte uns sogar noch gelingen, dich auf unsere Seite zu ziehen.«

Wieder einmal nahmen ihr seine leuchtenden blauen Augen den Atem. Dies war ihre Hochzeitsnacht. Wie gerne hätte sie sich in seine Arme geworfen und ihn gebeten, die Feindschaft zu vergessen, ihr die Liebe zu schenken, die eine junge Ehefrau erwarten durfte! Im neuen Tageslicht könnten sie dann wieder Feinde sein...

»Ich kann nicht die Seiten wechseln«, entgegnete sie leise. »Denn du setzt dich für die falsche Sache ein, Daniel, und das weißt du auch. Man darf andere Menschen nicht besitzen – mögen sie schwarz oder weiß oder rot sein. Großer Gott, Daniel, George Washington hat in seinem Testament alle Sklaven freigelassen, die ihm gehörten. Und er war ein Virginier. Trotzdem wußte er, daß die Sklaverei ein Unrecht ist.«

Er stand da und starrte sie an, hoch aufgerichtet, von unbeugsamem Stolz erfüllt. Stolz wie die Überzeugung, für die alle Rebellen kämpften. Dann verbeugte er sich wieder. »Gute Nacht, Callie«, sagte er und entfernte sich.

Nein, sie brauchte ihre Türe nicht zu verriegeln. Sie verbrachte ihre Hochzeitsnacht ohne ihren Ehemann.

# 23

Nichts hatte Callie auf den überwältigenden Anblick von Cameron Hall vorbereitet.

Bei Sonnenuntergang erreichten sie den Fuß des Hügels, auf dem das große Herrschaftshaus mit den schönen weißen Säulen in den rötlichen Himmel ragte. Zwischen gepflegten Rasenflächen führte eine breite, geschwungene Auffahrt zu den Verandastufen. Sogar aus der Ferne sah man die Türklopfer aus Messing glänzen. Daniel hatte das Yankee-Pferd gezügelt, und Callie, die hinter ihm saß, beugte sich vor, um in sein Gesicht zu schauen. Mit ausdrucksloser Miene starrte er das Haus an. Auf den letzten Meilen des Ritts war er ungewöhnlich angespannt gewesen.

In Richmond hatte er Ben beauftragt, sie schon im Morgengrauen zu wecken, und dann während einer halsbrecherisch schnellen Kutschfahrt kaum ein Wort gesprochen. In Williamsburg übernachteten sie. Eine bedrückenden Atmosphäre lag über der Stadt. Alle jungen Männer waren offenbar in den Krieg gezogen, auf den Straßen begegnete man kaum jemandem. Hinter der alten Episkopalkirche sah Callie die frischen Grabhügel gefallener Rebellen. Ringsum lagen die Felder brach.

Aber das alte Gasthaus, in dem sie die Nacht verbrachten, war recht gemütlich. Trotzdem tat Callie kaum ein Auge zu. Angstvoll dachte sie an den nächsten Tag, an dem sie in Cameron Hall ankommen würden, bei einer Rebellen-Familie. Daniel hatte nur wenig von seiner Schwester Christa und Kiernan, Jesses Frau, erzählt. Ein Butler namens Jigger führte den Haushalt, unterstützt von der schwarzen Janey, die früher Kiernan gehört hatte und nun freigelassen worden war. Die Camerons bauten immer noch Baumwolle und Tabak an, und bisher hatten sie zahllose Schlachten in der Nachbarschaft überlebt.

Daniel schien nicht zu bezweifeln, daß Callie in Cameron Hall bleiben würde, wenn er wieder in den Krieg gezogen war. Ein kalter Schauer rann durch ihren Körper, und sie drückte Jared fester an sich. Natürlich – wenn sie flüchtete, würde er ihr folgen. Und wie er ihr schon einmal erklärt hatte – es gab keinen Ort, wo sie sich vor ihm verstecken konnte. Sie mußte ihren Brüdern schreiben, ihnen begreiflich machen, daß sie nun plötzlich im Zentrum der Konföderierten Staaten von Amerika lebte. Das Dinner mit Präsident Jefferson Davis würde sie natürlich nicht erwähnen.

Endlich schlief sie vor Erschöpfung ein. Irgendwann mitten in der Nacht kam Daniel ins Zimmer. Als er sie am nächsten Morgen weckte, spürte sie, daß das Bett auf Jareds anderer Seite warm war. Also hatte ihr Mann bei dem Baby geschlafen. Er trug nur seine Hose und griff nach dem weißen Baumwollhemd, das am Fußende des Bettes lag. »Steh auf, wir müssen weiterfahren.«

Wenig später saßen sie im Wagen, doch darin kamen sie nicht weit. Ein Wachposten der Konföderierten warnte Daniel vor Gerüchten über eine Yankee-Kompanie, die der Hauptstraße folgte. Daniel beschloß, den Wagen stehenzulassen und durch den Wald zu reiten. Das Gepäck ließen sie zurück – auch Callies schönes Brautkleid. Sie wußte nicht, warum sie traurig darüber war. Als sie es erwähnte, bemerkte Daniel kurz angebunden: »Wegen eines Kleides werde ich mich nicht aufhalten.«

»Ich verzichte gern darauf«, erwiderte sie kühl. Doch das stimmte nicht. Dieses erste elegante Kleid ihres Lebens bedeutete ihr sehr viel, und die roten Schuhe, die Varina Davis ihr geschenkt hatte, paßten perfekt dazu.

Das Baby fest im Arm, stieg sie hinter Daniel auf das einzige Reitpferd, das ihnen geblieben war. Die Kleidung, die sie seit der Abreise aus Maryland trugen, hatte vor der Ankunft in Richmond beinahe in Fetzen an ihnen gehangen. Dort war sie wenigstens gewaschen und einigermaßen geflickt worden.

Auf dem Ritt durch die Wälder, nahe dem Fluß, waren sie an den Ruinen zweier großer Herrschaftshäuser vorbeigekommen. Eine fast unversehrte Treppe führte in den blauen Himmel hinauf. Daniel hatte das Pferd gezügelt, die Stirn gerunzelt und dann seinen Weg wortlos fortgesetzt.

Und nun erstrahlte Cameron Hall vor dem Abendhimmel. Daniel holte tief Atem. »Mein Zuhause«, erklärte er einsilbig und ritt die Zufahrt hinauf. Als sie noch etwa fünfzig Meter von der Veranda entfernt waren, hielt er an und sprang vom Pferd. »Christa! Kiernan!« rief er und rannte hinauf. Sekunden später flog die breite Doppeltür auf.

Callie ließ das Pferd langsam weitertraben und beobachtete, wie er von zwei Frauen begrüßt wurde, einer Blondine in Mitternachtsblau, und einer Schwarzhaarigen in Sonnengelb. Üppige Spitzenborten schmückten die eleganten Tageskleider mit den weiten Reifröcken.

Callie fühlte sich wie ein unwillkommener Eindringling, als sie die Szene auf der großen Veranda beobachtete. Die beiden schönen Frauen küßten und umarmten Daniel, ließen sich im Kreis herumschwenken. Lautes, fröhliches Gelächter erklang. Callie zügelte das Pferd – entschlossen, vorerst nicht weiterzureiten. Und in diesem Augenblick wurde sie von der Blondine entdeckt, die ihr freundlich zulächelte. Dann fiel ihr Blick auf das Bündel in Callies Armen. »Ein Baby!« rief sie. »Daniel, du hast ein Baby mitgebracht!« Sie lief die Treppe herab und über den Rasen zu Callie. »Hallo! Willkommen! Ich bin Kiernan Cameron, Daniels Schwägerin.«

»Hallo«, erwiderte Callie leise. »Ich bin Callie…« Ihre Stimme erstarb. Noch nie zuvor hatte sie ihren neuen Nachnamen ausgesprochen. Und ihr fehlten auch die Worte, um zu erklären, daß sie mit Daniel verheiratet war. Das war auch gar nicht nötig.

In trockenem Ton rief er von der Veranda herab: »Callie ist meine Frau!«

Die Schwarzhaarige blinzelte verwirrt, fand aber sofort ihre Fassung wieder. »Wie wundervoll! Also ist das dein Baby, Daniel. Aber du warst doch kurz vor Weihnachten zu Hause und hast nichts erwähnt?«

»Christa!« wurde sie hastig von Kiernan unterbrochen, die keine Sekunde lang die Haltung verloren hatte. »Jetzt wollen wir Callie und das Baby erst einmal ins Haus führen, nicht wahr?« Sie lächelte strahlend.

»Daniel hat schon immer voller Überraschungen gesteckt.«

Er verließ die Veranda, um Callie vom Pferd zu heben. Sofort griff Kiernan nach Jared. »Darf ich ihn in den Arm nehmen?« Sie wartete keine Antwort ab, ergriff ihn einfach und betrachtete sein Gesichtchen. »Oh, wie hübsch du bist!« murmelte sie, dann wandte sie sich lächelnd zu den Eltern des Babys. »Ein Junge, nicht wahr? Überall würde man ihn als einen Cameron wiedererkennen. Wie alt ist er, Callie? Zwei Monate?«

»Ja, ungefähr«, bestätigte Daniel, bevor Callie etwas sagen konnte.

»Aber Daniel...«, begann Christa zögernd. »Wieso hast du nie geschrieben, daß...« Abrupt verstummte sie und wurde rot. Natürlich – wenn Daniel und Callie tatsächlich verheiratet waren, mußte die Zeremonie lange nach der Geburt des Babys stattgefunden haben. »Oh, ich vergesse meine Manieren! Ihr habt eine weite Reise hinter euch und seid sicher müde.«

»Und hungrig und durstig«, ergänzte Kiernan. »Daniel führ deine Frau ins Haus. Laß das Pferd einfach stehen, Jigger wird sich darum kümmern.« Das Baby im Arm, umfaßte sie mit der freien Hand Callies Ellbogen und führte sie die Treppe hinauf. »Wahrscheinlich wird mein Schwager nicht lange zu Hause bleiben.«

Ihre freundliche Stimme half Callie ein wenig über die Befangenheit hinweg. »Sicher muß er so schnell wie möglich zu seinem Regiment zurückkehren.«

»Nun, dann solltet ihr beide das Beste aus der kurzen Zeit machen, die euch noch bleibt.«

Callie folgte ihr in eine imposante Halle, wo zu beiden Seiten Türen abgingen. Eine grandiose Treppe führte zu einer Galerie hinauf, wo Familienporträts hingen. Durch die offenen Türen im Hintergrund sah man einen Rosengarten und dahinter den Fluß.

»Janey, Jigger!« rief Kiernan.

Eine Tür zur Linken flog auf. Ein winziger Wirbelwind stürmte heraus, raste zu ihr und schrie: »Mama!« Sie hielt das Baby in einem Arm fest, mit dem anderen hob sie lachend den kleinen Jungen hoch. Callie starrte ihn verwirrt an und glaubte, ihren eigenen Sohn zu betrachten, so wie er in einem Jahr aussehen würde. »John Daniel, das ist deine Tante Callie«, erklärte Kiernan. »Und das ist dein Vetter. Wie heißt er?«

»Jared«, antwortete Callie.

»Jared, das ist dein Vetter John Daniel.«

»Vorläufig interessiert er sich nicht im mindesten für seinen Vetter, Kiernan«, warf Daniel ein, nahm ihr seinen Neffen ab und schwang ihn hoch in die Luft. Der Kleine kreischte vor Vergnügen. »Mein Gott, Junge, wie groß du geworden bist!« Er wandte sich zu seiner Schwägerin. »Hat Jesse ihn in letzter Zeit gesehen?«

»Seit Weihnachten nicht mehr. Wir haben überlegt, ob ich nach Washington ziehen soll. Aber er fürchtet, es würde mir dort nicht gefallen. Außerdem hätten wir ohnehin nichts voneinander, weil er meistens unterwegs ist. Jetzt ist er wieder in Virginia, irgendwo im Tal mit Meades Armee.«

»Vielleicht treffe ich ihn einmal«, meinte Daniel leichthin.

»Hoffentlich nicht! Wann immer du ihn siehst, bist du entweder verwundet oder an einem grauenvollen Ort, wie dem Old-Capitol-Gefängnis.«

Das Blut stieg in Callies Wangen. Würde er jetzt erwähnen, warum er in Gefangenschaft geraten war? Falls er das beabsichtigte, so kam er nicht dazu, denn nun erklang ein freudiger Ruf. »Master Daniel, Sie sind nach Hause gekommen!«

»Jigger!« Daniel ging einem großen, schlanken Schwarzen entgegen, der offenbar den kleinen John Daniel gesucht hatte. »Sie sehen wundervoll aus. Ist der Rheumatismus nicht schlimmer geworden?«

»Nein, Sir. Das Sommerwetter ist freundlich zu meinen alten Knochen. Aber Sie schauen ziemlich mitgenommen aus.«

»So fühle ich mich auch.«

Jigger runzelte die Stirn, musterte Jared, den Kiernan immer noch im Arm hielt, dann entdeckte er Callie. »Großer Gott! Sie haben eine Frau nach Hause gebracht, Sir, und ein Kindchen!« Seufzend verdrehte er die Augen. »Jetzt wird es wohl noch lebhafter in diesem Haus zugehen.« Plötzlich schien er sich auf seine Manieren zu besinnen, straffte die Schultern und verbeugte sich würdevoll vor Callie. »Miz Cameron, willkommen in Cameron Hall.«

»Danke, Jigger«, erwiderte sie leise.

Er musterte ihr abgetragenes schmutziges Kleid nur kurz, dann meinte er: »Sicher möchte die neue Miz Cameron erst einmal baden.«

»Natürlich«, stimmte Christa zu. »Ich vermute, du konntest kein Gepäck mitnehmen, Callie. Wir haben ungefähr die gleiche Größe. Ich hoffe, es stört dich nicht, ein paar Kleider und Wäsche von mir anzunehmen?«

»Überhaupt nicht. Doch das ist wirklich nicht nötig...«

»Da ist Janey!« fiel Kiernan ihr ins Wort. Eine große, hübsche Schwarze kam von der Hinterveranda herein.

»Master Daniel!« Lächelnd eilte sie durch die Halle, um ihn zu begrüßen.

Callie wurde warm ums Herz. Wie innig Daniel von seiner Familie und dem Personal geliebt wurde... Er konnte kein kalter, grausamer Mann sein, sonst würden sie ihm nicht soviel Zuneigung entgegenbringen.

»Was!« Janey schnappte nach Luft, nachdem Daniel etwas zu ihr gesagt hatte, fuhr herum und starrte Callie an. »Eine Ehefrau! Und ein kleiner Sohn! Miz Kiernan, wann wird endlich jemand in diesem Haus ein kleines Mädchen bekommen, das ich nett anziehen und verhätscheln kann?«

Kiernan lachte. »Schau nicht mich an, Janey! Ich habe Jesse seit Weihnachten nicht mehr gesehen. Vielleicht dürfen wir auf Daniel und seine junge Frau hoffen.«

Callie biß die Zähne zusammen. Wenn sie jetzt noch ein einziges Mal rot wurde, würde sie schreien. Auf uns könnt ihr nicht hoffen, hätte sie beinahe protestiert, wir hassen einander. Aber wie sie herausgefunden hatte, mußte das nicht immer mit der Zeugung eines Kindes zusammenhängen. Jetzt beobachtete Daniel sie aufmerksam. Abschätzend oder spöttisch? Sie wußte es nicht.

»Nun wollen wir unserer armen Schwägerin endlich ein Bad gönnen«, schlug Christa lächelnd vor. »Janey, würdest du dich bitte darum kümmern?«

»Natürlich. Geben Sie mir das Baby, Miz Kiernan...«

»O nein!« widersprach Kiernan und umklammerte Jared etwas fester. »John Daniel ist schon ein bißchen zu alt fürs Schmusen und Hätscheln. Jetzt kann ich nachholen, worauf ich in letzter Zeit verzichten mußte. Außerdem möchte ich meinen neuen Neffen besser kennenlernen. Und du, Daniel, könntest mit deinem spazierengehen. Inzwischen sucht Christa ein paar Sachen für Callie heraus, und beim Dinner treffen wir uns alle. Einverstanden?«

Daniel nickte. »Komm Kleiner, wir gehen spazieren.«

Lachend schlang der kleine Junge seine Ärmchen um den Hals seines Onkels, der ihn in den Garten hinaustrug.

Kiernan wandte sich zu Callie. »Ich gehe mit Jared in die Bibliothek.«

»Vielleicht – braucht er neue Höschen«, bemerkte Callie etwas verlegen, und ihre Schwägerin lachte.

»Glaub mir, ich habe genug Erfahrung im Windelwechseln. Christa bringt dich jetzt nach oben.«

Sie stiegen die breite, geschwungene Treppe hinauf. In der Galerie blieb Callie neugierig stehen und betrachtete die Porträts. Die meisten waren Ölgemälde, aber am Ende der Reihe hing ein Familienfoto. Ein attraktiver Mann und eine schöne Frau saßen auf einem Sofa, die etwa fünfzehnjährige Christa zwischen sich. Dahinter standen Jesse und Daniel, beide im Dunkelblau der Unionskavallerie.

»Hübsch, nicht wahr?« fragte Christa leise. »Dieses Bild wurde ein paar Jahre vor dem Krieg aufgenommen. Damals dienten Jesse und Daniel gemeinsam in der Unionsarmee. Diese Fotografie bedeutet mir sehr viel. Vor allem, wenn ein Tag nach dem anderen verstreicht und ich nicht weiß, wo die beiden sind... Aber jetzt wollen wir uns endlich um dein Bad kümmern.«

Sie führte Callie in ein luxuriöses Schlafzimmer mit einem Vierpfostenbett aus Kirschbaumholz. Vor den hohen Fenstern, die zum Fluß hinausgingen, stand ein Schreibtisch mit zwei Plüschsesseln. Zwei große Schränke, eine Truhe am Fußende des Betts und ein Waschtisch vervollständigten die Einrichtung. Ein gemütlicher und eindeutig maskuliner Raum, offensichtlich von Daniel bewohnt...

Die Wanne war bereits gebracht worden, und ein kleiner Junge mit goldbrauner Haut schüttete aus einem großen Eimer Wasser hinein.

»Ich hole dir nur rasch ein paar Sachen, Callie, dann lasse ich dich in Ruhe«, versprach Christa.

Wenige Minuten später brachte sie Seife und Handtücher. Janey folgte ihr, mit Unterröcken, Unterwäsche, Strümpfen und Kleidern beladen. Callie begann, gegen diese umfangreiche Garderobe zu protestieren, aber Christa winkte ab. »Ich habe gar keine Gelegenheit mehr, das alles zu tragen. Leider war ich vor dem Krieg schrecklich verschwenderisch, aber jetzt bin ich froh, weil ich dir mit meinem Überfluß aushelfen kann.« Sie lachte, dann verließen die beiden Frauen das Zimmer, und Callie war allein.

Während sie in der Wanne saß, schaute sie sich aufmerksam um. An der Wand hingen alte gekreuzte Schwerter aus dem Freiheitskrieg. Eine alte Fotografie zeigte einen blutjungen Daniel in der Unionsuniform, und sie fragte sich, ob diese Aufnahme anläßlich seines Studienabschlusses in Westpoint entstanden war. Ein Regal neben dem Bett enthielt einige Bücher – Shakespeare, Defoe, Chaucer, außerdem ein kleines Handbuch über militärische Manöver. Auf einem weiteren Foto waren Daniel und Jesse zu sehen, Arm in Arm, vor dem Haus.

Callie schloß die Augen. Was würde geschehen, wenn einer der beiden Brüder nicht aus dem Krieg zurückkehrte? Wie mochte der andere das verkraften? Und was soll ich tun, wenn Daniel nicht wiederkommt, fragte sie sich. Ich liebe ihn...

Nein, befahl sie sich hastig, denk nicht daran.

Inzwischen war das Wasser kalt geworden. Sie stieg aus der Wanne, trocknete sich rasch ab, dann inspizierte sie Christas Geschenke. Ihre Schwägerin hatte einfach an alles gedacht. Callie schlüpfte in feine seidene Unterwäsche. Mit dem Korsett hatte sie einige Mühe, aber schließlich schaffte sie es, die Verschnürungen ohne Hilfe zu verknoten. Dann entschied sie sich für ein silbergraues Tageskleid mit cremefarbenem und weißem Spitzenbesatz.

Immer noch wünschte sie, sie würde ihr weißes Brautkleid wiederbekommen. Vielleicht, weil es das erste Geschenk von Daniel war oder weil die roten Schuhe von Varina Davis so gut dazu passen... Die großzügige Christa hatte ihr auch Schuhe gebracht und eine Haarbürste mit Silbergriff. Nachdem Callie sich frisiert hatte, stieg sie zögernd die Treppe hinab. Durch eine offene Tür im

Hintergrund der Halle hörte sie Stimmen und ging darauf zu.

Dann erstarrte sie, denn sie hörte, wie Kiernan und Daniel über sie sprachen.

»Ich möchte mich wirklich nicht in dein Leben einmischen, Daniel, aber...«

»Red doch weiter, Kiernan«, forderte er sie auf. »Irgendwann wirst du dich sowieso einmischen.«

»Also gut. Woher kommt sie?«

»Aus Maryland.«

»Seid ihr tatsächlich verheiratet?«

»Ja.«

»Wollte sie hierherkommen?«

»Nein.«

»Wundervoll! Du wirst zu deinem Regiment zurückkehren und uns eine Frau hierlassen, die uns alle verabscheut!«

»Euch verabscheut sie nicht, nur mich.« Unverkennbare Bitterkeit schwang in seiner Stimme mit, und Callie biß sich auf die Lippen. Sie hatte kein Recht, hier in der Halle zu stehen und zu lauschen. Deshalb mußte sie sich irgendwie bemerkbar machen.

»Aber das Baby...« Kiernan unterbrach sich kurz. »Daniel, du hast doch nicht...«

»Was?«

»Hast du sie zu irgend etwas gezwungen? Ich meine...«

»Du willst wissen, ob ich sie vergewaltigt habe? Kiernan, wie lange kennst du mich eigentlich schon?«

»Tut mir leid, Daniel. Das Baby ist so süß, ein typischer Cameron mit seinem schwarzen Haar und den blauen Augen. Hast du sie wegen des Babys veranlaßt, hierherzukommen?«

»Er ist mein Sohn.«

»Ihrer auch!«

»Und sie ist meine Frau, Kiernan«, betonte er ungeduldig.

»Aber...«

»Großer Gott, es gibt viele Vernunftehen. Ist es denn so schlimm, daß wir nicht aus Liebe, sondern wegen des Kindes geheiratet haben?«

»Jedenfalls hast du eine bildschöne Frau für dich gewonnen.«

»Ja, sie ist schön«, bestätigte er leise. »Und sie versteht es auch, ihre Reize auszunutzen. Meine Frau kann ebenso tückisch sein, wie sie schön ist. Denk daran, Kiernan.«

Schritte näherten sich und Callie floh in wilder Panik auf die Vorderveranda. Inzwischen war die Nacht hereingebrochen. Sie preßte sich an die Hausmauer, schloß die Augen und versuchte, ihr Herz zu beruhigen, das viel zu schnell schlug.

Als sie die Lider hob, stand Daniel vor ihr. In der Dunkelheit konnte sie den Ausdruck in seinen Augen nicht erkennen, sah aber sein schiefes Lächeln. Er trat etwas näher, und sie hätte beinahe aufgeschrien.

»Guten Abend, Callie. Wie seltsam, dich hier draußen zu finden...«

Sie zwang sich, in möglichst kühlem Ton zu antworten: »Bin ich ans Haus gefesselt? Wenn ja, hättest du mir das sagen müssen.«

»Wenn du nicht aufpaßt, werde ich dich vielleicht wirklich in deinem Zimmer einsperren.«

»Es ist nicht mein Zimmer, sondern deines.«

»Und dort verwahre ich einen Großteil meines persönlichen Eigentums«, entgegnete er beiläufig. Sie versuchte, nach seinem Schienbein zu treten, und er wich ihr lachend aus, dann umfaßte er ihre Arme und zog sie an sich. »Ich werde nur ein einziges Abendessen in diesem Haus genießen. Und das soll möglichst angenehm verlaufen.«

»Vielleicht sollte ich Kopfschmerzen vorschützen. Dann brauchst du keine unliebsame Störung zu befürchten.«

»Nein, meine liebe Gemahlin. Wenn es dir schlechtginge, würde ich mich verpflichtet fühlen, an deiner Seite zu bleiben. Und dann wären wir all die endlosen Stunden allein.«

»Unter diesen Umständen ziehe ich natürlich ein Dinner im Familienkreis vor.«

Plötzlich kam der Mond hinter den Wolken hervor und schien in Callies Gesicht.«

»Wie schön du bist«, flüsterte Daniel.

Mühsam schluckte sie, sie wollte etwas sagen, um einen Waffenstillstand bitten. »Bin ich das?« fragte sie wehmütig.

»O ja. Und vergiß nicht, wir haben nur noch eine einzige Nacht für uns, meine Liebe.«

Sollte sie diese Worte als Drohung oder als Versprechen auffassen?

## 24

Manchmal konnte Daniel den Krieg vergessen, so wie an diesem Abend, der nicht anders verlief wie die traditionellen Dinnerstunden auf Cameron Hall. Sie saßen zu viert am Tisch. Die älteren Kinder und Patricia und Jacob Miller aßen zusammen mit dem kleinen John Daniel, und Janey versorgte Jared.

Christa hatte beschlossen, nicht am Eichentisch zu speisen, den sie zu groß für eine so intime Mahlzeit fand. Deshalb ließ sie einen kleineren Tisch aus der Küche aufstellen und breitete ein schneeweißes Tuch darüber. Zur Feier des Abends holte sie das beste Cameron-Silber und die schönen irischen Kristallgläser hervor. Es gab nur Schinken, aber das frische Sommergemüse und das reichliche Obst ließen das Wasser in Daniels Mund zusammenlaufen. Erstaunt hielt er eine Orange hoch, und Kiernan erklärte fröhlich, vor einer Woche habe ein Blockadebrecher an der Cameron-Landebrücke festgemacht, um die

Produkte der Plantage gegen die Waren aus Florida auszutauschen.

Daniel sah, wie Callie ehrfürchtig eine Orange von allen Seiten betrachtete, und plötzlich tat ihm das Herz weh. Obwohl sie so vielen Gefahren und Unannehmlichkeiten ausgesetzt worden war, hatte sie kein einziges Mal geklagt. Von Anfang an hatte er ihren Mut und ihre Haltung bewundert und sich nicht zuletzt deshalb so schnell in sie verliebt. Und weil er sie liebte, war er den Yankees in die Hände gefallen... Aber vielleicht hatte sie wirklich nur sein Leben retten wollen. Wie gern würde er ihr vertrauen... Wenn es nur diesen verdammten Krieg nicht gäbe!

Wie auch immer, er verdankte ihr seinen wunderbaren Sohn, der nun auf Cameron Hall lebte. Ganz impulsiv hatte Daniel den sicher unvernünftigen, leichtsinnigen Entschluß gefaßt, das Baby durch das Kriegsgebiet in den Süden zu bringen. Es war ihm einfach unmöglich gewesen, es bei Callie in Maryland zurückzulassen. Aus Rachsucht? Vielleicht. Oder hatte er sie nur veranlassen wollen, ihn hierherzubegleiten?

Er lehnte sich zurück und betrachtete die drei Frauen am Tisch – seine schwarzhaarige Schwester mit den blauen Cameron-Augen, die weizenblonde Kiernan mit dem klassisch schönen Gesicht und Callie, die das Bild vollendete, mit ihrem glänzenden kastanienroten Haar und den großen Augen, zu denen ihr Kleid genau paßte. Die silbergraue Seide verlieh ihnen einen noch tieferen, geheimnisvollen Glanz.

Ganz egal, was sie anhatte, sie war immer schön. So wie am Hochzeitstag in ihrem weißen Kleid mit den roten gestickten Blümchen.

Sie war sehr traurig gewesen, als sie es im Wagen zurückgelassen hatten. Vielleicht, weil sie nie zuvor ein so elegantes Kleid besessen hatte.

Er beobachtete sie, während sie von Kiernan und Christa geschickt ins Gespräch einbezogen wurde. Bald verlor sie ihre Scheu und erzählte lebhaft von ihren Brüdern. Ihr Lächeln war bezaubernd, ihr Lachen klang ansteckend. Er sehnte sich danach, sie rückhaltlos zu lieben. Doch er fürchtete, die Liebe zwischen ihnen getötet zu haben, ihr nie wieder trauen zu können – nicht so lange der Krieg andauerte. Plötzlich schob er seinen Stuhl zurück. Drei verwirrte Augenpaare richteten sich auf ihn. »Entschuldigt mich, Ladies. Ich werde eine Zigarre auf der Veranda rauchen.« Er verbeugte sich, und ohne ein weiteres Wort verließ er den Speiseraum.

»Aber Daniel...« begann Christa. »Autsch!«

Kiernan mußte sie unter dem Tisch getreten haben, vermutete Daniel. Natürlich war seine Schwester gekränkt. Sie hatten wenig Zeit füreinander, und nun sah es so aus, als würde er die Flucht ergreifen.

Er stützte sich auf die Balustrade der Veranda und blickte über den Rosengarten hinweg zum Fluß, in dem sich jenseits des sanft abfallenden Rasens der elfenbeinweiße Mond spiegelte. Was für ein schönes, friedliches Heim... Der Gedanke, es schon am nächsten Morgen wieder verlassen zu müssen, erschien Daniel fast unerträglich.

Langsam stieg er die Verandastufen herunter. Wer wußte schon, wie lange das Haus noch stehen, wie lange die Familie ihren Wohlstand behalten würde? Jederzeit konnte eine Unionstruppe vorbeikommen, die sich keinen Deut um einen uniformierten Colonel Cameron scherte und sein Haus bis auf die Grundmauern niederbrannte. Täglich mußte man mit der Ankunft von Soldaten rechnen, Yanks oder Rebs, die alles plünderten, für die Truppe konfiszierten, so wie in Pennsylvania und Maryland.

Er erreichte den Friedhof. Silbernes Mondlicht fiel auf die weißen Grabsteine, im nebligen Glitzerschleier, der noch über dem Boden lag, schienen die Marmorengel zu tanzen.

Daniel trat vor die letzte Ruhestätte seines Vaters. »Wer

hat Recht, Papa?« flüsterte er. »Jesse und Callie so überzeugt vom Anliegen der Union? Oder Christa, Kiernan und ich, drei eingefleischte Rebellen?« Er seufzte tief auf. »Sicher ist die Sklaverei ein Unrecht, Papa. Aber ist es nicht ebenso falsch, den Südstaaten vorzuschreiben, wie sie leben sollen? Mit der Zeit hätten sie ihre Sklaven vielleicht von sich aus befreit. Vermont hat schon vor einiger Zeit die Sklaverei abgeschafft. Verdammt, Thomas Jefferson konnte sich mit diesem Problem nicht auseinandersetzen, als er die Verfassung entwarf. Die Gründungsväter haben uns da wirklich eine Menge Schwierigkeiten hinterlassen. Und deshalb bringen wir uns jetzt gegenseitig um, Tag für Tag. Ich mußte mich ganz einfach auf Virginias Seite stellen, Papa. So sehe ich das nun mal. Genauso, wie Jesse seinem Gewissen gefolgt und nach Norden gegangen ist.«

Und nun habe ich ein Yankee-Mädchen in den Süden geholt, dachte er. Sein Vater hätte sie gemocht, ihre innere Kraft bewundert, ihr tapferes Lächeln, die Art, wie sie furchtlos in die Welt blickte. Aber hätte er ihr wahres Wesen durchschaut? »Wie soll ich wissen, wie es wirklich in ihrem Herzen und in ihrer Seele aussieht, Papa? Wie lernt man, jemandem erneut zu trauen, von dem man sich bitter enttäuscht fühlt? Gern würde ich ihr glauben – aber ich wage es nicht. Ich habe ihr weh getan, weiß Gott, und mir selbst auch. Und wenn sie mich wirklich einmal geliebt hat, so ist es mir gelungen, ihre Gefühle abzutöten.«

Eine Zeitlang stand er noch im Mondschein, dann lächelte er und verließ den Familienfriedhof, von einem plötzlichen Entschluß getrieben. Am Räucherhaus, der Wäscherei und den Sklavenquartieren vorbei, eilte er zum Stall. Flink sattelte er eines der schönen Zuchtpferde von Cameron Hall, einen großen Rappen namens Zeus. »Hoffentlich haben wir Glück, alter Junge«, murmelte er. »Die Yankees könnten über mich herfallen, nur um dich in die Finger zu kriegen.« Er führte den Hengst, einen halben Araber, aus dem Stall und stieg auf.

Der Mond wies ihm den Weg über die Plantage. Er spornte Zeus nicht an, ließ sich Zeit, um den Anblick der nächtlichen Felder zu genießen und die sommerlichen Düfte am Fluß in sich einzusaugen, in seiner Erinnerung festzuhalten. Aber er ritt nicht ziellos durch die Dunkelheit.

Etwa eine Stunde später hielt er im dichten Wald neben dem Wagen, den er hier hatte stehenlassen. Er fand den großen Karton mit dem weißen Brautkleid, klemmte ihn unter den Arm und schwang sich wieder in den Sattel. In den Stall zurückgekehrt, gab er Zeus zu trinken und striegelte ihn, dann schlenderte er zum Haus, das er durch den Hintereingang betrat.

Die große Schachtel unter dem Arm stieg er die Treppe hinauf. Tiefe Stille erfüllte das Haus. Er ging durch die Galerie und drückte auf die Klinke seines Zimmers.

Helle Wut stieg in ihm auf. Diese kleine Hexe! Sie hatte den Riegel vorgeschoben. Beinahe hätte er die Schulter gegen die Tür gerammt, um sie aufzubrechen, dann zögerte er. Vielleicht lag Callie wach im Bett und wartete nur darauf, daß er sich eine solche Blöße gab. Sollte sie noch eine Weile schmoren... Außerdem mußte er erst einmal sein Temperament unter Kontrolle bringen.

Er rannte die Treppe hinab und in die Bibliothek, sank in den Sessel hinter dem Schreibtisch und schloß die Augen. Was für ein Narr bin ich, dachte er. Da reite ich zwei Stunden durch die Nacht, um ihr das schmerzlich vermißte Kleid zu holen, und dann sperrt sie mich aus. Ein paar Minuten lasse ich ihr noch Zeit. Aber danach werde ich dieses Zimmer betreten, auf welche Art und Weise auch immer, und es ist mir gleichgültig, was der ganze Haushalt von mir denkt...

»Daniel?«

Das leise Flüstern ließ ihn zusammenzucken. Er richtete

sich auf, öffnete die Augen und sah Kiernan in der Tür stehen. »Komm nur herein.«

Sie setzte sich ihm gegenüber und faltete die Hände im Schoß. Daniel lächelte, denn er wußte bereits, was nun auf ihn zukam. Immerhin kannte er sie seit seiner Kindheit.

»Nun, was gibt's, Kiernan?«

»Du warst heute abend sehr unhöflich.«

Er zuckte die Achseln. »Ich versichere dir, daß meine Frau eure Gesellschaft der meinen bei weitem vorzieht.«

»Das bezweifle ich. Und falls es dich interessiert – Callie hat sich fabelhaft gehalten. Tapfer verbarg sie ihre Verlegenheit, nachdem ihr Gemahl mitten in der Mahlzeit verschwunden war. Eine Stunde lang blieb sie noch bei uns sitzen, dann entschuldigte sie sich und erklärte, sie sei erschöpft. Das ist sie sicher – wenn ich auch glaube, daß sie sich im Augenblick hin und her gerissen fühlt zwischen ihrem Wunsch zu schlafen und dem Bedürfnis, dich zu erdolchen. Wirst du dich entschuldigen?«

»Natürlich nicht«, erwiderte er sanft. »Und ich glaube auch nicht, daß sie mich vermißt hat. Aber wenn es dich beruhigt – ich werde bald hinaufgehen und herausfinden, wie sehr sie mir grollt.«

Kiernan erhob sich seufzend. »Du bist genauso ein Dickschädel wie Jesse. Was ich dir noch sagen wollte – wir haben Jared in John Daniels Zimmer untergebracht. Mein Sohn ist der Wiege mittlerweile entwachsen, und für deinen ist sie genau richtig. Beide schlafen tief und fest.«

»Danke, Kiernan«, erwiderte er lächelnd.

»Gute Nacht, Daniel. Ich liebe dich, weißt du das?« Sie trat hinter ihn, umfaßte seine Schulter und küßte ihn auf die Wange.

Er griff nach ihrer Hand, zog ihre Finger an seine Lippen. »Ich liebe dich auch.« Nachdem sie ihn allein gelassen hatte, starrte er düster ins Dunkel. Er hatte Callie geheiratet und in dieses Haus gebracht. Nun lag sie oben in seinem Bett. Er war ihr Mann, und er hatte gewisse Rechte, und morgen würde er zu seinem Regiment zurückkehren...

Ein Geräusch erklang in der Halle, und seine Augen verengten sich. Es war nicht Callie, Christa steckte den Kopf zur Tür herein, nachdem sie leise angeklopft hatte. »Daniel?«

»Komm herein.«

»Wie wär's mit einem Cognac für deine Schwester?«

Er griff nach der Karaffe und füllte zwei Gläser. Dabei verkniff er sich den Kommentar, eine Lady dürfe zu so später Stunde keinen Alkohol zu sich nehmen. Eine Lady hätte auch nicht so hart arbeiten dürfen wie Christa. Er prostete ihr zu. »Auf die echten Camerons in unserer Mitte, die beiden, die das Feuer im Herd in Gang halten.«

Lächelnd nahm sie ihm gegenüber Platz. »Nun hast du drei Frauen, die das heimische Feuer hüten. Obwohl du ganz furchtbar unhöflich warst.«

Er stöhnte leise. »Muß denn jeder sein Urteil über meine ureigensten Angelegenheiten abgeben?« Christa senkte den Kopf. »Nein. Nicht heute abend. Du bist mein Bruder, und ich liebe dich.« Plötzlich stand sie auf, lief um den Schreibtisch herum und umarmte ihn. »Oh, Daniel, es ist so schön, dich wiederzusehen – und so schrecklich zu wissen, daß du uns schon morgen wieder verlassen wirst. Jedesmal, wenn einer von euch davonreitet, begleitet ihn ein Teil meines Herzens. Jesse war schon über ein Jahr nicht mehr daheim.«

Liebevoll streichelte er ihr Haar. »Bitte, reg dich nicht auf.«

»Und manchmal habe ich solche Angst. Nie wieder wird es so sein wie früher.«

»Aber wir werden stets die gleichen bleiben, Christa. Wir sind eine Familie, und wir lieben uns. Niemand kann etwas daran ändern.«

»Ja, natürlich...« Sie richtete sich auf, dann kehrte sie auf ihren Platz auf der anderen Seite des Schreibtisches zurück. »Daniel, ich habe noch etwas auf dem Herzen.«

»Ja?«

»Ich liebe Liam McCloskey, und ich möchte ihn so bald wie möglich heiraten. Viel länger kann ich nicht mehr warten, höchstens noch ein paar Monate. Am liebsten möchte ich nächsten Juni Hochzeit feiern. Das ist dir doch recht? Und glaubst du, Jesse wird auch einverstanden sein?«

Nachdem mein Bruder und ich so überstürzt geheiratet haben, steht uns wohl kaum zu, Christa in dieser Hinsicht irgendwelche Vorschriften zu machen, dachte Daniel und nickte. »Meinen Segen hast du. Und ich werde sicher Mittel und Wege finden, um Jesse zu informieren.«

»Hoffentlich wird der Krieg zu Ende sein, wenn ich heirate. Oh, Daniel, ich habe das alles so satt. Vor kurzem sind in Richmond die Munitionsfabriken explodiert. Irgend jemand war unvorsichtig. Über sechzig Menschen kamen ums Leben.« Ihre Augen schwammen in Tränen. »Es waren zum Großteil Frauen, weil die Männer alle an der Front kämpfen. Der Krieg tötet also nicht nur die Gentlemen, sondern auch die Ladies, und ehe dieser Wahnsinn ein Ende nimmt, werden noch viele sterben. Haben wir uns geirrt, Daniel, und dieses Blutvergießen für nichts und wieder nichts angefangen?«

»Wir haben nicht damit angefangen, weder du noch ich oder Jesse. Nein, wir wurden einfach hineingezogen und taten, was wir für richtig hielten. Täglich bete ich darum, daß unser Verhalten nicht falsch war. Mehr vermag ich nicht, wenn ich die Soldaten fallen, verbluten und sterben sehe. Und während sie barfuß durch den Schnee stapfen und mich hilfesuchend anschauen, fällt es mir immer schwerer, sie aufzumuntern.«

»Oh, Daniel, ich wollte dich mit meinem Gerede nicht noch mehr betrüben.«

Besänftigend lächelte er sie an. »Das tust du nicht. Im Gegenteil, nachdem ich dich gesehen habe, werde ich das alles ein wenig leichter ertragen.«

»In deinem Schrank hängt eine neue Uniform für dich. Erst heute habe ich die Rangabzeichen angenäht. Patricia hat ein paar neue Federn für deinen Hut gesammelt.«

»Danke, Christa.« Sie stand auf, neigte sich über den Schreibtisch und küßte seine Wange. »Gute Nacht, Daniel. Und vergiß nicht – im nächsten Juni mußt du nach Hause kommen und mich vor dem Altar meinem Bräutigam übergeben.«

»Natürlich«, versprach er. Sie winkte ihm zu, dann verließ sie die Bibliothek. Seufzend griff Daniel nach seinem Cognacglas und leerte es in einem Zug. Der Alkohol brannte in seiner Kehle, und er goß sich noch einen Cognac ein, den er ebenso hastig trank. Heute abend brauchte er etwas, was seine Gedanken ein wenig umnebelte. Warum zum Teufel sitze ich immer noch hier herum, fragte er sich. Warum gehe ich nicht nach oben zu meiner Frau in dieser letzten Nacht für lange Zeit...

Plötzlich stockte sein Atem. Durch die offene Tür sah er Callie die Treppe herabsteigen, eine ätherische magische Gestalt. In einem silbergrauen rüschenbesetzten Seidennachthemd, das sie von seiner Schwester bekommen hatte, schien sie zu schweben. Als sie zögernd stehenblieb, schmiegte sich der dünne Stoff an ihren Körper, wie ein Gespinst aus Mondstrahlen.

Was hatte sie vor? Das wußte er. Sie wollte sich vergewissern, daß er die Nacht in irgendeinem anderen Raum verbrachte, ehe sie einzuschlafen wagte. Reglos saß er da und beobachtete, wie sie ins Speisezimmer schaute. Dann eilte sie in die Mitte der Halle, wo sie unschlüssig innehielt.

Endlich stand er auf und trat auf die Schwelle der Bibliothek. Im gleichen Moment eilte sie zur Treppe zurück. Und da entdeckte sie ihn. Die Arme vor der Brust verschränkt, lehnte er am Türrahmen. »Guten Abend, Callie.«

Wie erstarrt blieb sie stehen. »Guten Abend«, erwiderte sie kühl.

Ehe sie ihren Weg fortsetzen konnte, umklammerte er ihren Arm. »Hast du etwas gesucht?«

»Ja. Ich dachte, wenn ich ein Glas Sherry trinke, könnte ich leichter einschlafen.«

»Nein, du willst gar nichts trinken.«

Erbost riß sie sich los. »Für dich scheint das nicht zu gelten. Du riechst nach Cognac«, teilte sie ihm mit und rümpfte die Nase, wie die vornehmste Dame, die jemals einen Fuß auf den Boden Virginias gesetzt hatte.

»Nun, ich habe mir ein oder zwei Gläschen genehmigt, aber glaub mir, ich bin nicht betrunken. Niemals würde ein Südstaatenoffizier zu tief ins Glas schauen.« Im Mondschein, der durch die Glastüren hereinfiel, beobachtete er aufmerksam Callies Gesicht. »Willst du mir nicht verraten, warum du wirklich heruntergekommen bist? Sicher hast du gehofft, mich schlafend im Schreibtischstuhl zu finden, sternhagelvoll, für den Rest der Nacht außer Gefecht.«

»Mach dich nicht lächerlich. Mir ist es völlig gleichgültig, wo du schläfst.«

Als sie die Flucht ergreifen wollte, drängte er sie an die Wand, stemmte links und rechts seine Hände dagegen. »Warum war deine Tür dann versperrt?«

»Oh – habe ich den Riegel vorgeschoben?«

»Allerdings.«

»Vermutlich wollte ich mich vor dem unhöflichsten Rebellen schützen, der mir je begegnet ist.« Sie stemmte beide Fäuste gegen seine Brust, schob ihn weg und rannte an ihm vorbei zur Treppe. Wenn sie vor ihm das Schlafzimmer erreichte, konnte sie erneut den Riegel vorschieben. Sicher würde er in seinem eigenen Haus keine Tür aufbrechen.

Sie wagte nicht, über die Schultern zu blicken, sondern

stürmte die Stufen hinauf in ihr Zimmer, aber als sie die Tür hinter sich schließen wollte, warf sich Daniel dagegen und schleuderte sie nach innen, so daß sie krachend gegen die Wand prallte. Schaudernd dachte Callie, der Lärm müßte den ganzen Haushalt wecken. »Du hast kein Recht, dich so aufzuführen!« zischte sie. »Kein Recht hier herein...«

Erschrocken verstummte sie, als sich seine Finger in das schöne Nachthemd aus Seide und Spitze krallten. Das Feuer in seinen blauen Augen nahm ihr den Atem. Unsanft umklammerte er ihre Schultern und dann küßte er sie. Voller Leidenschaft zwang er ihre Lippen auseinander. Sie spürte, wie seine Zunge ihren Mund erforschte, wie die aufreizenden Zärtlichkeiten immer mehr von ihrem Stolz und ihrer Seele stahlen.

Sie versuchte, sich loszureißen, preßte die Fäuste gegen seine Brust und drehte sich zur Seite. Seine Finger hatten sich in ihr Nachthemd gekrallt, und sie hörte einen Riß. Empört wandte sie sich wieder zu ihm und las unbeugsame Entschlossenheit in seinen Augen. »Das Hemd gehört Christa«, fauchte sie und befreite sich von seinem Griff. »Du hast kein Recht, es zu ruinieren.«

»Dann zieh's doch aus!«

Wütend streifte sie das exquisite Seidenhemd von ihrem Körper und reckte das Kinn hoch. »Wir haben noch gar nicht besprochen, ob...«

»Es gibt nichts zu besprechen.« Daniel trat einen Schritt auf sie zu, und sie wich zurück.

»Oh, doch! Du glaubst, du kannst überall hereinplatzen und dich so benehmen. Wenigstens hättest du tun können, als ob...«

»Als – was?«

»Du bist nur noch diese Nacht hier. Also hättest du so tun können, als führten wir eine normale Ehe. Wenn wir auch nicht wahnsinnig ineinander verliebt sind – du könntest zumindest vorgeben, daß wir einander nicht verabscheuen. Es gibt etwas, das wir beide voneinander wollen. Das weißt du sehr gut, aber du hast kein Recht auf mich, und du wirst nicht...«

»Doch, ich werde. Rebellen nehmen sich stets, was sie haben möchten.«

»Nein! Ich...«

»Ach, das vergesse ich immer wieder. Der Platz in deinen Armen ist für jene Augenblicke reserviert, wo's dir in den Kram paßt, wo deine wackeren, edlen Yanks in den Schränken warten. Soll ich mal nachschauen? Versteckt sich ein Yankee in meinem Schrank?«

Mit aller Kraft schlug sie ihm ins Gesicht. Dann unterdrückte sie nur mühsam einen Schrei, denn Daniel hob sie hoch, um sie unsanft aufs Bett zu werfen. Wie betäubt lag sie da und sah, wie er nach seinem Waffengurt griff. Sie glaubte, er würde ihn abnehmen. Statt dessen zog er sein Kavallerieschwert, und sie spürte die kalte Stahlspitze zwischen ihren Brüsten. »Eigentlich müßte ich dich in zwei Teile schneiden, um in die Tiefe deines Herzens hinter der äußeren Schönheit zu blicken. Was würde ich da finden?«

Zitternd sah sie zu ihm auf. Was würdest du in meinem Herzen lesen, dachte sie. Daß ich dich liebe und begehre, daß ich so wenig habe, woran ich mich festhalten kann, wenn du einen ebenso erbitterten Kampf gegen mich führst wie gegen den Norden... Die Schwertspitze glitt langsam zu ihrem Hals hinauf. Nein, er würde ihr nicht weh tun, so gut kannte sie ihn mittlerweile. Verächtlich schob sie die Klinge beiseite. »Zum Teufel mit dir!«

Daniel lachte laut auf. Das Schwert und der Waffengurt fielen zu Boden, wenig später gefolgt von seiner Kleidung.

»Wage dich bloß nicht in dieses Bett, Daniel Cameron. Sonst...«

Doch da lag er bereits über ihr, und sie spürte seine heiße, pulsierende Erregung. Vergeblich bekämpfte sie ihn, wand sich unter ihm hin und her. Hart preßte er seine

Schenkel an ihre, das Fieber seines Verlangens strömte unaufhaltsam in ihren eigenen Körper.

»Was – sonst, Callie?«

»Ich schreie...«

»Dann schrei doch.«

»Ich glaube, ich hasse dich wirklich, Daniel.«

Seine wehmütige Antwort überraschte sie. »Und ich wünschte, ich könnte dich hassen, Callie«, flüsterte er dicht an ihrem Mund. Noch nie zuvor hatte sie sich leidenschaftlicher nach ihm gesehnt. »Nun, wirst du schreien?«

»Bastard!« zischte sie.

Als er sie küßte, wehrte sie sich nicht mehr. Ihr Mund zerschmolz mit seinem, wie Lava floß eine wilde Begierde durch ihre Adern. Seine Lippen glitten zu ihren Brüsten, dann hinauf zu einem Ohr. »Ich soll so tun, als ob? Dann tu auch du so, als würdest du mich lieben, als würde es dir das Herz brechen, mich gehen zu sehen. Tun wir so...« O Gott, wie gut er es verstand, sie zu küssen und zu liebkosen. Seine Finger wanderten über ihre Schultern, ihre Brüste und Hüften. »Tu, als wäre ich ein Soldat, der für deinen Norden kämpft. Als würdest du die Stunden bis zu unserem Wiedersehen zählen. Als wolltest du mich jetzt voller Hingabe und Leidenschaft lieben, um Erinnerungen für künftige einsame Nächte zu sammeln.« Er hob den Kopf und sah ihr in die Augen. »Wenigstens in einem Punkt brauchen wir nicht zu heucheln, Callie. Denn ich begehre dich. Oh, wie sehr ich dich begehre...«

Er preßte das Gesicht zwischen ihre Brüste, auf ihren Bauch, die Innenseiten der Schenkel. Stöhnend umfaßte sie seine Schultern und zog ihn zu sich nach oben, richtete sich auf und küßte ihn. Während sie voreinander knieten, streichelte sie seinen Körper, immer kühner, immer intimer, aufreizend und fordernd.

Plötzlich umarmte er sie, und sie sanken in die weichen, duftenden kühlen Laken, die einen erregenden Kontrast zu ihrer erhitzten Haut bildeten. Begierig klammerte sich Callie an Daniel, als er sich mit ihr vereinte. In drängendem Rhythmus strebten sie schon nach kurzer Zeit dem Höhepunkt entgegen. Ein Sternenwirbel schien in der Nacht zu bersten. Danach lagen sie eng umschlungen nebeneinander – so als würden sie sich wirklich lieben.

Wenig später gab Callie der Versuchung nach, ein neues erotisches Spiel zu beginnen. Sie kniete über ihrem Mann, beugte sich hinab, und ihr langes Haar liebkoste seine Brust. »Tun wir so, als würdest du mich lieben«, wisperte sie. »Als wolltest du diese Nacht voll auskosten, ehe du davonreitest. Als wäre mein Name stets auf deinen Lippen, wenn du in den Krieg ziehst. Tun wir so, Daniel...«

Ihre Blicke trafen sich im Dunkel, und er nickte. »Tun wir so...«

Er umfaßte ihre Taille, warf sich mit ihr herum, so daß er auf ihr lag. Sein Ungestüm entlockte ihr einen leisen Schrei, seine Küsse entzündeten alle ihre Sinne. Wieder wurde er ein Teil von ihr. Und diesmal erreichte ihre Lust einen Gipfel, wie sie ihn nie zuvor gekannt hatte. Im bleichen Mondlicht glaubte sie, in ungeahnte Höhen emporzuschweben und dann ganz sanft in die Tiefe zu sinken.

Callie wollte ihre Gefühle in Worte fassen, wagte aber nicht zu sprechen, den Zauberbann zu brechen. Den Kopf auf seiner Brust, strich sie über die harten Muskeln. Und er drückte sie ganz fest an sich. Ihre Lider wurden immer schwerer, und sie schloß die Augen.

In der Morgenröte erwachte er und betrachtete seine schlafende Frau. Das Gesicht eines Engels, so schön, halb verborgen unter der Fülle des kastanienroten Haars – der wohlgeformte elfenbeinweiße Körper, jede einzelne Linie und Kurve makellos, unschuldig und aufregend zugleich...

Wie friedlich sie schlummerte... Um sie nicht zu wekken, stand er ganz langsam und vorsichtig auf. Im Schrank fand er die saubere Uniform, die Christa für ihn hergerichtet hatte.

Während er sich den Waffengurt umschnallte, trat er ans Fußende des Betts. Sollte er Callie wecken und sie um Verzeihung bitten, weil er sich wie ein gräßlicher Rüpel aufgeführt hatte? ›Tut mir leid, aber manchmal geht das Temperament mit uns Südstaatlern durch...‹

Nein, er würde sie nicht wecken. Die Welt ihrer Illusionen war viel zu süß. *Tun wir so, als ob...*

Er eilte in die Bibliothek hinab und holte den Karton mit dem weißen Brautkleid. Behutsam küßte er die Stirn seiner Frau, dann verließ er sie schweren Herzens. Weiter unten am Flur betrat er das Kinderzimmer und widerstand der Versuchung, Jared in die Arme zu reißen. Das Baby schlief ebenso friedlich wie seine Mutter.

Janey kam herein und teilte ihm flüsternd mit, sie habe ein Frühstück für ihn vorbereitet. Geistesabwesend nickte er. Immer höher stieg die Sonne. Es war an der Zeit zu gehen.

Ein paar Stunden später fuhr Callie aus dem Schlaf hoch und tastete instinktiv nach Daniel. Er war verschwunden.

Über dem Fußende des Betts lag das weiße Kleid mit den gestickten roten Blümchen.

## HEIMKEHR

Im Herbst 1863 gewann Daniel den Eindruck, die Rebellen und die Yankees würden miteinander Katz und Maus spielen. Sie besetzten einen Großteil Virginias, rückten weiter vor, wurden in mehreren Scharmützeln wieder zurückgetrieben. Dann trat eine Ruhepause ein, unheimlich wie die Stille vor dem Sturm.

Kurz nach seiner Rückkehr zum Regiment besuchte ihn ein Captain von der Virginia-Miliz. Daniel studierte gerade ein paar Landkarten, als ein hochgewachsener, blonder junger Mann mit Schnurrbart das Zelt betrat und zackig salutierte. »Colonel Cameron...«

»Ja?«

Der Bursche wirkte seltsam nervös – merkwürdig, denn im Grunde schien er ein gesundes Selbstvertrauen zu besitzen.

Daniel lehnte sich in seinem Klappstuhl zurück. »Was kann ich für Sie tun, Captain?«

»Mein Name ist Liam McCloskey, Sir. Schon seit einiger Zeit versuche ich, Sie zu erreichen...« Der Captain holte tief Luft, dann sprudelte er hastig hervor: »Ich möchte um die Hand Ihrer Schwester bitten, Sir. Wie ich weiß, sind Sie nicht ihr ältester Bruder. Aber da dieser Mann der feindlichen Armee angehört, komme ich zu Ihnen.«

Es störte Daniel, wenn man Jesse als Feind bezeichnete, obwohl es stimmte. Aber die ernsthafte Miene des Mannes bewog ihn, sich eine scharfe Antwort zu verkneifen. »Ah, Liam McCloskey...« Er stand auf, ging um den Schreibtisch herum und schüttelte seinem Besucher die Hand.

»Nichts für ungut, Sir... Christa gab mir deutlich zu verstehen, sie würde ihre beiden Brüder gleichermaßen lieben. Und ich versicherte ihr, daß ich meine Meinung über die Nordstaaten für mich behalten werde, sollte ich dem Yankee-Colonel Cameron einmal begegnen.«

»Schon gut.« Offenbar gab es bei den McCloskeys keine gespaltenen Loyalitäten, im Gegensatz zu so vielen Südstaatenfamilien. Daniel selbst hatte seinem Bruder die Entscheidung für die Union niemals übelgenommen. Oft konnte er Jesses Standpunkt sogar nachempfinden. Die Sklaverei war falsch, das wußte er nicht erst, seit Callie ihn darauf hingewiesen hatte. Und die Nordstaaten führten Krieg, um die Sklaven zu befreien – während er die Überzeugung aller Rebellen teilte, sie würden für die eigenstaatlichen Rechte Virginias kämpfen. Aber, wie er zugeben mußte, auch für den Fortbestand des südstaatlichen Lebensstils. Und dazu gehörte nun einmal die Sklavenhaltung.

»Sir...«, begann Liam McCloskey.

»Verzeihen Sie, mir ist nur gerade was durch den Kopf gegangen.«

»Vielleicht hat Christa schon erwähnt...«

»Ja, das hat sie.«

»Colonel, meine Familie besitzt eine große Farm in Norfolk. Ich weiß nicht, was davon übrigbleiben wird, wenn wir die Yankees verjagt haben, und der Krieg endlich vorbei ist... Aber eins schwöre ich Ihnen – ich werde Christa bis in alle Ewigkeit lieben und stets gut für sie sorgen.«

Daniel bezweifelte nicht, daß die leidenschaftlich hervorgestoßenen Worte des ernsthaften jungen Mannes der reinen Wahrheit entsprachen. »Nun, es freut mich, Sie kennenzulernen, Captain. Übrigens, Christa hat den Wunsch geäußert, im Juni zu heiraten.«

»Ja, das weiß ich. Dann haben wir also Ihren Segen, Sir?«

»Den haben Sie. Und ich werde versuchen, es irgendwie einzurichten, daß ich meine Schwester zum Altar führen kann.«

»Vielen Dank. Ich habe bereits um Urlaub für den 15. Juni angesucht – falls wir die Yankees bis dann noch immer nicht verscheucht haben. Nochmals besten Dank.« Der Captain salutierte so schneidig wie zuvor und marschierte aus dem Zelt.

Neue Scharmützel fanden statt, Yankees und Rebellen umkreisten einander. An der Westfront prallten große Heere bei Chicamauga, dann bei Chattanooga aufeinander, und die Südstaaten erlitten schwere Verluste. Aber nur wenige Rebellen sprachen von einer echten Niederlage. Daniels Regiment kämpfte bei Bristoe, und bald verlagerten sich die Kriegsschauplätze erneut.

Am 1. Dezember überquerte die Unionsarmee den Rapidan River. Daniel wußte, daß er in diesem Jahr auf einen Weihnachtsurlaub verzichten mußte. Doch er schaffte es, Jesse einen Brief zuzuspielen, in dem er versicherte, Kiernan und dem kleinen John Daniel gehe es gut, und Christas Heiratspläne erwähnte. »Natürlich hätte sie Dich gern dabei, aber nur Gott weiß, wann dieser Krieg ein Ende finden wird...«

Er bekam keine Antwort, machte sich Sorgen um den Bruder, und seine Sehnsucht nach Cameron Hall wuchs – oder nach Callie. Jede Nacht lag er lange wach und erlebte in Gedanken jeden Augenblick, den er mit ihr verbracht hatte noch einmal. Er hatte versucht, ihr zu schreiben, und vergeblich nach den richtigen Worten gesucht. Und so adressierte er seine Briefe an alle drei Frauen zusammen und bemühte sich um einen möglichst beiläufigen Ton.

Christa und Kiernan schrieben zurück – Callie nicht. Offenbar hatte sie sich gut auf Cameron Hall eingelebt. Seine Schwester und die Schwägerin erwähnten sie in den Briefen immer wieder, ebenso die beiden Kinder. John

Daniel lernte mit jedem Tag besser sprechen, und der kleine Jared krabbelte auf den Knien durch das ganze Haus. Trotz der Yankee-Blockade verkehrten immer noch Schiffe auf dem Fluß. Bis jetzt waren keine Soldaten in die Nähe des Hauses gekommen.

Am Weihnachtsmorgen saß Daniel im Kommandozelt am Rapidan. Ein Sergeant erschien und meldete: »Yanks am anderen Flußufer, Sir.«

»Das ist mir bekannt«, erwiderte Daniel trocken. »Sie sind schon eine ganze Weile da. Heute, am Feiertag, planen sie wohl keinen Angriff.«

»Gewiß nicht, Sir. Bitte, begleiten Sie mich. Ich habe versprochen, Sie ans Ufer zu holen.«

Neugierig schnallte Daniel seinen Waffengurt um die Taille und folgte dem Sergeant. Jenseits des vereisten Wassers sah er eine Yankee-Kavallerieeinheit. Ein Reiter sprengte die Böschung herab und rief: »Sir, Ihr Bruder, Colonel Jesse Cameron, hat kürzlich von Ihrer Hochzeit und der Geburt Ihres Sohnes erfahren! So wie viele andere Offiziere, mit denen Sie in Westpoint studiert haben und in Kansas geritten sind, möchte er Ihnen einen Salut widmen! Außerdem schickt er seiner Frau und seiner Schwester, der er zur bevorstehenden Hochzeit gratulieren möchte, liebe Grüße!«

Und dann donnerten die Kanonen, von gellendem Geschrei untermalt. Als der Lärm verhallt war, schrie Daniel grinsend über den Fluß hinweg: »Bitte, übermitteln Sie meinem Bruder und den anderen Gentlemen meinen herzlichen Dank, Sir!«

Beide salutierten, dann verschwanden die Yankees im Schneetreiben.

»Wenigstens weiß ich nun, daß du am Leben bist und daß es dir gutgeht, Jesse«, flüsterte Daniel. Müde kehrte er in sein Zelt zurück. Ein trostloses Weihnachtsfest für die Konföderierten – und ein schicksalhaftes Jahr lag vor ihnen...

Um die Weihnachtszeit fühlte sich Callie längst heimisch auf Cameron Hall. Während des Herbstes hatte sie sich – auch abgesehen von ihrem Status als Daniels Frau – ihr Wohnrecht verdient und bewiesen, wie gut sie mit dem Vieh umgehen konnte, wieviel sie von der Gartenarbeit verstand. Von der Baumwollpflanzung wußte sie nichts, doch das spielte keine Rolle. Kiernan und Christa kannten sich ebenso damit aus wie die tüchtigen ehemaligen Sklaven.

Christa hatte erzählt, sie sei sehr besorgt um die Plantage gewesen. Viele ihrer freigelassenen Sklaven waren in den Norden gezogen und Mitte Juli 1863, während der heftigen Proteste gegen die Rekrutierung, in New York gewesen. Der Mob hatte das Gebäude der Einberufungsbehörde, die Büros der *Tribune* und andere Häuser niedergebrannt. Die Gewaltaktionen in diesen vier schlimmen Tagen richteten sich auch gegen die Schwarzen, da sie von vielen Nordstaatlern für den Krieg verantwortlich gemacht wurden. Fast tausend Menschen, auch Weiße, starben während der Aufstände oder erlitten Verletzungen. Danach waren mehrere einstige Sklaven nach Cameron Hall zurückgekehrt, um wieder auf den Feldern zu arbeiten.

Vor dem Krieg hatten fast hundert Schwarze auf der Plantage gelebt, nach der Freilassung nur mehr zweiundzwanzig. Durch die Heimkehrer war diese Zahl immerhin auf achtunddreißig gestiegen.

Im November hatte Christa einen Mann namens Joseph Ashby eingestellt, einen Konföderierten-Veteranen, der seit der Schlacht von Gettysburg nur mehr ein Bein besaß. Das tat seiner Fröhlichkeit keinen Abbruch, ebensowenig seiner Überzeugung vom letztendlichen Sieg der Rebellen. Und die Plantage hatte nie zuvor einen tüchtigeren Verwalter gesehen. Allmorgendlich humpelte er schon bei Tagesanbruch auf seinem Holzbein über die Felder und machte den Cameron-Frauen das Leben erheblich leichter.

Vor allem Callie fühlte sich entlastet, denn nun konnte sie wieder mehr Zeit mit Jared verbringen. Er befand sich gerade in einer Phase, wo er sich sehr schnell entwickelte, und davon wollte sie möglichst wenig versäumen.

Sie mochte ihre Schwägerinnen. Beide waren eigensinnig und willensstark, aber sehr freundlich. Sie legten großen Wert auf die Südstaatentraditionen, elegante Kleidung und gute Manieren, verstanden es aber auch, diese Dinge durch eine ironische Brille zu sehen. Oft brachten sie Callie trotz der schweren Zeiten – und ihres allgegenwärtigen inneren Konflikts – zum Lachen, indem sie ihre Teetassen übertrieben affektiert zum Mund führten oder ihre Reifröcke laut rascheln ließen.

Alle lebten für die Tage, wo Briefe eintrafen. Immer öfter wurden sie von Freunden oder sogar Fremden abgegeben, da der Krieg den Postdienst empfindlich zu stören begann.

Daniel adressierte seine Briefe nie an Callie allein, und sie versuchte zu verbergen, wie gekränkt und verlegen sie sich fühlte, weil er es für überflüssig hielt, seiner Frau zu schreiben.

Von Jesse erhielt Kiernan zwei Briefe, an sie allein gerichtet, aber mit herzlichen Grüßen an Christa und seine Schwägerin. Zwei Tage später kam sie in Callies Zimmer und fragte: »Wieso kennst du meinen Mann?«

Callie erklärte, er sei nach der Schlacht am Antietam Creek zu ihr gekommen, auf der Suche nach Daniel. »Und ich wußte, wo er zu finden war. Immerhin hatte ich ihn ins Gefängnis gebracht.«

»O Gott!« Kiernan schnappte nach Luft. »Und ich hätte geschworen, er würde dir etwas bedeuten.«

»Er bedeutet mir sogar sehr viel...« Callie schaute auf ihre Hände hinab und berichtete, was damals geschehen war. »Die Yankees hätten ihn getötet, und das mußte ich verhindern.«

Kiernan setzte sich neben sie aufs Sofa und schlang

einen Arm um ihre Schultern. »Wenn du ihm das alles so erklärt hättest wie jetzt mir...«

»Das habe ich versucht«, fiel Callie ihr ins Wort, »aber er glaubt mir nicht.«

»Vielleicht solltest du ihn mal ohrfeigen.«

»Auch das habe ich versucht.« Callie lächelte gequält.

»Wenn Christa und ich mit ihm reden würden...«

»Nein, Kiernan. Er muß mir von sich aus wieder Vertrauen schenken, sonst kann unsere Ehe niemals glücklich werden. Zu allem Überfluß hatte ich auch noch Pech...« Callie schilderte die Begegnung mit Eric Dabney während der Reise in den Süden. »Natürlich bildet Daniel sich ein, ich hätte ihm meinen einstigen Freund ein zweites Mal an den Hals gehetzt.«

»Ich verstehe«, murmelte Kiernan.

»Und außerdem stehe ich auf Seiten der Yankees. Tut mir leid, ich weiß, wie sehr du deine Südstaaten liebst. Aber ich glaube nun mal an die Union – daß *alle* amerikanischen Staaten zusammen eine große Nation bilden könnten...«

»Moment mal, das alles habe ich oft genug gehört«, unterbrach Kiernan ihre Schwägerin. »Vergiß nicht – ich bin mit einem Yankee verheiratet. Aber so wichtig mir die Südstaaten auch sind – nachdem ich so viele Tote und Verwundete, soviel Grausamkeit und Leid gesehen habe, sehne ich nur noch das Ende des Krieges herbei.«

Callie umarmte sie. »Genau das wünsche ich mir auch.«

Nach einem kurzen Schweigen fragte Kiernan: »Du weißt doch, wie sehr Daniel dich liebt?«

»Früher glaubte ich, er würde mich lieben. Jetzt weiß ich, daß er mich haßt.«

»Da täuschst du dich ganz bestimmt. Ich kenne ihn mein Leben lang, und ich habe ihn noch nie so rastlos gesehen. Er fühlt sich völlig verunsichert und innerlich zerrissen. Wenn er dich nicht liebte, würde er dich sicher höflicher behandeln. Begreifst du das denn nicht?«

Callie dachte an das schöne weiße Kleid mit den roten gestickten Blümchen am Fußende des Betts. *Tun wir so, als wenn...* »Wie auch immer, ich kann ihm meine Liebe nicht gestehen. Er mißtraut mir. Und ich bemühe mich, Distanz zu wahren, denn wenn ich kapituliere, bin ich verloren.«

»Ich weiß. Vor den Cameron-Männern darf man niemals kapitulieren. Aber du könntest Friedensverhandlungen anstreben.«

»Vielleicht...«

Am Weihnachtstag saßen die drei Cameron-Frauen trotz der Kälte auf der Veranda und beobachteten die Zufahrt, in der vergeblichen Hoffnung, wenigstens einer der beiden geliebten Männer würde eintreffen.

Callie betete für Daniel, für Jesse, für ihre Brüder an der fernen Front. Sie hatte ihnen geschrieben, aber bisher keine Antwort bekommen.

Anfang Februar wurde Kiernan schriftlich aufgefordert, einer der Krankenschwestern im Militärhospital am Stadtrand von Richmond zu helfen. Abends kam sie in Callies Zimmer und ließ sie den Brief lesen.

*... ich weiß, meine Liebe, einige Damen in Richmond waren nicht gerade freundlich zu Ihnen, nachdem Sie den Cameron geheiratet hatten, der seiner Heimat den Rücken kehrte. Aber in Ihrem Herzen sind Sie stark und loyal, und deshalb bitte ich Sie, die feindseligen Blicke zu ertragen und mir zu helfen. Hier mangelt es in wachsendem Maße an Lebensmitteln und Medikamenten, und die Männer brauchen dringend ein bißchen Aufmunterung. Von einem jungen Offizier – einem verwundeten ausgetauschten Kriegsgefangenen, der Ihrem Mann bei Operationen assistiert hatte – hörte ich, Sie würden sehr viel von der Krankenpflege verstehen. Bitte, kommen Sie zu uns! Aber nehmen Sie sich in acht! Dauernd versuchen die Yankees, zu unserer geliebten Hauptstadt vorzudringen...*

»Was wirst du tun?« fragte Callie.

»Ich fahre natürlich hin.«

Callie überlegte nicht lange. »Dann komme ich mit dir.«

»Um Rebellen das Leben zu retten?«

»Um Menschenleben zu retten.«

Kiernan lächelte. »Wunderbar! Ich hatte gehofft, du würdest dich dazu entschließen.«

Die Yankees waren ziemlich nahe an die Hauptstadt herangekommen...

Ende Februar wurde Daniel zu einer Besprechung beordert. Ein Kurier hatte ihm eine Depesche übergeben, mit der Nachricht, die Unionsstreitkräfte würden einen Überfall auf Richmond planen. General Judson Kilpatrick und Colonel Ulric Dahlgren würden mit ihren Regimentern getrennt vorrücken, sich dann treffen, die Hauptstadt mit vereinten Kräften einnehmen und die Kriegsgefangenen aus den Nordstaaten befreien.

Daniel, der die Umgebung der Stadt wie seine Westentasche kannte, wurde als Verbindungsoffizier zwischen den Truppen eingesetzt, die Richmond gegen die Angreifer verteidigen sollten.

Am 1. März, bei Einbruch der Dunkelheit, waren Dahlgrens Soldaten nur mehr zweieinhalb Meilen vom Stadtrand entfernt. Als Daniel um die feindlichen Streitkräfte herumritt, stellte er fest, daß deren Kommandant den Rückzug befohlen hatte. Am nächsten Tag folgten ihm die Konföderierten. Am Abend lockten sie die Nordstaatler in einen Hinterhalt, und beim anschließenden Kampf fand Dahlgren den Tod.

Dies wäre im Verlauf eines Krieges, der oft mehrere tausend Menschenleben in einer einzigen Schlacht gekostet hatte, nur ein geringfügiger Zwischenfall gewesen – hätte man bei Dahlgrens Leiche nicht beängstigende Dokumente gefunden. Eine vom Colonel unterzeichnete Order an seine Soldaten besagte, Richmond, die ›verhaßte Stadt‹ solle bis auf die Grundmauern niedergebrannt werden. Ein zweites Papier enthielt den Befehl, Jefferson Davis und sein Kabinett zu töten.

Daniel kehrte mit dem Kurier, der Lee Kopien dieser Schriftstücke überbrachte, zu seinem Kommando zurück. Die Neuigkeit sorgte für helle Empörung unter den Südstaatlern, auf militärischer Seite ebenso wie bei den Zivilisten.

Lee schickte Meade Kopien von den Dokumenten und erhielt die Antwort, die Regierung der Vereinigten Staaten habe solche Ordern niemals gebilligt. Ob das stimmte, wußte niemand.

Beauty Stuart zeigte Daniel eine Kopie von Meades Antwort. »Was hältst du von unseren einstigen Freunden im Norden?«

»Ich bezweifle, daß sie einen Mord gutheißen würden.«

Stuart zuckte die Achseln. »Vielleicht hast du recht.« Er warf Daniel einen scharfen Blick zu. »Übrigens, hast du deine Frau in Richmond gesehen?«

»Was?« fragte Daniel verwirrt.

»Wußtest du es nicht? Tut mir leid. Flora erwähnte in ihrem letzten Brief, sie habe erfahren, deine Frau und deine Schwägerin würden im Hospital arbeiten. Ich gebe meinen Offizieren zwar nur ungern Urlaub. Aber da du in der Nähe warst...«

Daniel biß die Zähne zusammen. Von Callie bekam er niemals Briefe. Aber er hatte auch von Kiernan nichts gehört. »Nun, da wir immer noch in der Nähe sind, wäre ich dir dankbar, wenn du mich einen oder zwei Tage entbehren könntest. Ich würde gern sehen, wie es meiner Familie geht.«

Der Kommandant erhob keine Einwände, und Daniel begann, der baldigen Begegnung mit seiner Frau entgegenzufiebern.

Callie hatte schon viele Soldaten sterben sehen, aber auf das Grauen, das sie im Hospital erwartete, war sie nicht gefaßt. Tag für Tag wurden Amputationen vorgenommen. Für die meisten Patienten gab es nicht genug Morphium oder Whiskey. Als sie zum erstenmal bei einer Operation assistierte, wäre sie beinahe in Ohnmacht gefallen. Der Rat Kiernans, sich einfach in den Arm zu kneifen, ersparte ihr eine solche Verlegenheit.

Nicht nur im Operationsraum hatte sie alle Hände voll zu tun. Manche verwundeten Soldaten ließen ihre Familien ins Hospital kommen und wollten, daß sie bei ihnen schliefen. Mühsam mußte Callie den unglücklichen Ehefrauen klarmachen, daß die Räume ausschließlich für die Kranken reserviert waren. Den Patienten, deren Angehörige nicht in der Nähe lebten, las sie vor, bis sie stockheiser war, oder sie ließ sich Briefe diktieren. Manche Männer starben, ehe sie unterzeichnen konnten, was Callie geschrieben hatte.

Zusammen mit Kiernan hatte sie ein kleines Reihenhaus direkt neben dem Hospital gemietet. Dort betreute Janey die Kinder, während die beiden jungen Mütter arbeiteten, und kümmerte sich um den Haushalt.

Eines Abends vertauschten Callie und ihre Schwägerin die Schwesterntracht mit eleganten Kleidern und besuchten einen von Varina Davis' Empfängen. Kiernan erklärte, eigentlich sei sie als Ehefrau eines Yankees auf solchen Veranstaltungen unwillkommen.

Das verstand Callie nicht. »Du bist doch eine glühende Verfechterin der Konföderierten Staaten.«

»Leider leben wir in einer Männerwelt, also werden wir nach unseren Ehegatten beurteilt. Sei doch froh! Deiner ist ein Nationalheld, und daraus solltest du deine Vorteile ziehen.«

»Ich glaube, Daniel würde das anders sehen«, erwiderte Callie lächelnd. Es war einfach unmöglich, die humorvolle Kiernan nicht zu lieben.

Varina erwartete im Frühjahr ein Baby. Schöner denn je, war sie eine vollendete Gastgeberin, begrüßte Kiernan genauso herzlich wie ihre anderen Besucher und ignorierte die schiefen Blicke, die der Frau des Yankee-Colonels galten.

»Trotz der schweren Zeiten scheinen Sie glücklich zu sein, Mrs. Davis«, bemerkte Callie.

»Und Sie, meine Liebe, opfern sich für uns auf, obwohl ihr Herz für die andere Seite schlägt.« Varina lächelte. Auf ihre Art war sie glücklich. Sie liebte ihre Familie, und sie stand ihrem Banny in allen Höhen und Tiefen des Lebens unerschütterlich zur Seite.

Callie beneidete sie um diese unkomplizierte eheliche Liebe, die auf unwandelbarem gegenseitigem Vertrauen basierte. »Ich arbeite gern im Hospital. Natürlich ist es grauenvoll, die Männer leiden zu sehen, und es bewegt mich sehr, wenn ich für die Sterbenden Abschiedsbriefe an ihre Frauen und Kinder schreibe. Ob sie Yankees oder Rebellen sind, kümmert mich nicht.«

»Das freut mich... Oh, entschuldigen Sie mich, da schleicht wieder einmal ein unartiges Kind die Treppe herab.«

Amüsiert beobachtete Callie durch die offene Tür zur Halle, wie ein grinsender kleiner Junge mit dunklem Schopf vor seiner Mutter zu flüchten versuchte. Wieder stiegen Neidgefühle in ihr auf. Ringsum mochte die Welt zusammenbrechen – Varina Davis konnte trotzdem ihr Familienglück genießen.

Immer öfter wurden Verwundete ins Hospital gebracht, die beängstigend nahe bei der Hauptstadt gekämpft hatten. Aber obwohl die Yankees allmählich heranrückten, der Optimismus der Südstaatler blieb ungebrochen. Niemals würde der Feind in Richmond einfallen.

Wie Callie erfuhr, war Beauty Stuarts Kommando, dem ihr Mann angehörte, unweit vom Stadtrand stationiert, wo sich die Kavallerie regelmäßig über die Truppenbewegungen des Unionsgenerals Custer informierte. Während sie fieberheiße Stirnen kühlte und es den Patienten möglichst bequem machte, wurde sie von wachsender Unruhe erfaßt. Sie gestand sich ihre Sehnsucht nach Daniel ein, war aber entschlossen, Kiernans Rat zu befolgen, nicht zu kapitulieren und ›Friedensverhandlungen‹ vorzuschlagen.

Doch der Krieg nahm keine Rücksicht auf die Wünsche einzelner, die in seinen Klauen ausharren mußten. Daniel blieb an der Front, und Callie betete in Richmond um ein Wiedersehen.

Am 30. April kam es zu einer Tragödie, die alle Südstaatler erschütterte. Joey Davis, der übermütige kleine Sohn des Präsidentenpaars, fiel von einem Balkon des Weißen Hauses herab. Ein alter schwarzer Diener kam ins Hospital und erzählte Callie unter Tränen, was geschehen war.

»Miz Varina verließ ihr Zimmer, wo die Kinder spielten, und brachte dem Präsidenten Tee. Der Kleine kletterte auf die Balkonbrüstung – und im nächsten Augenblick lag er unten am Boden. Das ganze Personal schrie aus Leibeskräften, Miz Varina rannte aus dem Haus, und der Junge starb in den Armen seiner Mutter. Sie ist völlig verzweifelt. Und die Armee... Der Präsident bekam sogar Depeschen, während er in tiefer Trauer neben seinem toten Sohn kniete. Da sagte er, man müsse ihm wenigstens einen Tag gönnen, den er seinem Joey widmen wolle. Die unglückliche Miz Varina beweint das eine Kind, während sie das nächste erwartet, und trotzdem bemüht sie sich, ihren Mann zu trösten. Das ist eine sehr starke Frau, Miz Cameron, aber wieviel kann sie wohl ertragen? Sie hält sehr viel von Ihnen, Ma'am, und ich dachte...«

»Ich komme sofort«, versprach Callie.

Doch sie konnte nicht viel für das Präsidentenpaar tun, das sich in seiner Trauer vergrub. Sie versuchte, die schluchzenden Kinder zu beruhigen, die der Tod des Bruders völlig verwirrt hatte. Und sie empfing die Leute, die im Weißen Haus erschienen, um ihr Beileid zu bekunden. Bedrückt beobachtete sie, wie der kleine Junge für sein Begräbnis angekleidet wurde, und als sie Varina gegenüberstand, wußte sie nichts zu sagen. Es gab ja auch keine Worte, die den Verlust eines Kindes mildern konnten.

Kanonen donnerten, während Joey Davis seine letzte Ruhe fand. Weinend stand Callie an seinem Grab.

In den nächsten Tagen kam es zu erbitterten Kämpfen in der Umgebung von Richmond. Die Wälder fingen Feuer, bis zur Unkenntlichkeit verkohlte Leichen wurden ins Hospital gebracht, und es ließ sich nicht feststellen, ob sie blaue oder graue Uniformen getragen hatten. Und dann begann die Schlacht von Yellow Tavern.

Knapp zwei Wochen nach dem Tod des kleinen Joey Davis stand Callie wieder auf dem Hollywood-Friedhof, um unter Kanonendonner an einem weiteren Begräbnis teilzunehmen. James Ewell Brown Stuart, der schneidige, kühne, leidenschaftliche Kavalier, war im Kampf gegen General Custers Streitkräfte tödlich verwundet worden. Eine Ambulanz hatte ihn nach Richmond gebracht. Jeff Davis und andere alte Freunde saßen an seinem Totenbett, und er fragte den Arzt, ob er noch lange genug leben würde, um seine Frau zu sehen. Aber Flora Stuart betrat ein schweigendes Haus, und niemand brauchte ihr zu sagen, daß ihr Mann gestorben war.

Da sich die Yankees in unmittelbarer Nähe befanden, konnte die Miliz beim Begräbnis keine Ehrengarde bilden. Alle städtischen Streitkräfte waren ausgerückt, um Richmond zu verteidigen.

Schweren Herzens betrachtete Callie das Grab. Sie war Stuart nie begegnet, wußte aber, wieviel er Daniel bedeutet hatte. Ihr Blick wanderte zu der Stelle, wo ein Jahr zuvor Jebs kleine Tochter Flora beerdigt worden war. Manche Leute flüsterten, er habe seinen Tod klaglos akzeptiert, um wieder mit ihr beisammen zu sein.

Auf seinem Sterbelager hatte er seinen Offizieren befohlen, ihm nicht ins Grab zu folgen, sondern ihre Pflicht zu tun. Während Callie nun in die grauen Wolken über dem Friedhof schaute, dachte sie verzweifelt an Daniel. Auch er würde seine Pflicht erfüllen und sich dem Kugelhagel aussetzen. Wie Stonewall Jackson. Wie Jeb Stuart.

Bitte, lieber Gott, laß ihn nicht sterben, betete sie stumm, während sie Flora Stuart neben sich schluchzen hörte.

Plötzlich öffnete der Himmel seine Schleusen, und es begann zu regnen.

## 26

*7. Juni 1864*
*Cold Harbor, Virginia*
Seit dem 3. Juni glaubte Daniel, nichts anderes zu tun, als dem Schreien und Stöhnen der Verwundeten zu lauschen. Auf dem Schlachtfeld lagen vor allem Yankees. Aber der Oberbefehlshaber der Union, General U.S. Grant, weigerte sich, über den Abtransport der Toten und Verwundeten zu verhandeln. Vielleicht, weil der Kommandant, der zuerst darum bat, seine Gefallenen entfernen zu dürfen, damit mehr oder weniger seine Niederlage eingestand...

Grant war besiegt worden, ob er es zugeben wollte oder nicht. In den Schlachten von Yellow Tavern, Spotsylvania und Cold Harbor hatten die Konföderierten die Oberhand gewonnen und Richmond wieder einmal gerettet.

Nun lagen Grants und Lees Soldaten immer noch in den Schützengräben. Gespannt warteten die Südstaatler ab, was der feindliche Kommandant nun unternehmen würde. Während Daniel zu seinen seltsam ruhigen Linien zurückritt, wunderte er sich, warum er keinen Triumph empfand. Vermutlich, weil es keinen Grund dafür gab.

Beauty lag unter der Erde, und bei diesem Gedanken

fühlte sich Daniel immer noch wie betäubt. Vor einem Jahr Stonewall Jackson, jetzt Stuart, und dazwischen so viele andere... Nun hatten sie sogar Grant zurückgeworfen, aber der trat nicht den Rückzug an. Stöhnend und sterbend übersäten seine Männer das Schlachtfeld, doch er bekannte sich nicht zu seiner Niederlage. Die Konföderierten hatten zusammen mit ihren eigenen Verwundeten ein paar Unionssoldaten mitgebracht, deren Schmerzensschreie unerträglich gewesen waren.

Alle schienen zu warten.

Daniel zügelte sein Pferd, roch Ruß und Asche. Nie zuvor hatte er eine solche Schlacht erlebt. In dichtem Kanonenrauch feuerten Unionssoldaten auf Unionssoldaten, Rebellen auf Rebellen. Dann schlugen Flammen aus den Wäldern, das grausige Geschrei und Gewieher der Männer und Pferde erklang, die unter umgestürzten Bäumen lagen oder zu schwer verwundet waren, um vor dem Feuer zu fliehen. So viel Blutvergießen in so wenigen Tagen...

Immer wieder haben wir die Yankees geschlagen, dachte Daniel. Doch das Problem lag darin, daß immer neue nachrückten. Egal, wie viele von Rebellenhand fielen – es gab genug blauuniformierte Soldaten, die ihre toten Kameraden ersetzten.

»Colonel Cameron!« Ein junger Soldat ritt ihm entgegen. »Wir haben auf der Straße eine Kutsche aufgehalten, zwei Ladies sitzen darin mit zwei Kindern und einer Schwarzen, und sie behaupten, sie seien mit Ihnen verwandt. Ihre Frau und Ihre Schwägerin...«

Daniels Herz drohte stehenzubleiben. Callie – hier? Im Zwiespalt seiner Gefühle erinnerte er sich an die Sehnsucht, die ihn schon so lange quälte – aber wie konnten die beiden so dumm sein, durch das Kriegsgebiet zu fahren?

»Führen Sie mich zu der Kutsche!« Er betraute einen Lieutenant mit dem Kommando über die Männer in seiner Begleitung und galoppierte hinter dem Soldaten zur Hauptstraße.

Als sie den Wagen erreichten, zügelte er seinen Hengst am Straßenrand und sprang aus dem Sattel. Callie und Kiernan saßen auf dem Kutschbock, beide in Schwarz – vielleicht zu Ehren Beauty Stuarts oder des kleinen Joey Davis. Unter den schlichten Kleidern trugen sie keine Reifröcke, und sie waren sichtlich abgemagert.

Und dann hatte er nur noch Augen für seine Frau. Nicht einmal das düstere Schwarz konnte ihre Schönheit beeinträchtigen. Wie oft hatte er sich in all den schrecklichen Kriegsnächten nach ihr gesehnt – oder von ihr geträumt, wenn es ihm endlich gelungen war, einzuschlafen...

Und jetzt war sie hier mit Kiernan, inmitten eines gefährlichen Kriegsgebiets, wo sie jederzeit Yanks oder Rebs oder Deserteure aus beiden Armeen in die Hände fallen konnten. Wütend rannte er zu ihnen. »Was zum Teufel treibt ihr eigentlich?« Er umschlang Callies Taille und zerrte sie vom Wagen herunter.

Herausfordernd hielt sie seinem zornigen Blick stand. »Wir versuchen, nach Hause zu fahren«, informierte sie ihn.

Also betrachtete sie Cameron Hall mittlerweile als ihr Zuhause. »Was?« Ungläubig starrte er Kiernan an, dann wieder seine Frau. »Habt ihr nichts von den Kämpfen in dieser Gegend gehört?« Er hielt Callie immer noch umfangen, und sie versuchte nicht, sich zu befreien. So lange liebe ich sie jetzt schon, dachte er wehmütig. Sie hat wirklich das Gesicht eines Engels... »Ihr hättet umgebracht werden können, ihr kleinen Närrinnen«, murmelte er.

»Wir müssen nach Hause fahren. Christa wird bald heiraten – erinnerst du dich? Und...«

»Und da wir nicht wußten, ob einer von ihren Brüdern kommen kann, beschlossen wir, für euch einzuspringen«, vollendete Kiernan den Satz.

»Großer Gott, Christa würde es verstehen, wenn keiner von uns an ihrer Hochzeit teilnimmt«, erwiderte Daniel. »Immerhin haben wir Krieg...«

»Mama!«

Als er die helle Kinderstimme hörte, wandte er sich zur Kutsche. Sein Sohn stand in der Tür. Blaue Augen musterten ihn, ohne ein Zeichen des Wiedererkennens. Und da war ein zweites blaues Augenpaar. John Daniel beugte sich über die Schulter seines Vetters. Abgesehen vom Altersunterschied hätten die beiden Zwillinge sein können.

Wie Jesse und ich, dachte Daniel, beinahe überwältigt von seinen Gefühlen. Das ist mein Sohn. Er kann schon gehen und sprechen. Und er weiß nicht, wer ich bin. Wie groß er geworden ist... Und ich war nicht da, als er seine ersten Schritte machte. Dieser verdammte Krieg... Bedrückt erinnerte er sich an Beauty Stuarts Prinzip. Erst die Pflicht, dann die Familie.

Im Augenblick war ihm der Krieg völlig gleichgültig. Er ließ Callie los und ging zum Wagen. »Hallo!« begrüßte er die beiden Kinder.

»Mama!« wiederholte Jared.

»Viel sagt er noch nicht«, erklärte John Daniel seinem Onkel. »Er ist eben erst ein Jahr alt geworden.«

Grinsend zauste Daniel das Haar seines Neffen. »Und du bist immerhin schon zwei, junger Mann.« Er streckte die Hände nach seinem Sohn aus, der ihn mit großen Augen musterte, und bat in Gedanken: Bitte, weich jetzt nicht vor mir zurück.

Der kleine Junge schien zu zögern, dann hob er die Ärmchen und Daniel riß ihn an seine Brust. Über seinen dunklen Kopf hinweg sah er Callie herankommen und stellte sich bedrückt vor, wie es wäre, ein richtiges Familienleben zu führen. »Er ist groß geworden«, sagte er leise.

»Sehr groß«, stimmte sie lächelnd zu. Offenbar mißgönnte sie ihm die Zuneigung seines Sohnes nicht, den er gegen ihren Willen in den Süden gebracht hatte, zusammen mit ihr.

»Wieso um Himmels willen wart ihr in Richmond?«

»Wir wurden im Hospital gebraucht.«

»Du hast also mitgeholfen, Rebs zusammenzuflicken?«

»Und Yanks.«

Er preßte das Gesicht an den Hals seines Sohnes. »Warst du beim Begräbnis des kleinen Joey Davis?«

»Ja, und ich habe auch Jeb Stuart die letzte Ehre erwiesen. Der Schlachtenlärm drang bis zum Friedhof.«

Daniel drückte ihr Jared in die Arme. »Ich werde um Urlaub ansuchen und euch nach Hause bringen.«

»Hör mal, wir sind durchaus imstande, allein...«

»Callie!« unterbrach er sie ärgerlich. »Offenbar ist euch nicht klar, was ihr vorhabt. Ihr wollt mit meinem Sohn und meinem Neffen durch die feindlichen Linien fahren!«

Ihre Miene verschloß sich. »Ich habe das Leben unseres Kindes nie aufs Spiel gesetzt«, erwiderte sie, und er glaubte, Tränen in ihren Augen zu sehen. »Aber nimm bitte Urlaub, Daniel. Dann wirst du den Kriegsschauplatz wenigstens für kurze Frist verlassen.« Es klang bitter und ironisch. Beinahe so, als hätte sie ihn vermißt.

Er wandte sich ab und stieg in den Sattel, um zu seinen Vorgesetzten zu reiten. Noch vor zwei Tagen hätte er gewiß keinen Urlaub bekommen. Aber nun hüllte sich Grant in ominöses Schweigen. Wade Hampton, Stuarts Nachfolger, und Fitzhugh Lee, der talentierte Neffe des Oberbefehlshabers, hielten Daniel zunächst für verrückt. Aber die Erklärung, seine Frau und seine Schwägerin seien mit den Kindern unerwartet im Kriegsgebiet aufgetaucht, stimmte sie beide um, und er bekam die Erlaubnis, seine Familie nach Cameron Hall zu begleiten.

General Hampton unterzeichnete einen Passierschein, der Daniel den Weg durch die Konföderiertenlinien ebnen sollte, und ermahnte ihn: »Beeilen Sie sich! Die Yankees scheinen die Landbevölkerung zu terrorisieren, und ich brauche Sie dringend!«

»Ich komme so schnell wie möglich zurück, Sir. Sie haben mein Wort.«

Hastig verabschiedete Daniel sich von seinen Männern und bat sie, dem Lieutenant, seinem Stellvertreter, ebenso bedingungslos zu gehorchen wie ihm selbst. Zum Wagen zurückgekehrt, band er sein Pferd an der Hinterachse fest, stieg auf den Kutschbock und nahm Callie die Zügel aus der Hand. Über ihren gesenkten Kopf hinweg begegnete er Kiernans Blick. Beide erinnerten sich an eine ähnliche Fahrt, die sie gemeinsam unternommen hatten, an die Gefahren am Straßenrand.

Schweigend legten sie vier Meilen zurück. Sogar die Kinder, die hinten in der Kutsche saßen, von Janey betreut, waren still. Keine Kanonen, keine Gewehre krachten in der schönen sommerlichen Landschaft. Hin und wieder passierten sie niedergebrannte Häuser, geplünderte Felder. Bei Einbruch der Dunkelheit bog Daniel in einen Waldpfad. Er war froh, daß er die Gegend so gut kannte. Da er Williamsburg ausweichen wollte, hatte er beschlossen, einen Umweg in Kauf zu nehmen. Er sprang vom Kutschbock, dann hob er seine Frau und Kiernan herunter.

»Übernachten wir hier?« fragte Callie.

Er nickte. »Ihr könnt mit den Kindern und Janey im Wagen schlafen. Vorerst halte ich Wache. Ich weiß nicht, ob ich die ganze Nacht durchstehe. Wenn nicht, muß ich euch wecken.«

»Natürlich.« Sie sah nach den Kindern, und er setzte sich vor das Gespann, um seine beiden Colts und das Spencer-Repetiergewehr zu laden – eine Yankee-Waffe, auf einem Schlachtfeld gefunden. Ihren früheren Besitzer hatte sie nicht vor dem Höllenfeuer gerettet, und Daniel hoffte, sie würde ihm bessere Dienste erweisen.

Callie war nicht mit Kiernan in die Kutsche gestiegen.

Überrascht wandte er sich zu ihr, als sie neben ihm ins Gras sank. Dankbar nahm er den Becher Wasser entgegen, den sie ihm anbot, die Scheibe Brot und das getrocknete Rindfleisch. Während er aß, beobachtete er seine Frau. Seit der letzten Begegnung schien sie eine gewisse innere Gelassenheit gewonnen zu haben. Sie erwiderte seinen Blick, dann senkte sie die Lider. Wie nahe sie ihm war... Er roch ihren süßen weiblichen Duft, und seine Sehnsucht wurde fast unerträglich. Sanft strich er ihr das Haar aus der Stirn. »Wie ist es dir in all den Monaten gegangen, Callie?«

»Gut.« Sie ergriff ihre Feldflasche und schenkte ihm noch etwas Wasser ein. »Abgesehen von den Tagen, wo wir die Listen der Gefallenen lasen...«

»Hattest du Angst, meinen Namen zu lesen?« fragte er leise.

»Ja.«

»Keine Angst, ich werde nicht sterben. Ich passe immer sehr gut auf.«

»Aber ich weiß doch, wie tollkühn du bist...« Atemlos verstummte sie, als sein Blick zu ihrem Mund wanderte.

Plötzlich konnte er sich nicht länger beherrschen, zog sie in die Arme und küßte sie. Sanft teilte seine Zunge ihre Lippen und stieß auf keinen Widerstand. Mit gleicher Glut erwiderte Callie den Kuß.

Und dann drang Kiernans Warnruf aus dem Wagen. »Daniel, da ist jemand! Draußen auf der Straße!«

Rasch schob er Callie von sich, sprang auf und gab seiner Schwägerin recht. Natürlich hätte er die Hufschläge längst hören müssen. Lautlos trat er hinter den dicken Baum, der die Kutsche abschirmte, und versuchte, am Stamm vorbeizuspähen. Es war stockdunkel, aber als der Mond hinter einer Wolke hervorzugleiten begann, sah er einen Reiter in blauer Uniform. Vorsichtig näherte sich Daniel der Straße, im Schutz der schwarzen Schatten.

Der Yankee zügelte sein Pferd. Offenbar hatte er etwas

gehört. Sobald er weiterritt, schnellte Daniel aus dem Unterholz und riß ihn aus dem Sattel.

Keuchend wälzten sie sich auf dem Boden. Ein harter Ellbogen traf Daniels Rippen, und beinahe hätte er aufgeschrien. Mit aller Kraft rammte er seine Faust in einen muskulösen Magen. Dadurch gewann er vorerst die Oberhand. Rittlings saß er auf seinem Feind, während sich der Mond endgültig von der Wolke befreite. »Jesse!«

»Daniel! Verdammt, du hast mich zu Tode erschreckt!«

»Sei froh, daß ich dich nicht erschossen habe.« Daniel erhob sich und half seinem Bruder auf die Beine. Sie umarmten sich, dann fragte er: »Wieso zum Teufel bist du hier?«

»Wie ich von gemeinsamen Freunden gehört habe, ist meine Frau durch Cold Harbor gefahren und von meinem Bruder aufgelesen worden.«

»Hast du Urlaub?«

»Nach der letzten Schlacht blieben nicht allzu viele Verwundete am Leben«, erwiderte Jesse bitter. »Vorläufig wird meine ärztliche Hilfe nicht mehr gebraucht...«

Ein schriller Freudenschrei unterbrach ihn, und Kiernan warf sich in seine Arme. Daniel trat beiseite, und die beiden begrüßten sich mit dem leidenschaftlichsten Kuß, den er je beobachtet hatte. Dann hörte er ein leises Räuspern und entdeckte Callie, die auf der anderen Seite des Paars stand, ein Kind in jedem Arm.

Widerstrebend ließen Kiernan und Jesse einander los. Daniel sah, wie sein Bruder den Atem anhielt. »John Daniel und Jared? O Gott, wie groß mein Sohn geworden ist!« Er nahm ihn aus Callies Arm und starrte ihn an. »Kennst du mich noch, mein Junge?«

John Daniel musterte ihn eingehend. »Du bist mein Vater. Und das ist Onkel Daniel.«

»Genau«, bestätigte Jesse grinsend, drückte ihn an seine Brust und wandte sich zu Callie. »Willkommen in der Familie.«

»Danke.« Nervös schaute sie Daniel an. »Wenn Jesse unbemerkt so nah herankommen konnte...«

»Dann kann das auch jemand anderer«, unterbrach er sie, »und wir müssen sehr vorsichtig sein. Ich übernehme die erste Wache, dann wird Jesse mich ablösen.«

»Und nach wem haltet ihr Ausschau?« fragte Callie leise. »Nach Rebs oder Yanks?«

»Nach beiden«, antworteten die Brüder wie aus einem Mund.

»Geht jetzt alle schlafen!« Daniel schaute seine Frau an, deren Kuß er immer noch auf seinen Lippen spürte – einen so süßen Kuß, daß er Jesses Ankunft überhört hätte, wäre Kiernan nicht auf der Hut gewesen. »Wenn ich allein bin, kann ich am besten Wache halten.«

Callie wandte sich ab, Jared an sich gepreßt. Mit strahlenden Augen sah Kiernan zu ihrem Mann auf, und die beiden wanderten mit John Daniel davon.

Niemand störte die nächtliche Stille. Daniel saß stundenlang im Gras, lauschte aufmerksam, hörte aber nur die Brise zwischen den Zweigen. Gegen drei Uhr morgens klopfte Jesse ihm auf die Schulter. »Jetzt löse ich dich ab. Ruh dich aus.«

Daniel nickte, stand auf und streckte sich.

»Da drüben.« Jesse zeigte zu einem Baum, unter dem Callie mit Jared auf einer großen Decke lag. Sie hielt das Kind im Arm und schien fest zu schlafen.

Daniel streckte sich hinter ihrem Rücken aus und umfaßte ihren Körper. Es war nicht ganz das, was er sich in ihrer verführerischen Nähe wünschte, aber es tat gut, sie festzuhalten, ihr leises Seufzen zu hören, zu spüren, wie sie sich im Schlaf an ihn schmiegte.

Als sie erwachte, spürte sie seine Hand auf ihrem Arm, drehte sich zu ihm und schaute in unergründliche blaue Augen. »Wir müssen aufbrechen«, war alles, was er sagte.

Er hat neben mir gelegen, dachte sie, und mich gewärmt. *Tu so, als würdest du mich lieben...*

Rasch erhob er sich und half ihr auf die Beine, dann griff er nach seinem schlafenden Sohn. Jesse, Kiernan, der kleine John Daniel und Janey warteten bereits neben dem Wagen.

»Ich reite voraus, um mich zu vergewissern, ob die Luft rein ist«, erklärte Daniel.

»Das kann ich auch machen«, erbot sich sein Bruder.

»Dieses Gebiet müßte sich immer noch in Rebellenhand befinden«, erinnerte ihn Daniel. »Also ist es besser, wenn ich das Terrain sondiere.« Er legte das Kind in Callies Arme, band sein Pferd los und stieg auf.

Sie sah ihn davonreiten und dachte wehmütig: Wie deutlich die beiden Brüder sich jetzt voneinander unterschieden! Jesse in untadeliger Uniform, Daniel beinahe in Lumpen... Trotzdem wirkte er immer noch imposant mit seinen breiten Schultern, der verwegenen Feder auf dem Hut, in kerzengerader Haltung – ein Kavalier aus einer Zeit, die in eine immer fernere Vergangenheit zu rücken schien...

»Darf ich dir in den Wagen helfen?« fragte Jesse seine Schwägerin. »Kiernan wird bei mir auf dem Kutschbock sitzen.«

»Ja, danke.«

Müde streckte sich Callie neben Janey und den Kindern aus, schloß die Augen und träumte. Welch ein bewegender Anblick war das Wiedersehen zwischen Kiernan und Jesse gewesen! Wie sie sich einander in die Arme geworfen hatten – und dieser leidenschaftliche Kuß... Inständig wünschte sie, Daniel würde sie ebenso lieben, von ganzem Herzen, ohne Vorbehalt, ohne das schreckliche Mißtrauen, das stets zwischen ihnen stand.

Sie mußte eingeschlafen sein, denn als sie die Augen öffnete, sah sie die lange Zufahrt von Cameron Hall. Daniel kam ihr entgegen, ihr zerlumpter Kavalier. Bei ihrem Anblick leuchteten seine Augen auf, und er begann zu laufen. Da rannte sie auf ihn zu, und dann lag sie in seinen Armen. Hingebungsvoll küßte er sie, schwenkte sie im Kreis herum, vom rötlichen Licht der untergehenden Sonne übergossen...

Abrupt erwachte sie. Janey saß lächelnd neben ihr im Wagen. »Wir sind daheim, Kindchen.«

Christa stürmte die Verandastufen herab und umarmte Daniel, der sich soeben aus dem Sattel geschwungen hatte. Dann begrüßte sie Kiernan und Jesse, als sie vom Kutschbock gestiegen waren. Schließlich lief sie hinter den Wagen. »Oh, ihr seid alle wieder da! Callie, gib mir die Kinder... Hallo, Janey!«

Wortlos half Daniel erst seiner Frau und dann der Negerin aus der Kutsche.

»Gehen wir rasch ins Haus!« drängte Christa. »Die Nachbarn dürfen Jesse nicht sehen.«

Der nächste Nachbar lebte einige Meilen entfernt, aber alle schienen Christa recht zu geben und hasteten in die Halle. Dort wurden sie von Patricia und Jacob Miller und dem alten Jigger willkommen geheißen. Daniel erklärte, er wolle mit dem neuen Verwalter reden, und verließ das Haus.

Bedrückt schaute Callie ihm nach, dann bat sie Patricia impulsiv, das Baby zu übernehmen, und folgte ihrem Mann. Offenbar hatte er es nicht eilig, den Verwalter aufzusuchen. Er schlenderte zum Familienfriedhof und stützte sich gedankenverloren an den Zaun. Als er ihre Schritte hörte, drehte er sich um. »Nun, was gibt's, Callie?«

Sie hob hilflos die Hände, Tränen glänzten in ihren Augen. »Was es gibt? Ich kam hierher, ich wurde deine Frau, ich lebte inmitten meiner Feinde. Monatelang wartete ich auf dich, betreute die verwundeten Rebellen im Hospital, trauerte um Joey und Stuart. Was willst du denn noch von mir? Warum kannst du nicht...«

»Was meinst du?«

»Ich liebe dich, und ich habe versucht, es dir zu zeigen,

auf jede erdenkliche Weise. Warum kannst du mich nicht lieben?«

Es dauerte lange, bis er antwortete: »Ich liebe dich – und meine Liebe wächst mit jedem Tag, wo mich dieser elende Krieg von dir fernhält.«

Verwirrt blinzelte sie. »Aber du weichst mir aus – du traust mir nicht...«

»Ich war tief gekränkt, und seelische Wunden brauchen Zeit, um zu heilen.«

»Daniel, ich schwöre dir – ich wollte nur dein Leben retten. Schon damals liebte ich dich – und ich hörte nie auf, dich zu lieben.«

»Trotzdem hast du's geleugnet.«

»Mein Stolz erlaubte mir nicht, meine wahren Gefühle zu gestehen«, gab sie wehmütig zu.

Da ging er zu ihr und umarmte sie. Er schaute ihr tief in die Augen, schlang die Finger in ihr Haar. Sein sanfter und doch leidenschaftlicher Kuß entfachte ein so süßes Feuer, daß sie glaubte, sterben zu müssen. Dann hob er plötzlich den Kopf und starrte angestrengt über ihre Schulter hinweg zum Haus.

»Was hast du, Daniel?«

»Weißt du das wirklich nicht?« fragte er in scharfem Ton.

Verständnislos hob sie die Brauen. »Wovon redest du?«

Daniel schob sie unsanft von sich. »Du erklärst mir deine Liebe – und im gleichen Moment treiben sich die verdammten Yankees bei unserem Haus herum.«

»Was?« hauchte Callie ungläubig.

»Soeben ist ein Mann in blauer Uniform auf die Veranda gestiegen.«

»Wahrscheinlich Jesse...«

»Wohl kaum.«

Zweifelte er denn immer noch an ihr? »Daniel, du hast gesagt, du liebst mich...«

»Das stimmt ja auch, Callie. Aber um Himmels willen –

warum werde ich jedesmal, wenn du Liebesworte flüsterst, von blauen Uniformen belagert?«

»Daniel...«

»Geh zum Haus!« herrschte er sie an, drehte sie herum und versetzte ihr einen kräftigen Stoß.

Empört schaute sie über die Schulter, doch da war er bereits verschwunden – sie wußte nicht, in welche Richtung. Wahrscheinlich hatte er Zuflucht im Wald neben dem Friedhof gesucht.

Jesse... An ihn mußte sie sich wenden. Vielleicht entdeckte er einen Sinn in diesen seltsamen Vorgängen. Von wachsender Angst erfaßt, rannte sie in weitem Bogen zum Haus und durch die Hintertür in die Halle. Christa ging gerade auf die Bibliothek zu. Beim Anblick ihrer atemlosen Schwägerin blieb sie verwundert stehen.

»Auf der Vorderveranda ist ein Yankee, Christa!«

»Was?« Christa lief zur Vordertür, riß sie auf und sah einen Kavallerieoffizier, der sich gerade bückte, um den Staub von seinen Stiefeln zu wischen. Blitzschnell wich sie zurück. »Großer Gott, du hast recht! Ich muß meine Pistole holen.«

»Es könnte Jesse sein...«

»Ich kenne meinen Bruder.«

Callie rannte zur offenen Tür, ihr Atem stockte. »Nein! Du darfst nicht schießen! Das ist *mein* Bruder!«

Lächelnd kam der Soldat auf sie zu, und sie warf sich in seine Arme. Sie lachte laut auf, während er sie im Kreis herumschwang. Doch ihr Gelächter erstarb sofort, denn nun trat Daniel hinter einer Säule hervor, die Hände in die Hüften gestemmt.

»Was hat das zu bedeuten, teure Gemahlin? Soll ich Cognac einschenken oder mein Schwert ziehen?«

# 27

Callie spürte, wie sich Jeremy anspannte, und Daniel aussah, als würde er jeden Augenblick einen Tobsuchtsanfall bekommen. Plötzlich stürmte Christa auf die Veranda. »Großer Gott, überall wimmelt es von Yanks!«

»Sie stehen auf meiner Veranda, im Südstaatengebiet, Yankee«, stieß Daniel zwischen zusammengebissenen Zähnen hervor. »Und was noch schlimmer ist – Sie umarmen meine Frau. Nun haben Sie etwa fünf Sekunden Zeit, um eine Erklärung abzugeben.«

»Ich?« rief Jeremy. »Unverschämter Reb! Sie kommen in den Norden und entführen...«

»Entführen?« schrie Daniel und griff nach seinem Schwert.

»So warte doch!« flehte Callie, schob Jeremy von sich und lief zu ihrem Mann. »Das ist mein Bruder!«

»Dein Bruder?« Verblüfft starrte Daniel den Fremden an.

»Hat er dich wirklich geheiratet, Callie, oder lügt er das Blaue vom Himmel runter?« fragte Jeremy.

Entrüstet fauchte Christa ihn an: »Wagen Sie es bloß nicht, meinen Bruder der Lüge zu bezichtigen, Sie Abschaum in Blau!«

»Christa, bitte!« jammerte Callie. »Ich sagte doch, er ist mein Bruder!«

»Dein *Bruder*? Wirklich?« Daniels Augen verengten sich.

»Ja! Ich habe drei, das weißt du doch.«

Mißtrauisch starrten Daniel und Jeremy sich an, und Callie fürchtete, sie würden einander an die Kehle fahren.

Eine belustigte Stimme unterbrach das drückende Schweigen. »Ich glaube, ein Schluck Cognac wäre eine gute Idee.« Jesse hatte sich unbemerkt hinzugesellt.

Jeremy fuhr blitzschnell zu ihm herum, und beim Anblick der blauen Uniform des Colonels vom Ärztekorps, salutierte er. »Mein Gott, ein Yank! Wer ist das, Callie?«

»*Mein* Bruder!« verkündete Daniel und ging zur Tür. »Wenn ich also nicht das Schwert ziehen soll, werde ich mir einen Cognac eingießen. Will irgend jemand mit mir anstoßen?«

»O ja, Sir.« Jeremy folgte ihm auf dem Fuß, und Callie wollte ihn begleiten, aber ihr Schwager hielt sie fest.

»Jesse, sie werden sich umbringen!«

Lächelnd schüttelte er den Kopf. »Gib ihnen eine Chance.«

Sie wandte sich hilfesuchend an Christa, die ihre Schultern hob. »Daniel ist ein Hitzkopf, aber kein Mörder – das müßtest du eigentlich wissen. Und dein Bruder?«

»Der ist auch kein Mörder«, erwiderte Callie indigniert. »Aber beide haben über drei Jahre lang Männer in feindlichen Uniformen erschossen. Werden sie jetzt erkennen, daß dies eine andere Situation ist?«

»Gib ihnen eine Chance«, wiederholte Jesse, öffnete ihr die Tür und begleitete sie in die Halle.

Die Bibliothekstür war geschlossen. Callie ging darauf zu, blieb lauschend stehen, hörte aber nichts. Nervös begann sie umherzuwandern.

Nun fragte sich Daniel, warum er nicht sofort gemerkt hatte, daß dies Callies Bruder war. Der hochgewachsene Soldat besaß fast die gleichen Augen wie sie, nur in etwas dunklerem Silber. Und die Kastanienfarbe der Haare tendierte eher zu Braun. Ein attraktiver Mann... ebenso, wie seine Schwester eine schöne Frau war. Und er schien sich im Feindesgebiet kein bißchen zu fürchten – vielleicht, weil er einen Colonel in blauer Uniform gesehen hatte, so unglaublich das auf dieser Plantage in Virginia auch wirken mochte.

Daniel schenkte den Cognac ein und reichte Jeremy ein Glas. Dann setzte er sich an den Schreibtisch und wies einladend auf den Stuhl gegenüber. Bisher hatten sie noch kein Wort gewechselt.

»Warum sind Sie hergekommen?« eröffnete Daniel das Gespräch.

»Um Callie nach Hause zu holen. Ich hörte, sie sei in den Süden entführt worden.«

»Ich wollte meinen Sohn nach Cameron Hall bringen, und sie mochte sich nicht von ihm trennen.«

»Warum zum Teufel waren Sie nicht da, als sie Ihren Sohn erwartete?« fragte Jeremy erbost.

»Weil ich im Old-Capitol-Gefängnis saß.«

»Oh...«, murmelte Jeremy bestürzt. »Nun, dann... Ich fühle mich für das Wohl meiner Schwester verantwortlich, Sir – seit dem Tod unseres Vaters...«

Lächelnd hob Daniel sein Glas. »Das verstehe ich, Sir, wirklich, und ich versichere Ihnen, daß wir rechtmäßig verheiratet sind.« Ja, das stimmte. Aber lebte sie jetzt dort, wo sie wollte? Er hatte sie zwar nicht gerade gewaltsam entführt, ihr aber andererseits keine Wahl gelassen. »Ich glaube, wir müssen Callie fragen, was sie möchte«, fügte er leise hinzu. Plötzlich runzelte er die Stirn. »Wieso wußten Sie eigentlich, wo sie ist?«

»Das war einfach. Ein alter Freund der Familie, Eric Dabney, stellte Nachforschungen für mich an. Er wußte, wer Sie sind, und fand heraus, wo Sie wohnen.«

Schon wieder Eric Dabney!

»Sie kennen den Namen?« fragte Jeremy.

»Allerdings.« Daniel strich mit einem Finger über den Rand seines Glases. »Lieutenant Colonel Dabney war für meinen Aufenthalt im Old Capitol verantwortlich.«

»Merkwürdig... Ich dachte immer, Dabney wäre verliebt in Callie. Er stand ihrem Mann sehr nahe, aber dieser Ausdruck in seinen Augen, wenn er sie anschaute...« Jeremy schüttelte den Kopf. »Es überrascht mich, daß er sie unglücklich machen wollte. Vielleicht wußte er nichts von ihrer Beziehung zu Ihnen...«

»Doch«, unterbrach Daniel den jungen Mann und stand auf, um Jeremy noch etwas Cognac einzuschenken. »Verzeihen Sie meine Neugier, Sir... Wieso dauerte es so lange, bis Sie hierherkamen? Callie und ich haben Maryland schon vor einiger Zeit verlassen.«

»Ich diente dieses Jahr an der Westfront, unter Grant. Als er in den Osten beordert wurde, versetzte man mich wenig später in diese Gegend. Aber ich wollte nicht hier kämpfen.«

»Warum nicht?«

»Weil ich viele gute Freunde in den Virginia- und Maryland-Kompanien habe, die für den Süden kämpfen.«

Daniel nickte müde und sank wieder in seinen Schreibtischsessel. »Ich verstehe.«

»Und der Yank da draußen ist wirklich Ihr Bruder?« fragte Jeremy grinsend.

»Ja.«

»Trotzdem reden Sie miteinander?«

»Wann immer wir uns sehen, etwa einmal im Jahr. Und Sie sind bei der Kavallerie?«

Jeremy nickte, und sein Grinsen erstarb. Da Jesse dem Ärztekorps angehörte, würde er Daniel niemals auf dem Schlachtfeld begegnen – er selbst seinem Schwager möglicherweise schon. »O Gott...«, begann er und verstummte sofort, denn in diesem Augenblick flog die Tür auf, und Callie kam herein.

Erbost warf sie ihr dichtes, langes Haar in den Nacken. »Ich bin schon ganz krank vor Sorge um euch beide!«

Die beiden Männer standen auf, und Daniel ging ihr entgegen. »Warum denn? Wir benehmen uns wie zivilisierte Menschen.«

»Das konnte ich nicht ahnen...«

»Dein Bruder kam hierher, um dich zu retten und in deine Heimat zurückzuholen. Irgendwie hatte er den Eindruck gewonnen, du wärst entführt worden.«

Sie antwortete nicht. Reglos stand sie da. Was würde Daniel jetzt tun? Um sie kämpfen?

Zögernd fuhr er fort: »Vielleicht müßte ich die Entscheidung dir überlassen. Es würde mein Gewissen belasten, wenn du hier im Süden unglücklich wärst – oder mit mir.«

Die letzten Worte sprach er so leise aus, daß Callie nicht sicher war, ob sie ihn richtig verstanden hatte. Was wollte er? Sollte sie bleiben oder gehen? Am liebsten hätte sie ihn angeschrien und mit beiden Fäusten gegen seine Brust getrommelt.

»Nun, Callie?« fragte er. »Wenn du willst, lasse ich dich gehen.«

Sie fand keine Gelegenheit, eine Antwort zu geben, denn nun trat Kiernan mit einem strahlenden Lächeln ein. »Das Dinner ist fertig, Gentlemen! Callie und ich wären entzückt, wenn Sie mit uns essen würden, Sir.« Sie reichte Jeremy die Hand. »Ich bin Kiernan Cameron. Willkommen in diesem Haus – falls die anderen Bewohner versäumt haben, das zu sagen. Sicher möchten Sie Ihren kleinen Neffen kennenlernen.«

»O ja. Und ich würde sehr gern mit Ihnen essen.« Höflich beugte er sich über ihre Hand. »Wenn ich wirklich willkommen bin...«

Daniel verdrehte die Augen. »Wie immer ist das Schicksal gegen mich. Zwei Männer in Blau werden heute abend am Tisch sitzen – und nur einer in Grau.«

Sie senkte die Lider, unterdrückte ein Lächeln, und er folgte ihr in die Halle. Daniel nahm Callies Arm, um sie aus der Bibliothek zu führen. »Jeremy wird sicher bei uns übernachten. Und bald werden wir beide wieder in den Krieg ziehen. Lassen wir die Dinge vorerst auf sich beruhen.«

»Daniel...«

»Nein, sag jetzt nichts.«

In der Halle sah sie ihren Bruder bei Janey stehen, die Jared an der Hand hielt. Lächelnd neigte er sich zu seinem kleinen Neffen hinab und schloß mit ihm Bekanntschaft.

Bald versammelten sich alle im Speiseraum – Jesse und Jeremy in ihren blauen Uniformen, Daniel in seiner schäbigen grauen, Kiernan und Callie in schwarzer Trauer und Christa in sommerlichem Gelb.

Auch Patricia und Jacob Miller saßen am Tisch, die mittlerweile vierzehnjährigen Zwillinge. An den Yankee-Ehemann ihrer Stiefmutter Kiernan hatten sie sich inzwischen gewöhnt, aber den zweiten blauuniformierten Mann an der Tafel musterten sie mißtrauisch.

Bedrückt fragte sich Callie, wie die Mahlzeit verlaufen würde, als Jesse bemerkte, daß Jacob groß geworden sei. Der Junge erwiderte, nun könne er bald am Krieg teilnehmen. Er erwähnte nicht, daß er Yanks töten würde – dafür mochte er seinen Stiefvater zu sehr, gab aber eindeutig zu verstehen, auf welcher Seite er stand. »Spätestens in einem Jahr!« Trotzig reckte er das Kinn vor. »Manche Soldaten sind sogar noch jünger als ich, nicht wahr, Daniel?«

Bedauerlicherweise stimmte das, obwohl ein Junge in Jacobs Alter dem Gesetz nach noch nicht kämpfen durfte. Doch der Süden mußte immer häufiger auf Reservisten zurückgreifen. Während sich der Feind Richmond näherte, wurden die Soldaten, die ihm aus der Stadt entgegenmarschierten, immer älter und jünger – Graubärte und Burschen, die sich noch nicht rasieren mußten.

»Mach Kiernan heute abend nicht unglücklich, Jacob«, mahnte Daniel. »Vorerst mußt du nicht an die Front, und so Gott will, wird der Krieg bald zu Ende sein.«

»Aber – Daniel...«

»Kein Wort mehr davon!«

Am Ende der Tafel saßen die beiden kleinen Jungen, während Jigger das Essen servierte, grinste er über das ganze Gesicht. »Beinahe wie vor dem Krieg... Eine so große Tischgesellschaft hatten wir schon lange nicht mehr. Und ich glaube, die Mahlzeit kann sich sehen lassen.«

»So gut habe ich seit meinem letzten Urlaub auf Cameron Hall nicht mehr gegessen«, versicherte Daniel.

Es gab frisches Gemüse in verschwenderischer Fülle – grüne Bohnen, Erbsen, Kürbisse, Süßkartoffel und Tomaten, dazu Räucherschinken mit Hickory-Geschmack und Brathühner. Offenbar hatte jemand beschlossen, ein richtiges Festmahl zu veranstalten – wie für einen verloren geglaubten, heimgekehrten Sohn. Für Jesse oder Daniel, fragte sich Callie.

Man unterhielt sich zwanglos, und die verschiedenen Uniformen am Tisch schienen niemanden zu stören außer Christa. Es war lange her, seit Callie in diesem Raum so fröhliches Gelächter gehört hatte.

Doch das Thema des Krieges konnte natürlich nicht unerwähnt bleiben. Jesse wandte sich an seinen Bruder. »Wie ich höre, hat Jefferson Davis eine Aufhebung der Habeas-corpus-Akte erlassen. Also könnten wir in ernsthafte Schwierigkeiten geraten.«

Die Erwachsenen versanken in Schweigen.

»Was ist das für eine Akte?« wollte Patricia wissen.

»Sie garantiert den Menschen gewisse verfassungsmäßige Rechte, im Norden ebenso wie im Süden«, erklärte Jesse. »Dieses Gesetz schützt die Freiheit, niemand darf grundlos festgenommen und gefangengehalten werden.«

Daniel legte seine Gabel beiseite. »Da es nicht mehr gilt, könnten Jesse und Jeremy im Gefängnis von Andersonville landen. Und mich wird man womöglich wegen freundschaftlichen Umgangs mit dem Feind verhaften.«

»Wir alle könnten Ärger kriegen, nur weil wir miteinander essen?« fragte Patricia ungläubig. Niemand antwortete ihr, und sie starrte Jesse an. »Der Süden hat recht, der Norden hat recht – nur der Krieg ist ein Unrecht!«

Nun herrschte eine merklich angespannte Atmosphäre am Tisch, über den plötzlich eine Erbse hinwegflog und Jeremys Gesicht traf. Verwirrt zuckte er zusammen. Alle wandten sich zum Ende der Tafel, wo John Daniel übermütig grinste und ein weiteres Wurfgeschoß abfeuerte.

»Großer Gott!« rief Jesse. »Hoffentlich findet der Krieg möglichst bald ein Ende, damit ich meinem Kind Tischmanieren beibringen kann!«

Callie konnte sich nicht zurückhalten und brach in lautes Gelächter aus, als ein drittes grünes Kügelchen gegen Jesses Wange prallte.

»O John Daniel!« Bestürzt sprang Kiernan auf.

Von seinem Vetter animiert, versuchte Jared dasselbe Kunststück, konnte seinen Löffel aber nicht in die richtige Schußposition bringen, und so fiel die Erbse auf den Teller. Trotzdem kicherte er vergnügt und schaute sich beifallheischend um.

»Jared!« stöhnte Callie und sprang ebenfalls auf.

»Was soll die Aufregung?« fragte Christa amüsiert. »Die beiden wissen, wie man Yankees behandeln muß.«

»Christa!« mahnte Daniel.

»Schon gut. Am besten werde ich diesen Raum mit den Kindern verlassen.« Sie sprach in sanftem Ton, aber ihre Augen schienen Funken zu sprühen. »Begleitest du mich, Patricia?« fragte sie das junge Mädchen, das sich bereitwillig erhob. »Bitte, entschuldigt uns...«

Nachdem sie hinausgegangen waren, schwiegen die anderen eine Zeitlang, dann bemerkte Jeremy: »Ich dürfte nicht hier sein.«

»Verdammt, dies ist unser Zuhause!« stieß Daniel hervor. »Für heute abend schlage ich einen Waffenstillstand zwischen Norden und Süden vor. Wir kommen so selten dazu, gemütlich beisammenzusitzen, also nutzen wir die Gelegenheit.«

»Einverstanden«, stimmte Jesse zu. »Setz dich, Kiernan, und reich mir bitte die Erbsen.«

»Auf normale Weise, wenn du so freundlich wärst«, fügte Daniel hinzu.

Lächelnd nahm Kiernan Platz und entschuldigte sich bei Jeremy für das schlechte Benehmen ihres Sohnes. Auch Callie setzte sich wieder.

»Wann reitest du zurück?« fragte Jesse seinen Bruder.

»Morgen. Wir wissen nicht, was Grant treibt, und müssen ihn genau beobachten. Und du?«

»Ebenfalls morgen. Was Grant vorhat, weiß ich auch nicht, aber er wird mich ganz sicher mit einer ganzen Menge Verwundeter versorgen.« Jesse zögerte, dann fragte er: »Und Christas Hochzeit? In wenigen Tagen soll sie stattfinden. Liam McCloskey müßte jeden Moment eintreffen.«

Daniel seufzte. »Ich bekomme keinen Urlaub. Kiernan wird hier sein. Und Callie...« Nachdenklich schaute er seine Frau an. Vorhin hatte er ihr die Entscheidung überlassen, ob sie hierbleiben würde oder nicht. Aber nun nahm er sich vor, ihren Entschluß nachhaltig zu beeinflussen.

Er lud Jeremy ein, in Cameron Hall zu übernachten, und bald nach dem Ende der Mahlzeit entschuldigte er sich bei der Tischgesellschaft und forderte seine Frau auf, sich mit ihm zurückzuziehen.

»Das war sehr unhöflich«, warf sie ihm in der Halle vor. »Wir können doch nicht einfach verschwinden, und ich möchte...«

»Doch, wir können«, unterbrach er sie, hob sie hoch und trug sie die Treppe hinauf.

»Was machst du denn?« protestierte sie.

»Was glaubst du wohl?«

Ein blaues Feuer glühte in seinen Augen, die niemals ihre Wirkung auf Callies Sinne verfehlten. Könnte sie Daniel bloß verstehen... Erst vor einer guten Stunde hatte er ihr erklärt, er würde sie gehenlassen, wenn das ihr Wunsch sei. Und nun?

»Daniel, vorhin sagtest du, ich könnte nach Maryland zurückkehren...«

»Jetzt nicht. Erst morgen.«

»Aber wenn du willst, daß ich abreise...«

»Das will ich nicht. Ich sagte nur, du müßtest es selber entscheiden.«

Mit langen Schritten trug er sie durch die Galerie. Manche Ahnen blickten mit strengen, andere mit belustigten Mienen aus den Bilderrahmen – die meisten mit den tiefblauen Cameron-Augen, so gebieterisch wie jene, die sich jetzt auf Callie richteten. »Du hast erklärt, du würdest mich lieben.«

»Aber so oft ich das auch beteuere – du glaubst mir nicht!« entgegnete sie herausfordernd. »Du mißtraust mir!«

Sie hatten sein Zimmer erreicht. Mit dem Fuß stieß er die Tür auf und trat in die Dunkelheit. Callie spürte den kräftigen Schlag seines Herzens – und ihres eigenen, das viel zu schnell pochte. Wie mühelos es ihm immer wieder gelang, ihr Verlangen zu entfachen... »Nein, Daniel!« Diesmal durfte es keine Illusionen geben. *Tun wir so, als ob...* Das würde sie nicht mehr zulassen.

Daniel ließ sie aufs Bett gleiten, legte sich zu ihr, zerrte ungeduldig an den Knöpfen ihres Kleides.

»Hör auf!« fuhr sie ihn an und versuchte von ihm wegzurücken.

»Wir haben nur diese eine Nacht, Callie.«

»Vertraust du mir?«

»Ist das so wichtig?« Er hielt inne und richtete sich ein wenig auf. In der Dunkelheit konnte sie sein Gesicht nicht erkennen, sah nur die Umrisse seines Kopfes und der Schultern.

»Ja, es ist wichtig.«

Seine Lippen streiften ihre. »Würdest du mich auch jetzt wieder verraten, mein Yankee-Mädchen?«

Heller Zorn verlieh ihr ungeahnte Kräfte. Sie stieß ihn beiseite und sprang auf. »Nein, ich würde dich nicht verraten, Daniel. Und damals tat ich es nur, um dein Leben zu retten. Wie oft habe ich dir schon gesagt, daß ich dich liebe? Was verlangst du denn sonst noch von mir? Die ganze Zeit lebte ich hier – ohne dich. Ich zog mit Kiernan nach Richmond, weil ich in deiner Nähe sein wollte. Und ich lernte meine Feinde lieben, so daß mir der Tod des kleinen Joey Davis fast das Herz brach. Aber du traust mir noch immer nicht, und jetzt reicht es mir endgültig...«

Erschrocken schnappte sie nach Luft, als er aufstand und ihre Oberarme umklammerte. Sie wollte protestieren, aber ein glühender Kuß verschloß ihr den Mund. Und als seine Lippen über ihren Hals glitten, war aller Widerstand vergessen. »Daniel…«, hauchte sie.

»Ich liebe dich, Callie. Und ich glaube dir. Verzeih mir, bitte. Ich wagte nicht, dir zu trauen. Aber jetzt kann ich nicht mehr anders.«

»O Daniel…«

»Laß mich dich lieben.«

Lächelnd schlang sie die Arme um seinen Hals. »Aber unten sind Yankees.«

»So lange sich keine hier im Schrank verstecken…«

»In diesem Zimmer gibt's nur ein Yankee-Mädchen, das sich leidenschaftlich nach dir sehnt.«

»Küß mich, Callie!«

»Also machst du mich nicht für die Anwesenheit der Yanks in Virginia verantwortlich?«

»Ich sagte doch, ich glaube dir«, flüsterte er an ihren Lippen. »Und ich liebe dich mehr, als ich es jemals in Worte fassen kann.«

»Versuch's trotzdem.«

»Ich liebe dich mehr als mein Leben, mehr als alles auf der Welt…« Hingerissen hörte sie ihm zu, während er ihr Kleid aufknöpfte und seine Träume in den langen, einsamen Kriegsnächten schilderte.

Ein besonderer Traum hatte sich oft wiederholt. Er lag im Gras am Flußufer. Geißblattduft hing in der Luft, eine sanfte Brise ließ Callies Haar flattern, als sie auf ihn zukam, sich auszog und zu ihm legte.

Ihr schwarzes Trauerkleid fiel hinab, und sie öffnete Daniels Waffengurt. Bald landete auch die zerrissene graue Uniform am Boden. Nackt standen sie voreinander. In diesem Augenblick glitt der Mond hinter den Wolken hervor und tauchte den Raum in silbernes Licht.

Hingebungsvoll küßte Callie den Hals ihres Mannes,

seine Brust, sank langsam auf die Knie, während ihre Lippen über seinen Bauch nach unten glitten und Liebesworte wisperten. Doch dann erlaubte ihr sein heiserer Schrei keine aufreizenden intimen Zärtlichkeiten mehr. Er riß sie in die Arme und warf sich mit ihr aufs Bett.

Sekundenschnell verschmolzen sie miteinander, endlich wurde die Leere der vielen einsamen Nächte ausgefüllt. Begierig klammerten sie sich aneinander, und Daniel spürte, wie Callies ganzer Körper erschauerte, wie sie ihm drängend die Hüften entgegenhob. Überwältigend süß und heftig übermannte ihn seine eigene Ekstase.

Später betrachtete er, auf einen Ellbogen gestützt, im Mondschein ihren elfenbeinweißen Körper, ihr ebenmäßiges Engelsgesicht, von wild zerzausten kastanienroten Locken umrahmt, die Silberaugen, die seinen Blick glückstrahlend erwiderten. »Wie schön du bist...«

»Das bist du auch.«

»Rebellen sind nicht schön«, widersprach er.

»Du schon.« Trotz seines verlegenen Protests erzählte sie, wie sie in ihrem Farmhaus seinen fiebrigen nackten Körper gekühlt hatte. »Schon damals bewunderte ich deine breiten Schultern, deine schmalen Hüften – und gewisse andere Dinge. Ich mußte mich sehr beherrschen, um dich nicht anzufassen...«

Dieses Geständnis brachte ihn zum Lachen – und weckte neue Leidenschaft. Während der ganzen Nacht bekamen sie nicht genug voneinander. Manchmal schlummerten sie ein, erwachten, liebten sich, schliefen wieder.

Zum erstenmal empfand Daniel bitteren Abscheu bei dem Gedanken, wieder in den Krieg ziehen zu müssen, der für die Konföderierten ohnehin verloren war. Eine Zeitlang würden sie die Feinde noch von Richmond fernhalten und sie in weiteren Schlachten besiegen können. Aber immer neue Yanks rückten nach, so verdammt viele... Und der Süden hungerte und blutete allmählich aus. Von Europa war keine Hilfe zu erwarten.

Ich gestehe mir ein, daß wir nicht gewinnen werden, dachte er. Trotzdem gehe ich zurück – weil ich es muß... Seine Arme schlossen sich fester um seine Frau. Wie sehr er sie liebte... Lieber Gott, laß uns alle überleben, laß mich nach Hause zurückkehren...

Callie schmiegte sich an ihn und verführte ihn erneut. Sie kniete über ihm, küßte ihn voller Verlangen, bewegte sich in langsamem, erotischem Rhythmus, bis er es nicht mehr ertrug, ihr die Führung zu überlassen und selbst zum Angreifer wurde. Danach sank er erschöpft an ihre Seite. Er umarmte sie und schlief ein, das Gesicht in ihrem duftenden Haar vergraben.

Das erste Tageslicht kroch ins Zimmer. Daniel richtete sich auf und runzelte die Stirn. Irgend etwas hatte sich draußen bewegt. Seine Frau schlief noch. Er stieg lautlos aus dem Bett, um sie nicht zu wecken, trat ans Fenster und zog vorsichtig den Vorhang beiseite.

Als Callie ihn nicht mehr neben sich spürte, erwachte sie und wollte nach ihm rufen, aber ein Instinkt warnte sie. Bestürzt setzte sie sich auf und sah ihn nackt am Fenster stehen. Er begegnete ihrem Blick und legte einen Finger an die Lippen.

»Was ist los?« wisperte sie.

Daniel kehrte zum Bett zurück. »Yankees.«

Wann immer er sie liebte, tauchten Feinde auf... Diesen Gedanken glaubte sie, in seinen Augen zu lesen. »Daniel, ich habe nicht...«

Ein Kuß brachte sie zum Schweigen. Was empfand er dabei? Trauriges Bedauern, bittersüße Wehmut? Er wandte sich ab. »Zieh dich an, Callie, rasch!« flüsterte er, schlüpfte in seine Uniform und die Kavalleriestiefel, dann griff er nach seinem Waffengurt. »Ich muß die anderen wecken und hinausgehen.«

»Aus dem Haus? Das darfst du nicht! Laß Jesse mit den Yankees reden...«

»Das sind keine Freunde von Jesse. Sie versuchen, das Haus in Brand zu stecken, und ich werde sie daran hindern.«

»Aber wie...«

»Callie, da unten ist dein alter Freund Dabney. Ich habe ihn erkannt. Zieh dich endlich an!« Ohne ein weiteres Wort verließ er das Zimmer.

## *28*

Während Callie noch ihre Bluse zuknöpfte, rannte sie bereits durch den Flur zum Kinderzimmer. Janey, das schöne dunkle Gesicht aschfahl, hielt neben den Bettchen Wache, wo die jüngsten Camerons schliefen. »Niemand wird diese Kinder anrühren, Miz Callie, das schwöre ich bei meinem Leben!«

Callie schluckte mühsam. »Wahrscheinlich – müssen wir sie aus dem Haus bringen. Wohin ist mein Mann gegangen?«

»Hinunter. Ganz leise. Ich glaube, er will die Yanks überrumpeln.«

»Bitte, passen Sie gut auf die Kinder auf.« Callie umarmte die Negerin, dann eilte sie durch die Galerie. Die Ahnenporträts schienen sie vorwurfsvoll anzustarren, und ihr Herz schlug wie rasend. Eric Dabney versuchte, Cameron Hall niederzubrennen. Durch ihre Schuld. Ihretwegen war er hergekommen – weil er Daniel ihretwegen haßte. Vielleicht konnte sie mit ihm reden, als Geisel mit ihm reiten...

Blindlings stürmte sie die Stufen hinab, und am Fuß der Treppe stieß sie mit ihrem Bruder zusammen. »Um Himmels willen, Callie, da draußen ist Dabney!«

»Ja, ich weiß«, flüsterte sie unglücklich.

»Ich werde mit diesem Hurensohn reden!«

»Das würde nichts nützen«, erwiderte eine leise Stimme. Daniel tauchte aus dem Schatten der Halle auf. »Wie viele Yanks haben Sie gezählt, Jeremy?«

»Da ist mindestens eine Kompanie. Zu viele für uns...«

»Und *Sie* dürfen ebensowenig wie Jesse auf diese Männer schießen. Falls wir nicht die ganze Truppe töten, würde man euch beide als Verräter hängen.«

»Sir...«, begann Jeremy, wurde aber unterbrochen, denn in diesem Moment rannte Christa die Treppe herab, einen Revolver in der Hand.

»Daniel! Da draußen treiben sich ein paar Dutzend Yankees herum!«

»So viele sind es nicht«, widersprach Jeremy. »Ich kenne Dabney. Zu seiner Kompanie gehören nie mehr als zwanzig Mann. Anscheinend kann er seine Leute nicht beisammenhalten. Immer wieder bitten sie um Versetzung zu einer anderen Einheit. Oder sie sterben wie die Fliegen.«

Daniel nickte ihm zu. »Danke für die Auskunft«, erwiderte er und wandte sich ab.

»Warten Sie! Das ist auch mein Kampf!«

»Unsinn! Und du, Christa, pack jetzt dieses verdammte Schießeisen weg, bis ich dir sage, daß ich's brauche.«

»Aber da sind überall Yanks – im Haus und draußen!« protestierte sie. »Was mag aus unserem Verwalter geworden sein? Wäre er noch am Leben, hätte er uns sicher gewarnt...« Verzweifelt preßte sie eine Hand auf den Mund.

Jesse eilte die Stufen herab, dabei rammte er Patronen in seinen Revolver. Erschrocken starrte Daniel seinen Bruder an. »Was zum Teufel hast du vor?«

»Diese Schurken greifen mein Haus an, und ich weiß verdammt gut, daß sie keine entsprechende Order haben.«

»Du kannst nicht auf sie schießen! Trotz allem sind sie

immer noch Yanks! Wenn du gegen deine eigenen Leute kämpfst, kommst du vors Kriegsgericht.«

Jesse ignorierte diese Einwände, und Callie war ihm dankbar dafür. Ihr Mann konnte es unmöglich mit einer ganzen Kompanie aufnehmen. Immer deutlicher hörte sie die Geräusche der verstohlenen Eindringlinge – Schritte auf den Veranden, Geflüster vor den Fenstern.

Entschlossen ging Daniel auf seinen Bruder zu. »Jesse!«

»Ja?« Ehe Jesse sich's versah, streckte ihn ein kraftvoller Kinnhaken nieder. Reglos blieb er am Boden liegen.

»Daniel!« rief Kiernan leise vom Treppenabsatz herunter, dann rannte sie in die Halle.

»Verdammt, Kiernan, ich mußte es tun. Würde er seine Absichten verwirklichen, könnte er hingerichtet werden...«

»Falls wir diesen Angriff überleben!« stöhnte sie. »Die Yanks wollen das Haus anzünden! Sie bereiten schon alles vor!«

»Ich weiß, und ich werde es verhindern.«

»Daniel, da draußen sind zwanzig Mann!« stieß Callie hervor. »Sei kein Narr...«

»Ich will weder deinen noch meinen Bruder hängen sehen, und ich werde dich und Kiernan und Christa beschützen. Um Himmels willen, würdet ihr alle ein bißchen Vertrauen in mich setzen? Bleibt hier!«

Christa hatte sich an einem Fenster postiert, den Revolver immer noch in der Hand, ebenso fest wie ihre Brüder entschlossen, Cameron Hall zu verteidigen.

»Kiernan, nimm ihr diese verfluchte Kanone ab, ja?« bat Daniel. »Wenn ich nicht zurückkomme, hat Dabney erreicht, was er wollte, und dann braucht ihr euch nicht mehr zu verteidigen.«

Erbost schüttelte sie den Kopf. »Ich tue, was ich für richtig halte. Und mich kannst du nicht zusammenschlagen, so wie Jesse.«

»Ich würde es tun«, murmelte Jeremy, und Daniels

Augen verengten sich drohend. »Haltet euch da raus! Alle beide! Laß endlich diese Waffe verschwinden, Christa! Wenn ich getötet werde, kann Jesse irgendwelche Vergünstigungen für dich aushandeln.«

»Nein!« protestierte sie.

»Cameron, was immer Sie planen, ich gehe mit Ihnen«, beharrte Jeremy. »Vielleicht ist Dabney mir hierhergefolgt, und dann wäre ich schuld an diesem Angriff.«

»Nein«, fiel Callie ihm ins Wort, »er ist meinetwegen gekommen.«

»Wenn Sie mir helfen wollen, behalten Sie meine Schwester im Auge, Jeremy«, schlug Daniel vor.

»Was?« rief Christa empört.

Aber er beachtete sie nicht. Nach einem letzten Blick auf seine Frau eilte er lautlos zur Vordertür hinaus.

»Er kann doch nicht allein gegen zwanzig Yankees kämpfen!« jammerte Callie.

»Oh, er ist nicht allein«, murmelte Christa und hielt ihre Stellung am Fenster.

Callie lief zu Jesse und hob seinen Revolver vom Boden auf. »Ich gehe zu Daniel hinaus...«

»Den Teufel wirst du!« Jeremy entriß ihr von hinten die Waffe und musterte Jesse seufzend. Er versuchte, den Bewußtlosen aufzurichten und schüttelte ihn, ohne Erfolg. »Daniel kann verdammt hart zuschlagen.«

Kiernan nickte. »Immerhin hat er es von Jesse gelernt.«

»Wenn Ihr Mann zu sich kommt, wird er schrecklich wütend sein...« Plötzlich verstummte er und legte einen Finger an die Lippen. Durch die Speisezimmertür hatte er einen Soldaten am Fenster gesehen.

Angespannt lauschten sie. Zunächst blieb alles still, dann hörten sie ein dumpfes Geräusch.

Daniel, dachte Callie verzweifelt, um Himmels willen, was treibt er da draußen? Sie fing einen Blick ihres Bruders auf, der ihr zunickte, dann schlich er aus dem Haus.

Es fiel Daniel nicht schwer, Cameron Hall lautlos und unbemerkt zu umrunden, da er jedes einzelne kleine Gebüsch und Spalier kannte. Geduckt, auf Zehenspitzen, eilte er die Veranda entlang zum Nordflügel. Unter einem Speisezimmerfenster stopften zwei Männer Stroh in Mauerritzen.

Leise trat er näher und sagte: »He!« Beide wandten sich zu ihm. Den ersten schlug er mit dem Schaft seines Gewehrs nieder, den zweiten im selben Atemzug mit dem Lauf. Rasch entwaffnete er die besinnungslosen Soldaten, dann setzte er seinen Erkundungsgang um das Haus fort. An der Rückfront lehnten drei Mann trockene Zweige an die Mauer. Er sprang von der Veranda, verbarg sich darunter, wartete, bis einer der Yankees an die Balustrade trat, und packte ihn am Fuß. Mit einem halberstickten Schrei taumelte der Mann, stürzte über das Geländer, und Daniels Faust traf sein Kinn.

»Jace, was ist da unten los?« zischte jemand. Schritte näherten sich der Balustrade, vorsichtig beugte sich ein Soldat darüber. Daniel zerrte ihn am Arm herunter und hörte, wie der Knochen brach. Diesen Yank mußte er nicht bewußtlos schlagen. Der Mann starrte ihn an, dann verschleierte sich sein Blick, und er fiel in Ohnmacht.

Nun hob Daniel den Kopf und schaute ins Gesicht des dritten Blaurocks. Den würde er erschießen müssen, obwohl er einen solchen Lärm hatte vermeiden wollen, um die anderen Feinde nicht zu alarmieren. Doch er brauchte seinen Colt nicht zu heben. Verblüfft beobachtete er, wie der Mann die Augen verdrehte und auf der Veranda zusammenbrach.

Jeremy McCauley neigte sich grinsend über das Geländer und fragte: »Wollen Sie raufkommen?«

Offenbar war jeder Versuch, den Yanks Vernunft beizubringen, völlig sinnlos. Daniel ergriff die ausgestreckte Hand und ließ sich auf die Veranda ziehen. Alle seine Muskeln spannten sich an, als leise Schritte an der Hausecke erklangen. Schon wollte er den Colt entsichern, doch dann erkannte er seinen Bruder.

Jesse rieb sich die Faust. Offenbar hatte er soeben jemanden niedergestreckt.

»Mit den Yanks kann man einfach nicht vernünftig reden, und für längere Zeit außer Gefecht setzen kann man sie auch nicht«, klagte Daniel.

»Dafür werde ich *dich* für mehrere Tage kampfunfähig machen, wenn diese Posse hier vorbei ist, kleiner Bruder«, drohte Jesse.

»Ich versuche doch nur, euch beide vor dem Galgen zu retten.«

»Nett von dir...« Jesse duckte sich und strich über sein schmerzendes Kinn. »Auf meiner Seite waren zwei«, wisperte er.

»Zwei an der Nordseite, drei hier hinten«, berichtete Daniel.

»Also sieben«, murmelte Jeremy.

»Und die anderen?«

»Im Stall«, meinte Jesse. »Der würde wie Zunder brennen. Kommt!«

Als sie die Veranda verlassen wollten, krachte ein Schuß, und von der Fassade des Hauses drang ein gellender Schrei heran.

Christa kauerte neben der Vordertür, Kiernan stand auf der einen Seite der Halle, um die Speisezimmerfenster zu beobachten, und Callie schaute auf der anderen Seite durch den Salon hinaus.

»Ich habe was gehört!« wisperte Christa. Die beiden anderen Frauen eilten zu ihr, und ihre Augen suchten im Morgenlicht, das immer heller wurde, das Gelände jenseits der Veranda ab.

Plötzlich spürte Callie etwas Kaltes und Hartes im Rükken, unterdrückte einen Schrei und drehte sich um. Eric Dabney bedrohte sie mit einer Pistole. Unbemerkt war er von hinten herangeschlichen. Instinktiv schaute sie zur Treppe und hoffte verzweifelt, daß noch kein Yank nach oben zu den Kindern gelangt war.

Ihr Blick entging ihm nicht. Spöttisch grinste er sie an. »Im Oberstock war ich noch nicht, Callie. Vielleicht gehe ich auch gar nicht hinauf. Möglicherweise werde ich nicht einmal das Haus niederbrennen, wenn du mir hilfst, Daniel Cameron zu schnappen.«

»Ich soll dir helfen?« Mühsam zwang sie sich zur Ruhe. »Du hast eine ganze Kompanie da draußen, und Daniel ist allein. Trotzdem brauchst du meine Hilfe?«

»Er ist nicht allein«, verkündete ein Mann hinter Eric, und Callie erkannte, daß er das Haus mit zwei seiner Soldaten betreten hatte. »Einige unserer Leute wurden ausgeschaltet...«

»Weg von Callie!« unterbrach ihn Christa und richtete ihren Revolver auf Eric.

»Ich werde sie entwaffnen...«, begann der zweite Soldat und machte einen Schritt auf sie zu.

»Halt!« warnte Christa.

Doch er hörte nicht auf sie, und sie feuerte. Ein ohrenbetäubender Schrei erklang, vermischt mit einem zweiten, denn der andere Soldat warf sich auf Christa und entriß ihr den Revolver, bevor sie noch jemanden treffen konnte. Undamenhaft fluchte sie. »Sie hat Bobby Jo getötet«, sagte der Mann, der sie festhielt, zu Dabney.

»Er ist nicht tot, er atmet noch«, erwiderte Eric und grinste Callie an, die Christas Revolver vom Boden aufzuheben versuchte. Mit einem gezielten Schuß vernichtete er die Waffe. »Du solltest mir dankbar sein, Callie, denn ich bin gekommen, um dich nach Hause zurückzubringen.«

»Ich bin zu Hause, also kannst du deine Männer zusammentrommeln...«

»Ich werde Daniel Cameron wieder mitnehmen«, fiel er ihr ins Wort. »Tot oder lebendig. Vorzugsweise tot. Als wir uns das letzte Mal trafen, ritt er meine halbe Kompanie über den Haufen. Das hat mich gute Pferde gekostet.«

»Und eine Beförderung«, ergänzte der Soldat, der Christas Arm umklammerte.

»Halten Sie den Mund, Sie Idiot!« zischte Dabney. »Diesmal wird dein Reb sterben, Callie.«

»Du wirst es nicht schaffen, ihn zu überwältigen«, erwiderte sie wütend.

Während er sie mit seinem Revolver in Schach hielt, ging er zu Christa, die sich vergeblich vom harten Griff des Soldaten zu befreien versuchte. »Wen haben wir denn da?« fragte Eric leise. Als sie ihn anspuckte, lachte er. »Wenn ich mit dir fertig bin, Callie, werde ich mich vielleicht ein bißchen mit dieser kleinen Lady unterhalten.«

»Wagen Sie es bloß nicht, meine Schwägerin anzurühren«, warnte Kiernan. »Sonst wird mein Mann dafür sorgen, daß Sie am Galgen enden.«

»Und wer bitte ist Ihr Mann?«

»Colonel Jesse Cameron von der Potomac-Armee.«

»Nun, dann dürfte er ziemlich weit weg sein, Mrs. Cameron...«

»Er ist mit seinem Bruder da draußen«, entgegnete sie.

»Der Reb wird noch von einem zweiten Yank unterstützt«, murmelte Erics Soldat.

Verblüfft wandte sich Dabney zu Callie, die ihn grimmig anlächelte. »Auch Jeremy ist vor dem Haus, Eric. Willst du gegen ihn kämpfen?«

Sein hübsches Gesicht lief dunkelrot an. »Verdammt, Callie, du hast aus deinem Bruder einen Verräter gemacht. Dafür wirst du bezahlen!« Er lief zu ihr, packte sie an den Haaren und riß ihren Kopf schmerzhaft nach hinten. Von wildem Zorn erfaßt, trat sie gegen sein Schienbein und entlockte ihm ein Stöhnen. Doch das nützte ihr nichts, denn er hielt sie eisern fest. »Du und dieser verfluchte Rebell! Um mit ihm ins Bett zu gehen, hast du mich abgewiesen! Aber damit ist nun Schluß, Lady. Dieses ganze Verräterloch wird in Flammen aufgehen, und Daniel Cameron werde ich vor deinen Augen die Kehle durchschneiden. Dann wirst du hören, wie dein Held um Gnade winselt.«

Callie biß sich auf die Lippen. »Du bist krank!«

»Vielleicht...« Plötzlich richtete er seinen Revolver auf Kiernan. »Wenn du mir nicht hilfst, erschieße ich sie. Komm jetzt mit mir, dann werden diese beiden Ladies die Bälger retten können, bevor sich Cameron Hall in eine Flammenhölle verwandelt. Zündet das Haus an!« schrie er aus voller Kehle.

Nichts geschah.

Ungläubig beobachtete Callie sein Gesicht und fragte sich, wieso er diesen krankhaften Haß gegen sie entwikkelt hatte.

»Schau mich nicht so an!« befahl er. Er ließ ihr Haar los, packte ihren Arm und zog sie näher zu sich heran. »Nie wolltest du etwas von mir wissen. Du mußtest ja unbedingt Michaelson haben. Nun, dann werde ich dir mal was erzählen. Er ist nicht im Kampf gefallen.«

Entsetzt starrte sie ihn an. »Du hast deinen besten Freund ermordet! Großer Gott, du Bastard...«

»Nur damit du weißt, daß ich vor nichts zurückschrekke«, unterbrach er sie leise, dann hob er wieder die Stimme. »Zündet das verdammte Haus an! Gleich wirst du den Rauch riechen, Callie.«

Aber es stieg kein Qualm auf, keine Flammen loderten, kein Laut war zu hören.

»Wollen wir mal hinausgehen und deinen Mann suchen?« schlug Eric vor.

Callie fühlte sich elend. Er hatte Gregory umgebracht, und nun wollte er ihr auch Daniel wegnehmen. »Eric!« rief sie plötzlich. »Vergiß Cameron Hall, vergiß den Krieg... Ich reite mit dir.«

»Zu spät, Callie. Ich muß ihn töten.« Er zerrte sie zur Tür

und streichelte ihre Wange mit dem Revolverlauf. »Wenn du den Mund hältst, lasse ich dich vielleicht am Leben. Jensen, Sie bleiben hier und passen auf die beiden Ladys auf. Meine restlichen Leute werden im Stall sein. Sobald ich Cameron aufgestöbert habe, brauche ich Hilfe.« Er öffnete die Tür und zerrte Callie mit sich auf die Veranda. »Ruf deinen Mann!«

Schmerzhaft umklammerte er Callies Arm. Nein, sie konnte Daniels Leben nicht riskieren. Auch alle anderen waren gefährdet – Kiernan und Jesse und Christa, ihr Bruder und John Daniel und Jared... Entschlossen senkte sie den Kopf und biß in die Finger, die sie festhielten. Eric schrie auf, ließ sie aber nicht los.

»Daniel, komm nicht hierher!« rief sie. Plötzlich sah sie ihn. Er hatte das Haus umrundet und Dabneys Männer ausgeschaltet. Einige lagen am Boden, bewußtlos oder tot, andere saßen gefesselt im Gras. Nun trat er vor die Veranda und zielte mit seinem Colt auf Eric. »Lassen Sie meine Frau los – sofort«, befahl er tonlos.

»Vorher töte ich sie«, erwiderte Eric. »Werfen Sie die Waffe weg, dann passiert ihr nichts.«

Callie trat ihn so fest gegen das Schienbein, daß er seinen Griff unwillkürlich lockerte und sie sich von seinem Griff befreien konnte.

»Nein, Callie!« schrie Daniel.

Trotzdem rannte sie zu ihm. Gleichzeitig explodierten zwei Schüsse, und sie spürte einen eigenartigen Schmerz an der Schläfe. Sie tastete darüber, und ihre Finger färbten sich rot. Verwirrt drehte sie sich um. Sie brauchte nicht mehr davonzulaufen. Eric lag am Boden und starrte blicklos in den Himmel, von Daniels Kugel getroffen.

Taumelnd wandte sie sich wieder zu ihrem Mann, der nun auf sie zulief. Nie zuvor hatte sie soviel Liebe und Sorge in einem Augenpaar gelesen. Und niemals hätte sie sich träumen lassen, daß er sie einmal so anschauen würde. »Daniel...« Sie wollte über seine Wange streichen, aber ihre Finger waren völlig gefühllos. Noch einmal rief sie seinen Namen, dann fiel sie in seine Arme.

»Um Himmels willen, Callie, du bist getroffen!«

»Da drin ist noch ein Mann, er hat Christa und Kiernan in seiner Gewalt...«

»Pst!« wisperte er und hielt sie fest. Wie durch einen Schleier beobachtete sie, wie er auf den Soldaten zielte, der die beiden Frauen auf die Veranda geschoben hatte und sie als Schutzschilde zu benutzen versuchte.

Daniel feuerte, und der Mann stürzte. Als er Christa beinahe mit sich zu Boden riß, kreischte sie laut auf.

»Callie!« Wie aus weiter Ferne hörte sie Daniels angstvolle Stimme. In der Ferne erklangen Schüsse, offenbar im Stall.

»Es ist nur eine Fleischwunde.« Sie versuchte zu lächeln, konnte sich aber nur auf den Beinen halten, weil sein Arm ihre Taille fest umschlang.

»Callie!« riefen Kiernan und Christa wie aus einem Mund und eilten zu ihr.

»Geh nur, Daniel«, bat Callie und hoffte, sie würde lange genug bei Bewußtsein bleiben, um ihn davon zu überzeugen, daß sie nur leicht verletzt war.

»Ich kann nicht...«, begann Daniel.

»Du mußt!« drängte Kiernan. »Wer weiß, gegen wie viele Männer Jesse und Jeremy kämpfen müssen!«

Daniel küßte Callie verzweifelt auf die Stirn, ließ sie in der Obhut er beiden Frauen zurück und stürmte zum Stall.

»O Gott, Callie, du blutest ja!« murmelte Christa und riß einen Streifen von ihrem Unterrock und betupfte damit die Schläfe ihrer Schwägerin. »Sobald Jesse zurückkommt, wird er dich verarzten.«

Von den zwei Frauen gestützt, hörte Callie den verstärkten Schußwechsel beim Stall. »Daniel und Jesse und Jeremy – gegen wie viele?« flüsterte sie.

»Gegen zehn Mann«, antwortete Christa bedrückt. Als

ein Signalhorn erklang, stockte ihr Atem. »O Gott – sind das unsere Soldaten?«

Callie fragte sich, ob das überhaupt noch eine Rolle spielte. Sie schloß die Augen und kämpfte mühsam gegen eine Ohnmacht an. Die Schüsse verstummten, und sie hob wieder ihre schweren Lider. »O Kiernan!« rief sie und klammerte sich an ihre Schwägerin.

Jesse, Jeremy und Daniel kamen anmarschiert, zwei Männer in Blau, einer in Grau. Ein kleiner Trupp von der Konföderierten Kavallerie folgte ihnen.

Daniel eilte zu seiner Frau und nahm sie in seine Arme, dann wandte er sich zu dem Captain von der Miliz, der ihn mit scharfer Stimme fragte: »Colonel Cameron, was geht hier vor?«

»Diese Yankees griffen unser Haus an, und wir mußten es verteidigen.«

»Und diese beiden Unionssoldaten? Ich muß sie mitnehmen, Sir...«

»Nein«, fiel Daniel ihm energisch ins Wort. »Es sei denn, Sie wollen auch mich arretieren.« Er zögerte. »Captain, diese beiden Männer haben sich für die andere Seite entschieden. Aber das hier war ein privater Kampf.«

Der Captain starrte Jesse an, den er offensichtlich kannte. »Sind Sie plötzlich ein Reb geworden, Colonel Cameron?«

Jesse schüttelte den Kopf. »Das kann ich nicht behaupten, Sir. Aber diese Yankees wollten mein Haus anzünden, und so bekämpfte ich sie.«

»Und sie fielen über meine Schwester her!« rief Jeremy.

»Sir, bei meiner Ehre – hier wurden keinerlei Informationen ausgetauscht«, beteuerte Daniel. »Wir haben zwanzig Yanks kampfunfähig gemacht, die können Sie alle mitnehmen. Aber würden Sie bitte so tun, als hätten Sie diese beiden hier nicht gesehen? Morgen werden sie zu ihren Regimentern zurückkehren.«

»Ehrenwort, Sir!« versicherte Jeremy.

»Sie haben auch mein Wort«, fügte Jesse hinzu. »Nachdem wir dieses Haus gerettet haben, werden wir abziehen, Sir.«

Der verwirrte Captain seufzte hörbar, und einer seiner Männer murmelte: »Sir, das ist in höchstem Maße irregulär...«

Diese Bemerkung half dem Kommandanten offensichtlich, einen Entschluß zu fassen. »Am Wort eines Cameron habe ich noch nie gezweifelt, mag er ein Freund oder Feind sein.« Er wandte sich zu seinen Soldaten. »Wir machen hier Ordnung, dann lassen wir diese Leute in Ruhe!«

Ein jubelnder Rebellenschrei erklang, und Callie lächelte. »O Daniel!« wisperte sie. Das Dunkel, gegen das sie so tapfer angekämpft hatte, sank herab, und sie verlor in den Armen ihres Mannes die Besinnung.

Minuten später – oder war es eine Ewigkeit? – kam sie zu sich und schaute in Jesses blaue Augen. Sie lag auf einem Sofa im Salon. Undeutlich hörte sie die Stimme ihres Schwagers. »Ich hab's dir ja gesagt, sie ist schon wieder wach.«

Der Raum hörte auf, sich zu drehen. Sie war nicht gestorben, nicht im Himmel, sondern an dem einzigen Ort, wo sie sein wollte – auf Cameron Hall.

Daniel setzte sich zu ihr und küßte ihre Stirn. »Zum Glück bist du nur leicht verletzt. Du hast mir einen ganz schönen Schrecken eingejagt.«

»Ich liebe dich, Daniel«, wisperte sie, nachdem Jesse diskret hinausgegangen war.

»Das weiß ich, und ich liebe dich auch.«

»Es ist egal, ob wir Nordstaatler oder Südstaatler sind, nicht wahr?«

Zärtlich strich er ihr das Haar aus dem Gesicht. »So wie wir heute aufgetreten sind, nur das zählt. Eine einige Familie. Keine Feinde, sondern Brüder. Sogar Jeremy hat mitgeholfen, unser Haus und alle zu schützen, die wir lieben.«

»Aber – es ist meine Schuld, daß Eric hierherkam.« Callie erschauerte. »Er haßte mich, weil ich ihn abwies. Und... O Daniel, er hat meinen ersten Mann ermordet!«

»Pst, ich weiß. Kiernan hat's mir erzählt.«

»Beinahe hättest du Cameron Hall verloren...«

»Und dich, was viel schlimmer gewesen wäre. Reg dich jetzt nicht mehr auf und schlaf. Jesse sagt, du brauchst viel Ruhe. Alles wird gut, glaub mir.«

Tränen verschleierten ihre Augen. »Ich kann nicht schlafen. Bald wirst du wieder fortgehen...«

Er zögerte und wünschte, er könnte sie belügen. Liebevoll umfaßte er ihre Hände. »Ich muß, Callie. Natürlich stimme ich dir zu – die Sklaverei ist falsch, das wußte ich schon immer. Aber ich bin ebenso vom Recht jedes einzelnen Staats überzeugt, selbst zu bestimmen, ob und wann seine Sklaven freigelassen werden sollen. Dafür habe ich gekämpft – und darum muß ich den Krieg bis zum bitteren Ende durchstehen. Nicht zuletzt, weil ich meinen Vorgesetzten und Untergebenen Loyalität schulde.«

»O Daniel...«

»Siehst du es denn nicht ein, Callie? Wie soll ich meinem Sohn jemals in die Augen sehen, wenn ich meiner Überzeugung untreu werde?«

Unglücklich nickte sie. »Das verstehe ich.«

»Schlaf jetzt.«

»Nein! Wenn du davonreitest...«

»Ich warte noch bis morgen. Ein Tag mehr oder weniger wird den Krieg nicht entscheiden.«

Da schloß sie erleichtert die Augen.

Wie Christa befürchtet hatte, war der Verwalter von Eric Dabneys Soldaten getötet worden, und sie begruben ihn auf dem Familienfriedhof. Die Rebellenmiliz zog mit den toten und verwundeten Yankees ab.

Daniel führte ein langes Gespräch mit Jesse, bis Kiernan ihren Mann für sich beanspruchte, und wanderte dann zum Fluß hinab. An seinem Lieblingsplatz setzte er sich und atmete den Rosenduft ein, der vom Garten herabwehte. Auf dem Hügel sah er sein majestätisches Elternhaus stehen und lächelte. Das alles bedeutete ihm nichts mehr. Er könnte im Schnee oder in der Wüste leben, aber nirgendwo ohne Callie.

Aber dies hier war die Szenerie seines Traums. Der Fluß, die sommerlichen Düfte, die sanfte Brise, in der das Haar seiner Frau flatterte, ihre strahlenden Augen...

Plötzlich blinzelte er verblüfft. Da war sie. Ein zauberhaftes Lächeln auf ihrem Engelsgesicht, mit einem schmalen weißen Verband um den Kopf, stand sie vor ihm. Wie rasch sie sich von der Verletzung erholt hatte... Schaudernd erinnerte er sich an seine Angst um ihr Leben, an die Sorge, ob sie vielleicht doch schwerer verwundet sein könnte, als es ausgesehen hatte. Nun streckte er ihr sehnsüchtig die Arme entgegen und sie setzte sich zu ihm. »Genauso war es in meinem Traum«, flüsterte er. »Du kamst zu mir, wir liebten uns im weichen Gras...« Dann runzelte er die Stirn.

»Stimmt was nicht?«

»In meinem Traum hattest du keinen bandagierten Kopf.«

»Oh, du unverschämter Rebell!« rief sie lachend.

Er zog sie an sich, und ihre Lippen fanden sich. Dieser Kuß war viel schöner als in Daniels Träumen. »Wenn der Krieg vorbei ist...«, begann er.

»O Gott, hoffentlich bald!«

»*Unser* Krieg ist jedenfalls überstanden, Liebste.«

Am Morgen küßte er sie wehmütig zum Abschied und ritt mit Jesse davon. Am Ende der Auffahrt reichten die beiden Brüder einander die Hände, dann trennten sich ihre Wege.

# 29

Noch war der Krieg nicht vorbei...

Im Norden verlor George McClellan die Präsidentenwahl, Lincoln wurde in seinem Amt bestätigt, und damit schwanden die Hoffnungen der Südstaaten auf Friedensverhandlungen mit der Union. Weitere Soldaten starben zu Tausenden auf den Schlachtfeldern.

Liam McCloskey kam nicht zu seiner Trauung. Er war bei Cold Harbor gefallen. Sein Name erschien nicht auf den Totenlisten, aber Christa wußte Bescheid, als der Bräutigam am Hochzeitstag fernblieb. Callie und Kiernan versuchten sie zu trösten, so gut sie es vermochten. Sie weinte nur ein einziges Mal, dann konzentrierte sie alle Energien darauf, die Rebellentruppen mit Lebensmitteln zu versorgen.

In Richmond gebar Varina Davis eine Tochter, die nach der Mutter genannt und von den verzweifelten Konföderierten als neues Hoffnungssymbol betrachtet wurde.

Auch Cameron Hall wurde im Frühling von neuem Leben erfüllt. Kiernan brachte ihren zweiten Sohn zur Welt, Callie fünf Tage später ein hübsches kleines Mädchen mit dunkelroten Locken und blauen Augen. Inständig betete sie darum, daß Daniel seine Tochter bald sehen könnte.

Bis zum Ende kämpfte er mit Lee an der Front in Petersburg. Tapfer wehrten sich die Südstaaten mit dem Blut ihrer Söhne, doch das genügte nicht.

Grant kreiste Petersburg ein und belagerte die Stadt. Und Sherman rückte auf seinem ›Marsch zum Meer‹ unaufhaltsam vor, zerstörte in Georgia alles, was ihm den Weg versperrte. Die Konföderierten wankten, brachen zusammen, aber einige gaben noch immer nicht auf, den hartnäckigen Rebellenschrei auf den Lippen. Schließlich wurden auch sie in die Knie gezwungen.

Petersburg fiel, und Lee empfahl Präsident Davis, aus

Richmond zu fliehen. Sie ritten um den Feind herum, und der General plante ein letztes Gefecht bei Danville. Dort vereinte er sich mit der Armee Johnstons, der von Norden her anrückte.

Doch der dringend benötigte Nachschub traf nicht ein. Im Gegensatz zu seinen Vorgängern manövrierte Grant blitzschnell. Ein Viertel von Lees Soldaten wurde gefangengenommen, nur dreißigtausend standen ihm zur Verfügung, während die Unionsstreitkräfte seinen einzigen Fluchtweg blockierten. Am 9. April testete er Grants Linien und erkannte, daß sie zu stark waren, um durchbrochen zu werden.

Schließlich kamen die Rebellen zu einem kleinen Ort namens Appomattox Courthouse.

Am Nachmittag des Palmsonntags hielten Lee und Grant eine Besprechung in einem Farmhaus ab. Ein schicksalhafter Treffpunkt, denn der Farmer, ein gewisser McClean, war nach Appomattox Courthouse gezogen, nachdem die ersten Schüsse des Sezessionskrieges sein früheres Heim bei Manassas vernichtet hatten. Schweigende Männergruppen warteten auf den Ausgang der Unterredung, und alle wußten es schon – der Krieg war vorbei.

Erst am nächsten Tag wandte sich Lee offiziell an seine Truppen. Er versicherte, er habe sein Bestes für sie getan, und schickte sie nach Hause, mit der Aufforderung, sie sollten gute Bürger werden, so wie sie gute Soldaten gewesen waren. Schweren Herzens betrachtete Daniel das müde Gesicht des Mannes, an dessen Seite er so lange gekämpft hatte.

Einige Soldaten in Daniels Einheit riefen, sie seien nicht zur Kapitulation bereit, und einer fragte: »Was werden Sie tun, Sir?«

Daniel überlegte nicht lange. Mit einem wehmütigen Lächeln erwiderte er: »Ich werde meinen Bruder suchen und ihn umarmen und mit ihm nach Hause reiten.«

So einfach war es natürlich nicht. Am nächsten Mittwoch, am 12. April 1865, streckte der Süden offiziell die Waffen.

Weder Grant noch Lee waren anwesend. Major General Joshua Lawrence Chamberlain, der bei Gettysburg seine Stellungen gehalten und mehrfach verwundet worden war, nahm die Kapitulationserklärung entgegen – ein Gentleman ohne Rachegedanken. Denn als die besiegten Konföderierten an ihm vorbeizogen und ihre Waffen niederlegten, forderte er seine Soldaten zu einem donnernden Salut auf. Die einstigen Rebellen durften ihre Pferde, Maultiere und Schwerter behalten.

In den letzten Kriegstagen war Daniel zum Brigadier General befördert worden. Vor seiner Heimkehr mußte er noch einige Formalitäten erledigen. Schließlich war es Jesse, der ihn suchte und fand.

Daniel verabschiedete gerade einen jungen Major aus Yorktown, als er Jesse in einiger Entfernung stehen und geduldig warten sah. Pflichtbewußt brachte er das Gespräch mit seinem Untergebenen zu Ende. Dann gingen die Brüder grinsend aufeinander zu, salutierten und umarmten sich.

»Tut mir leid«, sagte Jesse.

»Mir auch. Bekommst du Urlaub?« Das gehörte zu den Vorteilen eines verlorenen Krieges – man brauchte nicht um Erlaubnis anzusuchen, wenn man nach Hause wollte. Jesse gehörte immer noch dem Militär an.

»Schon arrangiert.«

»Sehr gut. Endlich müssen wir nicht getrennt heimreiten.«

»Herzlichen Glückwunsch zu deiner Tochter.«

»Und zu deinem Sohn.«

»Wir haben sie noch nicht einmal gesehen«, seufzte Jesse.

»Das werden wir bald nachholen.«

Sie verabschiedeten sich, und Daniel kehrte in sein

Kommandozelt zurück, um die letzten Geschäfte zu erledigen, die mit der Niederlage der Rebellen zusammenhingen.

Er hätte unglücklicher sein müssen. An manchen Stellen wurde immer noch gekämpft, und wie er gehört hatte, versteckten sich Jeff Davis und sein Kabinett und erörterten, ob sie sich ergeben, einen Guerillakrieg beginnen oder aus dem Land fliehen sollten. Daniel bedauerte sie alle, aber es war unsinnig, weiterzukämpfen. Das hatte Lee richtig erkannt. Lincoln war bereits in Richmond gewesen. Am Kriegsende ließ sich nichts mehr rütteln.

Und Daniel wollte nur noch nach Hause.

Janey überreichte Kiernan schweigend die Zeitung mit den letzten Nachrichten.

Hastig überflog Kiernan den Artikel, dann sank sie in einen Lehnstuhl. »Wir haben verloren«, flüsterte sie. Die Zeitung glitt ihr aus den Händen, dann begann sie zu schluchzen.

Christa trat ans Salonfenster und starrte stumm hinaus. Und Callie dachte an die vielen hunderttausend Soldaten, die unter der Erde lagen, an die Verwüstung ganzer Landstriche. Sie wußte, daß Kiernan nicht das Kriegsende bedauerte, sondern den Untergang einer Ära, eines Lebensstils, der nun für immer ein Ende gefunden hatte. Sie ging zu ihr und legte sanft einen Arm um ihre Schultern. »Bedenk doch – jetzt werden sie nach Hause kommen!«

Am Morgen des 15. April verbreitete sich eine schockierende Neuigkeit. Abraham Lincoln, die größte treibende Kraft hinter dem Unionssieg, war in Ford's Theater von einem Meuchelmörder in den Hinterkopf geschossen worden, einem Schauspieler und Südstaatensympathisanten namens John Wilkes Booth. Der Mann hatte vor all den Jahren in Harpers Ferry zugesehen, wie der große Gegner der Sklaverei, der fanatische John Brown gehängt worden war. Nach dem Mord gelang es ihm zu fliehen, aber er wurde bald aufgespürt und hingerichtet.

Daniel trauerte ebenso tief wie die Nordstaatler um Lincoln. Der Präsident war eifrig und erfolgreich bestrebt gewesen, die große Kluft zu schließen, die sein Land getrennt hatte. Was nun aus den Südstaaten werden sollte, blieb abzuwarten.

An einem frühen Morgen gegen Ende April ritt er auf ein Nebelfeld und wartete. Minuten später erschien ein anderer Reiter – Jesse. Gemeinsam traten sie den Heimweg an.

Christa entdeckte sie zuerst. Sie stand an einem Fenster im oberen Stock von Cameron Hall und stieß einen Jubelschrei aus, als sie einen Soldaten in Blau und einen in Grau am Ende der Zufahrt aus den Sätteln steigen sah. Müde, Arm in Arm, aufeinander gestützt, gingen sie zum Haus herauf.

Callie trat auf die Veranda, und als Daniel sie sah, grinste er. Dann riß er sich von Jesse los, lief zu ihr, und sie kam ihm freudestrahlend entgegen.

Einmal hatte sie von einer solchen Szene geträumt. Von den liebevollen Augen, die ihr jetzt in Wirklichkeit entgegenblickten. Sie warf sich in seine Arme, und ihre Lippen vereinten sich zu einem leidenschaftlichen Kuß.

»Jesse! Oh, Jesse!« Nur wie durch einen Schleier nahm Callie wahr, wie Kiernan an ihr vorbeirannte. Weiter unten auf der Zufahrt fand eine andere freudige Wiedersehensszene statt.

»Es tut mir so leid, Daniel«, flüsterte Callie.

Er legte einen Finger auf ihren Mund. »Mir nicht. Ich muß meinen Sohn großziehen und meine Tochter kennenlernen.« Wieder küßte er sie zärtlich. »Ich liebe dich, Callie. Der Krieg ist vorbei, aber mein Leben beginnt erst jetzt.«

Eng umschlungen gingen sie ins Haus, in eine verheißungsvolle Zukunft.